끝내주는
제자

지은이 | 신노윤
펴낸이 | 권순남
펴낸곳 | (주)마야·마루출판사

1판1쇄 인쇄일 | 2014년 1월 17일
1판1쇄 발행일 | 2014년 1월 20일

등록일자 | 2008년 1월 7일
등록번호 | 제310-2008-00001호

주소 | 서울시 노원구 상계 1동 1049-25 신영산업 BD 602호
대표전화 | 02-2091-0291
팩스 | 02-2091-0290
이메일 | marubooks@hanmail.net

978-89-280-1464-4 (03810)

값 9,000원

• 저자와 협의하여 인지를 붙이지 않습니다.
• 잘못된 책은 교환하여 드립니다.

「이 도서의 국립중앙도서관 출판시도서목록(CIP)은 서지정보유통지원시스템 홈페이지(http://seoji.nl.go.kr)와
국가자료공동목록시스템(http://www.nl.go.kr/kolisnet)에서 이용하실 수 있습니다.」
(CIP제어번호:CIP2014001394)

M·A·Y·A & M·A·R·U·R·O·M·A·N·C·E

끝내주는 제자

신노윤 지음

마루&마야

✻목차✻

프롤로그. 선 자리에서 제자를 볼 확률은? ⋯007

제1장. 끝내주는 제자의 등장 ⋯015

제2장. '29'는 알고 있다 ⋯045

제3장. 꿈은 이루어질까? ⋯071

제4장. 말할 수 없는 떨림 ⋯103

제5장. 밀어내기 ⋯141

제6장. 숨길 수 없는 마음 ⋯173

제7장. 피할 수 없는 도박 ⋯207

제8장. 좋은 걸 어떡해 ⋯239

제9장. 내가 당신인 이유 ⋯257

제10장. 낯선 나를 만나다 ⋯281

제11장. 반대에 대처하는 우리들의 자세 ⋯313

제12장. 마음 낚기 ⋯345

제13장. 새로운 꿈을 찾아서 ⋯371

제14장. 나의 사랑하는 제자 ⋯393

에필로그. 끝내주는 그대 ⋯425

작가 후기 ⋯443

프롤로그

선 자리에서 제자를 볼 확률은?

끝내주는
제자

 서울의 한 호텔 안에 위치한 카페. 그곳에 카페 안 사람들의 시선을 온몸으로 받는 여자가 있었다.
"요놈들! 내가 그렇게 공부하라고 했는데, 시험을 이따위로 봐?"
 사람들의 시선이 자신에게로 쏟아지든 말든 연수는 학교에서 수행평가를 겸하여 본 쪽지 시험지를 채점하는 중이었다. 즐거워야 할 토요일. 답답한 테두리의 학교에서도, 지지배배 종달새 같은 아이들에게서도 벗어날 수 있는 날이었지만, 선생님의 숙명인지 학교와 학생들은 쉬는 날에도 자신을 가만 내버려 두지 않았다. 채점을 끝낸 다음에도 시험 점수 입력에 끝내지 못한 공문 처리까지. 해야 할 일이 산더미였다. 도대체 왜 자신은 어제 쪽지 시험을 보았던가. 아니, 왜 하필 엄마는 이런 날에 맞선 약속을 잡았던가. 해야 할 일들의 목록을 머릿속으로 그려 보던 연수가 커다란 한숨을 내쉬었다.

 봄 학기가 시작된 지 얼마 지나지 않은 시점이라 선생님들도, 학생들도 새롭게 시작된 학교생활에 적응하느라 바쁜 나날을 보내고 있었다. 그건 학교를 졸업했지만 여전히 학교에 다니는 선생님인 연수도 다를 바가 없었다.

 여자 선생님이 결혼 상대자 1순위라고들 하지만, 학교라는 공간은 원래 그 어떤 공간보다 시간이 마하의 속도로 움직이는 곳이었다. 그렇기에 결혼을 일찍 하지 않는 한 이리저리 일에 치이다 보면 아무리 선생님이라 할지라도 결혼은 그저 먼 나라 이야기가 되는 경우가 많았다. 결국 연수의 어머니도 자신의 딸이 그런 노처녀 선생님 반열에 들어설까 걱정되신 나머지 바쁜 일이 많다고 찡찡대는 딸의 이야기를 들으면서도 떡하니 맞선 자리를 알아 오신 것이었다.

 무언가 잔뜩 기대하는 부모님의 눈길을 피해 일찍 출발한 탓인지 아직 약속 시간까지 여유가 있었다. 맞선 자리까지 와서 시험지 채점을 하는 것이 유난스러워 보일 수 있겠지만, 담임을 맡지 않아도 새 학기가 시작되면 이리저리 해야 할 업무가 너무 많아서 고양이 손이라도 빌리고 싶은 상황이니, 이렇게 자투리 시간이라도 이용해야 했다.

 턱.

 그렇게 시험지 채점도 마무리될 무렵, 연수의 귀에 비어 있던 테이블 맞은편에 누군가 앉는 소리에 들렸다. 벌써 시간이……? 놀라서 시간을 확인하려 고개를 들자마자 보이는 사람의 모습에 안 그래도 동그래졌던 연수의 눈이 더욱 커졌다.

"선생님, 오랜만에 봬요."

"너······."

연수를 알은척한 남자는 맞선을 보러 왔다기에는 너무 젊고 준수한 남자였다. 자신을 선생님이라 부른 남자를 알고 있던 연수도 놀라움과 반가움의 표시로 남자를 향해 손가락을 들었다.

"혹시 제 이름 기억 안 나세요?"

"기억 안 날 리가 있어? 유건하, 너 오랜만이다."

자신의 이름을 정확히 기억하고 있는 연수의 대답에 건하의 웃음이 깊어졌다.

건하는 연수가 현재 몸담고 있는 직장인 중상고에 임용된 첫해, 연수가 처음으로 담임을 맡았던 반의 회장이었다. 다니던 대학을 졸업하자마자 기간제 교사로 중상고에 들어갔던 연수는 학교에 처음 임용되자마자 고3 학생들 반의 담임을 맡게 되었다. 아무것도 모르는 신입 교사에게 다른 학년도 아닌 고3 담임을 맡기는 것은 흔치 않은 일이었지만 본래 건하의 반 담임선생님이 임신으로 휴직을 하는 바람에 어쩔 수 없던 상황이었다.

그리고 당시 모든 것이 서툴렀던 연수를 많이 도와주었던 것이 눈앞에 미소 띤 얼굴로 앉아 있는 건하였다.

"기억하시네요."

"당연하지. 근데 어떻게 졸업하고 한 번을 안 찾아와? 정민이랑 애들은 지금도 가끔 연락하고 찾아오는데. 꼭 찾아온다고 약속까지 해 놓고."

서운하다는 듯 말하며 연수가 건하를 밉지 않게 노려보았다. 당시 건하와 같은 반이었던 아이들은 졸업 후에도 시간이 날 때마다 연수를 찾아오곤 했다. 자신을 찾아오는 아이들은 언제나 반가 웠지만 그중에 건하가 없었다는 사실이 마주 보고 있는 지금 새삼 서운했다.

"죄송해요."

"무슨 일 있었던 건 아니고?"

걱정스러운 연수의 물음에도 건하는 빙긋 웃기만 할 뿐이었다. 그 웃음을 보며 더 이상 닦달할 마음도 생기지 않아 연수가 건하에게 그간의 안부를 물었다.

"그래서 요즘 뭐 하고 지내는데?"

"학교 다니죠. 군대 다녀와서 복학하고 벌써 내년에 졸업이에요."

"벌써 시간이 그렇게 됐어? 그런 말 들을 때마다 신기하다. 아직도 너희 교복 입고 다녔을 때가 선명한데."

시간의 흐름을 제자의 모습을 통해서 깨달은 연수는 문득 우울함을 느꼈다. 그런 연수를 보며 난감해진 건하가 한쪽 눈썹을 찌푸리며 웃었다.

"그래요? 그럼 곤란한데."

"곤란할 게 뭐 있어? 근데 너 여기는 웬일이야?"

무슨 격식을 차려야 할 자리에 온 것인지 건하는 교복과는 다른 세련된 양복을 입고 있었다. 아직 젊은 건하가 자신처럼 맞선을 볼 리는 없고, 결혼식에라도 온 건가 하고 생각하는데 그가 입을 열었다.

"이 호텔 예식장에서 사촌 누나 결혼식이 있거든요. 그래서 호텔 건물로 들어오다가 어디서 많이 뵌 분이 있어서 카페 들어와 본 거고요."

역시 그런 이유였나, 하며 연수가 고개를 끄덕이는데 이번엔 건하가 물었다.

"선생님은요?"

"뭐?"

예상하지 못했던 질문은 아니었는데 건하의 질문에 연수의 눈이 흔들렸다. 아무리 성인이 된 제자에게라도 선보러 왔다는 이야기는 하고 싶지 않았다.

"나도 여기서 약속이 있어서."

"혹시 그 약속이라는 게……"

"선 아니거든? 선보러 와서 시험지 채점하겠어?"

건하가 말을 채 꺼내기도 전에 지레 움찔한 연수가 말을 하며 그를 향해 시험지를 들어 보였다. 건하는 도둑이 제 발 저린 듯 발끈한 연수의 말에 애매한 미소를 띤 채 잠시 생각하는 표정을 짓다 시간을 확인하며 자리에서 몸을 일으켰다.

"가게?"

"결혼식 시작할 때가 돼서요."

"그래, 나중에 제대로 얼굴 한번 보자."

"선생님."

"응?"

시험지를 정리하며 자신에게 인사하는 연수를 건하가 묘한 표정으로 바라보며 불렀다.

"'오늘만' 즐거운 시간 되세요."

"즐거운 시간은 즐거운 시간이지, 오늘만은 뭐야?"

앞 단어에 악센트를 주며 의미를 알 수 없는 건하의 말을 하는 건하의 행동에 연수가 고개를 갸웃거렸다.
"선생님은 어떠실지 몰라도, 저한테는 굉장히 중요한 말이거든요."
"굉장히 중요한 말이면 제대로 설명을 해 줘야지."
연수의 말에도 건하는 그 어떤 말도 보태지 않은 채 그녀에게 마지막 인사를 건넸다.
"나중 되면 알게 되실 거예요. 그럼 먼저 가 보겠습니다. 꼭, 봬요."
이번엔 '꼭'이라는 단어에 악센트를 주고 말을 마친 건하가 뒤돌아 걸어가기 시작했다. 뚜벅뚜벅, 가벼운 구두 굽 소리와 함께 건하는 연수에게서 멀어졌다. 어쩐지 폭풍이 왔다 간 것처럼 건하의 갑작스러운 등장과 퇴장에 힘이 쭉 빠지는 기분이었다. 잠시간 제자의 의미 모를 말을 떠올리던 연수가 갑작스럽게 아차 하는 표정으로 건하가 걸어가는 쪽을 바라보았다.
"나 선보는 거 눈치챈 건가?"
연수는 자신의 어설픈 거짓말에 그가 속을 리 없다는 사실을 그제야 깨달았다. 창피함에 머리를 긁적이면서도 간만에 본 건하의 뒷모습에서 시선을 떼지는 않았다. 큰 키에 날렵한 몸매, '남자는 슈트!'라는 말을 절로 나오게 하는 완벽한 핏의 건하는 요즘 애들 말로 '간지 작살'이었다.
그리고 그런 건하의 모습을 보며 연수는 처음 그를 본 날 떠올렸던 그 말을 또다시 중얼거렸다.
"끝내주네."
제자를 두고 할 말은 아니지만 그 말 말고는 건하를 표현할 다른 말이 떠오르지 않았다. 예전이나 지금이나 말이다.

제1장

끝내주는 제자의 등장

끝내주는 제자

"여기가 어디야?"

이상한 나라의 앨리스라도 된 양 연수가 벽돌 무늬의 학교 건물을 쳐다보며 인상을 찌푸렸다. 오늘은 바로 연수의 첫 출근 날. 아침부터 괜히 긴장되고 설레는 기분에 일찍 나가 학교 탐방이나 할까 싶어 서둘러 집을 나선 길이었다. 그런데 학교를 제대로 탐방하기도 전에 연수는 학교 안에서 길을 잃고 말았다. 어차피 학교 구조가 거기서 거기니 이리저리 가다 보면 자신이 아는 길이 나올 것이라 스스로를 안심시켰지만 아무리 돌아다녀도 자신이 알고 있는 본관 건물로 통하는 길은 보이지 않았다.

나중에 안 사실이지만 중상 재단의 중상고는 중학교와 고등학교 건물이 붙어 있어 다른 학교들보다 구조가 복잡해서 처음 학교에 온 사람들은 길을 많이 헤맨다고 했다. 어쨌든 그 사실을 몰랐던 연수이기에 출근 첫날부터 길 잃은 미아 신세가 되어 학교 이곳저곳을 방랑해야만 했다.

이 건물로 들어갔다가, 저 건물로 들어갔다가, 이 길로 걸었다가, 저 길로 걸었다 하며 도착한 곳은 학교 건물의 뒤편에 휴게 공간으로 만든 산책로였다. 아무나 붙잡고 길을 물어보고 싶어도 개미 새끼 한 마리조차 보이지 않았다.

그렇게 곤혹스러운 기분이 되어 산책로를 따라 걷던 연수의 눈에 막 학교 건물에서 나와 제 앞을 걸어가기 시작한 남학생의 뒷모습이 들어왔다. 하늘의 빛처럼 자신의 눈에 들어온 남학생에게 길을 물어볼 생각으로 연수는 그를 향해 질주하기 시작했다. 간단하게 학교를 둘러볼 생각에 교무실도 들르지 않아 이대로 가다간 첫날부터 지각한 신입 교사로 찍히게 생길 판이었으므로, 선생 체면은 두 번째로 밀려난 상태였다.

"저기, 학생!"

앞서 걷던 남학생이 연수의 다급한 목소리에 걸음을 멈췄다. 제 부름에 답하듯 뒤를 돌아본 남학생의 모습에 연수는 자신의 위급함도 잊어버리고 멍해졌다. 자신보다 머리가 하나는 더 있는 것 같은 큰 키에 흰 피부, 단정한 이목구비까지. 마치 자신이 즐겨 보며 열광하던 만화에서 튀어나온 고결한 왕자님 같았다.

"뭐 도와드릴까요?"

생김새만큼이나 부드럽고 나직한 목소리에 매끈하게 호선을 그리는 입술 선은 그야말로 다정한 남자의 표상처럼 보였다. 자신보다 어린, 그것도 자신이 가르치게 될지도 모를 학생에게 시선을 빼앗긴 연수가 잠시 혼을 놓고 있다가 급하게 정신을 차렸다. 나는 선생님이야. 교복 입은 아이에게 흔들려선 안 되지. 민망함에 괜한 헛기침을 한 연수가 마음을 다잡으며 눈앞에 선 학생에게 물었다.

"사실 제가 이곳 길이 헷갈려서 그러는데, 중상고 교무실로 가려면 어디로 가야 하죠?"

교복 입은 품새로 보아 중상고 학생이 분명했지만 어쩐지 쉽게 말이 놓아지지 않았다. 분명 웃는 낯에 친절한 느낌이었지만 눈앞의 학생에 겐 어른들도 함부로 하지 못할 부드러운 카리스마 같은 것이 느껴졌다.

"아, 이쪽은 중학교 건물인데요. 저랑 같이 가세요. 제가 모셔다 드릴 게요."

학생의 말에 연수가 작게 고개를 끄덕였다. '황공하옵나이다!'하고 외쳐야 할 것 같은 기분으로 연수는 천천히 남학생의 뒤를 쫓았다.

"저기, 그런데 저희 학교에 어쩐 일로?"

어느새 보니 연수는 남학생과 나란히 걸어가고 있었다. 하긴 남학생의 입장에서는 아침부터 모르는 얼굴이 교무실 가는 길을 물으니, 길을 가르쳐 주면서도 궁금할 법도 했다. 미아가 된 선생님과의 만남이라니. 전혀 위엄 있지 않다고 생각하며 남학생의 물음에 답했다.

"아, 중상고 선생님으로 오늘 첫 출근 하게 됐어요."

"어…… 선생님이셨구나. 저도 중상고 학생이에요. 말 편하게 놓으세요."

"어? 아, 그럼 그럴…… 까?"

그건 나도 알고 있었지만 너의 부드러운 포스에 눌렸었단다. ……라고 말하지 못하고 연수가 어색하게 웃으며 말을 놓았다.

그렇게 넓게만 느껴졌던 학교가 이 남학생과 함께 걸으니 좁아진 것만 같았다. 그러니 벌써 자신이 알고 있는 중상고 본관 건물에 도착했겠지. 선생님이 학생한테 홀려서 어쩌자는 거야! 길을 가르쳐 주는 남학생과 이런저런 이야기를 하면서도 연수는 흥분한 자신에게 호통을 쳤다.

"이 건물 일 층이에요."

"여기서부터는 알아. 정말 고마워. 이름이…… 유건하. 건하야, 네 덕분에 살았다."

이름표에 적힌 이름을 보고 연수가 고맙다는 인사를 덧붙이자 건하가 부드러운 미소를 지으며 마주 인사를 했다.

"아니요. 그럼 먼저 가 보겠습니다."

"그래, 잘 가. 아, 오늘 일은 비밀로."

입술에 집게손가락을 갖다 대며 눈짓하는 연수를 향해 건하가 고개를 끄덕였다.

"네, 걱정 마세요."

그렇게 미아 선생을 무사히 교무실로 데려다 주는 미션을 완수하고 돌아서는 건하의 뒷모습을 연수가 마중하듯 바라보았다. 어깨선이 살아 있는 군청색의 교복 재킷과 펑퍼짐하지 않게 선이 잡힌 회색의 교복 바지를 입은 그는 평범한 까까머리 고등학생과는 차원이 다른 오라를 내뿜고 있었다.

"죽이네."

선생이란 사람이 어떻게 제자를 두고 그런 단어를. 입을 막은 연수가 다시 한 번 중얼거렸다.

"끝내주네."

어차피 그게 그거인 단어였다.

※ ※ ※

"다녀왔습니다."

피곤하기 그지없는 맞선을 마친 연수가 집에 들어오자 모친인 경화가 기다렸다는 듯 그녀를 뒤쫓았다. 방에 들어가 시험지가 든 가방을 팽개치듯 두고 답답한 옷을 벗는데, 경화는 계속해서 연수에게 맞선 결과를 물어 왔다. 그런 모친을 향해 연수가 심드렁하게 대답했다.

"어? 뭐, 그냥 남자 사람이던데."

심심하다 못해 무심한 연수의 반응에 경화가 인상을 찌푸렸다.

"반응이 그게 뭐야? 직업도 회계사에 얼굴도 준수하고 성격도 좋다더만."

"얼굴이 준수한가?"

경화의 말에 연수가 고개를 갸웃했다. 물론 오늘 만난 맞선남이 못생겼다는 것은 아니지만, 맞선 전에 보았던 건하의 외모 때문에 맞선남의 외모가 가려지는 불상사가 발생하고 말았다. 재앙이라고 해야 할까. 영화 속의 미남 배우를 보다가 옆에 남자 친구를 보니 그 남자 친구가 오징어로 보였다는 슬픈 이야기를 제자를 통해 직접 경험했다고 하는 게 정확할지도 몰랐다.

"이놈의 계집애! 맨날 텔레비전 보면서 깍깍대더니 눈만 높아져서는, 거울을 좀 봐."

"엄마는 딸한테! 그리고 이 얼굴, 엄마가 만든 거잖아."

자신의 얼굴을 타박하는 말에 이번엔 연수가 발끈하여 손바닥을 제 얼굴에 갖다 대며 경화에게 따지듯 말했다.

"내가 만들었니? 네 아빠가 만들었지. 넌 아빠 닮았어."

"무슨 말을."

연수의 아버지인 양 교장이 들으면 서운해할 이야기가 이어지고, 경화가 채근하듯 물었다.

"그래서 어떻게 할래? 한 번 더 만나 볼래? 그쪽에서는 너 마음에 드나 봐."

"엥? 진짜?"

뭔 말이 그리 많은지 맞선남의 자랑 섞인 이야기에 고개만 주억거리다가 온 게 전부인데, 남자는 도대체 자신의 어디가 마음에 들었는지 알 수 없었다.

"그래. 한 번만 더 만나 봐."

"음……."

자신에 대한 자부심이 좀 넘치는 것 빼고는 매너도 있고 재치도 있던 터라 남자를 한 번 더 만나 볼까 하고 재 보는데,

'오늘만 즐거운 시간 되세요.'

그 순간 왜 오늘 건하가 남기고 간 그 말이 생각나는지. 역시나 그 말은 건하가 자신이 선보는 것을 눈치채고 '마음에 들지 않으면 애프터를 받지 말라.'는 깊은 뜻을 담아 건넨 말이었다는 것을 깨달았다. 다음에 만나면 자신의 자랑을 늘어놓아 맞선남의 기를 죽일 생각이었던 연수가 제자의 직언을 떠올리며 화끈하게 복수의 칼날을 접었다.

"됐어. 난 싫어."

"이놈의 계집애가!"

딸의 냉정한 말에 속이 터진 경화가 연수의 등짝을 향해 끝내 불꽃 스매시를 날렸다. 눈물이 찔끔 나는 고통에 인상을 찌푸렸지만 경화와 달리 그리 아깝지는 않았다. 그저 등이 아플 뿐이었다.

* * *

"학생부에서 알립니다. 이번 주는 학교 폭력 예방 주간입니다. 그에 맞춰서 이번 주 금요일에 학교 폭력과 관련한 교육이 있으니……."

월요일마다 진행되는 교무 회의였다. 가르치는 일을 업으로 삼는 선생님이지만 선생님들도 학생을 지도하기 위한 교육을 끊임없이 받아야 했다. 매주, 매달 있는 교육에 선생님들은 자기들이 다시 학생이 된 거냐며 괴로워했지만, 그런 교육을 받아야 돌발 상황이 많은 현장에서 현명하게 대처할 수 있었다.

각부 부장 선생님들의 알림을 들으며 연수는 하품을 삼켰다. 토요일 맞선의 여파인지, 새 학기의 시작이라 그런 것인지 주말을 보내고 왔음에도 몸의 피로가 쉽사리 풀리지 않았다.

"그래요, 그럼 오늘도 즐겁게 수업하시고……"

"저, 교장 선생님."

교무 회의의 말미, 중상고의 박만연 교장이 회의 마무리를 하려는데 옆에 있던 교무부 김현태 선생이 그를 불렀다.

"무슨 할 말 있어요?"

"네. 오늘 우리 학교에 교생실습을 하기로 한 학생이 실습 전에 인사 오기로 했거든요. 교장 선생님께 인사를 드려야 할 것 같은데, 혹시 오늘 시간 괜찮으신지 여쭤 보려고요."

중상고는 본래 실습생을 받지 않지만 예외적으로 중상고 졸업생에게만은 교생실습을 허락해 주고 있었다. 마침 올해에도 교생실습을 할 학생이 있었던 것인지, 현태가 실습 전 교생이 될 학생과 선생님들의 면담을 위해 박 교장의 스케줄을 물었다.

"뭐, 오늘 특별한 일 없으니까 학생 오면 바로 교장실로 와도 돼요."

"네, 알겠습니다."
"다른 선생님들은 따로 하실 말씀 없으시죠? 그럼 이것으로 회의 마치죠. 오늘도 즐거운 수업 되세요."

박 교장의 말을 마지막으로 회의가 끝나자 선생님들도 하나둘 자리에서 일어서기 시작했다. 연수도 그에 맞춰 자신의 자리로 돌아가려는데 방금 전에 교장 선생님의 스케줄을 물었던 현태가 연수를 불렀다.

"양 선생! 잠깐만."
"네?"

갑작스러운 현태의 부름에 연수가 의아한 표정을 지었다. 그리고 그런 연수에게 김 선생은 평소와 다름없는 차분한 목소리로 폭탄 하나를 건네주었다.

"다름 아니고, 우리 학교에 다음 달부터 교생실습 할 학생이 오는데, 양 선생이 담당해 줄 수 있을까 하고."
"네? 갑자기 무슨……."

보통 교생실습을 담당하는 선생님은 학교에서 가장 오래 근무를 하신 분이기에 현태의 말에 연수는 당황스러운 표정을 지었다.

"그게 이번에도 이 선생님이 맡기로 하셨는데, 얼마 전에 하신 종합 검진 결과가 별로 안 좋으신가 봐."
"어머? 그래요?"

평소 고혈압에 당뇨기까지 있는 사회과의 최고참 이 선생을 알고 있기에 연수가 걱정스러운 듯 물었다. 그리고 그런 연수의 반응에서 빈틈을 발견한 현태가 말을 이었다.

"응. 그래서 이 선생님이 교생실습을 맡기 힘드실 것 같다고 하셔서. 실습 가능하다고 학교 공문까지 다 받아 놨는데 이제 와서 안 된다고 할 수도 없고. 무엇보다 이 선생님이 양 선생을 추천하기도 했고."

"네? 저를요? 아니, 왜…… 사회 과목에 더 연륜 있는 선생님들도 많으신데. 그런 분들한테 배우는 게 교생 선생님도 좋죠."

연수가 가르치는 과목은 일반 사회 쪽의 과목으로, 사회과 선생님들 중에는 꼭 이 선생님이 아니라도 경험 많고 연륜 있는 선생님이 많이 계셨다.

연수의 말에 현태가 묘한 웃음을 지으며 말했다.

"일단 오늘 교생실습 하는 학생 오기로 했으니 만나서 이야기해 보자고."

"만나면 끝인 거죠, 뭐."

이미 결론을 내고 통보식으로 말하는 그에게 연수가 할 수 있는 건 작은 투덜거림뿐이었다. 내키지는 않았지만 어쩔 수 없었다.

"갑자기 말하게 돼서 나도 미안한데, 어쩌겠어, 상황이 이렇게 된 걸."

"뭐, 그렇겠…… 죠."

"그래, 잘 생각했어."

억지 춘향 대답에도 기특하다는 듯 아프지 않게 어깨를 두드리는 현태를 보며 연수는 어색한 웃음을 삼킬 수밖에 없었다.

"우와, 등산 가신다고 그 신발까지 사신 거예요?"

연수가 소속돼 있는 학생부. 평소 등산을 좋아하는 학생부장 방홍만은 어제 비싼 등산 의류 브랜드의 신발을 샀다며 선생님들에게 자랑하는 중이었다.

"응. 정말 가볍고 좋구먼. 역시 비싼 거라 다르긴 한가 봐."

선생님들이 제 신발을 보며 부러운 눈초리를 보내자 잔뜩 고무된 홍만이 기분이 좋아져 호탕한 웃음을 지었다. 새 신을 신고 뛰어 볼까, 팔짝! 이런 노래가 생각나는 건 나뿐만은 아니겠지. 흡사 에베레스트 등반을 앞둔 산악인 대장을 떠올리게 하는 홍만의 모습에 다른 선생님처럼 대충 부러운 눈빛을 던진 연수가 이내 다시 모니터로 시선을 주었다. 일단 교장 선생님께 결재 받아야 하는 공문을 보내 놓고 나니, 조금 쉬어도 되는 타임이었다.

"우리 중상고 선생님끼리도 등산회 같은 거 만들어도 좋을 텐데. 요즘 교육청에서 선생님들 여가 활동 지원금도 나온다더라고."

"맞아요, 그렇다고 하더라고요."

"우리 학생부 선생님들 생각 어떤가? 등산 관심 있어? 이봐, 양 선생, 어때?"

"예? 아뇨, 전 별로."

다른 부에 있는 선생님과 메신저를 하고 있던 연수가 홍만의 말에 화들짝 놀라며 고개를 살랑살랑 저었다. 평소 등산에 대한 연수의 생각은 어차피 올라갔다 다시 내려올 건데 왜 올라가는지 모르겠다 하는 쪽이었다. 바다면 모를까 산은 질색. 그랬기에 홍만의 말에 대한 연수의 답은 작지만 단호했다.

"왜? 요즘 보면 젊은 친구들도 건강관리다, 다이어트다, 등산 많이 하더구먼. 산의 정기를 받으면 얼마나 상쾌한데."

"등산 별로 안 좋아해서요."

등산을 안 좋아한다는 말에 홍만이 연수에게 등산 예찬론을 펼치려는 찰나 구원의 벨 소리가 들렸다. 때마침 울린 내선 전화 소리에 연수가 홍만에게 양해의 미소를 보내며 전화를 받았다.

"네, 양연수입니다."

-어, 양 선생, 나 교무부 김현태.

"네, 선생님."

오늘 아침 연수에게 교생 선생님을 맡으라 했던 현태였다. 월요일부터 왜 이러는지 모르겠다고 생각한 연수가 한숨을 삼켰다.

-지금 교생 선생님 오셨는데, 교장 선생님 뵈러 갈 거거든. 양 선생도 이쪽으로 오라고.

"네? 아…… 네."

이미 자신이 교생을 맡는 게 기정사실이 됐는데 싫다고 해 봤자 제 평판만 나빠질 뿐이었다. 현태와의 전화를 끊고 연수가 교장실로 가기 위해 일어서는데 홍만이 물었다.

"누구 전화야?"

"김현태 선생님이요."

"아, 교생 선생 때문에? 나도 양 선생 괜찮을 거라고 했어. 양 선생 똑 부러져서 학생들 다루는 게 장난이 아니잖아. 그 교생 선생은 담당을 잘 만났지."

"글쎄요, 저한테 배울 게 있을지 모르겠어요. 다른 선생님께 배우는 게 더 나을 것 같은데. 일단 만나 보려고요."

"그래, 잘 만나고 오라고."

"네."

학생부실을 나온 연수가 한숨을 쉬었다. 일이 묘하게 귀찮은 방향으로 돌아가고 있었다. 하지만 위에서 하라면 해야지 별수 있

나. 평교사인 자신의 신세를 떠올리며 연수는 급하게 발걸음을 옮겼다.

교장실에 다다른 연수가 조심스럽게 문을 두드렸다.

똑똑.

"어? 양 선생, 왔어?"

"네, 안녕하세요."

"그래요, 들어와요."

교장실에 들어가니 현태와 박 교장이 연수를 맞이해 주었다. 어색하게 인사하며 오늘 왔다던 교생 선생님의 얼굴을 확인한 순간 연수는 놀라 얼어붙고 말았다. 이건 또 뭔…….

"안녕하십니까. 유건하라고 합니다."

토요일과 다른 디자인의, 그러나 여전히 멋들어진 양복을 입은 건하가 연수를 바라보며 미소 짓고 있었다.

"한 달 동안 열심히 배우고 가게나."

"네, 저도 한 달 동안 잘 부탁드리겠습니다."

건하의 인사를 끝으로 드디어 기나긴 교장 선생님과의 만남도 이제 마무리 단계였다. 선생님이라는 직업의 특성인지 사람들 앞에 서면 이야기가 한없이 길어지곤 한다. 특히나 직급이 교장이라면 그러한 능력은 거의 최대치로 올라가는 것이 틀림없었다.

"저희는 이제 그만 나가 보겠습니다."

"자네들도 수업 열심히 하고."

"네."

그렇게 박 교장의 아쉬움을 뒤로하고 세 사람은 무사히 말의 궁

전, 교장실을 빠져나올 수 있었다.

"양 선생은 다음 시간 수업 없어?"

"네, 없어요."

"다행이구만. 나는 다음 수업이 있어서 먼저 올라가 볼게. 교생 선생이랑 이야기마저 나누라고. 교생 선생, 나중에 또 봅시다."

"네, 선생님."

"신경 써 주셔서 감사합니다."

그렇게 현태는 두 사람을 두고 급한 걸음을 옮겼다. 텅 빈 복도에는 연수와 건하만이 남았다. 연수는 둘만 남게 되자마자 바로 한 소리를 하려다 장소가 장소인지라 안 되겠다는 생각이 들어 건하에게 장소를 옮기자고 했다. 그에 건하도 기꺼이 고개를 끄덕였다. 자신을 보며 미소 짓는 그의 표정이 이 순간 너무도 얄미웠다.

"문 샘."

"어? 양 샘, 왔어?"

학생부실 안에도 회의실이라고 만든 작은 공간이 있었지만, 그곳에 건하를 데리고 간다면 이번엔 홍만에게 그를 빼앗길 것이 분명했다. 아직도 술만 들어가면 우리 건하만 한 아이가 없다며 이야기하곤 하는 홍만이니, 건하를 보자마자 이게 누구냐며 손부터 덥석 쥘 그를 피하고자 선택한 곳은 중상고 본관 옆에 위치한 도서관이었다.

"뒤에 분은 누구?"

"아, 이번에 교생실습 오실 선생님."

도서관의 사서 교사로 재임 중인 문아영은 중상고에서 연수와 가장 친한 선생님이었다. 아영은 연수보다 1년 늦게 임용되었지만 다른 학교에서 계약직 사서 교사로 근무하다 중상고로 오게 되었다. 그녀는 연수와 나이도 동갑이고, 성격도 비슷해 일적으로나 개인적으로나 깊은 친분 관계를 가지고 있었다.

"교생? 아, 아침에 김 선생님이 말씀하셨던?"

"응. 오늘 오기로 하셨다던 그 교생 선생님."

"안녕하십니까. 유건하라고 합니다."

"이름이 낯이 익은데 혹시 전에 우리 학교 학생회장 하셨던 분 아니에요? 가끔 양 선생님이 말씀하셨던 거 같은데."

사립학교의 경우 선생님들이 다른 학교로 전근을 가지 않으니 학교에서 오래 근무하신 선생님들의 입을 통해서 학교에서 벌어졌던 일이나 학생들에 얽힌 이야기가 마치 전설, 혹은 괴담처럼 떠돌곤 했다. 그리고 방금 아영에게 인사했던 교생 선생 또한 학교의 전설처럼 전해지는 인물이었다. 공부도 잘해, 성격도 좋아, 얼굴도 잘생겨. 요즘 말로 '엄친아'라고 불리는 데 전혀 이견이 없을 전설 속의 학생 이야기를 들으며 아영은 세상에 그런 사람이 어디 있냐 했었다. 한데 실제와 마주치니 학교 전설이라고 모두 거짓말은 아니었구나 하고 생각이 바뀌었다.

"내, 내가 언제?"

"맨날 '우리 건하, 우리 건하.' 했잖아."

"그거야 방 선생님이 그러셨지."

"같이 했어. 내가 똑똑히 들었는데?"

"문 샘, 진짜······."

"제자 칭찬하면 듣는 제자도 좋은 거지. 뭘 또 부끄러워해? 그렇죠?"

"네. 칭찬해 주셨다니 감사합니다."

계속 억울하다는 듯이 입을 삐죽이는 연수를 보며 장난스러운 웃음을 짓던 아영이 두 사람을 이야기할 수 있는 도서관 안쪽의 사무실로 안내했다.

"여기 앉으세요."

"고마워. 차는 내가 끓일 테니까 문 선생은 일해. 벌써 애들 오는 소리 들린다."

"그럼 두 분 얘기 나누세요."

아영이 사무실 안쪽이 보이지 않게 커튼을 치자마자 아이들이 우르르 몰려오면서 조용했던 도서관은 시끄러워지기 시작했다. 이야기를 나누기에는 소란스럽고 산만한 분위기였지만 아예 못할 정도는 아니었기에 건하에게 커피 잔을 건네고 자리에 앉은 연수가 따지듯 물었다.

"너, 어떻게 된 거야? 교생실습이라니, 갑자기?"

"곧 뵙자고 했었잖아요."

"토요일에 만났을 때는 아무 말도 없었잖아."

교생실습이라는 것이 며칠 전에 연락해서 실습 좀 받아 주세요, 한다고 무조건 되는 것이 아니었다. 실습 몇 달 전부터 미리 연락을 해서 실습 학교 측에 허락을 구하고, 실습 학생이 다니는 대학교에 공문을 보내고 받고, 꽤나 절차가 복잡한 것으로 알고 있었다. 그러니 유건하 이 앙큼한 녀석은 토요일에 자신을 만났을 때에도 짐짓 교생실습에 대한 이야기를 숨겼다는 뜻이었다.

"선생님 놀라게 해 드리려고 했거든요. 근데 저도 놀랐어요, 갑자기 담당 선생님이 선생님으로 바뀌셨다고 해서."

사실 건하도 오늘 학교에 오고 나서야 담당 선생님이 건강상의 이유로 자신을 가르쳐 주시는 게 힘들 것 같아 다른 선생님으로 담당이 바뀔 거라는 이야기를 들었다. 어떤 선생님께 배우든 상관은 없었지만, 그래도 갑작스럽게 바뀐 상황을 오늘에서야 알려 주는 학교 측에 기분이 상한 것도 사실이었다. 하지만 현태로부터 바뀐 담당 교사가 연수라는 이야길 들은 순간 자신이 원했던 일을 해 준 학교 측에 큰절이라도 하고 싶었다.

일의 사정이야 어쨌든 자신도 놀라고 당황했던 것은 연수와 진배없었는데, 그녀는 자신의 진심을 믿어 주지 않는 것 같았다.

"그게 놀란 표정이야?"

"그거야 제가 다 놀란 다음에 선생님이 오셨으니까요."

"하여튼 말은."

교생 건에 대해 말하지 않은 것에 대한 괘씸함은 여전했지만, 건하가 교생으로 온 것에 대한 반가움은 분명 존재했기에 일단은 넘어가기로 했다.

"그런데 선생님, 언제 퇴근하세요?"

"다음 시간에 수업 하나 있고, 보충까지 하면 한 여섯 시 정도? 왜?"

교장실에서 한 시간 넘게 붙잡혀 있다 나오니 벌써 하루가 끝나려 하고 있었다.

"저녁이나 얻어먹을까 하고요."

"그래, 그러자. 근데 좀 기다려야 하는데 괜찮아? 아예 집에 있다가 연락하면 나오든가. 집 근처지?"

모교에서 실습을 하는 가장 큰 장점은 집이 가깝다는 거 아니겠나. 하지만 집에서 편히 쉬다 나오라는 연수의 말에 건하는 고개를 저었다.

"괜찮아요. 조금만 기다리면 되는데요, 뭐."

"이 녀석 보게? 이 바쁜 현대 사회에서 세 시간이 적어?"

아무리 교장 선생님의 말씀이 길어져 시간이 많이 흘렀다고 해도 3시간은 결코 적은 시간이 아니다. 50분짜리 수업을 3개나 하고, 거기다 쉬는 시간을 3번이나 가질 수 있지 않은가. 그런 연수의 말에도 건하는 그저 미소만 지을 뿐이었다. 어쩐지 평소 웃음과 다른 느낌이었지만, 그 웃음이 뜻하는 바가 읽히지 않아 연수는 그저 고개만 갸웃거려야 했다.

몇 번이나 불편하게 학교에서 기다리지 말고 집에 가서 옷이라도 갈아입고 오라고 했음에도 건하는 계속 고집을 부렸다. 그 결과 연수는 답답해 보이는 양복을 입고 있는 건하와 마주 보고 식당에 앉아 있었다. 메뉴 선택권을 연수에게 준 건하 덕분에 두 사람의 저녁 메뉴는 연수가 가장 좋아하는 음식인 감자탕이었다.

"네 고집도 참. 졸업했다고 선생님 말 안 듣는다, 그거야?"

"네, 당연하죠."

"뭐? 많이 컸네, 유건하?"

"앞으로 더 클 생각이니까 기대하세요."

능갈치듯 제 공격을 피하는 그가 얄미워 고개를 비틀어 건하를 노려보는 연수였다. 하지만 역시 앞으로 더 크겠다 공언한 사람답게 건하는 그 표정을 못 본 척 눈앞의 잔을 들었다.

"세 시간 동안 뭐 하면서 기다렸어?"
"별거 안 했어요."
"혹시 말이야, 도서관에서 책 읽었어? 창문가에 있는 서가 쪽에서."
"어떻게 아셨어요?"

연수가 수업에 들어가고 건하는 시간을 때울 겸 학교 곳곳을 구경 다녔지만 특별할 건 없었다. 그래서 대충 학교를 둘러본 건하는 다시 도서관으로 걸음을 옮겼다. 학교 구경은 끝났고 딱히 시간을 보낼 곳이 없으니 도서관에서 책이나 볼 생각이었다.

아영에게 허락을 구하고 서가 안쪽으로 들어온 건하는 꼼꼼히 서가에 꽂힌 책들을 둘러보았다. 제 기억과 달리 시간의 힘인지 사서 선생님의 힘인지, 예상외로 서가 안에 흥미로운 책들이 많아 시간 가는 줄 모르고 책을 골랐다. 그리고 그중 제일 마음에 드는 것을 골라 눈에 띄지 않는 곳에서 책을 읽으며 시간을 보냈던 것이다. 그런데 이야기하지도 않은 자신의 행동을 연수가 먼저 알고 물어 오니 놀랄 수밖에 없었다.

"여자애들 완전 난리 났더라. 도서관 창가 서가 쪽에 어떤 이름 모를 개간지남이 책 읽고 있다고. 애들끼리 쑥덕이기에 너인가 했거든. 맞나 보네."
"네? 개간지남이요?"

연수의 말에 건하가 황당한 표정을 지었다. 개간지남이 뭔가. 자신을 칭찬하는 말임은 알았지만 '개' 자가 들어가서 그런지 '개'운한 칭찬은 아니었다.

"쉬는 시간에 구경 간다고 난리던데, 애들이 너 구경 안 왔디?"

"글쎄요. 뭐, 시끄러웠던 것 같네요."

하나에 집중하면 다른 건 보이지 않는 건하답게 책에 집중하느라 아이들이 자신을 구경하러 왔는지, 어땠는지는 확인하지 못했다. 물론 쉬는 시간이 되어 도서관이 소란스러워지자 그저 도서관에 좋은 책이 많아 아이들이 탐독을 하러 온 건가 스치듯 생각하기는 했었지만 말이다.

"유건하, 아직 건재하단 말이야? 근데 어쩌지? 나는 여자애들 반은 안 들어가는데?"

모든 진실을 알고 난감해하는 건하를 향해 연수가 약 올리듯 말했다.

남녀 합반이었던 중상고는 학습 효율이 떨어진다는 이유로 건하가 졸업하고 몇 년 뒤 남녀 분반으로 반을 배치하고 있었다. 그리고 현재 연수는 남학생 반의 수업만 맡고 있었다. 그렇다는 건 연수를 쫓아다니며 실습을 해야 하는 건하 또한 여학생들의 반에 들어갈 일이 없다는 이야기였다. 하지만 연수의 말에도 건하는 무덤덤했다.

"상관없는데요. 차라리 편할 것 같네요."

"재미없기는."

놀리듯 말하긴 했어도 건하가 여학생들을 보지 못한다고 아쉬워하지 않을 거란 건 알고 있었다. 하긴 가만히 있어도 알아서 올 테니 굳이 가지 않아도 되리라는 걸 본인도 잘 알고 있으리라.

"아까 학교 출근 시간이나 할 업무 같은 건 대충 설명했고, 따로 물어보고 싶은 건 없어? 실습하고 관련해서."

"지금 당장은 없는데요. 여기 드세요."

"아니, 내가 할게."

"아니요, 제가 해야죠."

감자탕이 다 끓자 연수보다 먼저 국자를 쥔 건하가 살뜰하게 그녀의 개인 접시에 감자와 고기를 덜어 주었다. 선생을 제자 챙기듯 하는 그를 보며 불편한 표정을 짓는 연수에게 건하가 이번에는 옷에 음식이 튀지 않도록 앞치마까지 챙겨 주었다.

"이야, 너 사회생활 좀 할 줄 안다?"

"어려운 것도 아닌데요. 앞으로도 제가 챙겨 드릴게요."

"한 달 동안 편하겠네."

"한 달이 될지, 평생이 될지는 모르는 거잖아요."

"그게 뭐야? 이제 자주 찾아오겠다는 거야?"

"그럴 수도 있겠죠. 식겠어요. 얼른 드세요."

제 말을 엉뚱하게 해석한 연수에게 그냥 밥이나 먹으라고 종용했다. 건하 입장에선 자세한 이야기를 할 수 없어 말을 돌린 거였지만 연수는 그런 기미를 전혀 눈치 못 챈 듯했다.

"맛있으세요?"

"응? 응! 이 살 봐 봐. 역시 감자탕은 이 뼈다귀야."

"더 드세요."

젓가락을 쓰다 답답했던지 아예 손으로 뼈다귀를 집어 들고 고기를 뜯는 연수의 모습을 가만히 보고 있던 건하가 다시 국자 가득 고기를 담아 연수의 그릇에 올려 주었다. 어찌나 복스럽게 먹는지, 보고 있으면 복이 저절로 들어올 것만 같았다.

"너, 너는 왜 안 먹어?"

한참을 먹는 데 심취하다 정신을 차리니 눈앞에 음식을 두고도 건하가 자신만 바라보고 있는 것을 발견한 연수는 그제야 아차 싶었다. 워낙 감자탕을 좋아하는지라 건하 앞에서 자신이 너무 게걸스럽게 먹어 댔다는 것을 뒤늦게 인지했다.

"먹고 있어요."

"그래? 그래도 얼른 먹어. 내가 다 먹는다. 그, 근데 너 꿈이 원래 선생님이었어?"

자신을 향해 먹는 모습을 보기만 해도 배부르다는 듯 아빠 미소를 짓는 건하를 보니 괜한 민망함에 그를 타박할 말이 떠오르지 않았다. 제 미소에 민망해진 연수가 말을 돌린 걸 아는지 모르는지, 건하가 연수의 질문에 입가의 미소를 지우며 살짝 난감하다는 표정을 지었다.

"제가 솔직히 말하면 선생님 화내실 거 같은데."

"뭔 말이기에 화까지 내?"

저렇게 말하는 걸 보면 분명 선생님의 꿈을 안고 교생실습을 하러 온 건 아닌 것 같았다. 하긴 자신이 기억하기로도 건하는 사범 계열의 전공이 아니라 경영학과에 지원해 들어갔었다. 선생님의 꿈이 있었다면 충분히 관련 학과로 갈 수 있는 실력이었음에도 구태여 그쪽으로 전공을 선택하지 않은 것으로 보아 딱히 교사를 진로로 정한 건 아니라는 이야기였다.

"아, 혹시 교원 자격증 때문에 그런 거야?"

굳이 사범 계열로 전공을 선택하지 않아도 각 학과에서는 나라에서 정한 비율만큼 교직 이수자를 선발한다. 그리고 교직 커리큘럼에 따라 일정 학점을 이수한 사람들은 졸업할 때 정교사 자격증을 취득할 수 있는 제도가 있었다. 요즘 워낙에 취업난이 심하니 굳이 선생님이 꿈이 아니더라도 자격증 조로 정교사 자격증을 따는 사람들이 있다는 이야기를 들은 적이 있었다. 선생님인 제 입장에서는 입맛이 쓴 이야기였지만, 취업이 힘든 요즘 같은 때에 길은 많으면 많을수록 좋은 것이니 딱히 비난하고 싶지는 않았다.

"아니요."

"그게 아니야? 그럼 너 정체가 뭐야?"

가장 맞는다고 생각했던 이유가 부정당하자 제대로 답하란 듯 연수가 눈을 가늘게 뜨고 건하를 바라보았다.

"핑계가 필요했거든요."

"핑계?"

"네. 참는다고 참고 있었는데 살짝 한계가 오는 느낌이더라고요. 그래서 제 생각을 조금 앞당긴 거예요."

참긴 뭘 참아? 생각을 앞당겨? 분명 제 질문에 성실하게 대답하고 있는 건하의 말이지만 앞뒤 맥락이 너무 많이 생략되어 있어 알아들을 수 없었다.

"술도 안 마신 애가 취한 거야? 술주정을 하려면 알아듣게 하든가. 뭐가 한계라는 거야?"

"……선생님이요."

이야기를 들으면 들을수록 미궁에 빠지는 기분이었다. 내가 한계라고? 건하의 말을 정리하고 싶은지 연수가 고개를 갸웃거리며 생각에 빠졌다. '내 말을 알아들으면 용치.' 하는 얼굴로 자신을 바라보는 건하가 얄미워서라도 말의 의도를 알아차리고 싶었다. 혹시……? 생각에 빠져 있던 연수가 드디어 무언가 알겠다는 듯 손가락으로 건하를 가리켰다.

"혹시 너!"

문제가 해결된 듯 밝아진 표정의 연수를 보며 건하의 얼굴에도 긴장이 돌았다. 연수가 제 말을 알아차렸을 리가 없는데, 하는 듯한 건하의 표정에 더욱 거만해진 연수가 말을 이었다.

"학교 빠지고 싶어서 그런 거지? 교생실습 나오면 한 달 동안 학교 안 가잖아."

"네?"

"사 학년 되니까 학생 생활 힘들지? 힘들면 괜히 고등학교 다닐 때 생각도 나고, 옛 선생님 얼굴도 떠오르고 그러는 거지."

설마 하던 마음이 역시나로 바뀌었다. 자신을 안쓰럽게 바라보는 연수를 보며 건하는 허탈한 웃음을 지을 수밖에 없었다. 지금 제 마음을 눈치채길 바란 것은 아니지만 자신의 마음을 일부분 표현한 말을 엉뚱하게 해석한 연수를 보니 새삼 그녀와 자신 사이의 벽을 실감한 것 같았다.

"뭐, 일단 그런 걸로 치죠."

"그런 걸로 치기는. 내가 한 달간 사회의 매서움을 보여 주지. 학교 테두리 안에 있을 때가 제일 좋은 거야."

"네. 각오하고 있을게요."

"각오까지는 할 필요 없고. 어쨌든 제대로 가르쳐 주마."

다시 한 번 자신의 제자가 된 건하를 보며 연수가 신 나는 웃음을 지었다.

사실 연수는 오늘 아침까지만 해도 교생을 맡으라는 현태의 일방적인 통보에 걱정을 많이 했던 것이 사실이다. 귀찮은 것도 귀찮은 거지만, 가장 주된 것은 자신이 교생 선생님을 잘 이끌어 줄 수 있을지에 대한 걱정이었다. 비록 실습생이긴 하나 선생님 신분으로 학교에 오는 교생 선생님은 학교 선생님에 대한 환상 같은 것을 가지기 마련이었다. 자신도 처음에 그러지 않았던가. 그런데 이제 막 초임 교사 티를 벗어난 자신이 교생 선생에게 안 좋은 인식을 심어 주면 어쩌나, 어떤 식으로 업무를 보여 줘야 나중에 교생 선생이 현장에서 잘 적응할 수 있을까, 이런저런 걱정들이 연수에겐 굉장한 부담이었다.

하지만 하나를 가르쳐 주면 열을 아는 유건하라면 이야기가 달라졌다. 말로 표현하지 않아도 그가 연수에게 주는 신뢰감은 상당한 것이었다.

"어? '오! 마이 티처(Oh! My Teacher)'네."

그렇게 이야기를 나누던 도중 연수의 눈에 텔레비전 드라마가 눈에 들어왔다. 여선생과 남학생의 사랑 이야기를 다룬 드라마로 요즘 꽤 많은 사랑을 받고 있었다. 가끔 현실과 동떨어진 이야기가 나와 선생님으로서 묘한 불편함을 느끼기도 했지만, 연수에게는 드라마와 현실을 구분할 수 있는 이성은 있었다.

"저 드라마 좋아하세요?"

교복을 입은 남자 배우의 연기를 흡족한 미소로 지켜보는 연수에게 건하가 물었다. 건하의 눈에는 제 선생님이 사제지간의 로맨스에 반응을 보이는 것이 흥미로웠는지 드라마에 대해 묻는 눈이 아까와 달리 반짝거렸다.

"아니. 가끔 채널 돌리다가 나오면 볼까 말까 하는 드라마야. 그리고 우리 집은 저 드라마 보는 거 금지야."

"왜요?"

"우리 아버지가 저런 드라마 별로 안 좋아하시거든."

자신의 설명을 이해하지 못한 건하에게 연수가 다시 한 번 정확한 설명을 해 주었다.

"우리 아버지도 선생님이신데, 그래서 그런지 저런 내용의 드라마를 굉장히 불편해하셔."

연수의 아버지인 양재봉 또한 한 공립 고등학교의 교장 선생님이었다. 교직 생활을 하며 어떨 때는 다정하고 듬직하게, 또 어떨 때는 엄하고 매섭게 제자들을 가르치던 그는 뼛속까지 선생님인 '뼈선생'이었다. 언제나 제자의 일에 앞장서면서도 제자들 앞에서 부끄럽지 않은 삶을 사는 것을 사명처럼 여겼고, 그런 신념을 지키며 살아왔기에 많은 제자들과 선생님들의 존경을 받는 분이기도 했다. 물론 연수도 그런 아버지의 영향을 많이 받았고, 아버지로서, 선배 교사로서 양 교장을 존경하고 있는 것은 두말할 필요도 없었다.

어쨌든 그런 양 교장의 오랜 신념은 '한 번 제자는 영원한 제자'라는 '제자 해병대론'을 펼치게 만들었고, 영화나 브라운관에서 쉽게 볼 수 있는 사제지간의 로맨스는 그에게만큼은 절대 통용될 수 없는 불온한 것이었다.

"아…… 그러세요?"

그리고 연수의 말을 들은 건하의 표정이 당혹스럽게 변했다.

"왜?"

"예? 아뇨. 그럼…… 혹시 선생님이 나중에 제자랑 결혼이라도 한다고 하시면 선생님 아버님은 결사반대하시겠네요?"

"말이라고? 당장 머리 깎여서 산으로 끌려갈지도 몰라."

연수는 장난조로 말을 하는데 그럴수록 건하의 표정은 심각해지기 시작했다. 얘가 갑자기 또 왜 이러나 싶어 연수가 고개를 갸웃거렸다.

"왜 그래? 어디 안 좋아?"

"네? 아니에요."

힘겹게 웃은 건하가 물이 든 컵을 입에 가져다 댔다. 차가운 물이 식도를 타고 내려가니 정신이 돌아오는 기분이었다. 일을 시작하기도 전에 난관에 부딪친 기분이었지만 차라리 이제라도 알지 못했던 사실을 알게 된 것은 다행인 일이었다.

"선생님 아버님이 선생님이신 거 처음 알았어요."

"딱히 말할 기회가 없었으니까. 평범하신 분이야."

"그런데 선생님 아버님은 뭐 좋아하세요? 취미 생활 같은 거요. 선생님들 보면 취미 생활 같은 거 하나씩 가지시던데."

자연스럽게 넘어가는 건하의 질문에 연수가 고개를 끄덕였다. 오늘만 해도 등산이 취미인 선생님의 신발 패션쇼를 보지 않았던가. 굳이 홍만뿐 아니라 학교에서 선생님들끼리 여가 활동 모임을 만드는 것은 쉽게 볼 수 있었다. 일상의 스트레스 해소 겸 선생님들과의 친목 도모 자리랄까. 모임이 여러 개로 갈리는 바람에 선생님들끼리 파벌이 형성된다, 어쩐다 하는 이야기도 있지만, 학교도 사회고 직장인데 그런 움직임을 막을 수는 없다고 생각했다. 아직까지 그런 모임으로 인해 중상고 내에서 크게 문제가 일어난 적이 없었기에 자신이 가볍게 여기는 건가 싶기도 했지만 말이다. 어쨌든 그런 이야기까지 자라나는 새싹에게 할 수는 없어 대충 건하의 질문에 긍정하며 대답했다.

"다른 일도 그렇겠지만 학교 일이라는 게 다람쥐 쳇바퀴 도는 거 같잖아. 일 년 단위로 항상 똑같은 일에, 똑같은 일정으로 움직이니까. 일부러라도 취미 생활 하나씩은 만들려고 하시지. 우리 아버지는 쉬는 날마다 낚시 가셔. 옛날부터 낚시라면 자다가도 벌떡 일어나시거든."

정년 퇴임을 앞둔 상태인 양 교장이 퇴임 후 시간이 날 때마다 낚시를 떠날 모습을 어렵지 않게 그려 볼 수 있었다. 물론 그런 양 교장을 흉볼 엄마 경화의 모습까지도 말이다.

"아, 낚시요?"

"응. 너도 좋아해?"

"이제부터 좋아해 볼까 싶네요."

"적당히 좋아해. 나중에 네 아내는 싫어할 테니까. 우리 어머니 말씀이 절대 낚시 좋아하는 남자는 피하란다."

"그 부분은 걱정 마세요. 전 낚시보다 제 아내가 더 좋을 것 같거든요."

"그래요, 잘나셨네요."

건하의 말에 연수는 그저 웃어넘겼지만 마음 한편은 묘한 기분이었다. 언제나 교복 차림의 싱그러운 아이들을 기억하는 연수로서는 자신의 제자들과 결혼이니 직장 생활이니 하는 이야기를 나누는 것이 아직도 어색하기만 했다. 하지만 어디 내놓아도 빠지지 않는 자신의 제자는 시간이 지나면 사회에서 그 능력을 인정받는 사회인이 될 것이고, 예쁘고 고운 반쪽을 만나 멋진 아버지도 될 거라는 걸 누구보다 잘 알고 있었다.

제자의 그런 모습을 상상하며 벅찬 기분을 느끼려 했는데, 이상하게 그 상상 안에 건하를 집어넣으니 연수는 제 마음 한구석이 시린 기분이 들었다. 뭐지, 이게. 다른 제자들과는 다른 그 기분이 당황스러우면서도 연수는 아무렇지 않은 듯 건하를 향해 웃어 보였다. 아무래도 자신의 첫 제자이고, 정이 많이 들어서 그런 거라고 애써 제 자신을 설득했다.
"선생님. 이것도 드셔 보세요. 살 많아요."
"너 먹으라니까. 나 배불러."
끝까지 자신을 챙겨 주는 제자 덕분에 연수는 정말 배가 터질 위기에 봉착하고 나서야 식사를 마칠 수 있었다. 자신에게 하나라도 더 먹이려 혈안이 된 건하를 보며 연수가 고개를 절레절레 저었다. 정말 누가 제자고 선생님인지 모를 상황이었다.

제2장

'29'는 알고 있다

끝내주는
제자

"여기 있다."

건하를 만나고 집에 돌아온 연수가 책상 한편에 꽂혀 있던 졸업 앨범을 꺼내 들었다. 자신의 학생 시절이 담긴 졸업 앨범은 꺼내 보지 않지만, 가끔 제자들의 졸업 앨범을 보는 것은 연수의 소소한 여가이자 재미였다. 그리고 그런 재미는 오늘 건하를 만난 탓에 더욱 커져 있었다.

'2반'이라고 쓰인 글씨 아래 잔뜩 경직된 표정의 아이들이 찍힌 단체 사진 오른편으로 아이들의 개인 사진이 졸업 앨범의 페이지를 장식하고 있었다. 웃을 듯 말듯 애매한 표정을 짓고 있는 아이부터 화가 난 사람처럼 카메라를 노려보는 아이, 화장까지 예쁘게 하고 새침한 표정을 짓는 아이까지. 지금의 모습과는 매치가 안 될 정도로 부자연스러운 아이들의 사진에 웃음이 터져 나오고 말왔다. 아이들의 얼굴과 이름을 하나하나 되새기며 코끝이 시릿해지는 애틋함을 느끼고 있는데, 아이들 사이에서 발견한 한 사람의 얼굴에 연수의 눈이 커졌다.

유건하.

카메라 앞이 어색한지 평소와 달리 굳은 표정의 건하가 사진 밖의 연수를 바라보고 있었다.

"이때는 머리가 짧았구나."

오늘 만난 건하의 머리가 갈색빛에 컬이 약간 들어간 스타일이었던 것을 떠올린 연수가 피식 웃음을 흘렸다. 건하와 너무 산뜻하게 잘 어울리는 탓에 오늘 그의 헤어스타일이 학교에서 절대 금지했던 머리라는 사실을 잊어버리고 말았던 것이다.

중상고는 본래 주변 학교에 비해서도 두발 규정이 엄한 데다 이 졸업 사진을 찍을 당시 학교에서 기다렸다는 듯 전 학년을 대상으로 대대적으로 두발 검사를 하는 바람에, 고1부터 고3까지 중상고 학교들은 너 나 할 것 없이 짧게 머리를 잘라야만 했었다. 학생의 신분으로 학교의 방침을 따를 수밖에 없는 학생들은 울며 겨자 먹기로 평생 남을 졸업 앨범 촬영을 앞두고 머리를 잘라야만 했다.

학교가 자신들을 찐따로 만들었다고 볼멘소리를 했던 다른 아이들이 민망해질 정도로 사진 속 건하는 멋지기만 했다. 교칙에 맞춘 짧은 머리가 오히려 건하 특유의 깔끔하면서 훤칠한 분위기를 더욱 부각시켜 주는 것 같았다. '명필은 붓을 가리지 않는다.'라는 말과 '미남은 헤어스타일을 가리지 않는다.'라는 말이 동급이라는 것을 건하의 졸업 앨범을 보며 다시 한 번 느끼고 있었다.

아이들 얼굴을 하나하나 되새기며 추억에 젖어 있던 연수가 앨범을 제자리에 꽂아 넣었다. 앨범을 다시 책장에 꽂으면서도 무슨 미련이 생기는 것인지 연수는 앨범에서 쉽사리 시선을 떼지 못하고 앨범 등에 적힌 '중상고 38회 졸업'이라는 글씨를 매만졌다. 왠지 오늘따라 제자들이 더욱 보고 싶어지는 그런 밤이었다.

※ ※ ※

"양 선생님, 미안해요."
"예? 아니에요."

결혼한 지 10년 만에 생긴 아이지만 노산이라 유산기가 보인다는 의사의 말에 김 선생은 어쩔 수 없이 학교에 휴직계를 낸 참이었다. 그리고 그런 사정 탓에 이 학교에 임용된 지 몇 개월밖에 안 된 햇병아리 후배 교사에게 자신의 아이들을 맡겨야 하는 상황이 되어 버렸고 말이다. 고1도 아니고 고3 아이들의 담임을 맡는 것이 얼마나 힘든지 알기에 연수에게 자신의 아이들에 관한 자료를 넘기는 김 선생의 표정엔 걱정과 미안함이 가득했다.

"모르는 거나 힘든 거 있음 다른 선생님께 여쭤 보고, 안 되겠다 싶으면 나한테 바로 연락해요."

"아, 네."

김 선생의 걱정 어린 말에 대답하는 연수의 표정은 그저 얼이 빠진 듯 어리둥절했다. 교수님의 도움으로 비록 기간제지만 중상고에 취직한 지 2개월 째. 친절한 선생님들 옆에 붙어 수업 방식이나 아이들을 휘어잡는 방법을 간신히 배우고 있던 자신이 교편을 잡은 지 2년도 아니고 단

2개월 만에 담임을, 그것도 고 3 담임을 맡게 된 상황이 현실처럼 느껴지지 않았다.

물론 아직 수업하는 것도 벅찬 신입 교사에게 고 3 담임 자리를 맡기는 게 곤란한 건 학교 측도 매한가지였다. 그래서 대신 담임을 맡을 선생님을 찾았지만 이미 업무 일정이나 체계가 자리 잡힌 상태라 비담임 선생님들도 다른 업무가 많아 마땅한 선생님이 달리 없었다. 이런저런 논의 끝에 하는 수 없이 2반의 부담임인 연수에게 김 선생의 자리를 부탁해야만 했다. 서로가 서로에게 미안하고 부담스러운 상황이었으나, 가장 중요한 시기의 고 3 아이들을 학교 사정으로 외면할 수는 없는 노릇이었다.

어리바리한 후배 교사의 표정에 김 선생의 마음은 더욱 무거워졌다. '얘한테 맡기고 가도 우리 애들 괜찮겠지?' 하는 불안함에 다른 교사들에게 우리 양 선생 잘 부탁한다고 마치 연수의 엄마라도 된 양 부탁했던 김 선생의 모습은 다른 교사들에게 크나큰 감동을 주었다나, 어쨌다나. 어찌 됐든 그리하여 연수의 생애 첫 담임은 그렇게 시작되었다.

"강선호."

교무실에 앉은 연수가 아이들의 진로 희망서부터 환경 조사서까지 꼼꼼하게 보며 아이들의 얼굴과 이름을 외우고 있었다.

물론 연수가 새로 담임이 된 3학년 2반에도 수업을 들어갔지만, 아이들을 수업에서 만나는 것과 담임으로 만나는 것은 심적으로 그 차이가 엄청났다.

신입 교사에게 고 3 담임을 맡긴 것에 대해 몇몇 학부모들이 불편함을 드러냈다고 들었는데, 다행히 자신을 바라보는 아이들의 표정에서 그런 불편함은 하나도 드러나 있지 않았다. 영화나 드라마에서 주인공이 처음 담임을 맡게 되는 반 아이들이 천방지축인 것을 떠올리며 겁냈던 스스로가 민망할 정도로 연수네 반 아이들은 적당한 활기와 학교의 최고 학년다운 어른스러움을 가지고 있었다.

"선생님."

옆에서 들려오는 나직한 목소리에 보던 자료에서 시선을 떼고 고개를 돌린 곳에는 바로 2반의 회장인 유건하가 있었다.

미아가 됐던 자신을 구해 준 이 유건하라는 아이는 역시나 학교에서 비범한 학생으로 통하고 있었다. 오죽하면 연수가 2반 담임을 맡게 되었다는 얘기에 선생님들이 그래도 2반의 회장이 건하이니 다행이라는 말을 하셨을까. 학생보다 신뢰가 없는 제 위치에 자존심이 상하긴 했지만 모범적으로 학교생활을 하는 건하를 보면 선생님들의 신뢰를 인정할 수밖에 없었다.

"응, 왜?"

"청소 끝나서요."

"아, 알았어. 출석부 주고 가도 돼. 교실 문은 잘 잠갔지?"

"네. 근데 선생님 뭐 하세요?"

"응? 아, 아직 반 애들에 대해 잘 몰라서."

"아……."

건하는 자신에게서 출석부를 건네받고 다시 시선을 내려 아이들의 얼굴과 인적 사항을 공부하듯 읽어 내려가는 연수의 옆모습을 물끄러미 바라보았다.

학기 첫날 자신에게 도움을 청했던 선생님이 자신들의 새로운 담임이 된다고 했을 때 얼마나 놀랐던지. 아무렇지 않은 척하려 하였으나 한눈에 보기에도 긴장한 티가 역력했던 젊은 담임선생님의 등장에 남모르게 혀를 차기도 했던 건하였다. 하지만 걱정했던 것과 달리 처음부터 학생들을 돌보지 못한 것을 보상이라도 하듯 연수는 시간이 날 때마다 교실에 올라와서 아이들을 살피고, 아이들에게 다가가며 담임으로서의 역할을 하나하나 수행해 가고 있었다.
"선호요, 축구를 굉장히 잘해요."
"뭐?"
새침데기일 것 같은 첫인상과 다르게 편안하고 친근하게 아이들에게 다가오려고 하는 선생님의 노력을 자신을 비롯한 친구들도 알고 있었다. 자신들이 봐도 전(前) 담임선생님과 달리 현(現) 담임선생님은 서툰 부분이 많아 보였지만 시간이 지나면 나아질 것이라 믿었다. 그리고 자신들이 조금만 더 담임선생님에게 다가가면 힘든 수험 생활 속에서도 신 나는 학교생활을 즐길 수 있을 것 같다는 생각에 건하는 연수가 보고 있던 서류를 보며 덧붙이듯 말했다. 자신의 친구들은 고작 글자 몇 자로 표현할 수 없는 매력을 지닌 아이들이었다.
"축구를 굉장히 좋아해서 쉬는 시간마다 축구 하자고 친구들을 꼬이죠. 뭐, 지금은 고 삼 됐다고 자중하는 중인데, 아마 좀 있으면 운동장에 축구공 들고 나갈 거예요."
'두고 보시라고요.' 하고 말하는 듯 장난스러운 건하의 눈빛에 연수가 웃음이 터졌다. 풋 하고 터뜨리는 시원한 웃음소리가 듣기 좋았다.
"그럼 정민이는?"
좀 더 아이들에 대해 알고 싶던 차에 건하가 알아서 이야기를 해 주니 연수는 잔뜩 고무되어 건하에게 다른 아이에 대해 물었다.
어렸을 때부터 열성적인 교사셨던 아버지를 봐 온 탓에 연수의 꿈은 한결같이 선생님이었다. 그냥 선생님이 아닌 아이들에게 친구 같은 선생님이 되어 주고 싶었다. 다정한 선생님 주변의 다감한 아이들. 사실 그런 이야기를 하면 주변 사람들은 그런 생각은 그저 이상일 뿐이다, 요즘 같이 입시에 목매며 친구들도 경쟁자로 만드는 학교에서 그런 게 가능하겠냐, 하는 비웃음 섞인 소리를 하곤 했다. 초보 교사가 가지는 당연한 이상. 어쩌면 그 사람들의 말대로 자신의 꿈은 텔레비전이나 영화 속 이상적인 모습에 대한 동경일 뿐일 수도 있고, 현실은 상상과 다르다는 것 또한 조금씩 알아 가고 있었다. 하지만 그렇다고 해서 지레 겁먹고 자신의 꿈을 포기하고 싶진 않았다. 그리고 진심은 통한다고, 자신의 똑똑한 제자는 벌써 그런 마음을 알아주는 듯했다. 비록 건하가 선생님들의 열렬한 신뢰를 받아 자신을 작게 만들며 심지어 라이벌(?)로 삼을 뻔했던 아이였지만, 담임의 입장에서는 천군만마나 다를 게 없는 존재였다.

"정민이는 만화를 아주 잘 그려요. 사실 꿈이 애니메이터인데, 부모님이 반대하셔서 다른 쪽 전공 생각하고 있는 거 같더라고요."

"그래?"

"네."

희망 진로란에 쓰인 '검사'라는 단어는 실은 본인의 꿈이 아니라 부모님의 꿈이었나 보다. 어쩐지 안타까운 생각이 들어 연수가 정민의 사진을 뚫어져라 바라보았다.

그리고 그런 스승의 모습을 건하가 내려다보고 있었다. 젊은 선생님이라 그런 것일까. 정민의 이야기를 듣는 새 담임선생님의 표정이 상당히 진지했다. 사실 자신이 정민의 이야기를 하면 열에 여덟 선생님은 만화는 취미로라도 그릴 수 있으니 일단 좋은 대학, 좋은 학과로 가야 한다고 주장하실 거다. 인정하고 싶지 않아도 살아가면서 그런 타이틀은 분명 필요한 것이었고, 그것을 얻기 위해 자신들은 답답한 교실에 앉아 검은 활자와 씨름을 하고 있는 것이었다. 그런 사실을 알고 있기에 다른 선생님들과 달리 어린 제자의 꿈을 인정해 주는 연수의 표정이 건하에게는 굉장히 신선하게 다가왔다.

제자가 자신을 어떤 눈으로 바라보는지 알 리 없는 연수는 진지한 얼굴로 그가 말해 준 내용을 꼼꼼히 메모하며 자꾸만 흘러 내려오는 머리가 더 이상 내려오지 않도록 귀 뒤쪽으로 넘겨 버렸다. 계속 귀찮게 만드는 머리카락에 연수가 조만간 미용실을 가야겠다고 다짐하는데, 연수의 얼굴을 바라보던 건하의 시선이 연수의 드러난 귀에 머물렀다.

'귀 되게 작네.'

검은 머리카락과 대비되는, 조그만 액세서리 하나 하지 않은 하얗고 작은 귀였다. 변태도 아니고, 귀에 시선이 꽂힌 자신이 스스로도 이해되지 않아 작은 헛기침을 하며 부러 시선을 다른 쪽으로 돌렸다. 하지만 이번에도 시선이 닿은 곳은 연수의 몸의 일부인 펜을 쥔 작은 손이었다. 몸이 작아 그런지 귀는 물론 손까지 작은 스승의 모습에 그는 남모르는 웃음을 삼켰다.

사실 처음 길을 잃은 연수를 보면서 떠올린 생각도 '참 작은 사람이네.'였단 것이 생각난 탓이었다. 자신의 키가 큰 것도 있겠지만 제 어깨에 닿을 듯 말 듯 한 자그마한 키에, 서울에서 시골로 전학 온 아이처럼 새침하지만 어린 외모의 여자를 보며 내심 귀엽다는 생각까지 했었기에 자신을 선생님이라 밝힌 여자의 말에 뜨끔했던 기억이 있었다.

연수가 선생님임을 인지하고 있는 상황임에도 작은 탄성까지 지르며 제가 한 말을 필기하는 그녀의 모습이 마치 자신의 여동생처럼 느껴졌다. 연수보다 키가 훨씬 작은 선생님을 보고도 느낀 적이 없던 감정에 건하가 고개를 갸웃거렸다. 다른 선생님과 분명 다른 느낌이긴 했지만 어쨌든 나쁘지는 않다며 제 마음속에서 피어나는 묘한 감정을 넘겨 버린 건하가 다시 연수에게 아이들의 이야기를 해 주기 시작했다.

※ ※ ※

"학교생활은 어떠냐?"

일요일 아침, 벌써 새 학기가 시작된 지도 한 달이 넘어가고 있었다.

"항상 비슷하죠, 뭐."

"그 교생으로 왔다는 제자는 언제부터 실습하는 거야? 이제 할 때 됐지?"

"네. 다음 주, 내일부터 시작이에요."

시간이 벌써 그렇게 됐나, 바로 내일부터 건하의 교생실습이 시작될 터였다. 연수가 예전에 가르쳤던 제자가 이번에 교생으로 학교에 출근하게 됐다는 말에 연수의 부모님도 참 신기해하셨다. 특히나 건하는 처음 딸이 선생님이 되어 맡게 된 제자로, 자신을 참 잘 따르고 도움을 많이 준다며 입에 마르도록 칭찬을 한 아이기에 연수의 부모님 또한 아직까지도 그를 기억하고 있었다.

"그래, 잘 가르쳐 주거라."

"네, 그래야죠."

제자를 잘 가르치리라 하는 연수의 말에 만족스러운 표정이 되었던 양 교장이 시선을 돌려 식탁 위의 반찬을 둘러보더니 이번엔 살짝 불만이 어린 표정으로 경화에게 말했다.

"저번엔 호식이 녀석이 보내 준 김은 없어? 어찌 된 게 반찬 먹을 게 없어."

"그거 다 먹은 지가 언젠데. 끼니때마다 질리지도 않고 먹는데 남아 있는 게 이상하죠."

가끔씩 제자들이 선물을 겸해서 음식이나 반찬거리를 보내면 질리지도 않고 그것만 찾는 양 교장이었다. 이건 어디 사는 어떤 제자가 보내 준 건데 다른 거랑 비교가 안 되게 맛있니 어쩌니 하며 입이 마르게 칭찬을 해 댔다. 그것뿐이면 아니꼬워도 넘어가겠지만 그 칭찬을 하면서 꼭 집 반찬을 타박하는 게 문제였다. 오늘도 제자가 보낸 반찬을 찾으며 식탁 위의 반찬을 무시하는 발언을 하는 양 교장의 말에 받아치는 경화의 말이 뾰족했고, 그 말에 민망해진 양 교장이 헛기침을 했다.

"또 남 다 퍼다 준 거 아니야? 자연산 김이네, 어쩌네 하면서."

"자연산은 개뿔, 요즘은 다 양식이거든요?"

제대로 알지도 못하면서 토 다는 남편의 말에 경화가 빈정대자 양 교장도 발끈하여 소리를 높였다.

"그게 무슨 소리야! 완도 사는 녀석이 보내 준 건데 양식일 리가 있어?"

"아이고, 양식 김은 김 아닌가?"

"뭣이?"

"두 분 다 왜 그러세요? 김이 맛만 있으면 되지."

평화롭던 아침 식탁에 찬바람이 불었다. 반찬 투정에 김의 자연산 여부를 가지고 싸우는 부모님이라니. 밖에서는 언제나 점잖고 무게 있으신 교장 선생님과 그 사모님이지만, 집에서는 다른 중년의 부부들처럼 투탁거리기를 잘하는 보통의 부부셨다. 그리고 그런 부모님의 모습이 귀엽게 보였던 연수가 부모님 모르게 웃음을 삼켰다. 저렇게 말씨름을 하시다가도 어느새 사이좋게 붙어 앉아 텔레비전을 보며 과일을 드실 것을 알고 있기 때문이었다.
"네 아버지 말하는 게 답답하잖아."
"누가 할 소리를."
"그러지 마시고, 아버지, 이거 한번 드셔 보세요. 이건 아버지 제자가 아니고 딸이 드리는 거. 엄마도 드세요. 아침부터 싸우지들 마시고."
이제 감정싸움이 될 소지가 보이자 연수가 애교랍시고 웃어 대며 양 교장과 경화의 밥 위에 반찬을 올려 주었다.
"됐어. 넌 시집이나 가."
"왜 갑자기 이야기가 거기로 튀어?"
자신들의 유치함이 새삼 창피했던지 경화가 이번엔 타깃을 바꿔 연수에게 쏘아붙였다. 갑작스럽게 변화한 공격 대상에 반항하듯 대드는 연수를 향해 이번엔 경화와 같은 마음이 된 양 교장이 물었다.
"우리 학교에 괜찮은 선생 하나 있는데 만나 보련?"
"예? 아니요."
마치 남매처럼 똑같은 눈빛 공격을 퍼붓는 부모님의 눈빛이 부담스러워진 연수가 고개를 저었다.
"나도 선생 사위 싫어요. 선생님이 얼마나 답답한데."
"그게 뭔 소리야? 선생이 얼마나 점잖고 현명한데."
"누가 그래요? 내가 살아 보니 하나도 안 그러더만. 잔소리만 많고, 사사건건 가르치려고나 하고."
"이 사람이?"

더욱 언성이 높아질 듯한 분위기였지만 이번엔 연수도 두 부부의 싸움을 말리지 않았다. 괜히 잘못 끼어들었다가 자신이 피를 볼지도 모른다는 두려움 때문이었다.

부모님의 치열한 말다툼 속에서도 아침을 먹고 책상에 앉은 연수가 각 출판사들의 문제집을 살펴보며 문제를 분석하고 있을 때였다.
띠리링, 띠리링-
조용한 방을 가로지르는 휴대폰 벨 소리에 연수가 문제집을 보는 눈을 떼지 않으며 책상 구석에 있던 휴대폰을 들었다.
"여보세요."
-선생님.
휴대폰을 통해 들리는 낯익은 목소리에 그제야 연수가 액정 화면을 확인하자 그곳에는 '유건하'라는 이름이 떠다니고 있었다.
"응, 웬일이야?"
내일이면 바로 실습인데 갑자기 무슨 용건인가 싶었다.
-저, 부탁이 있어서요.
안부 인사 하나 건네지 않고 건하도 바로 결론을 꺼냈다.
"무슨 부탁?"
-저 학교 구경 좀 시켜 주세요.
"뭐? 갑자기 그게 무슨 소리야?"
-저번에 갔을 때 보니까 학교가 많이 바꼈더라고요. 그래서 길 잃어버릴까 봐요.
"학교가 바뀌어 봤자 얼마나 바뀌었다고. 학교 삼 년 동안 헛다

녔어?"

-그런가 봐요. 저도 예전에 선생님한테 학교 안내해 드린 적 있잖아요. 그러니까 이번엔 선생님 차례예요. 저 지금 학교 거의 도착했거든요? 얼른 오세요.

뚝.

그렇게 전화가 끊겼다. 이 건방진 녀석이? 언제나 예의 바르다고 생각했던 제자의 하극상에 휴대폰이 건하라도 되는 듯 노려보던 연수가 눈앞의 문제집을 탁 하고 닫았다. 하극상은 바로바로 응징해야 옳았다.

"선생님, 오셨어요?"

교문 앞에서 자신을 기다리고 있는 건하를 발견한 연수가 앞뒤 재지 않고 그의 등짝에 스매시를 날렸다. 갑작스러운 연수의 공격에 놀란 건하가 화끈대는 등에 손을 가져갔다.

"이게 어디서 선생님을 오라 가라야? 간이 배 밖으로 나왔지, 아주?"

"선생님 손 진짜 매우신데요?"

"교사 생활 육 년 하면서 단련한 거다, 왜?"

"절 때린 건 선생님이 처음이에요. 책임져 주셔야겠는데요?"

"뭐? 나 안 그래도 책임질 사람 많거든? 너는 다른 사람 찾아라."

"전 선생님밖에 없었는데, 그러시기예요?"

"점점?"

장난기 어린 어조 사이로 드러난 서운함이 당황스러웠던 연수가 황당하다는 듯 건하를 바라보았다. 장난이 분명한데 묘하게 장난 같지 않은 진심도 느껴졌다. 하지만 이내 그 서운함도 장난이 겠거니 생각하며 학교 운동장 쪽으로 걸음을 옮겼다.

"근데 갑자기 무슨 바람이 분 거야? 내일이면 한 달 동안 지겹게 오게 될 텐데."

"갑자기 보고 싶더라고요."

"학교가? 특별하게 달라진 건 없어."

"그래도 느낌이 많이 달라요. 참 많이 보고 싶었는데."

그런 말을 하면서는 학교 건물을 봐야지, 자신을 뚫어지게 바라보는 건 또 뭔가 싶었다. 마치 '당신이 보고 싶었다.'고 말하는 것처럼 자신에게서 시선을 떼지 않는 건하의 눈에 움찔하여 연수는 어색하게 시선을 피해 버렸다.

"그, 그래 놓고 졸업하고 한 번을 안 찾아와? 어쨌든 온 김에 학교 오리엔테이션이나 하자. 어차피 해야 하는 거니까."

최대한 아무렇지 않은 어조로 말을 이으려고 했는데, 말을 하다 보니 버벅대고 말았다. 스스로가 바보처럼 느껴진 연수는 건하가 따라오든 말든 학교 건물 쪽으로 걸음을 옮기기 시작했다.

총총걸음으로 자신에게서 멀어지는 연수의 뒷모습을 보며 건하는 미소를 삼켰다. 하여튼 귀엽다니까, 하는 생각을 하면서 말이다.

"그것 봐, 달라진 거 별로 없지?"

"그러게요."

역시 처음 예상했던 대로 구경할 만한 건 없었다. 별게 없을 거라는 걸 예상했다는 듯한 무덤덤한 반응에 연수의 눈이 가늘어졌다.

"여기도 그대로고."

그런 연수의 눈빛을 못 본 척 건하가 고개를 들어 주위를 살폈다. 사실 얼마 전에 왔을 때 구경했던 학교이니 그사이에 커다란 변화가 있었을 것이라 생각하지는 않았다. 자신에겐 그저 아주 작은 핑계가 필요했을 뿐이었다. 앞으로 자신에게 얼마만큼의 핑계가 필요해질까. 자신도 연수를 속이는 것이 싫으니 얼른 자잘한 핑계가 없는 세상에서 살고 싶었다. 거짓말이 싫은 모범생 피가 어디 가겠냐 이 말이다.

"여기 얼마 전에 공사하면서 나무랑 꽃이랑 새로 심었어."

현재 두 사람이 쉬고 있는 곳은 학교 건물 뒤에 있는 산책로였다. 아마 길을 따라 조금만 걸어가면 두 사람이 처음 만났던 그 장소가 나올 터였다. 학교 뒤 건물의 스산함이 살아 있어 느끼지 못했는데, 연수의 말에 주위를 둘러보니 자신이 학교 다니던 시절엔 없었던 꽃나무들이 보였다.

"정말 그러네요."

꽃나무에서 조만간 예쁜 꽃을 피울 것이라 생각하고 화단을 둘러보던 연수가 눈에 뜨인 작은 화사함을 향해 다가갔다.

"이것 봐, 꽃 피었어."

날씨를 착각한 어린 꽃잎을 조심스럽게 만져 보던 연수가 어느새 제 뒤에 다가와 있는 건하에게 말했다.

"진부한 말 같기는 한데, 봄에 꽃 피는 걸 보면 너희들을 보고 있는 거 같아. 꽃마다 처한 환경도 다르고 특성도 다르지만, 어떻게 가꿔 주고 관심을 가져 주느냐에 따라서 예쁘게 자라기도 하고, 그 반대가 되기도 하잖아. 그렇다고 의지 없이 주변에 영향만 받는 게 아니라, 자기에게 쏟아지는 사랑을 받아들이면서, 자기한테 주어진 환경을 이겨 내 가면서 결실을 맺기도 하고. 정말 보기만 해도 기특하고 예뻐."

꽃을 보며 자신의 아이들을 떠올리는 듯 연수의 눈과 입은 부드러운 호선을 그리고 있었다.

"우리 선생님들은 꽃이 잘 자랄 수 있도록 햇빛도 주고 거름도 주고 하는 것처럼, 아이들이 잘 자랄 수 있도록 햇빛도 돼 주고 거름도 돼 주고 사랑도 많이 줘야 한다고 생각해. 뭐, 이론으로 알아도 실천이 힘든 게 사실이니까. 솔직히 말하자면 아직 나도 부족한 것투성이고."

아직 찬 날씨에 꽃망울을 튼 꽃을 보며 느끼는 감동에, 추운 날씨에 고생할 꽃에 대한 안타까움이 더해져 하다 보니 어쩐지 손발이 오그라드는 발언을 한 것 같아 연수는 민망함을 감추며 부러 털털하게 말을 이었다.

"그러니까 혹시 나 보면서 기대했던 거랑 다르다고 실망하지 말라고."

"별로 안 그런데요. 지금도 선생님은 제가 기억하던, 제가 기대했던 그대로세요."

자신의 말에 칭찬인 거냐 물으며 쑥스럽다는 듯 고개 숙이는 연수를 향한 건하의 미소가 더욱 깊어졌다.

자신이 학교에 다니던 시절부터 연수는 언제나 아이들의 입장에서 아이들을 이해해 주려고 하는 선생님이었다. 그 이해 때문에 연수가 곤란해졌던 일도 있었지만 한결같이 아이들을 생각하는 연수를 보고 있으면 두근거림과 동시에 말로 표현할 수 없는 감동을 느끼기도 했었다. 물론 다른 선생님들이 자신들을 생각해 주지 않았던 것은 아니지만, 초보 교사 티도 벗지 못한 그녀가 아이들을 보며 눈을 반짝이는 모습은 그간 느껴 보지 못했던 울렁거림이 생기게 만들었다. 그리고 그 울렁거림이 지금 이 마음의 시작이었을 것이다. 여전히 쪼그리고 앉아 꽃을 보는 연수에게 건하가 자신이 입고 있던 카디건을 벗어 어깨에 걸쳐 주었다.

"괜찮아."

연수는 갑작스럽게 퍼지는 기분 좋아지는 향과 따뜻함에 놀라 어깨를 움찔했다. 이내 그 따뜻함의 정체를 알아챈 그녀는 건하에게 카디건을 돌려주려 했다. 하지만 그런 움직임을 막으려는 듯 건하가 연수의 어깨에 손을 올렸다.

"저도 괜찮아요. 선생님 추위 많이 타시잖아요."

"너도 춥잖아."

그의 배려는 고마웠지만 혹시나 감기라도 걸릴까 고집스럽게 카디건을 돌려주려 건하 쪽으로 몸을 돌린 연수가 훅 숨을 들이켰다. 자신과 같이 무릎을 굽히고 있던 건하의 얼굴이 생각보다 너무 가까이 다가와 있었다. 웃음기 배인 표정의 건하와 눈을 마주치자 이상하게 그에게 하려고 했던 말이 하나도 기억나지 않았다. 부드럽게 자신을 내려다보는 갈색 눈동자에 높다란 코, 그리고 기분 좋게 휘어진 입술을 차례대로 보던 연수가 화들짝 놀라며 자리에서 일어서려 했다.

"어, 선생님."

그저 건하의 얼굴을 피해야겠다는 생각으로 너무 급하게 일어서려고 하는 바람에 몸이 중심을 잃고 화단 쪽으로 기울었다. 아까까지 자신이 보며 감탄하던 꽃 위에 넘어지게 생긴 상황에 눈을 질끈 감았는데, 이어지는 고통이 없었다.

"괜찮으세요?"

"어?"

정신을 수습하며 눈을 뜨자 아까보다 더 가까이 다가온 그의 얼굴에, 제 허리엔 그의 손이 감겨져 있었다. 건하의 손이 허리에 닿아 있다는 것을 깨달은 연수는 자신도 모르게 배에 힘을 주었다. 너무 놀란 탓에 심장이 미친 듯이 뛰어 대고 있었다.

"조심하셔야죠."

"응? 어, 고마워. 큰일 날 뻔했다."

아직도 빠른 박동을 유지하며 뛰어 대는 심장을 가라앉히려 연수가 숨을 크게 내쉬었다. 건하의 품에서 벗어나긴 했지만 품에 안긴 순간 느꼈던 미묘한 감정을 어떻게 해석해야 좋을지 알 수 없었다. 졸업했다고 해서 건하가 제자라는 사실이 변하는 것도 아닌데, 선생이라는 작자가 제자에게 말 못할 감정을 느꼈다는 게 창피했다.

"카디건은 계속 덮고 계세요."

"어? 응."

이번에도 카디건을 거절했다간 무슨 일이 생길지 몰라 연수가 얌전히 고개를 끄덕였다. 당황한 속과 달리 그녀의 온몸을 덮고도 남을 카디건에서는 섬유 유연제인지 향수인지 모를 기분 좋은 향이 흘러나와 연수의 후각을 자극했다. 남자들이 쓰는 스킨 향처럼 톡 쏘거나 독하지 않은, 그렇다고 꽃향기처럼 부담스럽지도 않은 은은한 향이 굉장히 마음에 들었다.

어쨌든 주인 의지와 상관없이 뛰어 대던 심장은 슬슬 안정기였다. 그 사실에 안도하고 있는데, 무슨 일이 있는 건지 진지해진 눈으로 건하가 연수를 불렀다.

"선생님."

"응?"

"저 궁금한 거 있는데."

"뭐?"

그 심각한 표정에 동요된 연수는 그 심각한 표정 아래에 자리한 건하의 장난스러운 표정은 잡아내지 못한 상태였다.

"선생님 아직도 스물아홉이세요?"

스물아홉? 갑작스럽게 나온 숫자에 연수가 어리둥절해졌다. 제 나이는 이미 스물아홉을 넘겼는데 그 무슨……. 이리저리 생각을 정리하던 연수가 그 말의 어원을 기억해 내곤 발끈하고 말았다.

"야, 아니거든!"

때는 바야흐로 여름 방학이 막바지로 치닫고, 보충수업 또한 끝이 보이던 날의 종례 시간이었다. 그날도 빠지지 않고 종례를 하러 교실로 들어온 연수에게 아이들은 눈을 반짝이며 희한한 이야기를 꺼냈다.

"샘, 저희가 샘 언제 결혼하실 수 있는지 알려 드릴게요."

"갑자기 그게 뭐야?"

"한번 해 보세요. 일단 이에서 구 중에 마음에 드는 숫자 하나를 생각하세요."

우격다짐으로 숫자를 생각하라는 한 아이의 말에 의심스러운 생각이 들었지만 이내 숫자 하나를 떠올렸다.

"그 숫자에 구를 곱하세요. 하셨어요?"

"응."

"그럼 두 자리 수가 나오죠? 그 숫자의 십의 자리 숫자하고 일의 자리 숫자를 각각을 더하세요."

"했어."

"거기다가 이십을 더해 보세요."

아이의 말에 따라 계산을 끝낸 연수가 고개를 끄덕이자 아이가 다음 단계를 이야기했다.

"거기다가 선생님이 연애를 해 본 횟수만큼 숫자를 빼 보세요. 숫자가 몇이 나와요?"

"이십구."

연수의 대답이 떨어지자마자 아이들이 깔깔대며 웃기 시작했다. 갑자기 교실이 폭소의 도가니가 되자 연수가 당황하여 눈을 굴렸다. 갑자기 뭐지? 왜 그러느냐고 줄기차게 물어보았지만 아이들은 끝까지 아무런 대답도 해 주지 않은 채 선생님은 29살에 결혼하실 거라는 신뢰도가 제로인 이야기만 해 주었다. 아무리 눈치가 없어도 자신이 무언가 아이들의 마수에 단단히 빠져들었다는 것을 알 수 있었다. 그랬기에 얼른 종례를 마친 후 아이들을 보내고 교무실로 내려가자마자 수학 선생님께 그에 대해 물어보았다.

"그거 어떤 수를 생각하든 결과는 이십구가 나오는 거예요. 양 선생님, 애들한테 당했구나?"

"정말요? 맙소사, 어떡해!"

처음 2에서 9사이의 숫자 중 어떤 숫자를 선택하든 결과는 29가 나오는 것이란다. 그런데 아이들이 연애했던 횟수만큼 숫자를 빼 보라는 말에 29라고 덜컥 대답을 했으니, 아이들에게 자신이 모태 솔로라는 것을 실토하고 만 셈이다. 아이들이 웃어 댔을 때 이상하다는 것을 눈치채고 원래 알고 있었노라고 변명을 했으면 됐겠지만 그것도 이미 늦은 이야기가 돼 버렸다. 이대로 자신은 아이들에게 모태 솔로 선생으로 남아야 하는-진실이긴 했지만-서글프고도 서러운 상황이었다. 하지만 동요를 보이면 아이들이 더 짓궂게 굴 거라는 선배 교사의 이야기에 따라 연수는 아무것도 모른다는 표정으로 아이들을 대했다. 하지만 속에선 창피함의 눈물의 고이니, 처음으로 '나 선생이라는 직업 잘 선택한 거 맞지?' 하는 고민에 빠져야 했다.

"진짜 그 숫자에 변동이 있으신 거예요?"

그 사건 이후로 자신을 놀리려 드는 아이들을 잘 차단했고, 방학이 끝난 이후엔 아이들도 고 3이라는 학년에 맞게 본인들의 생활이 바빠져 잊힌 이야기라고 생각했다. 그런데 그 이야기를 설마 하니 건하가 꺼낼 줄은 몰랐기에 방비할 새도 없이 연수의 얼굴이 빨갛게 달아올랐다.

"당연한 거 아니야? 그리고 그때도 다 알았는데 일부러 그런 거였어."

덧붙인 말이 거짓이라는 것은 굳이 확인하지 않아도 알 수 있었다. 자신들의 장난에 지었던 연수의 어리둥절한 표정은 누구보다 진실 돼 보였으니 말이다. 하지만 거슬리는 말은 뒤의 대사가 아닌 앞의 대사였다. 시간이 많이 흘렀으니 그 숫자에 변동이 있는 것도 당연한 일이고, 인정하기 싫어도 자신이 실제로 봤던 광경도 있었다.

제 마음을 깨닫지 못했던 그때에도 연수의 '29'라는 대답은 그에게 커다란 기쁨을 가져다주었다. 예나 지금이나 그런 제 기분을 알지 못한 채 그저 발끈하기만 하는 연수의 말에 치졸하긴 해도 억울한 생각이 든 건하가 서운하다는 눈빛으로 말했다.
"너무하시네요."
"뭐가?"
 여름철 날씨처럼 또다시 변한 건하의 표정에 연수는 당황하고 말았다.
"가죠. 모셔다 드릴게요."
"응? 그래."
 그렇게 말없이 교문 앞까지 걸어간 건하는 집까지 데려다 주겠다며 학교 앞에 세워 둔 제 차를 타라고 고갯짓을 했다. 한눈에 보아도 좋아 보이는 차에 아직 학생이 무슨 차냐고, 한 소리 하려다가 여전히 심기가 불편해 보이는 그의 모습에 연수는 아무런 말도 하지 못하고 차에 올라탔다. 건하에게 목적지를 알려 준 후로도 차 안에는 계속 침묵이 흘렀다.
"여기서 세워 주면 돼."
"네."
"조심히 들어가고, 내일 보자."
"네."
 자신의 집으로 향하는 골목에 도착하자 연수가 차를 멈춰 줄 것을 부탁했고, 건하도 별말 없이 차를 세워 주었다. 차에서 내리기 직전까지 건하의 눈치를 살피는 자신이 꼭 화난 남자 친구 앞에서 안절부절못하는 눈치 없는 여자가 된 것만 같았다. 그런 묘한 기분으로 냉정히 떠나는 건하의 차 뒤꽁무니를 보며 서 있는데, 건하의 차가 멈췄다. 어? 왜 저러지, 하는 사이에 차는 다시 움직여 떠났고, 동시에 연수의 휴대폰이 울렸다. 확인해 보니 건하가 보낸 문자 메시지였다. 차까지 세워 가며 자신에게 할 말이 무엇일까, 궁금해서 얼른 문자를 확인해 본 연수의 표정이 미묘했다.

[전 스물아홉입니다.]

분명 나이 이야기는 아닐 거였다. 건하가 29살이 되려면 자신과 달리 아직 몇 년은 더 있어야 하니 말이다. 그러니 이 말의 의미는 예전 아이들이 했던 장난의 답이 되는 숫자인 셈이었다. 왜 자신에게 이런 이야기를 하는 것인지. 예전 선생님을 놀렸던 속죄인 건가. '29'라는 숫자에 못 박힌 연수의 시선은 한참이나 떨어지지 못하고 있었다.

제3장

꿈은 이루어질까?

끝내주는
제자

 다른 날과 다를 바 없는 평범한 월요일 아침이었다.
 중상고는 선생님들이 소속돼 있는 부서에 따라 교무실이 크게 4개로 나뉘어 있다. 대부분의 부서가 모여 있는 제1 교무실은 본관 1층에, 체육 선생님들이 계시는 체육부실은 체육관 안에, 학생들의 진로와 관계된 일을 하시는 선생님들이 계시는 진로부실은 본관 3층에, 마지막으로 학생부에 소속된 선생님들이 계시는 학생부실은 본관 2층에 있었다. 학생부 소속인 연수는 본관 2층의 학생부실에서 근무를 했고, 매주 교무 회의나 비정기적으로 열리는 회의 때가 되면 제1 교무실 내에 있는 대회의실로 내려가야 했다.
 "선생님."
 "네, 왔어요?"

"안녕하십니까."

오늘 수업 내용과 일정을 살펴보던 연수가 제 머리 위에서 들리는 낯익은 목소리에 고개를 들어 올렸다. 역시나 그곳엔 미소 띤 얼굴의 건하가 있었다. 어제 어린아이처럼 삐죽이던 건하는 완전히 사라져 있었다.

"일찍 왔네요."

사석에서는 자신의 제자일지 몰라도 교생실습을 하는 학교에서만큼은 공적인 위치에서 담당 선생과 교생 선생의 관계를 유지해야만 했다. 건하와 인사를 마친 연수가 제 옆에 간이로 만들어 놓은 책상과 의자를 가리켰다.

"일단 유건하 선생님 자리는 제 자리 바로 옆이에요. 사실 교생 선생님이 많이 오시면 따로 휴게 공간을 드리는데, 이번에 실습하시는 분이 유건하 선생님 한 분밖에 안 계셔서 임시로 자리를 만들었어요. 불편하시더라도 조금만 참아 주세요."

한 달만 있다 갈 교생을 위해 평교사들이 쓰는 책상을 내줄 수도 없는 노릇이라 고민 끝에 학생부실 내에 있던 쓰지 않는 책상을 제 옆에 옮겨 놓은 연수였다. 커다란 선생님 책상 옆에 제가 봐도 초라한 책상에 기분 나빠하면 어쩌나 했던 것이 무색하게, 건하는 제 자리가 마음에 든 듯 가져온 가방을 내려놓았다.

"아닙니다. 자리 아주 마음에 듭니다."

"영 불편하면 저쪽에 상담실 있으니까 저기 써도 되고요."

"아뇨. 정말 여기가 딱 좋습니다."

"그럼 다행이고요."

그렇게 대화를 나누는 중간에 두 사람 사이에 끼어드는 목소리가 있었다.

"어? 이게 누구야! 유건하 아니야?"

"안녕하세요. 그간 잘 지내셨죠?"

평소와 다름없이 등산복 브랜드의 편한 아웃도어를 걸친 홍만이 연수와 있는 건하를 보고 놀란 표정으로 다가왔다.

"나야 잘 지냈지. 여긴 어쩐 일로…… 설마 네가 오늘부터 나온다는 교생 선생이었어?"

"네. 미리 찾아뵙지 못해서 죄송해요."

"허허, 어떻게 이런 일이. 양 선생, 미리 이야기 좀 해 주지."

건하가 온다는 사실을 당일이 돼서야 알게 된 것이 서운했던 홍만이 가볍게 연수를 타박했다. 그에 연수가 머쓱한 미소를 지으며 홍만에게 죄송하다는 듯 머리를 숙였다. 건하가 실습 오는 사실을 알게 되면 실습 시작하기도 전에 그를 불러내 학교생활에 대해 일장 연설을 할 홍만의 모습이 눈에 선했다. 미안하긴 했지만 선배 교사보다는 제자를 생각하는 마음으로 홍만에게는 건하에 대한 이야기를 하지 않았던 것이었다.

"죄송해요, 제가 정신이 없어서."

"젊은 사람이 그렇게 정신이 없어서야. 어쨌든 녀석, 더 멋있어졌어. 그간 잘 지낸 거야?"

"네. 그동안 자주 연락 못 드려서 죄송합니다."

"생활이 바쁘면 그럴 수도 있는 거지. 이 녀석 어깨 단단한 것 좀 보소."

연수를 향해 작게 혀를 찬 홍만이 한 손으로는 건하의 손을 꼭 붙잡고, 남은 손으로는 아플 정도로 투박하게 건하의 어깨를 툭툭 두드렸다. 선생님의 손길에 차마 아프다는 소리를 하지 못한 건하는 홍만의 키에 맞춰 허리를 구부리며 연수처럼 어색하게 웃었다. 오랜만에 뵌 선생님이지만 언제나 호쾌한 목소리와 힘은 여전하셨다. 세월 앞에 흰머리는 좀 늘어나셨지만 여전한 활력에 다행이라는 생각이 먼저 들었다.

"안녕하세요."
"어? 강 선생 왔나? 여기는 오늘부터 교생실습 온 선생님. 내 제자야."
"아, 안녕하세요."

건하가 오기만 하면 하트 광선을 쏠 것이라는 연수의 예상대로 홍만은 그녀가 해야 할 일임에도 본인이 직접 나서서 학생부실로 출근한 선생님께 건하를 인사시키기 시작했다.

"이제 회의 내려갈 시간이네. 월요일마다 학교 교무 회의가 있거든? 다른 부에 계신 선생님들은 회의 끝나고 인사드려도 될 거야."
"네? 네."

선생님들과 인사를 나누다 보니 어느새 교무 회의 시간이었다. 담당 교사인 연수가 있건 말건 건하를 챙기던 홍만이 급기야는 회의가 있는 교무실까지 건하를 대동하려 했다. 그에 당황한 건하가 연수에게 구원의 눈빛을 보냈지만 연수는 얼른 홍만과 가 보라는 듯 고개만 끄덕일 뿐이었다. 그렇게 건하는 울며 겨자 먹기로 홍만과 함께 교무실로 향해야 했다.

"여기는 이번에 새로 오신 교생, 유건하 선생님입니다."
시험 기간을 앞두고 이런저런 공지 사항이 많았던 교무 회의가 끝나고 마지막으로 교생 소개가 이루어졌다. 물론 이번에도 먼저 나선 건 연수가 아닌 홍만이었다.

"안녕하십니까. 이번엔 중상고로 교생실습을 오게 된 유건하라고 합니다. 한 달 동안 잘 부탁드립니다."

건하의 짧은 인사에 교무실 선생님들의 박수 소리가 이어졌다. 훤칠한 교생 선생님의 모습에 예전 건하를 가르쳤던 선생님들의 입가에도, 오늘 건하를 처음 보는 선생님들의 입가에도 반가운 미소가 떠올랐다.

"양 선생."

"네."

건하의 인사를 끝으로 교무 회의도 마무리였다. 학생부실로 돌아가기 위해 연수가 자리에서 일어서는데 홍만이 연수를 불렀다.

"오늘 아침 조회 있다는 얘기 들었지?"

"아, 네."

홍만의 말에 오늘 중상고 학생들에게 교생 선생님 소개를 겸하여 아침 조회를 할 것이라는 공지가 있었던 것을 떠올렸다. 사실 달랑 한 명뿐인 교생 선생님을 학생들의 시간까지 뺏어 가며 소개할 필요가 있나 싶긴 했지만, 교생 주제에 교장 선생님의 총애를 받게 된 건하는 전에 없는 특수를 누릴 수 있게 된 모양이었다. 물론 정작 건하는 선생님들의 그런 배려가 부담스러운 듯 보였지만, 또 저렇게 성심성의껏 챙겨 주시는데 굳이 마다할 필요도 없어 보였다.

"지금 내가 건하 데리고 방송실로 갈 테니까 양 선생은 먼저 학생부실 올라가 있으라고."

"방 선생님이요? 굳이 그렇게까지 하실 필요 있으세요?"

학교 위치를 모르는 것이 아니니 건하 혼자서도 충분히 방송실까지 갈 수 있는 데다, 누군가 건하와 함께 방송실에 가야 한다면 연수가 가는 게 맞았지만 홍만은 고개를 저었다.

"아니야. 같이 내려갔다가 건하랑 다시 올라갈게."

"뭐, 저야 그렇게 해 주시면 감사드리죠."

"그래, 그럼 조금 있다가 보자고. 건하야, 얼른 가자."

"네."

이래서 사람들이 학연, 학연 하는 건가 싶었다. 다들 교생이 되어 학교로 돌아온 건하를 챙겨도 너무 챙겨 주고 있었다.

"그럼 교생 샘, 애들한테 인사 잘하고 와요."

"……네."

주위에서 그렇게 챙겨 주는데 그 챙김을 받는 수혜자에게서는 전혀 기쁜 기색이 보이지 않았다.

그가 그러거나 말거나 예쁨 받는 교생 건하가 교무실을 나간 뒤 연수도 회의실을 나가려고 하는데 누군가 그녀를 불렀다.

"양연수 선생님."

"네, 최 샘."

연수의 반가운 부름에 최 샘이라고 불린 남자가 쑥스러운 듯 뒷목을 긁적이며 고개를 숙였다. 이름은 최신혁. 체육부에서 근무하는 연수의 동료 교사였다. 중상고에서 흔치 않은 젊은 남자 선생님이기도 하고, 우락부락하고 다혈질일 것 같은 체육교사의 이미지와 달리 큰 키에 멀끔한 얼굴, 과묵하고 얌된 성질을 지니고 있는 사람이었다. 예전에 나름 알아주던 농구 선수 출신이라는 얘기를 들은 적이 있었지만, 운동에 별 관심이 없는 연수는 그저 쑥스러움 많은 동료 교사로 그를 정의하고 있었다.

"학생부로 올라가는 길이시죠?"

"네. 간만에 교생 샘 와서 그런지 활기 넘치는 것 같아요."

"그러게요. 근데 이번에 오신 교생 선생님이 가끔 선생님들께서 말씀하시던 분 맞죠?"

"네, '옛날 제자였던 우리 건하는 말이지.'에서 그 건하를 물으시는 거면 개 맞아요."

자연스럽게 연수의 길동무가 된 신혁의 물음에 연수가 고개를 끄덕였다.

"양 선생님께서도 그 교생 선생님 담임이셨다고 하던데요."

"네, 제가 건하 고 삼 때 담임이었죠. 하긴 최 샘은 도서관 문 샘이랑 같이 들어와서 건하 얼굴은 처음 보셨겠구나."

"네. 저도 이야기로만 들었습니다. 체육부장 선생님도 공부도 잘하는 놈이 운동신경도 좋았다고 이야기하시더라고요. 공부를 좀만 못했으면 체육 특기생으로 보내고 싶으셨다고."

"강 선생님이 그렇게까지 말씀하셨다고요?"

언제나 화난 듯 무뚝뚝한 얼굴로 다니는 체육부장 강정호 선생이 했다곤 전혀 믿기지 않는 말이었다. 도대체 유건하, 중상고 선생님들을 어떻게 구워삶아 놨기에 몇 년이 지나도 이렇게 두터운 신망을 유지할 수 있는 것인지. 건하가 자신에게 배울 게 아니라 자신이 건하에게 배워야 할 판이었다.

"어쨌든 교생 선생님은 좋으시겠어요. 양 선생님 아래서 배울 수 있어서요."

"에이, 이 선생님에 비하면 연륜이나 경험이나 두루두루 부족하죠. 사실 옛 제자라 더 부담되는 것도 있고요."

오늘 학교에서 건하의 모습을 보니 그가 자신의 가르침을 잘 흡수하여 응용하는 것은 나중 문제가 된 듯했다. 가르침을 받고자 하는 교생의 의욕 때문이 아니라 교생에 대한 주위의 관심 때문에 교생 선생님을 데리고 다녀야 하는 자신이 불편해진 상황이었다. 연예인이 교생실습 온 것도 아니고, 아마 오늘 방송을 통해서 건하가 학생들에게 소개되면 선생님들의 관심과 더불어 학생들까지 그에 대한 관심을 표하고 나설 것이었다. 그만큼 학교라는 곳이 새로운 사람이나 사건에 목말라 하는 공간이라는 것을 건하를 통해 새삼 깨달았다.

"양 선생님은 잘하실 겁니다. 전 교생 선생님 부럽기도 하고, 걱정되기도……."

"네?"

"아, 아닙니다."

그렇게 이야기를 나누다 보니 벌써 학생부실 앞이었다. 학생부실의 푯말을 보던 연수가 신혁을 불렀다.

"근데 최 샘, 학생부실에 무슨 볼일 있으세요?"

"예? 아뇨."

연수의 질문에 당황한 듯 신혁이 고개를 내저었다. 그러다 연수와 나란히 걷느라 긴장해서 보이지 않았던 학생부실 푯말이 신혁의 시야에 꽂혔다. 자신이 있는 체육부실은 학생부실과는 완전 다른 곳에 있었기 때문에 학생부실은 용건 없이는 절대 올 일이 없는 곳이었다. 그렇다고 양 선생님을 여기까지 모셔다 드리고 싶었습니다, 하고 너스레를 떨 성격도 못 됐다.

"근데 왜 여기까지?"

딱히 대답할 말을 찾지 못한 신혁이 계속 입만 열었다, 닫았다를 반복하자 되레 미안하다는 듯 연수가 말을 건넸다.

"제가 계속 얘기해서 말을 못 끊고 여기까지 오셨나 봐요."

그 말에 신혁이 손사래까지 치며 연수의 말을 부정했다.

"예? 아닙니다. 어, 저기, 그럼 전 가 보겠습니다."

그렇게 제대로 된 변명 한마디 하지 못하고 꾸벅 연수에게 인사를 하고는 신혁이 부리나케 복도를 가로질러 체육관 쪽으로 걸어가기 시작했다. 허둥지둥 걸어가는 키 큰 남자의 뒷모습에 연수가 피식 웃음을 지었다. 기회가 없어 한 번도 수업하는 모습을 본 적이 없었지만 아이들 앞에서 어떻게 수업을 하실지 정말 궁금한 선생님 중 한 분이셨다.

역시나 오늘 아침, 연수의 예감은 똑 들어맞았다. 하지만 신이라도 씐 듯 맞힌 미래의 상황이 전혀 달갑지는 않았다. 수업 시간에 맞춰 연수의 뒤를 쫓아 건하가 복도로 들어서자마자 아이들은-특히나 여자아이들은-너 나 할 것 없이 창문에 모여 서서 건하의 모습을 구경하기 시작했다. 그리고 그 틈으로도 '교생 샘, 여친 있어요?', '옷 완전 간지 나요.', '전에 도서관에 있으셨죠?' 등등의 질문들이 마치 여름철 소나기처럼 쏟아졌다. 연수가 무섭게 교실로 들어가라고 해도 그뿐, 다음 쉬는 시간이 되어 수업을 마치고 나오면 아예 연수가 수업한 반 앞에서 건하가 나오기를 기다렸다.

"쌤! 왜, 여자 교생 쌤은 안 와요?"

"맞아요, 여자 교생 쌤도 오게 해 주세요!"

밖에서는 호시탐탐 건하의 모습을 한 컷이라도 보고자 난리고, 안에서는 자신들도 저런 활력소를 달라고 난리였다. 예전 같았으면 그런 성화들에 당황하여 얼굴을 붉혔겠지만 지금은 나름 6년 차 교사였다.

"조용히 안 해! 나는 여자 아니냐? 교생 쌤이 아니고 아예 선생이다."

"쌤은 양골매잖아요! 새는 여자 아니에요."

"뭐? 이것들이!"

발끈하는 연수의 말에 남학생들은 껄껄 낮은 웃음을 터트렸다. 학생부에서 소속돼 있으면서 아이들의 꼼수를 매의 눈으로 발견해 내는 덕분에 생긴 연수의 별명이 바로 '양골매'였다. 눈썰미가 좋은 편은 아닌데 이상하게 교문 앞에만 서면 규정에 어긋나게 줄인 교복, 규정에 어긋나는 머리 길이 정도는 자나 도구를 사용하지 않고도 잡아낼 수 있었다. 학생부 선생님의 위엄이랄까. 연수보다 더 오래 교직 생활을 하신 분들 같은 경우에는 눈썰미가 거의 신의 영역에 다다라 어느 세탁소에서 교복을 줄였는지까지 맞히는 경지에 오른 분도 계셨다.

"내가 얘기했지? 나는 너네 휴대폰 안 무섭다고. 휴대폰 동영상 찍을 기회 한번 줘 볼까? 조용히 하고 책이나 펴세요."

우우우 하는 야유를 들으면서도 연수는 꿋꿋이 수업을 진행해 나갔다. 그리고 그런 아이들의 동요를 잠재우며 꿋꿋이 수업을 하는 연수를 보고 건하가 대단하다는 듯 마음속으로 박수를 보냈다.

오랜만에 학교에 와서 학생 신분이 아닌 선생님의 신분으로 교무 회의도 들어가고 조회에서 인사를 하는 것이 신기하기는 했지만, 설마 자신이 이렇게 열렬하게 환영을 받을 것이라고 생각지 못했었다. 첫날이라 그런 거려니 하면서도 학생으로 있을 때와 달리 사람들의 시선이 마치 동물원 원숭이 보듯 자신에게 향하니 영 불편할 수밖에 없었다. 제사보다는 젯밥에 관심이 있어 온 곳이었는데, 그 못된 심보의 벌을 받는 것인가 싶었다.

"오늘 진짜 피곤하네. 유건하 선생님도 피곤하죠?"

교직원 식당에서 점심을 먹는 건하와 연수가 향한 곳은 어제도 왔었던 학교 건물 뒤편의 산책로였다. 건하와 나란히 벤치에 앉은 연수가 교직원 식당에만 특별히 마련된 믹스 커피를 호로록 마시며 건하에게 물었다.

"네, 좀 그러네요."

"근데 유건하 선생님은 피곤해하면 안 돼요. 이게 다 유 샘 때문이니까."

자신의 이 피로는 간 때문도 아니고, 건하 때문이라고 가차 없는 평가를 한 연수의 말에 건하가 쓴웃음을 지었다. 절대 아니라고 발뺌을 하고 싶어도 그럴 수가 없었다.

"제가 교생을 너무 쉽게 봤나 봐요."

학교에 온 지 몇 시간밖에 되지 않았는데, 벌써 지쳤던지 제 말에 대꾸하는 건하의 눈이 푹 들어간 것만 같았다.

"유건하 선생님한테도 어려운 게 있나 보네요."

본인의 노력이 있었겠으나 옛날부터 공부든 운동이든 타고난 것처럼 척척 해 온 녀석이 우는소리를 하니 왠지 모르게 신기한 기분이 들었다. 그런 놀라움이 깃든 연수의 물음에도 건하는 당연하다는 듯 대답했다.

"세상에 어려운 게 얼마나 많은데요."

"대표적으로 뭐가 그렇게 어려운데?"

"도촬하는 거 아는데 모른 척하기?"

건하의 말에 연수가 정말 빵 하고 터지고 말았다. 아침 조회 시간에 휴대폰을 다 수거한다고 해도 끝까지 휴대폰을 내놓지 않는 아이들은 많았다. 선생님들도 그걸 알고는 있었지만 휴대폰을 찾겠다고 소지품 검사를 할 수도 없는 노릇이라 수업 시간에 만지지만 않는다면 그런 것들은 눈감아 주는 실정이었다. 그런 상황이니 쉬는 시간만 되면 아이들은 대박 교생을 사진으로 남기기 위해 대놓고 건하와 사진을 찍자고 하기도 했고, 건하 몰래 사진을 찍기도 했지만 대놓고 찍는 거든 몰래 찍는 거든 그 당사자가 모를 리 없었다. 계속 신경 쓰이는 카메라들 때문에 예민해지지 않으려 해도 예민해질 수밖에 없었다. 이렇게 사람 없는 곳에 와도 찰칵 소리가 들리는 것 같은 착각에…….

"야, 니들 휴대폰 안 넣을래? 뺏겨 봐야 정신 차리지?"

"죄송해요!"

역시나 양골매 연수가 학교 건물에서 커피 마시는 교생 쌤을 찍고 있는 아이들을 발견하고 한 소리 하자 아이들이 헐레벌떡 휴대폰을 가지고 도망쳤다.

"방송 한 번에 스타 되신 소감이 어떠신가요?"

"자고 일어나 보니도 아니고, 복도 걷기 한 번으로 스타가 된 게 신기하기는 하네요."

"처음이라 그래. 좀만 참으세요. 선생님이라는 게 원래 인고의 직업입니다."

스승의 깨알 가르침에 건하가 받들어 모시겠다는 듯 고개를 끄덕이며 커피를 입안으로 털어 넣었다.

"그래도 이건 마음에 들어요."

"뭐?"

"선생님이 저 선생님이라고 부르는 거요. 제가 제자가 아니라 동료 교사가 된 거 같아서요."

세상에 선 하나 넘기가, 벽 하나 부수기가 쉽지 않다고 하지만 호칭 하나로 그 벽과 선을 극복한 것 같은 이 기분이 싫진 않았다.

"교생 샘, 샘은 선생님 안 하신다면서요."

"다시 생각해 볼까요?"

"마음대로. 대신 다른 학교로 가세요."

건하가 선생으로 온다면 지금 이 난리 통이 한 번 더 생길지도 모른다는 두려움에 연수가 진저리를 치듯 고개를 저었다.

"바늘 가는 데 실 간다고 저 선생 되면 여기 올 건데요?"

"참 나, 누가 바늘이고 실이야? 그리고 학교 선생님 되는 게 쉬운 줄 알아?"

당연한 거 아니냐는 듯 하는 말에 연수가 황당한 표정으로 그를 타박했다. 황당함 때문인지 어느새 연수는 그에게 하던 존대까지 벗어 던지고 말았다.

임용고시를 통과해야 하는 공립학교와 다르게 사립학교의 경우 각 학교에서 정한 절차에 따라 교사나 직원을 채용했다. 연수의 경우엔 교수님의 추천으로 기간제 교사로 일을 하다 정교사가 된 케이스였는데, 계속되는 취업난에 학교에서도 정교사 대신 기간제 교사만 뽑는 상황을 고려해 봤을 때 연수는 운이 좋은 경우라 할 수 있었다.

"그것도 그러네요."

물론 건하의 경우엔 중상고 출신에, 중상 재단의 이사장 겸 교장으로 있는 박 교장의 눈에 들었으니 유리한 위치라고는 할 수 있었지만, 그것도 본인이 선생이 되겠다는 의지가 있을 때 말이었다. 방금 선생이 되겠다는 말도 진심보다는 장난에 더 가까운 것 같았다. 그랬기에 연수가 조금은 진지한 표정으로 물었다.

"진짜 너 졸업 후에 진로가 어떻게 되는 거야?"

어딜 가든 제 역할을 할 녀석임을 알았지만 건하가 가지고 있는 진로에 대한 생각이 궁금해졌다. 전에 이 녀석 학교 다닐 때 진로 희망란에 뭐라고 적었더라.

"취직해야죠."

"어디?"

"뭐, 굳이 대기업 아니더라도, 저 뽑아 주는 곳이요."

꿈이 철철 흐를 나이임에도 건하의 말은 단조롭기 그지없었다. 건하의 대답을 듣고 보니 생각났다. 고등학교 시절의 건하의 희망 진로도 바로 '회사원'이었다. 회사원이 나쁘다는 것은 아니지만, 그저 자기를 뽑아 주는 곳을 자신의 진로이자 직장으로 삼겠다는 건하의 덤덤한 말이 어쩐지 마음에 들지 않았다.

"취직하면?"

"일해야죠. 돈 벌어서 저축도 하고, 연애도 하고, 결혼도 하고, 아이도 낳고. 그렇게 평범하게 살다가 너무 고통스럽지 않게 죽는 게 제 오랜 꿈이에요."

"요즘 젊은 애들 생각이 보통 그런 거니? 참 야망도 없다."

"평범하게 사는 게 제일 힘든 거예요. 그 힘든 걸 하려고 하는데, 그게 야망이죠."

"진짜 재미없는 야망이다. 차라리 우주 정복, 세계 정복이 재미있겠어."

정말 그 정도면 만족하고 살 것 같은 건하의 말에 연수는 밉살맞게 대꾸했고, 그런 연수의 말에도 건하는 그저 웃음만 지을 뿐이었다.

'과학자가 될래요.', '대통령이 될래요.' 같은 초등학교 시절에 꿨던 꿈을 제외하고는 뭐가 되고 싶다거나 하는 방대한 소망 같은 것을 가진 적은 없었다. 교복을 입기 시작하던 중학생 시절부터 고등학생 시절까지 학생이니까 의무처럼 책을 읽고 공부했을 뿐인데, 정신 차려 보니 자신은 학교에서 모범생으로 통하고 있었다. 선생님의 신임과 친구들의 신뢰를 받는 것이 좋으면 좋았지, 기분이 나쁜 것은 아니었기에 모범생 이미지를 벗어나려 시도하거나 노력한 적은 없었다. 주위에서는 후에 대단한 사람이 될 것 같다고 그를 치켜세워 주었지만, 그런 말에도 별다른 감흥은 생기지 않았다. 나중에 시간이 흘러 처자식 먹여 살릴 능력 되고 키울 능력이 있다면 그뿐, 딱히 무언가 바라본 적은 없었다. 자신을 보는 사람들의 시선이나 기대와 달리 그저 물 흐르듯 세상을 살아가는, 좋게 말하면 욕심이 없고, 나쁘게 말하면 심드렁하고 무감동한 사람이라 할 수 있었던 것이다. 그런데 그런 자신이 처음으로 욕심냈던 일이 바로…….

"선생님."

"왜? 야망 없는 교생 샘."

"저…… 꼭 이루고 싶은 꿈은 하나 있는데."

"뭐? 진짜 세계 정복, 우주 정복 아니야?"

꿈이 있다는 그의 말을 장난스럽게 받아치려는데 진지한 표정을 풀지 않는 건하 때문에 연수도 괜히 허리를 곧추세우며 이야기를 제대로 들을 자세를 취했다.

"뭔데 그렇게 분위기를 잡아?"

"제 꿈은요, 굳이 네 글자로 표현 하자면 연수 정……."

"선생님."

건하의 진지한 말 사이로 낭랑한 목소리가 끼어들었다. 용기 내어 말해 보려다 끊긴 건하가 허탈함을 느끼며 소리가 난 쪽으로 고개를 돌렸다.

"응, 왜?"

두 사람 앞에는 중상고 교복을 입은 여학생 둘이 있었다. 수줍은 표정으로 서로 꼭 붙어서 자신들을 바라보는 아이들에게 연수가 묻자, 아이들은 아니라는 듯 고개를 저었다.

"아뇨, 샘 말고요, 교생 샘이요."

"나?"

"이거 드시라고요."

부끄러운 표정을 숨기지 않은 여학생들은 음료수 캔을 한 손씩 나눠 잡고 그것을 건하에게 건넸다.

"아니, 괜찮아. 너희 마셔."

"선생님 드리려고 사 온 거예요."

"아니, 저……."

"받아요. 선생님 드리려고 사 온 거라잖아요."

'사 주지는 못할망정'이라는 생각으로 아이들의 음료수를 거절하려던 건하였지만, 연수까지 나서서 음료수를 받으라고 하자 얼떨떨한 표정으로 음료수를 받아 들었다.

"잘 마실게."

"네."

"맛있게 드세요."

건하의 인사에 아이들은 흥분을 감추지 못한 채 눈에 빛을 냈다. 그 모습이 귀여우면서도 내심 서운했던 연수가 물었다.

"내 거는 없어? 나도 이거 되게 좋아해."

"에이, 샘은 체육 샘한테 사 달라고 하세요. 저희 갈게요."

그렇게 아이들은 서로의 손을 부여잡고 종종걸음으로 다시 학교 건물로 들어갔다.

그 뒷모습을 바라보며 연수가 약간의 복수심을 담아 아이들의 복장이나 두발이 학교 규정에 어긋나는 게 없나 살피고 있는데, 옆에서 딱 하는 소리와 함께 음료수 캔이 열리는 소리가 들렸다.

"애들이 준 거라서 더 맛있네요, 시원하고."

보기에 너무도 얄미운 미소와 함께 음료수를 마시는 건하의 모습에 기가 찬 연수가 그를 노려보았다. 연수가 노려보든 말든 음료수를 연거푸 몇 모금 마신 건하가 방금 전 스치듯 들었지만 굉장히 신경 쓰이던 것을 물었다.

"근데 방금 전에 애들이 말한 체육 샘은 누구십니까?"

"체육 샘? 아, 최신혁 선생님이라고 체육부에 계신 선생님."

"친하신가 보네요."

"학교에서 남선생님이랑 친해서 좋을 게 뭐 있다고. 애들이 나이대가 비슷하니까 엮어 보려는 거고."

"혹시 오늘 아침에 선생님이랑 같이 걸어가셨던 그분이에요?"

"어? 어떻게 봤어?"

홍만과 먼저 앞서 가느라 못 본 줄 알았더니 용케 자신과 신혁의 모습을 봤나 보다. 놀라 묻는 연수였지만 음료수를 쥔 건하의 표정은 좋지 않았다. 홍만을 쫓아가면서도 계속 미련이 생겨 뒤를 돌아보다 보았던 키 큰 남자의 얼굴이 떠오른 탓이었다. 연수는 별로 마음에 두고 있는 것 같지 않았지만, 분명 그 최 선생이라는 사람은 달라 보였다. 무감동하다고 하여 무신경한 것은 아니었다.

"최 샘도 인기 엄청 많은데. 긴장하셔야 할 겁니다, 인기 많은 교생 샘."

"무슨 긴장까지."

"오~ 최 샘 정도는 이긴다, 그거야?"

"그래야 하지 않겠어요?"

"뭐?"

분명 원래 계신 분이 더 낫지 않겠냐며 겸손을 떨 줄 알았던 건하의 자신감 넘치는 말에 연수가 당황한 듯 되묻고 말았다.

"뭐, 그렇다고요. 가죠. 종 칠 때 됐어요."

"그, 그래."

어느새 음료수를 다 마신 건하가 꽤 멀리 떨어진 쓰레기통 안으로 음료수 캔을 던져 넣었다. 돈이 없는 건 아니지만 내심 건하가 제자들의 마음만 받겠다며 음료수를 자신에게 넘기지 않을까 기대했던 연수가 차마 그 속을 드러내지는 못하고 입맛을 다셨다. 스스로도 민망한 생각이 들어 다음 수업만 끝나면 저 음료수 10개 사고 만다, 이런 다짐 중이었다.
"맞아, 너 꿈 이야기마저 해야지."
"나중에요. 가는 길에 매점 들르죠."
이미 산통이 깨진 이야기였다. 차라리 나중에 다시 하자 생각한 건하가 별거 아니라는 듯 고개를 저으며 다른 이야기를 꺼냈다.
"왜?"
"음료수 사 드릴게요."
'최 샘한테 얻어먹지 말고 저한테 얻어 드세요.'라는 말이 입 밖으로 나올 뻔했지만 가까스로 집어넣었다. 연수가 그 최 샘인지 뭔지 하는 사람한테 음료수 사 달라고 하지 않을 거라는 건 알지만 그래도 방금 전 아이들 말이 굉장히 거슬렸다.
'진짜 유치하네.'
그가 음료수를 사 준다는 말에 기분이 좋아져 역시 자신이 제자를 잘 뒀다는 흡족한 표정을 짓는 연수와 달리, 건하는 스스로에게 자조 섞인 미소를 지어 보였다. 어쩌랴, '연수 정복'의 꿈은 끝나지 않았으므로 유치하고 자괴감이 들어도 참아야만 했다.

※ ※ ※

실습이 시작된 지 일주일도 지나지 않은 어느 날, 건하와 연수는 언제나 있던 학생부실이나 교실이 아닌 다른 곳에 있었다.
"수업도 없는데, 쉬지."
"여기서 쉬면 되는 거죠."

책임자인 아영이 없는 도서관. 아영을 만나기 위해 종종 도서관을 찾는 연수지만 오늘은 갑작스럽게 손님이 오셨다며 잠시 도서관을 맡아 줄 수 있느냐는 아영의 부탁에 이곳에 오게 된 참이었다. 물론 언제나 자신을 따라다니는 건하는 덤이었다.

"유 샘, 내가 내준 과제는 다 하셨어요? 다음 주까지 수업 지도안 제출하라고 했습니다."

너무 태평스럽게 말하는 건하의 경각심을 일깨워 주고자 연수가 자신이 내준 과제를 상기시켰다. 이 달의 마지막 주가 되면 건하는 실제로 아이들 앞에서 수업을 할 계획이었다. 그랬기에 연수는 건하에게 마지막 주의 수업 진도를 알려 주며 미리 어떤 식으로 수업을 진행할 것인지 수업 지도안을 써 오라는 과제를 내준 것이었다.

모든 수업은 매시간 어디까지 진도를 나가게 될지, 어떤 식으로 수업을 진행할지, 수업 자료는 무엇을 준비해야 할지 꼼꼼하게 짜인 지도안에 따라서 진행되기 마련이었다. 그러므로 수업 지도안은 수업의 첫걸음이자 가장 중요한 업무였고, 그랬기에 교생실습을 하며 절대 빼먹어서는 안 되는 과제이기도 했다.

"걱정 마세요."

"자신감이 넘치시네. 사탕이나 과자 같은 걸로 애들 환심 사는 수업은 절대 용납 안 해 줄 거예요."

적당한 상으로 사탕이나 간식거리를 주는 것은 아이들의 수업 집중력을 높이는 데에 좋았지만 너무 과한 상으로 아이들 통제가 힘들어져 오히려 수업을 망치는 경우도 많이 보았기에 연수가 깐깐한 표정으로 경고했다.

"네."

그런 부작용에도 교생 선생님의 수업 방식은 간식이나 작은 선물을 이용하는 경우가 많았기에 건하 또한 그런 식으로 수업을 진행하리라 생각했는데, 뇌물을 이용하지 말라는 연수의 말에도 그는 동요를 보이지 않고 있었다. 약간의 간식은 이용하면 안 되느냐고 물어볼 줄 알았는데 말이다. 하지만 지도안을 보지 않은 상태에서 딴죽을 걸 수 없는 노릇이라 연수도 더 이상 그에 대한 말을 삼갔다. 사실 건하라면 잘할 수 있을 것이라는 기대치가 있었기 때문에 더 이상의 잔소리도 필요하지 않아 보였다.

"앉아 있으라니까."

"도와 드릴게요. 상사가 일을 하고 있는데 앉아 있는 부하가 어디 있어요?"

"하긴, 그것도 그러네. 부하 직원! 이거 끌고 와."

"네."

뻔뻔하게 자신에게 일을 시키는데도 건하는 웃음기 섞인 목소리로 대답했다. 아직 수업 중이라 도서관에 사람이 올 기미는 보이지 않고, 더불어 손님을 만나러 간 아영도 올 기미가 안 보였다. 멍하니 앉아 있기 심심해진 연수가 반납된 책을 서가에 꽂아 넣으려는데, 또다시 자신을 부하 직원이라 칭한 건하가 끼어든 것이다.

"이거 다 꽂아 놓고 문 선생한테 맛있는 거 사 달라고 하자."

"네. 생각보다 책이 꽤 많네요."

시험 기간이라 아이들의 독서욕이 샘솟는 것인지 반납된 책은 꽤 많았다. 정숙의 공간이긴 했지만 달랑 두 사람만 있으니 그 정숙의 공간이 민망해질 정도로 오가는 대화가 많았다. 건하와 이런저런 대화를 나누며 책을 꽂아 넣던 연수가 제 손에 잡힌 책의 표지를 보고 반가운 표정이 되었다.
"어?"
 하얀색 바탕에 검은색 일러스트가 들어간 어두침침한 느낌의 표지였다. 책에서부터 뿜어져 나오는 어둠의 기운에 인상을 찌푸려도 이상할 건 없었지만 책을 뒤적뒤적하는 연수의 눈은 반가운 친구를 만난 듯 반짝였다. 그리고 그런 연수의 반응에 책을 꽂던 건하가 그녀 곁으로 다가왔다.
"왜요?"
"아, 내가 좋아하는 작가인데 신작 나왔네. 몰랐는데."
"저도 그 소설 좋아해요."
"진짜? 난 추리소설 별로 안 좋아하는데 이 작가 작품은 읽어. 보다 보면 진짜 매료되는 기분이야."
"전에도 그렇게 말씀하신 적 있어요."
"내가? 언제?"
"예전에요. 스치듯이 좋아하신다고 한 적 있으세요. 그래서 저도 읽어 봤죠. 처음엔 잘 안 읽혔는데, 읽다 보니 정말 시간 가는 줄도 모르고 읽게 되더라고요."
 연수가 자신의 담임교사이던 시절, 교무실에서 이 작가의 소설을 읽는 모습을 본 적이 있었다. 무슨 책을 읽고 있냐는 자신의 질문에 연수는 자신이 제일 좋아하는 작가의 책이라 답했고, 그 말에 흥미가 생겨 읽어 보게 된 것이 이 작가와의 첫 만남이었다.
"취향 되게 많이 타는 작가인데, 나랑 취향이 맞나 보다."
"그런가 봐요."
'그러려고 읽은 건데요.'라는 것이 건하의 속마음이었다. 이것

외에도 연수가 건하의 취향에 미친 영향이 꽤 많았지만 그 사실은 연수뿐 아니라 건하 본인 또한 정확히 알지 못하는 상태였다.

"오랜만에 서점이나 가 봐야겠네."

그렇게 책의 첫 부분을 읽어 보던 연수가 아쉬움을 누르며 책을 닫았다. 당장 빌려서 읽을까 싶기도 했지만, 아예 책을 구매해서 집에서 제대로 자리 잡고 읽고 싶었다. 흥미로운 소설의 등장에 마음이 풍족해져 기분 좋은 미소를 지으며 고개를 돌리다가 자신을 바라보고 있는 건하와 눈이 마주쳤다.

우연히 마주쳤다면 자연스럽게 피해도 되련만 건하는 연수의 눈을 피할 생각이 없어 보였다. 아니, 오히려 눈이 부딪친 순간 연수도 눈치챌 정도로 건하의 눈빛은 깊어졌다. 꿀꺽. 자신도 모르게 넘어가는 침에 연수의 눈동자가 흔들렸다. 평소처럼 장난스럽게 눈을 치우라는 말도, 어색하게라도 눈을 피하려는 행동도 나오지 않았다. 사정없이 흔들리는 자신의 눈빛과 달리 건하의 눈빛은 올곧기만 했다. 올곧은 눈빛은 분명 그의 것이 맞았지만, 또 그의 것이 아니기도 했다. 그의 눈빛은 담백하게 선생님을 바라보는 눈빛과는 확연한 차이가 있었다. 알 수 없는, 아니 알아서는 안 되는 눈빛에 연수는 자신의 입술이 바짝 마르는 것만 같았다. 얼마 전 학교 벤치에서도 그렇고, 왜 이런 식으로 건하와 눈을 마주치기만 하면 이렇게 심장이 쪼그라드는 기분이 되는 것인지 알 수 없었다.

인식하는 못하는 사이에 손끝이 살짝 떨려 오고 그 진동으로 제 심장까지 떨리기 시작했다.

떨린다고……? 또다시 제자와 선생 사이에서 느껴서는 안 되는 감정을 느껴 버린 자신을 책망하며 연수가 힘겹게 고개를 돌렸다.

건하의 눈길을 피했는데도, 이상하게 계속 마주 보고 있는 양 뛰는 심장이 멈춰지질 않았다. 눈을 피해 버렸음에도 자신에게 박히는 눈빛은 물론 숨소리까지 연수의 온 세포를 자극하고 있었다. 익숙지 않은 자극에 두려운 생각까지 든 연수가 이 자리에서 벗어나고 싶어 우격다짐으로 들고 있던 책을 서가에 꽂아 넣으려 했다.
'왜 이렇게 안 되는 거야.'
아직도 떨리는 손 때문인지, 서가 안에 책을 꽂을 만한 공간이 없기 때문인지 급한 연수의 마음과 다르게 책이 생각과 다르게 잘 꽂히지 않았다. 안 되겠다 싶어 대충 꽂아 두고 가려는데 슥 하고 연수의 뒤에서부터 맞닿아 오는 체온이 있었다.
"여기가 아니고, 한 칸 더 위예요."
연수의 뒤에서 나온 기다란 손이 억지로 책을 쑤셔 넣고 있는 그녀를 향했고, 곧장 책과 함께 손을 감쌌다. 누군가의 온기에 사로잡힌 손은 감당이 안 될 정도로 뜨겁기만 했다. 좁디좁은 서가 안, 그 안에서 많은 책들이 연수와 건하를 지켜보고 있었지만 건하는 그런 것 따윈 상관없다는 듯 차분한 손길로 연수가 들고 있던 책을 제자리에 넣었다. 탁 하고 책이 서가에 꽂히는 소리 뒤에 찾아온 것은 침묵이었다. 연수의 손에 닿은 체온도 그대로였고, 연수의 뒤에 바짝 다가온 건하도 그대로였다. 머리는 모든 감정을 숨긴 채 웃으며 고맙다고 말하라 시키는데, 재갈이라도 문 것처럼 말이 나오지 않았다.
"선생님."
"……응?"
그렇게 굳어 있는 자세로 얼마간의 시간을 보냈을까 여전히 연수를 가두고 있던 건하가 입술을 내려 연수를 불렀다. 갑작스럽게 다가오는 건하의 행동에 연수가 잔뜩 목을 움츠렸다. 번뜩 정신이 돌아온 연수가 건하에게 잡힌 손을 떼어 내려 했지만, 건하는 연수의 손을 놓아주는 대신 그 작은 손을 더욱 그러쥐었다. 점점 진득해진 분위기를 참을 없게 된 연수가 딱딱한 목소리로 그를 저지시켰다.
"이거 놓죠. 문 샘 오실 시간 됐어요."
"싫다고 하면 화내실 거죠?"
"네."
선을 긋듯 갑자기 자신에게 존대를 하는 연수의 말에 건하의 눈썹이 작게 찌푸려졌다.
"선생님은…… 거짓말을 하지 않으셨으면 좋겠어요."
"그게 무슨……."
"핑계든 뭐든 진심이 아닌 말은 거짓말이 될 수밖에 없으니까요."
이해할 수 없는 말에 연수가 뒤를 돌아 건하를 바라보았다. 연수가 몸을 트는 바람에 약간 뒤로 물러나긴 했지만 두 사람은 여전히 가까운 거리였다. 혼란스러운 듯 눈빛이 흔들리는 연수의 모습을 건하의 눈동자가 빠짐없이 담아냈다. 복잡한 심경이 그대로 담긴 눈이었지만 언제 봐도 참 맑다 싶은 눈동자였다. 저 눈동자가 자신의 마음에 들어온 것은 언제부터였을까. 그 해답은 건하 본인도 알지 못했다. 스스로 꽤 인내심이 있다고 생각해 왔고, 그 인내심을 발휘하여 몇 년간의 시간을 참아 온 것도 맞았다. 물론 자신의 생각보다 제 인내심의 한계가 높진 않았지만 기다릴 만큼 기다렸다 생각했기에 행동하는 데 망설임은 없었다. 특히나 우연이었지만 선 자리에서 마주친 그녀를 보고는 더욱 지체해서는 안 된다고 마음을 다잡으며 억지스러운 핑계들로 이 자리에 서 있었지만, 이상하게 더욱 애가 타는 기분이었다. 부담스럽지 않게, 스미듯이 다가가려고 했는데 자신의 생각과 달리 그녀 앞에만 서면 생각보다는 행동이 먼저 나서고 말았다. 바로 지금처럼.

"무슨 뜻이에요?"

"솔직히 말해도 돼요? 급하게 할 생각은 없었는데, 역시 제 마음대로 안 돼서요."

역시나 핑계는 핑계일 뿐, 진심이 섞이지 않은 행동은 마음을 무겁게 만들기만 했다. 그랬기에 연수는 자신처럼 그러지 않았으면 싶었다.

"저기, 문아영 선생님, 어? 안 계신가?"

그렇게 묵직하면서도 야릇한 대화를 하는 두 사람 사이에 들어온 목소리가 있었다. 또 방해꾼이군. 인상을 쓰면서 건하가 한 발자국 물러나자 연수가 건하를 피해 급하게 서가를 나갔다. 목소리로도 알아챘지만 아영이 있나 없나 도서관을 둘러보고 있는 사람은 신혁이었다.

"어? 왜, 양 선생님이······."

아영에게 물어볼 것이 있어 도서관에 들른 신혁은 생각지도 않게 등장한 연수를 보고 눈이 동그래졌다. 커다란 책장이 몇 개나 우뚝 서 있는 곳이다 보니, 서가 안으로 들어가면 멀리서는 서가 안에 누가 있는지, 없는지 보이지 않았다. 자신을 보며 놀라는 신혁의 반응을 보아 역시나 신혁은 건하와 자신을 보지 못한 것 같았다. 안도의 한숨을 쉬며 연수가 휴대폰을 꺼내 들었다.

"아, 저······ 문 선생님은 잠깐 일이 있으셔서 나가셨는데, 연락

드려 볼게요."

"아뇨, 그렇게까지 하실 필요는 없습니다. 교사 체육대회 할 때 무슨 종목 참가하실 건지 물어보려고 했거든요. 나중에 내선으로 여쭤도 되는 거니까요. 이쪽에 올 일이 있어서 왔다가 겸사겸사 들른 겁니다."

아영에게 전화하려는 연수를 저지하며 신혁이 손으로 머리를 쓸었다. 체육 선생이니 체육복은 어쩔 수 없다 하더라도 방금까지 수업을 하고 온 탓에 바람에 날린 머리가 엉망일 것이었다. 이럴 줄 알았으면 체육관에서 수업을 하거나 화장실에서 머리를 정리할 걸, 후회하는데 아까까지 연수가 있었던 서가 사이에서 나오는 남자의 모습에 신혁의 표정이 흠칫 굳었다.

"안녕하세요."

"아, 네."

다가온 남자는 얼마 전에 교무 회의 때 봤던 교생 선생이었다. 무슨 일이 있었던 것인지 웃는 낯에 온화할 것 같았던 첫인상과 달리 입매를 굳히며 인사를 하는 교생은 곱상한 생김새임에도 꽤 어려운 느낌이었다.

"교, 교생 선생님이랑 책 정리하고 있었거든요. 아시죠? 이번에 오신 교생 선생님이에요."

연수의 웃음이 어색하게 느껴지는 건 자신의 착각인 것일까. 떨떠름한 표정을 애써 숨기며 신혁이 먼저 건하에게 손을 내밀었다.

"체육과의 최신혁입니다."

"네. 이번에 교생으로 오게 된 유건하입니다."

무겁게 잡히는 손이 분명 예상사의 느낌이 아니었다. 운동을 하면서 생긴 동물적인 본능이라고 해야 할지, 한 여자를 오랫동안 지켜봐 온 남자의 직감이라고 해야 할지 알 수 없었지만 유쾌한 기분은 아니었다.

"여기서 뵌 김에 양 선생님께 여쭤야겠네요. 체육대회 때 어떤 종목에 참가하실 생각입니까?"

건하와 악수한 손을 놓으며 신혁이 다정한 목소리로 연수에게 물었다. 이제 약 2주 뒤면 중상고의 시험이었고, 그 시험 기간에 맞춰 중상고 선생님들끼리 체육대회가 열릴 예정이었다. 본래 운동에 취미가 없는 연수로서는 굉장히 피곤한 일정이었다. 신혁의 물음에 고민하는 연수의 표정은 심각했다.

"그거 참가 안 하면 안 되는 거죠?"

"네. 모든 선생님들께서는 꼭 한 종목 이상씩 참가하셔야 합니다."

전에 없이 단호한 신혁의 대답에 연수가 입술을 삐죽거렸다. 그리고 그런 연수를 신혁이 귀엽다는 눈길로 바라보았다.

신혁의 눈빛에서 그의 마음을 읽어 버린 건하가 이를 사리물며 시선을 다른 곳으로 돌려 버렸다.

"달리기는 자신 없는데, 종목에 피구 같은 것도 있어요?"

"네, 있습니다."

"그럼 피구로 할게요."

피구란 상대방을 공으로 맞춰 탈락시키는 무시무시한 운동이었지만 잠시간 공을 맞는 고통만 참으면 그 후에 편히 쉴 수 있는 운동이었으므로 연수는 힘든 결정을 내렸다.

"양 선생님은 피구에 참가하신다고 명단 올리겠습니다. 혹시 교생 선생님도 관심 있어요?"

"예?"

"체육대회요. 선생님들이랑 같이 참가하면 더 좋은 경험이 되지 않겠어요?"

"그, 그러네. 제가 그 생각을 못했네요. 교생 샘도 뭐 하나 참가해요. 운동 좋아하잖아요."

신혁의 말에 아주 좋은 생각이라는 듯 연수가 건하에게도 체육대회에 참가할 것을 권했다. 아무렇지 않은 척 건하에게 말을 걸려고 하는 연수였지만 역시나 건하에게 건넨 말에선 어색함이 묻어 나왔다. 그리고 그 어색함을 눈치챈 신혁의 눈이 빠르게 두 사람을 살펴보았다. 무언가 불편한 듯 건하 쪽으로는 시선을 주지 않는 연수와 달리 건하는 예의 그 담담한 표정으로 신혁에게 물었다.

"재미있겠네요. 종목은 어떤 게 있습니까?"

어차피 시험 기간이 되면 수업도 없으니 따로 배울 것도 없어서 연수와 함께 시험 감독을 하거나 의미 없이 책상에 앉아 시간을 보내게 될 확률이 높았다. 아마 그건 다른 선생님들도 마찬가지일 거라 생각했고, 그랬기에 단 하루지만 의미 있는 시간을 보내기 위해 선생님들은 교사 체육대회라는 행사를 생각했을 것이다. 그리고 비록 교생이지만 학생 입장이 아닌 선생님 무리에 들어가 활동해 보는 것은 꽤나 흥미로울 것 같았다.

"남자 경기는 농구, 족구, 축구 있습니다. 특별히 좋아하는 운동 있습니까?"

세 종목 모두 건하가 좋아하는 종목들이라 무엇에 참가할까 고민하는데, 옆에서 듣고 있던 연수가 신혁에게 물었다.

"농구도 있어요? 최 샘은 어떤 경기 참가하시는데요? 혹시 농구는 아니시죠? 최 샘 농구 선수 출신이시잖아요."

"예? 그걸 어떻게……."

자신도 경기의 공정성을 위해 농구가 아닌 족구를 신청해 둔 상태긴 했지만, 연수가 자신이 말한 적도 없는 제 과거에 대해 알고 있자 신혁이 놀라움에 말끝을 흐렸다.

"학교 소문이 얼마나 무서운데요. 믿을 수 있는 정보통한테 들었죠."

괜히 쑥스러운 생각에 신혁은 뒷목을 긁적이며 겸손을 떨었다.

"운동 그만둔 지 오래돼서 다른 선생님하고 다를 건 없을 겁니다."

"에이, 그래도……."

"농구로 하겠습니다."

부러 연수의 말을 끊은 건하가 엷은 미소와 함께 체육대회 날에 자신이 참가하게 될 경기를 정했다. 그리고 건하의 대답을 들은 신혁의 눈썹이 순식간에 올라갔다 제자리를 찾았다. 소싯적 농구를 했다는 자신의 앞에서 당당하게 농구를 신청하는 애송이 교생에게 사라진 줄 알았던 승부욕이 불타올랐다.

"예, 그럼 그렇게 이름 올리겠습니다."

"네, 감사합니다."

그렇게 두 사람의 눈빛이 형형하게 부딪쳤다. 그저 건하가 불편하기만 연수는 그 두 기운을 전혀 눈치채지 못했지만 말이다.

제4장

말할 수 없는 떨림

"다녀왔습니다."

오늘은 왠지 모르게 육체적으로나 감정적으로나 지치는 하루였다. 무거운 발걸음을 옮겨 집에 도착한 연수가 인사를 하는데도 드라마 삼매경인 경화는 딸을 본 체 만 체였다. 드라마를 무척이나 좋아하는 제 모친을 알기에 거실로 들어선 연수에게도 서운한 기색은 없었다.

"아버지는?"

대신 연수는 어디 가셨는지 어머니와 함께 집에 계시지 않은 제 아버지의 행방을 물었다. 드라마를 보는 데 거슬렸지만 제 아비를 찾는 딸의 물음을 모른 척할 수 없어 경화는 여전히 시선을 텔레비전에 고정한 채 성의 없게 대답했다.

"오늘 학교 회식 있으셔서 조금 늦으신대."

"그럼 술 많이 드시는 거 아냐?"

"잠깐만, 조용!"

"뭘 그렇게 열심히 봐?"

회식이라는 경화의 말에 연수가 양 교장이 혹시나 무리하게 술을 마시는 건 아닐까 걱정하는데, 이미 텔레비전에 푹 빠진 경화의 귀에는 그녀의 말이 더 이상 들리지 않았다. 무슨 드라마기에 저리 빠졌나 싶어 텔레비전 쪽으로 시선을 돌린 연수의 표정이 급격하게 굳어 버렸다.

『저한테 선생님은 여자예요. 선생님도 똑같잖아요. 왜 모른 척하세요?』

얼마 전 우연히 만난 건하하고도 보았던 그 드라마였다. 자신의 위치와 사회의 시선 때문에 다가오는 사랑을 거부하는 여선생에게 뜨거운 고백을 하는 남학생이 브라운관을 통해서 시청자들의 마음을 빼앗고 있었다. 사제지간의 사랑만 나오면 학을 떼는 남편을 피해 몰래몰래 드라마를 봤는데 오늘이 마침 회식이라는 양 교장 덕분에 드라마 내용 중 가장 중요한 화를 닥본사 할 수 있게 된 경화는 더없이 드라마에 빠져들어 갔다.

남자 주인공의 눈물 어린 고백에 여자 주인공이 드디어 자신의 마음을 인정했고, 여세를 몰아 서로의 입술에 다가가려는 순간,

띠리링-

"뭐야?"

"저런 드라마를 왜 봐?"

"지금이 얼마나 중요한 부분인데, 리모컨 안 내놔!"

생각지도 못한 방해꾼이 텔레비전 전원 버튼을 누르는 바람에 텔레비전은 냉정한 소리를 내며 검은 화면으로 변해 버렸다.

"싫어! 저런 드라마는 절대 보면 안 돼! 사람들이 진짜 저런 일이 생기는 줄 알잖아. 제자와 선생의 사랑이라니, 절대 인정 못해!"
"너 미쳤어?"

매번 경화와 함께 드라마를 보던 연수가 갑작스럽게 과민 반응을 보이며 텔레비전을 꺼 버렸다. 그것만으론 부족했는지 아예 리모컨을 들고 방 안으로 들어가 버리는 그녀의 뒤를 경화가 킹콩처럼 콧바람을 일으키며 뒤쫓았다. 하지만 굳게 잠긴 문은 열릴 생각을 하지 않았다.

소리를 치며 연수의 방문을 두드리다 이러고 있을 때가 아니라는 생각으로 경화가 다시 거실로 나와 손으로 텔레비전 버튼을 눌렀지만 벌써 오늘의 하이라이트는 끝나 있었다. 딸의 심난함을 알리 없는 경화는 그저 그토록 기다렸던 드라마를 제대로 보지 못한 분함에 연수의 방문을 노려볼 뿐이었다.

경화가 자신의 딸을 어떻게 응징할 것인가 고민하는 사이 방으로 들어온 연수는 옷도 제대로 갈아입지 않은 채 침대 위로 벌렁 누워 버렸다. 손에 들린 리모컨을 던지듯 침대 위에 올려 두고 작은 무늬가 반복되는 자신의 방 벽지를 하염없이 바라보았다. 그러다 그 천장 위로 떠오르는 얼굴에 괴로운 듯 고개를 저어 그 환영을 털어 버렸다.

"정말 미치지 않고서야."

건하다. 다른 사람도 아니고 유건하. 물론 그가 다른 제자들에 비해 어른스럽고 믿음직스러워 초보 교사 시절 자신도 많이 의지했던 아이지만 이건 아니었다. 두근거림이라니, 설렘이라니! 오늘 건하를 보면서 느꼈던 그 감정은 기특한 제자를 보며 느끼는 두근거림이나 설렘과는 차원이 다른 그 감정들이었다.

'선생님은…… 거짓말을 하지 않으셨으면 좋겠어요.'

그렇다는 건 건하가 거짓말을 하고 있다는 뜻일까. 도대체 무슨 거짓말? 졸업 후 다시 만난 이래로 한 번도 건하의 행동이 수상하다거나 이 녀석이 나에게 무언가 숨기고 있다고 느낀 적은 없었다.

'솔직히 말해도 돼요? 급하게 할 생각은 없었는데, 역시 제 마음대로 안 돼서요.'

뭘 솔직하게 말해? 네가 나한테 솔직하게 이야기할 게 뭐가 있어? 차마 묻지 못했지만 시간이 흐를수록 도서관에서 건하가 했던 말은 현재 연수의 속을 무던히도 시끄럽게 만들고 있었다. 물론 '과연 건하가 자신에게 하고자 했던 이야기라는 게 무엇일까?' 생각을 이어 가며 정리하다 보면 결론은 한 가지로 귀결됐다. 건하가 자신을…….

연수가 또다시 고개를 흔들었다. 왜 계속 이런 결론이 나는 거야. 엄청난 고민 끝에 도출한 것임에도 연수는 자신의 결론이 마음에 들지 않았다.

어쩌면 다른 이야기일 수도 있다. 흔하게 생각할 수 있는 건…… 돈! 혹시 돈을 빌려 달라는 거였나. 그런데 오늘 도서관에서 형성됐던 분위기가 돈 빌려 달라는 분위기였나. 오히려 좋아하는 사람에게 고백하려는…… 또, 또! 다른 걸 생각해야 한다. 그렇다면 다른 이야기가 무엇이 있을까. 여러 상황을 떠올려 보던 연수가 또다시 스물스물 나오려 하는 천편일률적인 결론에 침대가 위태로울 정도로 발을 굴렀다. 유건하야, 네가 미친 거니, 내가 미친 거니? 외면하고픈 마음으로 인해 끊임없이 생겨나는 두려움과 걱정들로 머리가 터지기 일보 직전이었다.

아니다, 절대 아니다. 모든 생각을 끊어 내며 연수가 침대에서 벌떡 몸을 일으켰다. 사실 이렇게 고민할 필요도 없는 거다. 자신의 제자는 옛 스승에 대한 친밀함을 표현했던 거고, 자신이 괜히 오버해서 고민하고 있는 것이 틀림없었다.

솔직히 건하가 뭐가 부족해서 자신을 마음에 담겠나. 자신을 깎아내리고픈 생각은 없지만 건하와 비교했을 때 직장인이라 돈을 버는 것을 제외하면 나이도 많고, 얼굴도 평범하고, 성격도 별로다. 거기다 돈도 잘 안 쓰고, 키도 작고,-성별의 차이 같은 건 지금 연수에게 고려 대상이 되지 못했다.-게으르고, 무엇보다…….

선생님이었다.

다른 건 다 극복한다고 해도 그 한 가지 사실이 자신은 물론 건하에게도 커다란 걸림돌이자 핸디캡이 될 것은 너무나 자명했다. 아무리 끌린다고 해도 자신이 본인을 가르쳤던 스승임을 생각한다면 끌려도 다가와서는 안 되는 것이었다.

"아무렇지 않은 척하자. 지금 내가 괜히 오버하는 거야."

생각할 수 있는 결론이 하나였듯 내려야만 하는 결론도 한 가지였다. 만에 하나라도 자신이 생각했던 결론이 맞다 한들 자신이 받아 주지 않으면 그뿐이다. 제자가 잘못된 길을 가면 스승은

109

올바른 길로 인도해야 한다. 아버지가 버릇처럼 하시는 말씀을 되새기며 연수가 심호흡을 크게 뱉었다. 제자 앞에서 설레는 건 선생으로서 자격 박탈이다. 너만 잘하면 되는 거야. 그러니까 절대…….

이제부터 적당히 거리를 두자, 다짐을 하는데 이상하게 마음 한쪽이 시려 왔다. 시린 마음 때문인지 자신의 코끝도 시려 오기 시작했다.

연수가 또다시 고개를 획획 저었다. 자신을 위해서, 건하를 위해서 자신은 '선생님'이라는 자리와 타이틀을 굳건하게 지켜 내야 했다.

※ ※ ※

"이거 김현태 선생님께서 전해 드리라고 하셨습니다."
"아, 고맙다."

연수의 수업이 없는 중간, 홍만의 부탁으로 제1 교무실에 심부름을 다녀온 건하가 교무실에서 받아 온 서류철을 홍만에게 건넸다.

홍만의 고맙다는 말을 뒤로하고 제자리로 돌아온 건하가 냉하게 변해 버린 연수를 바라보았다. 연수는 수업에 함께 들어갈 때 빼고는 어제 일로 불편해져 버린 제 마음을 숨기지 않으며 건하를 피하고 있었다. 지금도 건하가 말도 걸지 못하도록 자는 척 엎드려 있다가 진짜 잠이 든 것인지, 그녀는 귀에 이어폰을 꽂은 채 세상모르고 잠에 빠져 있었다. 다른 선생님들은 모두 수업에 들어

가시고, 컴퓨터 앞에서 정신없이 업무를 보고 있는 홍만을 확인한 건하가 슬쩍 자신이 앉은 의자를 연수의 책상 쪽으로 끌어갔다.

'어제 저 때문에 잠 못 주무셨어요?'

잠든 사람이 대답할 리도 없는데 건하가 텔레파시를 보내듯 연수에게 물었다. 이기적인 생각으로 연수가 자신 때문에 잠을 제대로 못 잤으면 싶었다. 저도 그랬으니 선생님도 그러셔야 해요, 하는 마음도 있었지만 대다수를 차지하는 마음은 어떤 식으로든 연수가 자신을 생각하면 기쁠 것 같았기 때문이다. 물론 '절대 안 돼.'라고 결론을 내렸다면 마음이야 좀 쓰리겠지만 자신에 대해 고민한다는 것 자체가 흔들리고 있는 증거라고 생각해 버리면 그만이었다.

그녀가 자신 때문에 불면의 밤을 보냈다고 멋대로 결론 내린 건하는 잠든 연수를 뚫어져라 바라보았다. 감긴 눈 위로 드리워진 긴 속눈썹과 앙증맞게 솟은 동그란 코, 벌어진 붉은 입술 새로는 옅은 숨소리가 연신 새어 나오고 있었다.

홀린 듯 연수의 입술을 훔쳐보던 건하가 슬쩍 홍만의 자리 쪽으로 시선을 주었다. 아까부터 무엇을 그리도 열심히 하시는지 건하와 연수가 붙어 앉아 있든, 안고 있든 관심이 없다는 듯 업무에 빠진 모습이었다.

'저 원래 그런 놈 아닌데, 선생님 때문에 점점 이상한 놈이 되어 가는 거 같습니다.'

나름 젠틀하게 살아온 25년 인생인데, 교생실습을 하며 연수를 눈앞에 두고 있자니 꽤 불순한 생각을 많이 하게 되는 것 같았다. 물론 사춘기 시절에 누구나 겪는 2차 성징을 보내긴 했지만 그것과는 전혀 다른 문제였다.

왠지 모를 죄책감을 느끼면서도 포기하지 않고 잠든 연수의 요모조모를 바라보던 건하가 좀 더 생산적인 일을 하자 마음먹고, 조심히 손을 들어 연수의 귀에 꽂힌 이어폰 한쪽을 빼 들었다. 갑자기 사라진 노랫소리에 깨면 어쩌나 걱정했지만 다행히 연수는 일어날 기미가 보이지 않았다.

첫눈에 내 사람이란 걸 알지 못했어.
너를 모른 채 방황하던 시간이 미안해.
너의 미소, 너의 눈빛, 너의 손길이 알려 주었지.
이제야 알게 된 날 용서해.
이제는 말하고 싶어, 내 안의 너를.

연수의 이어폰을 자신의 귓가에 댄 건하가 흘러나오는 노랫소리에 더욱 진한 미소를 지었다. 마치 운명처럼 들려오는 노래는 자신이 좋아하는, 아니 어떤 계기로 자신이 제일 좋아하게 된 그 노래였다.

시간이 날 때 교무실로 내려오라는 호출을 받고 교무실로 들어선 건하는 곤히 자고 있는 연수를 보고 멈칫했다.

불편하게 앉아서 너무도 맛있게 자는 연수가 신기하여 계속 지켜보고 싶었지만 혹시나 자신을 부른 용건이 급한 일일지도 모른다는 생각이 들었다. 건하는 자는 사람을 깨운다는 미안한 마음을 억누르며 연수에게 바짝 다가갔다.

"선생……."

깨우려는 말이 끝나기도 전에 인상을 쓰며 뒤척이던 연수가 꽂고 있던 이어폰 한쪽이 떨어졌다. 당연하게 연수의 귀에 다시 끼워 주려 선에 매달려 달랑거리는 이어폰을 집어 들었던 건하의 손이 연수의 귀가 아닌 자신의 귀를 향해 움직였다. 아직 다른 선생님들은 점심을 드시고 돌아오지 않으셨는지 한산한 교무실 안, 잠에 빠진 선생님 옆에서 멀끔한 학생이 어느새 무릎을 굽히고 앉아 선생님이 듣고 있던 노래를 훔쳐 듣는 광경은 의심스럽기보다는 꽤 훈훈한 느낌이었다.

첫눈에 내 사람이란 걸 알지 못했어.
너를 모른 채 방황하던 시간이 미안해.
너의 미소, 너의 눈빛, 너의 손길이 알려 주었지.
이제야 알게 된 날 용서해.
이제는 말하고 싶어, 내 안의 너를.

처음 듣는 노래였으나, 마음을 울리는 기타 선율과 익숙하면서도 편안한 목소리에 자신도 절로 잠이 올 것 같았다. 잔잔한 가수의 목소리가 만들어 내는 노래에 취해 있던 그의 눈에 머리카락으로 반쯤 가려진 연수의 얼굴이 들어왔다.

연수는 제 머리카락 따위는 신경도 쓰지 않고 잘 자고 있는데, 그 모습에 자신이 더 불편해져 건하가 연수를 향해 손을 뻗었다. 죄를 짓고 있는 것이 아님에도 연수가 깨어날까 그녀에게로 가져가는 건하의 손끝은 잘게 떨리고 있었다. 조금만, 조금만……. 떨리는 손이 연수에게 점점 다가갈수록 뛰어 대는 심장 소리에 금방이라도 그녀가 깨어날 것 같앉다. 하지만 연수는 아무것도 들리지 않는 양 깊은 잠에 빠진 모습이었고, 건하는 손이 닿지 않도록 조심하며 그녀의 얼굴을 감추고 있었던 머리카락을 치워 주었다.

이 간단한 동작 하나 하기를 국가 기밀 작전을 수행하듯 긴장했던 것이 머쓱했지만 검은 머리에 감춰졌던 연수의 하얀 얼굴이 드러나자 자신도 모르게 웃음이 새어 나왔다.

여전히 연수의 얼굴 위에 머물러 있던 건하의 기다란 손가락이 잠시 머뭇거리다 다시 한 번 연수를 향해 내려갔다. 보드라워 보이는 옷을 만져 보고 싶어 하는 아이처럼 제 눈에 비친 연수의 볼의 감촉이 너무도 궁금했던 건하의 호기심이 과감한 행동을 이끌어 내고 있었다. 다시 한 번 조금만, 조금만. 그리고 한 번만, 단 한 번만. 눈에 점점 확대되어 들어오는 연수의 볼이 이제 금방이었다.

"거기서 뭐 하니?"

그렇게 연수의 얼굴에만 집중하고 있던 건하가 뒤에서 들리는 목소리에 화들짝 놀라고 말았다.

"예?"

"왜 이렇게 놀라?"

"어? 뭐야?"

그리고 그 작은 소란에 연수도 졸린 눈을 떴다. 연수를 확인한 건하가 빠르게 손에 들린 이어폰을 연수 쪽으로 내려놓고 억지웃음을 지으며 답했다.

"아니요, 선생님 오신 줄 몰라서."

"너 그렇게 놀란 거 처음 봤어."

"나쁜 짓 하고 있었던 거 아니야?"

"절대 아닙니다. 그…… 선생님 이어폰이 떨어져 있기에 줍다가."

장난스러운 연수의 말에 괜히 찔려 정색을 하고 말았다. 평소답지 않은 건하의 행동에 의아한 생각이 들었던 연수와 건하를 불렀던 선생님이 서로를 바라보았다. 건하는 무슨 말이라도 하려고 고민하다 순간 자신이 이곳에 온 이유를 떠올리고 말을 돌리려 연수에게 물었다.

"하실 말씀 있으세요? 저 부르셨다고 하던데."

"어? 아, 맞아. 다름이 아니라……."

반응이 이상하긴 했지만 건하가 진짜 나쁜 짓이야 했겠냐 싶었던 연수는 제 책상에서 무언가를 찾기 시작했다. 연수와 마찬가지 생각이었던 선생님도 칫솔과 치약을 챙겨 화장실로 향했다. 그랬기에 아무도 건하가 등에서 나는 식은땀을 잠재우며 안도의 한숨을 내쉬었다는 것을 알지 못했다.

노래를 듣다 생각난 옛 추억에 기분이 좋아진 건하가 미소 띤 얼굴로 시선을 내렸다가 엎드려 누운 채로 자신을 올려다보고 있는 동그란 눈동자에 놀란 표정을 지었다. 꿈인 양 현실인 양 몽롱한 눈은 건하를 바라보고 있으면서도 바라보지 않고 있는 것 같았다.

생각을 알 수 없는 눈동자에 불안해졌지만 그런 마음을 애써 숨기며 건하가 제 귀에 있던 이어폰을 다시 연수의 귀에 꽂아 주었다. 그리고 웃음이 묻어 나오는 표정으로 소리 없이 입을 움직였다.

'더 주무세요.'

건하의 말에 반응한 것인지, 복잡한 심정을 감추고 싶은 것인지 연수가 긴 한숨을 내쉬며 쿠션에 얼굴을 파묻어 버렸다. 건하의 얼굴을 피하고 싶다는 뜻이 담긴 행동이었지만 그의 얼굴엔 작은 미소가 지어졌다. 물론 이유는 있었다. 건하에게 보이지 않도록 얼굴은 숨겼지만 이미 붉게 변해 버린 귀는 숨길 수가 없었다. 거짓말을 하는 얼굴보다 이 순간 감출 수 없는 감정에 솔직해진 귀가 참 마음에 들었다.

※ ※ ※

"양 샘, 무슨 일 있어?"
"응? 아니, 왜?"
"기운 없어 보여서."
"기운 없기는. 별일 없어."
별일 아니기는. 언제나 유쾌한 자신의 직장 동료가 오늘은 웬일인지 기분이 저조해 보였다. 홍만이나 다른 선생에게 깨졌다면 자신에게 앞다투어 뒷담화를 하면 했지, 저렇게 의기소침해질 사람은 아니었기에 아영은 걱정스러운 눈빛을 하다가 분위기를 바꾸듯 물었다.
"근데 오늘은 교생 선생이랑 같이 안 왔네?"
"어? 어……. 그, 내가 과제 내줘서 그거 하고 있을 거야."
우울한 생각일랑 벗어 던지라고 물어본 질문인데 당황하는 기색이 역력해서 대답하는 연수가 의아하긴 했지만, 그녀의 고민을 알지 못하는 아영은 더욱 목소리를 밝게 꾸미며 장난스럽게 말했다.
"우리 교생 샘 너무 부려 먹는 거 아냐? 양 샘, 그러다 애들한테 테러당한다."

"그게 무슨 소리야? 학생이 감히 선생님을. 절대 안 되지!"

장난을 장난으로 받아들이지 못한 연수가 정색하며 대꾸하자 아영의 눈썹이 살짝 찌푸려졌다.

"양 샘, 오늘 왜 그래?"

"응? 아, 미안. 흥분했네."

새삼 제자와 선생 사이에 선을 그어야 한다고 생각해서일까, 아영의 말에 자신답지 않게 예민하게 반응하고 말았다. 여전히 의아한 듯 자신을 바라보는 아영의 눈을 피해 연수가 눈앞의 커피를 들이켜듯 한 번에 마셨다.

"모르겠다. 나중에 말하고 싶으면 말해 줘."

무슨 일인지 말해 보라고 화를 낼 수도 없고, 연수에게 무슨 일이 있다는 것을 눈치채긴 했지만 아영은 나중에 말해 달라며 넘어가 주었다. 그리고 다시 한 번 연수의 기분이 조금이라도 좋아지기 바라며 가방에서 무언가를 꺼내서 건네주었다.

"이게 뭐야?"

"책이지 뭐야. 양 샘, 그 작가 책 좋아하잖아."

얼마 전 건하하고도 말했던 그 책이었다.

"고마워."

"얼마 전에 서점 갔다가 신작 나왔기에 사 왔지. 계속 준다는 게 집에 두고 오는 바람에 못 주다가 드디어 오늘 들고 왔다."

"나도 이 책 사려고 했는데, 돈 굳었네."

아영의 바람대로 생각지도 못한 선물에 기분이 나아진 듯 연수는 빡빡한 책의 책장을 이리저리 넘겨 보았다. 그렇게 눈을 반짝거리는 연수를 보며 아영도 뿌듯한 미소를 지었다. 그러고 보니 저 작가의 책을 좋아하는 사람을 한 사람 더 알고 있었다.

"원래 제자랑 선생님은 취향이 비슷한가?"

"응? 갑자기 무슨 소리야?"

어느새 펼쳐 든 책의 도입부에 막 빠져들려는 찰나 중얼거리는 아영의 말에 연수가 고개를 들었다.

"교생 선생님 말이야, 교생 샘도 그 작가 좋아하던데. 실습 전에 학교 한 번 왔었잖아. 그때 양 샘이랑 이야기 끝내고 양 샘 수업 들어가고, 교생 샘은 학교 구경하고 온다고 나갔다가 다시 도서관에 온 적 있었거든. 그때 그 책 읽고 있기에 좋아하냐고 물으니까 좋아한다고 하더라고."

"잠깐만, 그때 건하, 아니 교생 샘이 학교 구경을 했었어?"

"응. 양 샘 나가자마자 학교 구경한다고 나갔었는데. 왜?"

분명 실습 전에 만났을 때 너무 오랜만에 와서 학교를 잘 모르겠다고 했던 건하의 목소리가 선했다. 그런데 아영의 말로 미루어 보아 건하는 학교 구경을 끝내 놓고도 자신에게 그런 거짓말을 했다는 뜻이 된다. 도대체 왜…….

"아, 아냐. 그래서?"

"어쨌든 교생 샘 여기서 책 읽고 있는데, 교생 샘을 어떻게 봤는지, 여자애들이 쉬는 시간마다 와서 난리 치는데, 조용히 시키느라 죽는 줄 알았어. 교생 샘 가고 나서 그 책도 불티나게 대출되고. 그런 거 보면 애들은 애들이야."

"문 샘, 문 샘은 예전에 가르쳤던 선생님이 좋아하던 거에 관심 가진 적 있어?"

아영의 말을 들으며 건하가 이야기했던 '선생님은 하지 않았으면 하는 거짓말'에 대해 생각하던 연수가 문득 아영에게 물었다. 아영이 도서관을 맡기고 자리를 비웠던 날, 이 책을 보며 반가워하던 자신에게 건하는 자신도 이 작가를 좋아한다며 예전에 자신이 이 책을 읽는 것을 보고 본인도 이 작가 책을 보게 되었다고 했었다. 들을 때는 유건하도 선생님의 영향을 받는 학생이었구나 하고 넘겼지만 지금은 계속 원치 않아도 다른 방향으로 생각돼서 확실히 해 둬야겠다는 생각이었다.

"응. 원래 학생 때는 선생님 하는 건 다 좋아 보이고 관심이 생기잖아. 나도 그랬었지."

"그렇지?"

지금 아영의 말이 자신이 바라던 그 말이었다. 그래, 그저 당연한 반응일 뿐이다. 실습 전날 거짓말을 한 것도 그저 학교를 구경하고 싶어서였을 거라고 애써 스스로를 설득하며 자신의 모든 생각을 접으려는데, 아영이 연수를 들었다 놨다 하듯 말을 덧붙였다.

"근데 나는 내가 좋아하던 선생님이라 그랬었어."

"뭐?"

화들짝 놀라는 연수에 상관없이 아영은 제 옛 추억에 빠진 듯 애잔한 표정이 되었다.

"선생님 좋아했었다고. 총각 선생님이었는데, 진짜 멋있었거든. 맨날 그 선생님이 좋아하는 음료수도 책상에 두고, 더위 많이 타셔서 부채도 선물하고 그랬는데. 사실 예전 우리 담임선생님이 뭘 좋아하셨는지 기억 안 나도 그 선생님이 좋아하던 건 아직도 생생

해. 내가 아직도 그때 선생님 드렸던 음료수만 보면 마음이 찡하잖아. 졸업하고 찾아가려고 했는데, 나 졸업하고 얼마 안 돼서 홀랑 결혼하셨다고 하더라고."

"선생님을 어떻게 남자로······."

지금은 선생님이지만, 제자였던 시절 선생님을 짝사랑했다고 하는 아영의 말에 무슨 충격 고백이라도 들은 듯 발끈하려던 연수는 다행히도 이성이 돌아와 말을 끝맺지 못했다. 그리고 아영은 침착하게 연수의 사상적 오류를 잡아 주었다.

"양 샘도 참, 이 세상에 성(性)이 남자, 여자, 선생님 이렇게 돼 있는 것도 아닌데, 남자로 안 보이는 건 뭐래?"

"그냥 그 시절의 동경이고 존경일 수 있잖아."

"물론. 아무래도 어리니까 멋진 선생님 보면서 느꼈던 감정을 사랑이라고 생각할 수 있겠지. 근데 본인이 사랑이라는데 굳이 그걸 동경이나 존경으로 바꿔야 하나?"

"아······ 미안."

화를 내지 않았다고 해서 기분이 나쁘지 않았던 것은 아니었던지 차분하지만 날카로운 아영의 말에 찔끔한 연수가 사과를 했다.

"사과 듣자고 한 이야기는 아니야. 양 샘 말이 맞을 수 있다고 생각하지만, 나는 사랑으로 알고 살래. 그 숱한 밤 나를 잠 못 들게 했던 감정이 동경이고, 존경인 거면 억울할 거 같아서."

"그래서 지금은 어떤데?"

"지금은 다 옛날 일이지."

"그 순간만 지나가면 괜찮겠지? 지금 문 샘처럼 아무렇지 않게 꺼낼 수 있는 이야기가 될 수 있겠지?"

"그걸 내가 어떻게 알아? 사람마다 다 다른 건데."
"그래도…… 그랬으면 좋겠다."

아영의 말에 연수는 나직하게 중얼거렸다. 나중에 아무렇지 않게 꺼내 볼 수 있는 감정. 누군가의 마음이 지금 당장은 조금 쓰려도 나중에 아프지 않은 마음이 됐으면 좋겠다고 연수는 진심으로 바랐다.

"야! 저기 교생 샘 아니야?"

그렇게 아영과 이야기하는 연수의 귀에 흥분한 여학생의 목소리가 들렸다. 아이들이 말하는 교생 샘이란 건하를 말하는 것인가. 하지만 지금 건하라면 자신이 잔뜩 내준 과제와 업무를 하고 있어야 했다.

"너네 조용히 안 해? 쫓아낸다."

수업 시간이었지만 선생님의 허락을 받고 대학 관련 자료를 찾으러 왔다는 여학생들이 찾으라는 자료는 안 찾고, 운동장을 구경하며 떠들자 아영이 엄하게 한마디 했고, 연수는 홀린 듯 도서관 창문 쪽으로 향했다.

"지금 최 샘이랑 교생 샘이랑 편 나눠서 축구 하고 있어요."
"그게 너네랑 무슨 상관인데. 자료 다 찾았으면 올라가 봐."
"아직 다 못 찾았어요. 좀만 구경하다 찾을게요."

여학생들과 아영의 신경전을 들으면서도 연수는 운동장에서 시선을 떼지 못하고 있었다. 축구를 하는 건하의 얼굴이 연수의 눈에 클로즈업되어 들어왔다.

❈　　❈　　❈

"오늘은 이거 다 정리하고 그것도 다 만들어 놓으세요."
"이걸 다요?"
"그럼요?"
"아닙니다. 해 놓겠습니다."
"난 잠깐 나갔다 올게요."

심하다 싶을 정도로 건하에게 과제를 내준 연수가 찬바람을 일으키며 학생부실을 나갔다. 혹시나 건하가 제 뒤를 따라올까 뒤도 한번 돌아보지 않는 연수의 뒷모습은 겨울 칼바람만큼이나 싸늘했다. 요 근래 연수는 아주 작정을 한 사람처럼 건하에게 바리게이트를 치고 있었고, 건하는 그런 바리게이트를 넘어가지 못한 채 바라보고 있었다. 이대로 두면 안 된다고 생각하고는 있었지만, 또 성급하게 다가갔다가 이번엔 연수가 보이지도 않도록 벽을 쳐 버릴까 싶어 경솔하게 움직일 수도 없었다.

한숨이 나올 정도로 마음이 무거워진 건하가 연수가 참고하라고 준 파일들을 이리 열었다, 저리 열었다를 반복했다. 일단 교생으로 이곳에 온 것이니 담당 선생님이 내준 과제를 성실하게 해내야 했고, 제 욕심을 살짝 보태자면 업무적인 면에서 연수에게 실망을 주고 싶지 않았다.

그렇게 건하가 연수가 내준 과제를 하며 고군분투하는 동안, 수업도 없고 해야 할 업무도 대충 끝낸 참에 친한 선생님과 티타임이나 즐길까 하고 교무실을 나가려던 홍만이 혼자 책상에 앉아 있는 건하를 보며 물었다.

"양 선생은 어디 갔어? 아까부터 안 보이네. 잠깐 나갔다 오는 건 줄 알았더니."

교생은 일하고 있는데 도대체 교사라는 사람은 어디서 뭘 하고 있는 거야, 하는 홍만의 마음을 눈치챈 건하가 눈동자를 굴리며 홍만의 오해를 풀어 줄 대답을 생각했다.

"잠깐 도서관에 내려가셨어요. 이번에 도서관 활용 수업 하신다고, 문아영 선생님이랑 수업 계획 세운다고 하시더라고요."

"그래? 수업 계획 세우는 거면 너도 데리고 가지, 혼자 간 거야?"

"저도 같이 가자고 하셨는데, 제가 선생님이 내주신 과제를 마저 못 끝낸 게 있어서."

"그런 건 얼른얼른 마쳐야 하나라도 더 배울 기회가 생기지. 하긴 너희 학교에서 교수들이 내주는 과제하고는 많이 다르지?"

"네. 생각했던 것보다 더 많이 다른 거 같습니다."

"그래서 실습을 열심히 해야 돼. 한 달이 절대 짧은 시간이 아니거든. 그래도 옆에서 보면 잘 따라가고 있는 거 같더만."

"아니요, 저야 뭐 양연수 선생님 쫓아다니는 게 다인데요."

겸손한 제자의 말에 흡족해진 홍만이 건하에게 물었다.

"얼마나 남은 거야? 나 지금 체육부 강 선생한테 갈 건데 금방 할 거 같으면 같이 가든지. 강 선생 너랑 제대로 인사도 못했다고 서운해했거든."

"네? 저기……."

말로는 물어보는 것이되, 이건 나중에 하고 그냥 가자 하는 메시지가 너무 확실했다. 게다가 자신의 옛 스승이 자신과 인사를 제대로 하지 못해서 서운해한다고 하지 않나. 홍만 못지않게 자신을 아껴 주던 체육 선생님을 생각하며 건하는 하는 수 없이 파일 저장 버튼을 누르고 자리에서 일어섰다.

"내려가 봐도 되는 거야?"

"네, 괜찮습니다. 제가 먼저 찾아뵀어야 했는데, 바쁘다는 핑계로 못 뵈서 안 그래도 계속 죄송했었거든요."

연수에게 혼날지도 모르겠지만 지금 과제보다 중요한 것은 자신의 스승님들이었다. 먼저 찾아뵙지는 못할망정 스승님들을 서운하게 해서는 안 되지 않겠나. 특히나 아직까지도 자신의 칭찬을 하시며 자랑스럽게 여기신다는데 바쁘다고 외면하는 건 스승들의 신뢰를 깨는 일이요, 자신의 상식으로도 절대 안 될 일이었다.

"그래. 양 선생한테는 내가 잘 말해 줄게."

내심 건하가 자신들 대신 과제를 선택했다면 실망할 작정이었는지 홍만이 더없이 만족한다는 듯 웃었다. 껄껄 웃는 홍만의 눈가 주름이 자신이 기억하는 것보다 깊어진 것 같자, 마주 웃으면서도 마음 한쪽이 시큰해지는 건하였다.

"유건하! 이 녀석, 오랜만이다."

"그간 안녕하셨어요? 이제야 찾아뵈서 죄송해요."

"아니다, 왔으면 된 거지. 앉아라. 차나 한잔해."

홍만을 따라 체육관 안에 위치한 체육부에 들어가자 그를 알아본 정호가 반가운 미소를 지으며 건하를 맞이했다. 언제나 딱딱한 표정으로 아이들을 가르치던 스승이 보이는 기쁜 표정에 건하는 더욱 황송한 기분이 되고 말았다.

"제가 할게요."

"그래. 강 선생, 앉아. 제자가 끓여 주는 차 한번 마셔 보자고. 다른 선생들은 다 수업 들어간 거야?"

두 사람의 만류에 체육부실 가운데에 회의실 대신 만들어 놓은 큰 테이블에 앉은 정호는 홍만과 이런저런 이야기를 나누기 시작했다.

"그렇지."

"그나저나 체육대회는 잘 준비돼 가고 있는 거야?"

"당연하지. 아, 건하 너도 참가한다면서?"

"네, 그렇게 됐습니다."

신혁에게 이야기 들었을 정호의 물음에 커피를 내려놓은 건하가 고개를 끄덕였다. 체육대회 이야기에 도서관에서 연수를 바라보던 신혁의 눈빛이 생각나 기분이 살짝 가라앉았지만 그런 기분을 선생님들 앞에서 티 내진 않았다.

"그래? 잘됐구먼. 어떤 경기 참가하는 거야?"

"농구 경기에 참가하기로 했습니다."

"그래? 최신혁 선생도 농구하지 않나?"

"아마 그럴걸?"

"선수 출신이 그래도 되는 거야? 아무도 농구는 안 하려고 하겠구먼."

"본인도 그렇게 생각했던지 처음엔 족구를 한다고 하더니, 무슨 생각인지 농구로 바꿨더라고."

정호의 말을 들은 건하는 컵을 입에 갖다 대며 웃음이 나오려는 것을 참았다. 그 최 선생이라는 사람이 농구 선수 출신이라는 건 몇몇의 선생님들만이 아니라 선생님들 사이에서 공공연하게 퍼진 사실이라는 것을 확인한 안도와, 자신을 신경 쓰듯 농구로 참가 종목을 바꾼 신혁의 유치함에 대한 비소였다. 냉정히 말해 자신도 유치함을 논하는 데 빠질 수 없었지만 지금은 굳이 그런 생각을 하고 싶지 않았다.

"맞아, 그런데 건하 너는 만나는 아가씨 없는 거야?"

한참을 정호와 체육대회에 대한 이야기를 나누던 홍만이 갑자기 이야기 주제를 바꾸며 건하에게 물었다.

"네, 아직 없습니다."

"어허, 주위 처자들이 눈에 이상이 있는 거야, 아님 네 녀석 눈이 높은 거야?"

당연히 주변에서 가만두지 않을 것 같은, 심지어 딸만 있다면 사위를 삼고 싶은 녀석이 아직도 솔로라고 하니 홍만이나 정호 두 사람 모두 놀라고야 말았다.

"글쎄요, 제가 부족한 거겠죠."

건하가 어른들에게 인기가 많은 이유는 이런 겸손함 때문일지도 몰랐다. 아무리 세상이 자기 PR의 시대라고 해도, 겸손은 옛 선조부터 내려온 미덕이니 말이다. 특히나 한눈에 보아도 잘나 보이는 사람의 겸손은 부러 깎아 보지 않는 한 좋게 보이기 마련이었다.

"내가 중신이라도 한번 서 줘? 우리 학교에 괜찮은 선생들 많은데."

진짜 딸이 있으면 자신의 딸을 내보이겠지만 안타깝게도 홍만이나 정호는 딸이 없었다. 대신 자신이 딸같이 생각하는 중상고의 젊은 여선생을 떠올리던 홍만이 박수를 짝! 하고 쳤다.

"진로부의 한예진 선생 어때? 국어 담당인데, 사람이 참하니 괜찮지."

"한 선생보다는 특활부 민소정 선생이 낫지 않아? 사람이 쾌활하니 건하하고 어울릴 거 같은데."
"그런가."
당사자는 가만있는데, 건하의 짝으로 맞을 법한 여선생을 생각하는 두 스승의 얼굴은 자못 심각했다. 중상고의 여러 젊은 여선생님들이 후보로 나왔지만 건하가 기다리는 그 사람은 나오지 않고 있었다. 답답한 자신이 먼저 학생부의 양 모 선생님은 어떠신지요, 하고 물을 것 같아 건하가 이미 식어 버린 커피를 쭉 들이켜 목울대까지 나온 그 말을 집어넣었다.
"저 때문에 괜히 신경 안 쓰셔도 됩니다. 연이 있으면 어디서든 괜찮은 분이 나타나겠죠."
"연이라는 게 기다린다고 되는 게 아니야. 왜? 선생님은 별로야? 아니면 우리 사촌 조카 중에도 괜찮은 사람 있는데."
안 그래도 그 연(緣)을 맺으려 이 학교까지 온 것이지만 두 분 선생님들께 미주알고주알 이야기할 수 없는 사안이었다. 그랬기에 선생님들이 기분 나쁘지 않게 웃는 얼굴로, 하지만 단호하게 대답했다.
"괜찮습니다."
"그래? 괜찮다는데 멋대로 밀어붙일 수야 없지. 그래도 언제든 생각 있으면 이야기하라고."
평양 감사도 본인이 싫으면 그만이라고, 아쉬운 마음이 들었지만 건하의 거절에 입맛을 다시며 뜻을 물리는 두 사람이었다.
"안녕하십니까?"
사제지간의 정다운 이야기가 무르익을 무렵 굵은 목소리 하나가 세 사람 사이에 끼어들었다. 고개를 돌린 곳에는 연수와 만났을 때와는 다른 무뚝뚝한 얼굴의 신혁과 회색 체육복을 입은 남학생 하나가 있었다.

"어? 최 선생, 벌써 수업 끝난 거야?"

"아뇨. 수업 끝나고 쉬는 시간 줬더니 축구 하고 싶다고 해서요."

체육 시간은 아무래도 실기 위주로 수업을 진행하다 보니 다른 수업 시간보다는 유동적으로 시간을 사용할 수 있었다. 특히나 남학생들이 모여 있는 반은 '체육 시간은 놀 수 있는 시간'이라는 인식이 강해서 체육 시간만 되면 더욱 활기를 찾는 모습이었다. 그런 남학생들의 흥분을 가라앉히면서 수업한 내용을 복습하라고 했지만, 그 시간에 실습 대신 축구를 하게 해 달라고 부탁하는 30쌍이 넘는 장화 신은 고양이들의 눈빛에 신혁은 맥을 못 추고 당하고 말았다.

신혁이 책상 아래 보관하고 있던 축구공을 자신과 함께 체육부실로 들어온 학생에게 주자 남자아이가 나름 애교스러운 미소를 지으며 신혁에게 물었다.

"샘, 이거 점심시간에도 빌려 주시면 안 돼요?"

"안 돼. 수업 종 땡 치자마자 가지고 와."

"이제 점심시간이잖아요. 네?"

"안 된다고 했다. 이제 곧 시험 기간인데 무슨 점심시간까지 축구야?"

신혁의 냉정한 거절에 남자아이가 밉지 않게 입을 삐죽였다. 연수는 제 앞에선 부끄럼쟁이가 돼 버리는 신혁이 애들 앞에서 수업이나 제대로 할까 걱정했지만, 그는 휘둘리지 않고 꽤 엄하게 아이들을 대하는 사람이었다.

절대 자신의 청을 들어주지 않을 것 같은 단단한 신혁의 옆모습에 아쉬운 듯 손에 들린 축구공을 보다 좋은 생각이 난 듯 건하를 향해 소리 높여 물었다.

"교생 샘, 저희랑 축구 하실래요?"

교생을 끌어들여 축구를 하다가 종이 치면 이대로 게임을 끝낼 수는 없다고 우기며 점심시간까지 축구 하자고 억지를 쓸 생각이었다.

"응?"

그런 아이의 마음을 알 리 없는 건하가 갑작스런 물음에 당황하여 대답하지 못한 채 어색한 표정을 지었다.

"갑자기 무슨 말이야? 교생 선생님이 왜 너희랑 축구를 해?"

"뭐, 재미있겠네. 애들이랑 친해질 기회도 없었을 텐데 이번 기회에 축구 하면서 애들이랑 친해져 봐."

당돌한 아이의 말을 나무라는 정호와 달리 좋은 생각이라는 듯 홍만이 아이를 거들었다.

"그런가? 그런 거면 최 선생도 같이 하는 건 어때?"

"그것도 좋은 생각이네."

정호의 말에 괜찮은 생각이라는 듯 홍만이 신혁의 의견을 묻자 동의의 뜻으로 고개를 끄덕이며 건하에게 물었다.

"전 괜찮을 것 같은데, 교생 선생님도 괜찮아요?"

그 물음에서 네가 날 이길 수 있을 같으냐, 하는 뜻을 고스란히 읽어 낸 건하였다. 그는 여기서 흥분하면 지는 거라고 마음을 다잡으며 애써 호기로운 웃음을 지어 보였다.

"괜찮을 것 같습니다. 오랜만에 몸도 좀 풀릴 거 같고. 혹시 선생님, 체육복 남는 것 있으십니까?"

"아마 있을 거야."

"그럼 교생 샘이랑 체육 샘이랑 축구 하시는 거죠? 저 얼른 가서 편 가르고 있을게요."

정호의 말을 들으며 점점 커지는 판이 재밌다고 여긴 아이가 날개라도 단 듯 팔랑이며 체육부실을 나섰다.

"저 녀석, 놀 때는 눈빛이 살아나는구먼."

"그러게. 내 시간에는 만날 졸다가 혼나는 녀석이."

그런 아이의 모습에 홍만이 고개를 살랑이며 중얼거렸다.

"그럼 먼저 나가 있겠습니다. 옷 갈아입고 오세요."

"네, 금방 가겠습니다."

그렇게 치러지게 된 축구 시합에 몸을 풀듯 팔을 돌린 신혁이 건하에게 기다린다는 말을 남기고는 체육부실을 나섰다. 웃으면서 대답한 건하였지만 체육복을 쥔 손에는 잔뜩 힘이 들어가 있었다.

"체육 샘, 파이팅!"

"교생 샘, 골 넣으세요!"

운동장 곳곳이 건하와 신혁을 응원하는 소리로 가득 찼다. 건하가 오기 전 잘생기고 무뚝뚝한 매력으로 신혁 또한 중상고 내에서는 인기가 많았기에 두 사람이 참가한 축구 경기는 중상고에서 흔치 않게 벌어진 눈요깃거리였다. 우연히 체육 시간이 겹쳐 두 사람이 참가한 축구 경기를 보게 된 여자아이들이 마치 축구광이라도 된 듯 앞다투어 두 사람을 응원했다.

"우와! 교생 샘이 공 뺏었다!"

건하 팀 아이에게서 뺏어 온 공을 다시 건하에게 빼앗기에 되자 신혁이 허탈한 듯 한숨을 내쉬었다. 처음엔 공이 적응되지 않는지 이런저런 자잘한 실수를 하던 건하가 어느새 적응을 끝낸 것인지 이리저리 날듯이 공격적인 플레이를 펼치고 있었다. 확실히 체육 부장 선생님이 칭찬을 할 만한 실력임을 인정할 수밖에 없었다. 하지만 운동신경이 좋은 것을 가지고, 비록 다른 종목이긴 하지만 10년 넘게 공을 가지고 놀았던 자신을 이길 수는 없을 거라는 생각으로 신혁이 건하의 앞을 막았다.

"교생 샘, 공 뺏기지 마세요!"

"체육 샘, 한 골 넣으세요~"

마주 선 두 선수의 긴장감 못지않게 응원석의 응원 열기 또한 남달랐다. 수업 중일 텐데도 창가에 앉은 아이들까지 흘끗흘끗 축구 경기를 지켜보며 손에 땀을 쥐고 있었다.

그런 응원석의 호응에 보답하듯 왼쪽으로 한 번, 오른쪽으로 한 번 서로의 몸놀림을 보며 달려갈 방향을 계산하는 두 사람의 눈에선 프로 선수 이상의 예리함이 보였다. 축구를 하는 아이들은 물론 경기를 구경하는 사람들까지 두 사람 사이의 축구공에 집중할 무렵이었다. 왼쪽으로 빠져나가려는 듯 몸을 트는 건하의 움직임을 눈치챈 신혁이 오른쪽으로 몸을 돌리는 순간, 다시 방향을 바꾼 건하가 본인의 오른쪽으로 빠져나와 다시 골대 쪽으로 질주하기 시작했다.

아차 싶은 신혁이 다시 건하를 쫓았지만 골대 앞에서 수비하는 아이들을 돌 넘듯이 가볍게 제친 건하를 막는 것은 쉽지 않아 보였다.

그렇게 어느새 골대 앞까지 공을 가져간 건하가 막 공을 차려 한 순간이었다. 절대 건하가 골을 넣게 만들 수 없다는 일념으로 빠르게 뛰어온 신혁이 그를 막기 위해 백태클을 걸었다.

"교생 샘, 어떡해!"

골을 넣는 것만 막으려 했을 뿐인데, 생각보다 신혁의 태클이 너무 강하게 들어가 버렸다. 그 바람에 공을 차려던 건하의 몸이 앞으로 강하게 고꾸라지자 구경을 하던 아이들이 모두 놀라 자리에서 일어났다.

"괜찮으십니까?"

건하의 고통스러운 표정에 본인도 놀란 신혁이 넘어진 그의 허리를 받쳐 들었다. 괜찮다고 말을 하려고 하는데 생각보다 고통이 상당했던지 말을 잇지 못한 건하가 다시 한 번 인상을 썼다. 그때, 주위로 몰려든 아이들을 물리치고 건하에게 달려온 사람이 있었다.

"건하야, 괜찮아?"

"선생님."

"못 걷겠어?"

"그…… 정도는 아니에요."

도서관에서 아이들과 축구를 구경하다가 건하가 넘어지는 모습을 보고 놀라서 뛰쳐나온 연수였다. 부어오르는 건하의 발목을 속상한 듯 바라보던 연수가 이내 놀란 아이들을 진정시켜야겠다는 생각으로 아직도 둘러서서 건하를 살피는 아이들에게 말했다.

"내가 교생 선생님 모시고 보건실 가 볼 테니까 너희들은 이만 들어가 봐. 이제 곧 종 칠 거야."

연수의 말이 끝나기 무섭게 수업이 끝났다는 종이 울렸다.

"뭐 하고 섰어? 얼른 들어가라니까."

양골매 연수의 말에도 건하를 걱정스럽게 바라보던 아이들이 쭈뼛쭈뼛 다리를 움직이기 시작했다. 자신의 채근에 아이들이 모두 건물 안으로 들어가자 그제야 연수가 건하의 상태를 살펴보기 시작했다.

"괜찮아?"

"네, 괜찮아요."

괜찮다고 말하며 일어서 보이려는데 순간 찌릿하는 고통에 건하가 인상을 찌푸리며 다시 주저앉고 말았다.

"교생 선생님, 병원에 가시죠."

"그 정도는 아닙니다."

이렇게까지 만들 생각은 없었는데. 생각보다 건하가 많이 아파보이자 민망해진 신혁이 그를 부축해 일어설 수 있도록 도와주었다.

"제가 해도 충분합니다."

"아뇨, 저도 도울게요."

건하가 일어선 것을 확인하자마자 연수도 질세라 그의 팔을 들어 제 어깨에 둘렀다. 그 모습을 본 신혁이 연수를 말렸지만 그녀의 눈이 고집스럽게 빛나자 포기한 듯 함께 건하의 걸음을 도왔다.

"수고하셨어요."

무사히 보건실 침대에 건하가 자리를 잡자 연수는 안심한 듯 인사했다. 그에 민망한 표정이 된 신혁이 건하에게 사과를 했다.

"아뇨, 저 때문에 그러신 건데. 미안합니다."
"아닙니다. 운동하다 보면 그럴 수 있죠. 신경 쓰지 마세요."
 아무리 건하가 말을 그렇게 한다고 해도 쉽게 편해질 속이 아니었다. 질투에 눈이 멀어 대체 뭐 하는 건가 싶은 자괴감까지 들었다.
"최 샘도 식사하러 가세요. 여긴 제가 있으면 돼요."
 건하를 침대에 눕히자 찜질이라도 해 줘야겠다며 간단한 기구를 챙겨 보건 선생님이 나가고, 보건실 안에는 세 사람만 남았다.
"그래도……."
"우리 둘 다 있는다고 달라지는 건 없잖아요. 그냥 제가 있을게요."
 이런 상황에서도 두 사람만 보건실에 두고 가고 싶지 않아 신혁이 버텼지만 이번에도 연수의 고집을 이길 수는 없었다. 그렇게 연수에게 등 떠밀려 신혁이 나가고 둘만 남게 되자 연수가 표정을 굳히며 건하를 내려다보았다.
"……보건 선생님이 왜 이렇게 안 오시지."
 평소라면 연수랑 단둘이 남게 된 상황이 고마웠겠지만 지금은 이 상황이 하나도 고맙지 않았다.
"교생 선생님, 제가 내준 과제는 끝내고 축구 하신 거예요?"
 연수의 눈빛을 피하며 이제나저제나 보건 선생님을 기다리는 척 몸을 빼던 건하가 연수의 물음에 할 말이 없다는 듯 고개를 숙였다. 홍만과 함께 정호를 보러 갔었다는 이야기를 하면 연수도 이해해 주겠지만, 본인은 정호와 함께 발견된 것이 아니라 운동장에서 축구를 하다 발각된 것이기에 그런 변명을 할 수 없는 상황이었다.

변명의 여지도 없다는 듯 고개를 숙인 건하의 모습에 연수가 속으로 한숨을 내쉬었다.

평소 건하가 농땡이를 부리는 성격도 아니고, 분명 그 시간에 자신의 과제를 미루면서까지 축구를 해야 했던 이유가 존재할 것이었다. 그 이유가 신혁에게 지고 싶지 않은 자존심 때문이라는 것을 알면 연수는 눈물이 쏙 빠지도록 건하를 혼냈겠지만, 그가 함께 축구를 하자고 한 아이들의 부탁을 차마 거절하지 못했을 것이라 결론을 내린 터라 그 일로 혼낼 마음은 없었다. 그저 축구를 하다 다친 모습을 보는 것이 속상했을 뿐이었다.

"죄송합니다. 오늘 밤새워서라도 해 오겠습니다."

부드러운 미소와 어디서도 주눅 들지 않는 눈빛으로 사람들을 사로잡는 건하답지 않게 풀이 죽은 목소리였다. 이 녀석이 이런 목소리도 낼 수 있나 하는 생각이 든 연수가 비죽 나오려는 웃음을 참으려 아랫입술을 깨물었다.

"됐네요. 다리는 안 아파?"

그저 건하를 떼어 낼 명분으로 준 과제일 뿐이었다. 당장 필요하지도 않은 업무를 대단한 것인 양 내준 터라 내심 양심에 찔리기도 하고 미안했는데, 차라리 잘됐다 싶었다. 건하가 다 했다며 그 과제를 자신에게 내밀었다면 공과 사를 구분하지 못했던 자신의 행동이 너무 부끄러웠을 것 같았다.

"네, 이제 아무렇지도 않습니다."

괜찮다는 자신의 대답에도 꼼꼼하게 제 발목을 살펴보는 연수의 행동에 벙긋이 웃음이 지어지려 하는 입매를 단속했다. 자신에게 내보인 화기의 기운이 약해지긴 했지만 그 화가 완전히 없어질 때까지는 기가 죽은 연기를 해야 했다.

"많이 부었는데, 그냥 병원 갈래?"

"아뇨, 참을 만해요."

"억지로 참지 말고 못 참겠으면 바로 말해. 그리고 너 말이야, 네가 아직도 이팔청춘인 줄 알아? 무슨 운동을 이렇게 다칠 정도로 해."

"그러게요. 애들이랑 똑같이 체육복을 입고 뛰다 보니 제가 이팔청춘이라고 착각했나 봐요."

어느 정도 연수를 지배했던 화가 빠지자, 그녀는 다시금 건하에 대한 걱정을 드러냈다. 그 때문에 약한 타박이 이어졌지만, 그 타박도 고맙기만 한 건하는 연수의 말을 수긍하듯 고개를 끄덕이며 순한 웃음을 지었다. 그 웃음을 보는데 어쩐지 제 마음이 차분히 가라앉는 것 같았다. 분명 건하 때문에 머리가 터지게 고민하고 있었는데, 그 고민의 원인 덕분에 머리가 말끔해지다니. 제 속을 자신도 알 수 없었다.

"근데 이 체육복은 어디서 난 거야? 최 샘이 빌려 주셨어?"

건하에게는 이팔청춘이 아니니 착각하지 말라고 했지만 지금 연수의 눈엔 건하나 다른 아이들이나 다를 바가 없었다. 안 보는 새 운동을 많이 했는지 마른 듯하지만 단단해진 몸과 성인이 되어 진해진 눈매에 날카로워진 턱선을 보며 예전의 앳된 모습을 많이 벗어났다고 생각했었다. 한데 이렇게 중상고 체육복을 입고 있는 모습을 보자니 학교 다니던 시절 건하의 얼굴이 그대로 보였다. 그래, 아무리 시간이 지나도 제자는 제자지. 그런 생각으로 마음이 안정된 연수가 편안한 웃음을 지었다.

"아뇨. 강정호 선생님이 빌려 주셨어요."

당연히 신혁에게서 빌렸다는 이야기가 나올 줄 알았는데, 생각지도 못한 정호의 이름이 나오자 연수가 고개를 갸웃거렸다. 도무지 어떤 경로로 그 축구 경기가 열리게 된 것인지 알 수가 없었다.

"방홍만 선생님이랑 같이 강정호 선생님께 인사드리러 체육부실에 갔었거든요. 근데 마침 최신혁 선생님이 애들 축구할 시간 주신다고 반 애 하나한테 공 주려고 체육부실 들어오셨다가 우연히 저도 같이 축구 하자는 이야기가 나와서요. 선생님들께서도 이번 기회에 애들이랑 친해져 보는 것도 괜찮을 것 같다고 하시고, 저도 그럴 것 같았어요."

건하의 설명을 들으며 대충 상황을 그려 본 연수가 다행히 별말 없이 고개를 끄덕였다.

"잘했네. 오늘 내준 거 밤새워서 할 필요까지는 없어. 천천히 해도 돼."

한결 마음이 편해져서일까, 요 근래 건하를 향해 한껏 기민해져 있던 신경들이 조금씩 안정을 찾는 기분이었다.

한층 안심한 연수의 눈에 자신보다 5살 이상 어린 아이들과 뛰어다닌 탓인지 빨갛게 달아오른 건하의 얼굴이 들어왔다. 다친 데다 더워 보이기까지 하는 건하가 안쓰러워진 연수가 침대 옆에서 티슈를 꺼내 얼굴에 맺힌 땀을 닦아 주었다. 손수건이 있으면 좋았겠지만 본래 손수건은 가지고 다니지 않았고, 그렇다고 옷으로 닦아 줄 수 없기에 선택한 도구였다.

"다리 좀 괜찮아졌다 싶으면 체육관 쪽에 운동부 애들 쓰는 샤워실 있어, 거기서 씻어. 땀 많이 흘려서 찝찝하겠다."

"전…… 이게 더 좋은데요."

"응?"

나직한 목소리에 땀을 닦던 손을 내린 연수는 그 뒤로 보이는 또렷한 남자의 얼굴에 눈이 동그래지고 말았다. 짙은 갈색 눈동자에 비친 자신의 얼굴을 보는데 어쩐지 자신이 그간 어떻게 숨을 쉬었는지를 잊어버린 기분이었다. 상대방의 눈에 비친 자신의 얼굴을 보는 게 이렇게 낯설고 심장이 아픈 일이라고는 한 번도 생각해 본 적이 없었다.

이것으로 불과 몇 분 전에 이제 건하가 불편하지 않다고 생각한 것이야말로 착각이라는 게 밝혀졌다. 언제나 선한 빛만 담고 있다고 생각한 눈동자가 끝도 없이 진하고 깊었다. 그저 마주 보고 있을 뿐인데, 그 어떤 손짓도, 말도 하지 않았는데도 시간이 멈춰 버린 것만 같았다.

"나, 나는 밥 먹으러 가야겠다."

이대로 있다간 위험하겠다. 평소에 걷는 것조차도 굼뜬 연수지만 이 순간 자신이 무엇을 해야 하는지에 대한 판단은 빨랐다. 그랬기에 스프링 튕기듯 재빠르게 보건실 침대에서 일어섰다. 모양 빠지게 도망가는 모습을 보여 주고 싶진 않았지만 이번에도 어쩔 수 없었다. 뭐 마려운 강아지처럼 안절부절못하는 기색이 역력했지만 그래도 보건실을 나가기 전 잊지 않고 다친 건하에게 당부의 말을 전했다.

"보건 선생님 오시면 찜질 잘 받고, 샤워도 하고, 밥은…… 늦어도 되니까 학교 밖에 있는 식당에서라도 먹고 와. 난 점심시간 끝나고 계속 수업이 있어서 또 오진 못하겠다. 그럼 쉬고 있어."

그러고는 뒤도 안 돌아보고 보건실을 떠나는 연수다.

냉정히 떠나는 그녀의 모습에 건하가 자신도 모르게 연수를 잡으려 팔을 뻗었지만 기다란 팔은 제 역할을 하지 못한 채 다시 제자리로 돌아왔다. 더 다가가고 싶지만 이 이상 연수의 혼란을 가중시키고 싶지 않았다. 계속 참을성 없이 돌을 던지는 통에 연수의 호수는 일렁이다 못해 파도가 치고 있는 것 같았다. 이러다가 제가 던진 돌이 파도에 밀려 호수 밖으로 나오기라도 하면 큰일이었다.

'한 번만 참자.'

마음을 다잡은 건하가 있는 힘껏 주먹을 쥐었다. 손톱이 박혀 손바닥의 고통이 상당했지만 이렇게라도 하지 않으면 보건실을 나가고 싶은 자신을 막을 수 없을 것 같았다.

"진짜 덥네."

혼자 덩그러니 보건실 침대 위에 앉아 손톱 자국이 난 손을 보며 건하가 중얼거렸다. 몸에서 열기가 새어 나오는 것 같았다. 연수의 손이 닿았던 곳에서, 연수의 시선이 닿았던 곳에서. 그것이 여름의 길목으로 가는 날씨 때문인지, 연수 때문에 생겨난 신체의 비정상적인 반응 때문인지 알 수 없었다. 어쨌든 지금은 정말 봄인가 싶을 정도로 햇살이 뜨거운 4월의 한낮이었다.

제5장

밀어내기

끝내주는 제자

똑딱, 똑딱.

연수의 방에는 시계 소리만이 울려 퍼지고 있었다. 책상에 앉은 연수는 교과서와 문제집을 보고 있었지만 몇 분이 지나도록 책장은 한 장도 넘어가지 않은 채였다. 몇 분째 도표를 바라보고 있는 것인지 알 수 없었다. 지금 연수에게 이 도표는 그저 글씨가 적힌 그림일 뿐이었다.

한참을 그렇게 의미 없이 시간을 보내던 연수가 무언가 괴로운 듯 손으로 얼굴을 가리며 큰 한숨을 내쉬었다.

무조건 네가 미쳤니, 내가 미쳤니 했을 때와는 다른 무거운 분위기였다. 마음의 동요는 쉽사리 정리되지 않았다. 아니, 시간이 흐를수록 그런 동요는 소란이 되어 연수의 마음을 헤집었다. 행동도, 말도 아닌 그저 눈빛이었다. 하지만 오늘 건하의 그 눈빛은 백

개의 행동보다, 천 마디 말보다 더한 것을 자신에게 보여 주었다.

자신을 흔들림 없이 직시하던 눈. 떨림 없던 눈동자 안에 그녀가 있었고, 흔들리던 연수의 눈동자 안에는 건하가 있었을 것이다. 세상에 존재하는 것이 그녀밖에 없다는 듯 자신에게 집중했던 건하의 눈빛이 떠오르자 연수는 자신도 모르게 가슴께로 손을 가져갔다. 그 손 아래 네가 무슨 생각을 하든 나는 내 멋대로 할 거야 하며 반항하듯 뛰어 대는 심장이 있었다. 자신이 아무리 반항을 해도 연수가 자신을 어떻게 할 수 없다는 것을 너무도 잘 알고 있는 것 같은 움직임이었다. 연수의 의지와 상관없이 행동하지만 멋대로 없앨 수도 없는 그것의 얄미운 행동에 연수는 기력을 잃은 사람처럼 아무런 말도 할 수 없었다.

교직 생활을 시작하면서 단 한 번 생각해 본 적도, 행여 꿈에서조차 본 적 없었던 상황이 눈앞에 펼쳐졌다. 그리고 생각보다 사태는 심각해서 한 사람의 마음을 외면한다고 해서 해결될 문제가 아니라는 것도 깨달았다. 여전히 지칠 줄 모르고 뛰어 대는 심장을 가라앉히기 위해 연수가 심호흡을 연달아 내뱉었다.

"정말 미치겠다."

그에 어느 정도 진정되긴 했지만 이런 제 자신이 마음에 들지 않아 인상을 찌푸렸다. 제자를 생각하다가 심호흡을 해서 진정시켜야 할 정도로 심장이 뛰는 선생은 아무리 생각해도 문제가 있었다. 아마 다른 사람이 이런 이야기를 했더라면 연수는 그런 사람이 무슨 선생 자격이 있냐며 학을 떼듯 쏘아붙였을 게 분명했다. 선생에 대해 논할 자격을 박탈당한 것 같은 수치심에 연수의 얼굴 위에 더한 어둠이 드리워졌다.

요즘 같은 시대에 학생도 아니고 이미 졸업한 제자를 만나는 것인데 뭐 어떠냐 할 수도 있을 것이다. 하지만 동료 교사들은 물론이고, 자신에게 배우는 수백, 수천의 학생들, 거기에 그들의 부모까지 셀 수도 없는 많은 사람들이 조력자도, 심판자도 될 수 있는 곳이 바로 연수가 속한 교직 사회였다. 아무리 과거의 일이라 한들 한때 사제지간이었던 두 사람의 사랑이 그들의 눈에 절대 좋게 보일 리 없었다. 그 사람들의 손가락질을, 그 사람들의 싸늘한 눈초리들을 자신이 견뎌 낼 수 있을까. 도저히 그럴 수 있을 거라고 대답할 수가 없었다.

아니, 좀 더 생각을 넓혀 다른 사람에게 당할 손가락질을 감수한다고 해도 스스로 자신의 이런 마음이 용납되지 않았다. 아직 세상을 경험하지 못한 아이들을 가르치고 교화해야 하는 선생님의 역할이라는 것은 생각보다 무거웠다. 요즘 아무리 교권이 흔들린다고 해도 선생으로서 지녀야 하는 사명감은 절대 버려서도, 포기해서도 안 되는 것이었다.

그렇게 타의 모범을 보이며 어떤 제자든 차별 없이 똑같이 대해야 하는 사람이 제자와 사랑에 빠진다? 연수가 지니고 있는 상식으로는 절대 안 될 말이었다. 자신이 이런 생각을 하는 데는 분명 아버지 양 교장의 영향도 있을 수 있겠으나, 교직 생활을 하면서 연수 스스로 느껴 온 바가 있기도 했다. 그런데 그 믿음이 자신이 가장 아끼고 의지했던 제자에 의해서 흔들리고 있었다.

어떻게 해야 하는 것인지 알 수 없었다. 그저 대놓고 표현하기에 너무 부끄러운 감정에 그대로 도망가 버리고 싶었다. 무엇보다 순수해야 할 사랑이라는 감정에 부끄러움이 섞인다는 것 자체가 사랑에 대한 예의가 아닌 것 같았다. 이렇게 잘못 꿰어진 관계의 끝은 자신은 물론 건하에게도 상처만 남길 것이 분명했다.

그렇다면 제 마음을 철저히 가려 두고 도망치고, 외면하는 게 옳을 것이다.

하지만 이런 고뇌 속에서도 스스로가 바보 같다고 느끼는 이유는 당연히 선택해야 할 그 결정을 쉽게 내리지 못하고 있는 때문이었다. 얼마 되지 않는 기간이지만 건하의 마음을 외면해 보았기에 이것보다 더 차가운 외면으로 그에게 상처를 줘야 하는 것이 얼마나 쓰리고 아플지 알 수 있었다. 길을 알면서도 쉽게 선택할 수 없었다.

지지지잉, 지지지잉.

그렇게 연수가 혼자만의 세상에 더욱 빠져들어 갈 무렵, 이만 정신 차리라는 듯한 휴대폰 진동이 연수의 귀에 박혔다. 흠칫 놀란 연수가 휴대폰을 들었다.

"여보세요."

-선생님.

"응, 정민아."

전화를 건 사람은 연수의 또 다른 첫 제자이자 고등학교 시절 건하의 제일 친한 친구였던 정민이었다. 졸업을 하자마자 연락을 끊었던 건하와 달리 정민은 연수의 제자 중에서도 절기 때마다, 시간 날 때마다 연수에게 연락을 하는 아이였다.

-잘 지내셨죠?

"응, 그렇지. 너는?"

-저도 잘 지내죠. 요즘 졸업 작품 준비한다고 정신없어요.

"벌써부터?"

제대를 해서 건하와 같은 4학년이라는 것은 알았지만 아직 가을 학기가 남았음에도 졸업 작품을 준비한다는 정민의 말에 놀라고 말았다.

연수의 놀란 목소리가 재미있던지 정민의 웃음기 섞인 목소리가 전화 건너편에서 들려왔다.

-네. 주변 도움 안 받고 저희가 처음부터 끝까지 준비해야 돼서 지금부터 시작해야 돼요.

"고생이네."

-뭐, 그렇죠. 그래도 진짜 재미있어요.

정민은 현재 다른 쪽 전공을 선택하길 바랐던 부모님의 뜻을 거스르고 서울에 있는 한 대학의 애니메이션 학과에 입학했다. 그로 인해 부모님과 사이가 급격하게 나빠져 지금은 집을 나와 따로 자취를 하는 중이었다. 그런 사정임에도 연수에게 미주알고주알 자신이 준비하는 작품에 대해 이야기하는 그의 목소리는 무척이나 들떠 있는 상태였다.

자신이 처음 담임을 맡아 들어간 교실에서 만난 정민의 표정이 무언가 억눌린 듯 어두웠던 것을 생각하면, 지금의 변화는 연수에게 무척이나 고마운 것이었다. 자신이 하고 싶은 일을 찾아서 하루하루 활기 넘치는 제자의 목소리를 듣자 연수는 자신 안의 어둠이 잠시 자취를 감추는 것을 느낄 수 있었다.

예상치 못한 소란에 좁은 교무실 안의 시선은 한 곳을 향하고 있는 상태였다.

"정민 어머니, 잠깐만 진정하시고요."

"지금 내가 진정하게 생겼어요?"

당황스러움에 안쓰러울 정도로 허둥지둥하는 연수의 말에도 정민 어머니라고 불린 여자는 쉽사리 흥분을 감추지 못하고 있었다. 한 치의 빠짐 없는 올림머리와 연수의 한 달 월급보다 비싸 보이는 고급스러운 검정 투피스 정장, 반짝이는 에나멜가죽으로 만든 구두를 갖춰 입은 여자는 겉모습은 여느 귀부인 못지않았지만, 학교 교무실에서 소란을 피우는 모습은 빈말로라도 교양이 있다고 말할 수 없었다.

"아니, 멀쩡히 공부 잘하고 있는 애한테 이딴 걸 주면 어쩌란 말이에요? 우리 애가 공부 다 그만두고 애들이나 보는 그림 따위나 그린다잖아요!"

더없이 흥분한 정민 엄마가 연수의 눈앞으로 하얀 종이를 들이밀었다. 마치 괴물인 양 다가온 하얀 종이에 멈칫하며 몸을 굳힌 연수의 눈에 'OO대학교 입시 요강-애니메이션 학과'라는 글씨가 들어왔다. 그렇다. 지금 자신에게 일어나고 있는 모든 일의 발단은 연수가 입시 상담 시간에 정민에게 건네준 저 종이 뭉치였다.

현재 연수네 반의 일원이자, 오늘 소란의 원인인 정민은 대한민국에서 알아주는 사업체를 운영하시는 아버지와 중상고 내에서도 영향력이 큰 학부모회의 일원인 어머니를 둔 남부러울 것 없는 집안에서 자랐고, 학교에서도 우수한 성적을 유지하며 기대를 한 몸에 받고 있는 아이였다. 하지만 그런 사정을 모두 알고 있음에도 연수는 정민을 볼 때마다 왠지 모를 안쓰러운 감정을 느끼고 있었다. 한창 활기가 넘쳐 학교를 다녀야 할 시기에 친구들 틈에 있으면서도 어딘가 음울해 보이는 정민은 걱정 어린 시선을 받기에 충분한 모습이었다.

그리고 그런 연수의 걱정은 수시 철을 앞두고 더욱 기운 없어진 데다 세상을 다 산 것 같은 오라를 뿜어내는 정민을 보면서 더욱 몸을 키운 상태였다.

학기 초반, 정민이 애니메이션에 관심이 많다는 건하의 말도 그렇고, 자신이 교실에 올라갈 때마다 연습장에 그림을 끼적이던 모습이 목에 가시처럼 걸려 있었다. 그 정도의 성적이면 정민이 적어 낸, 아니 정민의 부모님이 원하는 좋은 대학의 좋은 학과에 갈 수 있을 테지만 진짜 본인의 꿈을 억압당한 채 제 의지와 상관없이 남들이 보기에 좋은 길을 선택해야 하는 어린 제자가 안쓰러웠다. 결국 연수는 오랜 고민 끝에 애니메이션 관련 학과의 대학 입시 요강을 정리하여 정민에게 건네주게 되었다.

사실 연수도 정민에게 서류를 주면서 자신이 잘하고 있는 것일까 하는 고민을 하긴 했다. 하지만 어린 제자에게 인생의 길엔 여러 가지가 있다는 것을 보여 주고 싶은 마음이 강했기에 과감하게 정민의 꿈을 응원해 주었다. 언감생심 꿈도 꾸지 않았던 응원에 힘을 받은 정민은 자신의 의지로 인생을 결정하기로 마음먹은 것이었다.

그 일로 인해 정민의 집은 살얼음판이 되었고, 오늘 아들의 마음을 움직이게 한 장본인이 연수라는 것을 알게 된 정민 엄마가 입에 거품을 물며 학교로 쫓아오는 사태가 발생하게 된 것이었다.

"어머니, 그렇게만 생각하지 마세요. 제가 정민이한테 이렇게 하라고 설득한 게 아니고, 정민이가 선택한 일이에요. 정민이가 그 일을 정말 좋아합니다."

웬만하면 피하고 보라는 치맛바람의 소유자에, 까다롭기로는 둘째가라면 서러울 정민 엄마의 분노를 마주하는 것이 쉽지만은 않은 일이었다. 하지만 연수는 자신이 건넨 서류를 받고 세상을 다 얻은 듯 기뻐했던 정민의 얼굴을 떠올리며 정민 엄마를 설득하는 데 열을 올렸다.

"일단 성공을 해야 좋아하는 일이든 원하는 일이든 할 수 있는 거라고요. 우리 애 원하기만 하면 서울의 무슨 대학, 어느 학과든 골라서 갈 수 있고, 앞길이 탄탄대로처럼 펼쳐진 애예요. 근데 지금 우리 애가 그 탄탄대로를 포기하겠다는데, 가만 보고만 있으라는 거예요?"

"좋은 대학의 좋은 학과에 간다고 인생이 모두 탄탄대로로 펼쳐지는 건 아닙니다. 물론 정민 어머니 말씀도 맞지만, 정민이한테는 정민이의 길이……."

"누가 그딴 설교 듣고 싶다고 했어요!"

미안하다고 사과를 해도 시원찮을 상황에 꿈이니 뭐니 제 아들에게 하나도 도움이 되지 않는 단어를 들먹이며 뜻을 꺾지 않는 젊은 여선생의 행동에 화가 난 정민 엄마가 끝내 본인이 들고 있던 그 쓰레기 종이 뭉치를 연수에게 집어 던지고 말았다.

그에 상황을 지켜보던 교무실의 모든 사람들의 표정이 경악으로 물들었지만, 연수에게 종이를 집어 던지고도 분이 풀리지 않은 정민 엄마는 더욱 큰 소리로 패악을 부려 대기 시작했다.

그 퍼런 서슬에 놀란 연수는 부들부들 떨리는 손과 불규칙적으로 뛰어 대는 심장을 안정시키려 했지만 상황이 워낙에 몰리는 탓에 더 이상 어떤 말도 떠오르지 않았다. 선생님이다 하며 학생들 앞에 나서고 있었지만, 연수도 이제 막 대학을 졸업하고 사회에 나온 초보 교사일 뿐이었다.

정민 엄마를 진정시키려는 주변의 소리를 들으며 자신도 침착해지기 위해 마음을 다독였지만 등에서 흐르는 식은땀은 쉽게 마르지 않았다.

끊임없이 자신의 말이 맞는다고 주장하는 정민 엄마의 모습에서 연수는 진짜 자신이 어떤 착각에 빠져 있었던 것은 아닐까, 스스로의 행동을 돌아보고 있었다.

 누구나 인정하는 성공의 길. 물론 연수도 그걸 모르지 않고, 자신의 제자들도 그 길을 갔으면 싶었다. 하지만 본인이 원하지 않는데, 그게 과연 성공한 길이라고 할 수 있는 것일까. 자신과 상담을 하는 내내 세상을 다 산 듯 우울한 표정이었던 정민의 얼굴을 떠올리며 연수는 자신이 도대체 어디서부터 틀렸던 것인지 되짚어 보았다.

 어느새 정민 엄마의 말에 세뇌된 것처럼 자신이 정민의 인생을 망치고 있는 건 아닐까 하는 생각이 들며, 자신이 그저 좋은 선생으로 보이고 싶어 정민의 인생을 이용했을지도 모른다는 죄책감이 머리를 들기 시작했다. 창피한 마음에 고개를 내린 곳에는 정민 엄마가 자신에게 던진 종이 뭉치가 바닥에 흩어져 있었다. 얼마나 반복해서 읽었는지, 처음 건네줄 때와 달리 손때가 묻어 헤진 종이 위에는 정민의 것으로 보이는 작은 글씨들이 빽빽하게 적혀 있었다. 설레는 눈으로 이 서류를 읽고 또 읽었을 정민의 모습이 지금 정민 엄마가 하는 모진 소리보다 자신의 마음을 아프게 만들었다.

 "지금이 우리 애 인생에서 얼마나 중요한 시기인데 저딴 걸로 헛바람이나 넣느냐 말이야! 뭣 모르는 신입 교사가 고 삼 담임 맡는다고 할 때부터 내가 알아봤어. 여기서 해결할 수 있는 문제는 아닌 거 같네요. 교장 선생님을 봬야겠어요."

 그 난리를 부려 놓고도 만족하지 못했던지 정민 엄마가 교장실로 발걸음을 옮기려 할 때였다.

 "어머니."

 급하게 뛰어왔던지 숨을 잔뜩 찬 다급한 목소리 하나가 연수에게서 돌아선 정민 엄마를 잡았다.

"건하야."

정민과는 입학하면서부터 알고 지내 왔기에 정민 엄마도 건하에 대해서는 알고 있었다. 자신의 아들이 건하보다 성적이 떨어지는 건 마음에 들지 않았지만, 싹싹하고 어른스러운 건하는 아들의 친구 중에서 가장 마음에 드는 아이였다. 자연스럽게 정민 엄마를 다시 제자리에 데려다 놓은 건하가 연수와 정민 엄마의 사이에 자리 잡았다.

"어머니, 여기서 이러시면 어떡해요."

"그럼 어떡하니? 너도 정민이한테 얘기 들어서 알고 있지? 우리 정민이가 좋은 대학 다 놔두고 애니메이션인가 뭔가 하는 학과에 들어가고 싶대."

교무실에 정민 엄마가 와서 담임을 쥐 잡듯이 잡고 있다는 말에 한달음에 달려온 건하였다. 화가 나서 불이라도 뿜을 듯한 제 친구의 어머니와 큰 잘못이라도 한 듯 고개를 푹 숙인 담임의 모습에 속상하기도 하고 화도 났지만, 일단 친구의 어머니를 진정시키는 것이 먼저였다.

"네. 그러면 이렇게 교무실로 찾아오실 게 아니라 정민이랑 대화를 해 보셔야죠."

"말해 봤지. 내 말은 귓등으로 안 들어. 너도 알다시피 우리 정민이가 내 말을 얼마나 잘 듣는 애니? 근데 선생이라는 사람이 애한테 이상한 헛바람이나 넣고 말이야."

그런 말을 하면서 건하의 뒤쪽에 몸을 숨긴 연수를 노려보는 것을 잊지 않는 정민 엄마였다. 그래도 그나마 다행인 건 건하가 교무실에 오고서 부터는 제 아들 친구 앞에서 무지막지한 모습을 보여 줄 수 없다고 생각했던지 정민 엄마가 점점 이성을 찾기 시작했다는 것이었다. 물론 적당히 그녀의 말에 동조하면서 정민 엄마의 흥분을 가라앉히는 건하의 행동도 그에 한몫 하고 있었다.

한참 정민 엄마의 푸념을 듣던 건하가 난감하면서도 죄송하다는 표정으로 고해성사하듯 말했다.

"사실은 제가 지나가는 말로 정민이가 애니메이션 쪽에 관심이 있다고 선생님께 말씀드렸어요. 선생님은 아마 제 말이 걸리셨나 봐요. 선생님이 절대 정민이한테 따로 바람 넣거나 한 건 없어요. 선택은 정민이가 한 거고, 그렇게 따지면 원인 제공은 제가 한 거죠."

"너는 왜 그런 쓸데없는 얘기를……."

"어머니, 여기서 뭐 하시는 거예요!"

면목 없다는 듯한 건하의 말에 정민 엄마가 발끈하여 한마디 하려 하는데, 드디어 오늘 일의 원흉이 등장했다. 처음 교무실에 들어서던 건하와 마찬가지로 정민도 가쁜 숨을 내쉬며 서둘러 다가오더니 제 어머니의 팔을 붙들었다.

"내가 못 올 데 왔니?"

잔뜩 화가 난 아들의 얼굴에 멈칫했던 정민 엄마는 이내 자신은 잘못한 것이 없다는 듯 대꾸했다.

"저하고 이야기를 하셔야지 왜 선생님한테 그러세요?"

"내가 뭘 어쨌다고? 잘못은 네 잘난 담임선생님이 먼저지. 가만히 공부 잘하는 애한테 저딴 거나 주고."

"제가 알아봐 달라고 부탁드렸어요. 교무실까지 오셔서, 창피하지도 않으세요? 일단 나오세요."

"뭐? 창피? 내가 누구 때문에 여기까지 왔는데!"

연신 연수와 교무실 안의 사람들에게 고개 숙여 사과하며 정민은 제 어머니를 교무실 밖으로 끌었다. 아들의 힘에 끌려 나가면서도 정민 엄마는 여전히 잔소리를 멈추지 않았고, 교무실 사람들의 시선도 자연스럽게 두 모자에게 쏠리면서 오늘의 희생양 연수는 어느새 관심 제외 대상이 되고 말았다.

 지친 듯 푹 꺼진 연수의 손에는 언제 주운 것인지 정민 엄마가 던지듯 두고 간 종이 뭉치들이 들려 있었다. 덜덜 떨리는 손으로 종이들을 움켜쥐고 있던 연수가 시선을 살짝 돌렸다. 그리고 그 시선이 머문 곳에는 커다란 손 하나가 제 손을 감싸고 있는 모습이 보였다. 사람들은 다른 곳에 시선이 팔려 알아차리지 못했지만 정민 엄마에게서 자신을 감싸 주듯 막아선 순간부터 지금까지 자신을 잡고 있던 손이었다. 차갑게 식어 버린 자신의 손을 데워 주는 따뜻함에 연수는 참았던 눈물이 터져 나올 것 같아 어금니를 사리물었다.

 정민과 정민 엄마가 나간 후 교무실에 어느 정도 평화가 찾아오자 손의 주인이 연수 쪽으로 고개를 돌렸다. 힘겹게 참았음에도 눈물이 맺힌 연수의 눈과 미안하다는 눈빛을 보내는 건하의 눈이 마주쳤다. 괜한 오지랖으로 정민의 이야기를 한 것이 미안하다는 것인지, 도와주러 늦게 와서 미안하다는 것인지 의미를 알 수 없었지만, 그 눈빛에 더없는 위로를 받은 연수가 건하의 눈길을 피하며 고개를 숙였다. '선생님은 잘못 없어요. 그러니까 울지 마세요.'라고 말해 주는 체온이 여전히 연수의 손을 감싸고 있었다.

 두근두근.

 그리고 그 체온에 반응하듯 연수의 심장이 쿵쿵 뛰어 대기 시작했다. 처음으로 느껴 보는 두근거림에 당혹스럽긴 했지만 그 감정을 건하에 대한 고마움이라고 정의 내려 버렸다. 하지만 연수의 볼은 고마움과는 다른 감정을 느낀 사람처럼 살짝 붉어져 있었다. 교무실 안 사람들은 물론

이고 연수 스스로도 깨닫지 못했지만 말이다.

"선생님."
"응, 웬일이야. 보충 끝났어?"
"네."
정민의 어머니가 교무실에서 난동을 부린 후 무슨 정신으로 수업을 했는지 모르게 시간을 보낸 연수는 멍하니 학교 건물 뒤 벤치에 앉아 있었다.

"이거 드세요."
수업에 보충까지 끝내고도 연수 걱정에 집으로 발걸음이 떨어지지 않았던 건하는 교무실부터 도서관까지 그녀가 갈 만한 곳은 모두 뒤졌고, 끝내 연수를 찾아냈다. 역시나 잔뜩 풀이 죽어 벤치에 앉아 있는 연수에게 매점에서 사 온 이온 음료를 건넸다.

"고마워. 잘 마실게."
"오늘 일은 너무 마음에 담지 마세요."
연수는 정민에게 여러 길이 있다는 것을 알려 줬을 뿐 선택은 정민이 한 것이었다. 그렇기에 연수가 이렇게 풀이 죽어 있는 건 맞지 않다는 생각이었다.

"응."
"정민이가 선생님한테 정말 감사한다고 했어요."
위로의 말에도 마른 미소를 짓던 연수가 불쑥 건하에게 물었다.
"근데 있지, 이게 정말 정민이한테 좋은 길일까?"
연수의 번뇌가 고스란히 느껴지는 표정을 본 건하는 그녀의 물음에 쉽게 대답하지 못했다. 그러나 대답할 필요는 없었다. 연수 스스로가 본인에게 던진 질문이었을 테니. 제자의 꿈을 응원하지만 끊임없이 사회에서 말하는 성공을 생각하게 된다. 자신이 맞았다고 한없이 되뇌지만 끊임없이 제 아들의 인생을 망쳤다고 소리치는 정민 엄마의 목소리가 연수를 괴롭히고 있을 것이었다.

"선생님이 그러셨잖아요, 무조건 좋은 길은 없다고요."

분명 연수가 자신들에게 했던 말이다. 세상에서 제일 좋은 길은 자신이 가고 싶은 길이라고. 들을 때는 그저 듣기 좋은 말로 하는 소리이겠거니 했지만, 오늘 정민의 일로 연수가 자신들에게 했던 말이 어떤 말보다 그녀의 진심이라는 것을 알게 되었다. 그런 연수이기에 지금 정민이 선택한 길을 불안하게 보며 회의를 가지는 건 어울리지 않았다.

"저는 정민이가 스스로 본인한테 좋은 길로 간 거라고 생각합니다. 그 길을 어떻게 만들어 가느냐는 정민이한테 달린 거니, 나중에라도 선생님을 원망하지는 않을 겁니다."

정민이 들으면 꽤나 서운할 말이었지만 지금 건하는 누구보다 연수의 마음을 편안하게 만들어 주고 싶었다. 하지만 건하의 말에서 핀트가 어긋난 부분을 발견한 연수는 그 부분을 수정해 주었다.

"원망…… 해도 돼. 선생님이라는 게 원래 아이들 길라잡이잖아. 아이들이 옳은 길, 좋은 길로 갈 수 있도록 도와주고 안내해 주는 사람. 만약에 내가 그 일을 제대로 수행하지 못했다면 당연히 원망을 들어야지. 내가 걱정하는 건 나를 원망하는 게 아니라 아이가 본인 인생을 실패했다고, 이대로 끝이라고 생각할까 봐, 그게 걱정이지."

건하는 연수가 고민하는 것이 단순히 사람들이 말하는 성공의 길로 정민을 보내지 못했다는 죄책감에 대한 문제가 아니라는 것을 깨달았다. 그녀는 진심으로 본인보다 제자들을 걱정하고 생각하고 있었다. 신입 교사 티를 벗지 못해 아이들에게 놀림을 당하고 실수도 많아 내심 믿음직하지 못하다고 생각하고 있었는데, 이번엔 자신이 완전히 틀렸다는 것을 건하는 인정할 수밖에 없었다.

살면서 이렇게 믿음직한 선생님을 만날 수 있을까. 이런저런 걱정으로 우울해 보이는 연수의 얼굴에서 이제껏 보이지 않던 빛을 발견한 건하의 눈빛이 흔들렸다. 그리고 그 빛에 반응이라도 하듯 미친 듯이 뛰어 대는 심장에 건하는 연수를 똑바로 보지 못하며 본래 하고자 했던 말을 읊조리듯 말했다.

"정민이는 잘할 겁니다."

이 두근거림은 절대 선생님 때문에 그런 게 아니다. 선생님을 보면서 이렇게 심장이 뛰다니, 절대 말이 되지 않았다.

"그럴까?"

연수의 되물음이 방금 전 제 말에 대한 것이라는 걸 머리로는 아는데, 마음으로는 지금 심장이 뛰는 건 연수 때문이 아니라고 부정했던 제 생각에 대한 것처럼 받아들여졌다.

"아마……."

그래서 연수의 물음에 대답하는 건하의 대답엔 힘이 없었다. 불편하다면 이만 자리에서 일어나면 되지 않겠느냐 싶었지만 불편한 만큼 이렇게 연수와 단둘이 앉아 있는 시간이 좋았다. 왜 이런 기분이 드는지 미친 듯이 뛰는 심장처럼 설명할 수는 없었지만, 그게 사실이었다.

"재미있다니 다행이네."

-네. 졸업 작품전 하면 선생님 꼭 오세요.

한참 이야기를 듣던 연수가 말에 잔뜩 고무된 듯 정민의 목소리도 한층 높아졌다. 그렇게 좋을까, 하는 생각이 절로 들 정도의 목소리에 연수의 입가에도 작은 미소가 떠올랐다.

"초대해 준다면야 얼마든지."

-당연하죠. 선생님, 정말 감사해요.

"작품전 가는 게 뭐 대단한 일이라고."

-아뇨, 제가 이 일을 할 수 있도록 용기 주신 거요. 선생님 아니었으면 저는 맨날 후회하면서 살았을 것 같아요.

자신이 꿈에 한 발자국 다가간 것은 모두 연수의 덕분이라며 종종 감사함을 표현하는 정민이지만, 그가 감사하다는 말을 할 때마다 연수는 기쁨보다는 미안함을 느꼈다.

"솔직히 나는 너한테 미안해. 괜히 나 때문에 네가 부모님이랑 사이가 안 좋아진 것 같아서."

-선생님이 무슨 잘못이세요? 제가 선택한 길인데요. 저희 부모님도 분명 언젠가는 인정해 주실 거라고 믿어요. 그리고 가끔 건하한테 슬쩍 제 안부 물으신다고 하더라고요. 건하가 가끔 저 대신 저희 부모님 찾아뵌대요.

언제부터 사이가 좋지 않은 자식과 부모 사이의 메신저 역할을 하고 있었던 것일까. 기특하다는 생각이 먼저 들어야 하는데, 정민에게서 건하의 이름을 듣는 순간 연수는 자신도 모르게 도둑이 제 발 저린 듯 움찔하고 말았다. 하지만 이내 아무렇지 않은 척 정민의 말에 대꾸했다.

"그래? 다행이네. 건하한테 맡기지만 말고, 너도 찾아봬야지."

-네. 당장 쫓겨나도 조만간 찾아봬야죠.

그래도 나이를 한 살, 한 살 먹는다고 사고가 유연해진 것인지 부모님을 찾아뵈라는 연수의 말에 대답하는 정민은 차분했다. 불과 몇 해 전까지만 해도 제 뜻을 인정해 주지 않는 부모님의 이야기를 꺼내는 것도 불편해하던 정민의 변한 모습에 어쩌면 멀지 않은 미래에 부모 자식 간의 화해가 이루어지지 않을까 싶은 생각이 들었다.

-근데 건하 말이에요, 제 친구지만 진짜 보면 볼수록 괜찮은 것 같아요. 제 주위에 괜찮은 여자 있으면 꼭 소개시켜 주고 싶다니까요.

하지만 이야기가 계속 자신과 부모님 이야기로 흐르는 것은 원치 않았던지 정민이 대화의 화제를 바꿔 버렸다. 정민에겐 부모님 이야기가 불편하듯 지금 연수에겐 건하 이야기가 불편한 주제였지만, 이 눈치 없는 제자는 그런 마음을 전혀 모르는 듯 건하 이야기를 하는 목소리에 장난기가 가득 배어 있었다.

"……주위에 괜찮은 사람 있으면 소개해 주든가."

대놓고 건하 이야기는 하지 말자 할 수도 없고, 떨떠름한 마음을 숨기며 연수가 대충 정민의 말을 거들었다. 그렇다고 해도 진심이 섞이지 않은 말을 하는 연수의 표정은 심드렁함 그 자체였다.

-건하랑 딱이다, 싶은 여자가 제 또래에는 없네요. 혹시 선생님 주변에 괜찮은 분 안 계세요?

"내 주위 사람이면 나이 차이가 너무 나지."

-에이, 사랑에 나이가 무슨 상관이에요? 국경도, 나이도, 과거도 사랑 앞엔 무용지물이죠. 그리고 건하 녀석 은근 연상이랑 잘 어울릴 것 같지 않아요?

정민의 말을 들은 연수의 눈이 가늘어졌다. 오랜 친구는 친구인지 의뭉스럽게 말하는 것도 누구와 판박이였다. 뭘 알고 그러는 건가 싶었지만 정민이 먼저 꺼내지 않는 한 자신이 먼저 물을 수도 없는 노릇이었다. 무언가 걸리는 것이 있음에도 빼낼 수 없는 답답함이 짜증으로 변한 연수가 정민을 향해 퉁명스러운 목소리로 전화를 끊고 싶다는 뜻을 내비쳤다.

"모르겠다. 건하가 알아서 하겠지. 나 이만 전화 끊어야 할 것 같아. 할 일이 있어서."

-아, 제가 선생님 시간을 너무 뺏었나 보네요. 나중에 또 전화드릴게요.

"아니야. 졸업 작품 준비 열심히 하고, 언제 한번 학교로 와."

퉁명스럽게 말을 해 놓고 또 죄송하다는 듯 말하는 제자의 목소리에 바로 미안해진 연수의 기세가 한 풀 꺾였다.

-네. 들어가세요.

"그래."

그렇게 연수의 마음을 더욱 심란하게 만들어 버린 정민과의 통화가 끝났다.

'연상이라…….'

손에 쥔 휴대폰을 보며 연수가 중얼거렸다. 또래에 비하면 어른스러운 건하이니 연상의 상대와 그렇게 궁합이 안 좋을 것 같지는…….

이어지는 건하와 연상녀에 대한 생각을 지워 버리듯 연수가 고개를 저었다. 건하가 연상이랑 어울리든 연하랑 어울리든 자신이 걱정할 문제는 아니었다. 그렇게 생각을 갈무리하던 연수가 의아하다는 듯 고개를 갸웃거렸다.

'근데 정민이는 건하가 중상고 교생실습 온 거 모르나?'

전화를 끊고 보니 정민이 건하의 교생실습에 대해 묻지 않은 것이 떠올랐다. 미리 알았다면 지나가는 말로도 물어보았을 텐데, 건하 이야기가 나왔음에도 정민은 그에 대한 이야기는 한 마디도 하지 않았다. 그간 건하와 연락을 안 했을 수도 있지만, 본인 대신 부모님까지 찾아뵙는 친구와 오랜 기간 연락을 하지 않는 것은 어쩐지 말이 되지 않는 것 같았다. 그렇다고 다시 정민에게 전화해서 건하가 교생실습 하는 것을 아는지 물어볼 수도 없는 노릇이고.

그렇게 연수가 의아해하는데 방문이 열리는 소리가 들렸다.

"뭐 해?"

"응? 아냐, 아무것도."

연수의 방에 들어온 것은 경화였다. 책상에 앉아 멍하니 휴대폰을 들고 있는 딸의 모습에 경화가 물었지만 연수는 별것 아니라는 듯이 고개를 저었다.

"엄마는 왜?"

"응? 아, 그…… 요즘 학교 많이 바빠?"

무슨 이야기든 거침없이 하는 경화답지 않게 뜸을 들이며 조심스러운 듯한 어조로 물었다. 퇴근하고 집에 오기만 하면 방에 틀어박혀 나오지 않는 딸을 알기에 자신이 하고자 하는 이야기가 살짝 망설여진 탓이었다.

"그렇지. 학교 시험 기간이잖아. 문제 출제도 해야 하고."

"그렇지?

"왜 그러는 건데?"

어렵지 않게 평소와 다른 어머니를 느낀 연수도 할 말 있으면 하라는 듯 경화를 바라보았다. 그런 연수의 눈빛에 살짝 고민하는 체하던 경화가 입을 열었다.

"그래도 어떻게 시간 안 돼? 그, 엄마 친구 중에 수자라고 있지, 걔 조카……."

"안 해."

"얘기하라더니, 얘기도 끝까지 안 듣고."

"선보라는 얘기인지 몰랐지."

제 말을 중간에 냉정히 끊어 버리는 딸의 만행에 경화가 흘겨보았으나 연수는 꿈쩍도 하지 않았다.

"일도 바쁘고, 요즘 안 그래도 신경 쓸 일 많아. 신경 쓸 일 더 안 늘릴래."

"진짜 괜찮은 사람이라더라. 하루 시간 내는 게 뭐가 그렇게 어려워? 평생 혼자 살 거야?"

"그래도 되고."

심드렁하기만 한 연수의 말에 괜한 조바심이 생긴 경화가 물었다.

"너 진짜 결혼할 생각이 있긴 한 거야?"

만나는 사람이 있는데 숨기기 위해 선을 보는 척하는 것일까 하는 생각도 했지만, 제 아버지를 닮아 보수적인 딸이 그럴 리는 없었다. 자신이 주먹구구식으로 밀어붙이는 것을 인정하긴 하지만 만나다 보면 분명 말이 잘 통하고 괜찮은 사람이 있을 텐데도 연수는 절대 한 번 이상 맞선 상대방을 만나지 않았다. 상대방이 전에 없이 적극적으로 나온다고 해도 딸의 그런 태도는 변함이 없었다.

학창 시절부터 지금까지 지켜봐 온 바로는 딸이 남자와 제대로 연애하는 걸 본 적도 없는 것 같고, 더 나아가 남자 자체에 관심이 없어 보이는 모습에 더욱 불안함이 생겼다. 지금도 자신의 질문에 무심하게 대답하는 딸의 모습을 보니 그 불안함은 더욱 증폭되었다.

"사실 지금 당장은 결혼할 마음 없어. 마음에 들어오는 상대도…… 없고."

"혹시 너 말이야, 남자 말고 여자가 눈에 들어온다거나……."

"뭐? 무슨 소리를 하는 거야?"

마음의 준비를 단단히 하겠다는 듯 가슴께를 부여잡고 물어보는 경화의 말에 연수는 푸핫 하고 웃음이 터졌다. 딸의 취향이라면 존중해 주겠다는 의지를 내뿜는 어머니의 모습에 황당한 웃음을 참을 수 없었다.

"아니지? 네가 딱히 연애하는 것도 못 본 것 같고, 남자에 관심도 없어 보이기도 하고 그러니까."

"아니야. 그리고 나도 연애해 본 적 있거든?"

"응? 언제?"

아무리 숨기려고 해도 연애를 하면 티가 나기 마련이다. 하지만 딸에게서는 한 번도 그런 기색을 느껴 본 적이 없었다.

"왜 딸 말을 못 믿어? 있다니까."

기간이 짧아서 그렇지. 공부한다고 좋은 시절 다 보내고, 아이들에게 모태 솔로 선생으로 남게 된 분노로 말미암아 연수도 지금보다 어렸던 그 시절 소개팅에 열을 올렸던 적이 있었다. 물론 그것도 얼마 가지 않아 시간 낭비라는 생각에 곧 그만두게 되었지만, 연수는 인생의 마지막 소개팅남이었던 남자와 교제를 하는 사이까지 발전하기도 했었다. 딱히 그 남자가 마음에 들어서는 아니고, 이렇게 가다가는 연애 한 번 못해 보고 죽을지도 모르겠다는 조바심 때문에 그 남자의 고백을 받아들였었다. 모태 솔로는 모태 솔로인 이유가 있다고, 그녀는 스스로도 모르는 사이에 첫눈에 반하는 사람, 운명처럼 끌리는 사랑이 세상에 존재할 것이라고 믿어 왔는지도 몰랐다.

어쨌든 몇 번의 소개팅으로 인해 환상은 그저 환상일 뿐이라는 결론을 냈다. 어차피 다들 비슷한 사람이라고 한다면 이상한 환상 같은 건 버려두고 나 좋다는 사람을 한번 만나나 보자, 하는 것이 당시 연수의 솔직한 생각이었다.

하지만 만나다 보면 저절로 그 사람이 좋아질 것이라는 주위 사람들의 말과 다르게 남자를 만나면 만날수록 드는 감정은 왠지 모를 허무와 공허였다. 분명 좋은 사람이 맞는데 왜 이런 기분이 드는지 설명할 수 없었고, 그런 기분이 들수록 남자의 얼굴을 보는 것이 미안해졌다. 결국 연수는 만난 지 한 달도 되지 않아 남자에게 이별을 고했다.

남자와의 연을 끊으며 쫓기는 마음으로 하는 연애가 얼마나 허무한가를 깨달은 후로, 정말 이 사람이다 싶은 사람이 나타날 때까지 사람을 만나지 말자고 다짐까지 했던 연수였다. 그런 사람이 나타나면 좋은 거고, 없으면 마는 거고 이런 마음이랄까. 오랜 기간 생성되지 않은 연애 세포로 인해 연수는 그 부분에 있어서만큼은 둔감하기 그지없는 사람이 되고 말았다. 요즘 들어서는 그것도 아닌 것 같았지만, 그런 이야기는 일단 혼자만의 비밀로 남겨 두고 싶었다.

"정말?"

"어, 정말. 좀 믿어 달라니까!"

"알았어. 했다면 한 거겠지. 믿을게. 됐지?"

'난 스물아홉이 아니라 스물여덟이라고!' 하고 소리라도 치고 싶은 심정이었다. 그렇게 연애를 했다고 주장하는 연수의 말에 경화는 건성으로 고개를 끄덕였다. 지금 만나는 사람도 아니고, 굳이 추궁할 필요도 느끼지 못했다. 대신 다시 한 번 희망을 가진 채 연수에게 물었다.

"근데 너, 진짜 생각 없어?"

"네, 생각 없어요."

단호한 대답에 경화가 경고하듯 말했다.

"나중에 나 때문에 처녀 귀신 됐다고 원망이나 하지 마."

"원망 안 해요. 그리고 결혼 안 하면 엄마랑 아버지 옆에서 평생 살면 되지."

"무서운 소리 하지 마. 그때까지 내가 노처녀 딸 뒤치다꺼리해야 하니? 그리고 안 하는 거야? 못하는 거지."

"안 하는 거라니까요. 엄마가 몰라서 그러는데, 엄마 딸 꽤 능력 있어."

말이라도 못하면. 자신감 넘치는 말에 경화는 탐탁지 않다는 듯 연수를 위아래로 훑어보고는 침대에서 일어섰다.

"앓느니 죽는다. 그 능력 좀 얼른 발휘해 주세요."

"네. 엄마, 죄송해요."

"알면 됐네. 오늘은 이만하고 쉬어. 내일 학교 가야 하잖아."
"네."

작게 혀를 차는 것을 끝으로 경화는 연수의 방문을 나섰다. 경화가 나간 것을 확인한 연수가 피곤한 듯 한숨을 내쉬었다. 연수라고 경화의 이야기에 마음이 동하지 않았던 것은 아니었다. 혹시 그 선 자리에 나온 사람이 정말 괜찮은 사람이라면 자신의 이 혼란이 사라지게 될지도 모를 일이었다. 하지만 그런 낮은 가능성에 다른 사람을 끌어들이고 싶지 않았다. 정리해야 한다면 혼자 정리하는 게 맞았다. 그 이상의 잡생각을 없애려는 듯 연수가 펜을 쥔 손에 힘을 주었다. 일단 고민을 하더라도 선생으로서의 역할이 끝난 뒤에 해야 했다.

❋ ❋ ❋

"아직 안 갔어?"

학생들의 보충까지 끝내고 교무실로 들어온 연수가 아직까지도 학생부실에 있는 건하를 보고 놀란 눈을 하고 말았다. 정해진 퇴근 시간이 되어 건하에게 퇴근을 하라고 하고 수업에 들어갔다 온 것인데, 하라는 퇴근은 안 하고 건하가 떡하니 있으니 놀랄 수밖에 없었다.

"네. 선생님 기다렸습니다."
"나를? 왜?"
"선생님이랑 저녁 식사나 할까 하고요."
"미리 얘기를 하지."

"혹시…… 약속 있으세요?"

사실 딱히 약속이 있는 것은 아니었으나 솔직한 심정으로는 약속이 있다며 거절하고 싶었다. 하지만 자신이 올 때까지 기다리고 있던 건하의 시간이 아깝기도 하고, 자신에게 약속이 있냐고 물으며 불안해하는 표정을 보고 있자니 차마 거짓말이 나오지 않았다. 이왕지사 이렇게 된 거 저녁을 먹으며 이야기해 보는 것도 나쁘지 않겠다 싶었다. 아직 교생실습 기간도 꽤 남았고, 계속 피하기만 한다고 되는 것은 아니라는 결론이었다.

"저…… 아니다, 오늘 시간 괜찮아. 너한테 할 말도 있고."

"다행이다. 사실 예약까지 해 놔서 안 된다고 하셨으면 큰일 날 뻔했습니다."

"예약? 대충 아무 데서나 먹으면 되지, 뭘 예약까지 해."

눈을 반쯤 접으며 다행이라는 듯 웃는 건하의 표정은 귀여웠지만 자신과 저녁을 먹으려 예약을 했다는 말에 연수가 당황한 표정을 지었다. 누가 선생님이랑 저녁을 먹는데 예약까지 한단 말인가. 예약까지 할 정도면 비싼 데 아닌가. 이건 그냥 식사가 아니라 꼭 데이트…….

이어지는 생각을 지우려 고개를 작게 저은 연수가 수업한 책을 책꽂이에 꽂고 가방을 챙기기 시작했다.

"사실 저도 선생님한테 드릴 말씀이 있거든요."

"너, 너도? 무슨 말?"

연수가 건하의 말에 흠칫 놀라 물었다. 제자의 '드릴 말씀 있어요.'라는 말은 언제나 긴장되는 말이지만, 그 어떤 사람보다 건하의 드릴 말씀은 연수를 잔뜩 긴장시켰다.

"여기서 할 이야기는 아닙니다. 일단 나가죠. 가방 주세요."

"됐어, 내가 들게."

학생도 아닌데 참고서를 잔뜩 챙긴 연수의 가방을 뺏어 든 건하가 성큼성큼 학생부실을 나서기 시작했다. 제자에게 가방 셔틀을 시킬 수 없어 돌려받으려 했지만 건하는 연수 보란 듯이 가방을 고쳐 들었다.

"저희 어머니께서 여자는 무거운 걸 들면 안 된다고 말씀하셨습니다, 그러니 이 가방은 제가 들어야죠."

"내가 무슨……."

평소처럼 '여자니? 선생님이지.' 하고 말을 맺으려고 하는데 그 말이 입 밖으로 나오지 않았다. 여자라……. 새삼 자신의 정체성을 의심하는 것은 아닌데 건하 입에서 나온 '여자'라는 단어가 묘하게 심장 안을 파고들었다.

"오늘 차 가지고 왔으니 그거 타고 움직이면 될 겁니다."

잔뜩 들떠서 신 나 보이는 건하의 모습이 놀이동산 입구에 도착해 팔짝팔짝 뛰는 어린아이 같아서 피식 웃음이 터져 나오려 했다. 하지만 연수는 짐짓 엄한 목소리로 포장하여 건하의 기분을 가라앉히려 했다. 그의 영향인지 자신도 오늘 해야 할 말이 있다는 걸 잊은 채 계속 들뜨는 것 같아 스스로를 진정시키려는 연수 나름의 노력이었다.

"천천히 걸어. 차가 어디 도망가? 그리고 전에도 말하려고 했는데, 학생이 뭐 그렇게 좋은 차를 타고 다녀?"

전에도 그 차를 두고 한 소리 하려고 했지만 무언가에 골이 난 건하의 눈치를 보느라 하지 못했던 말을 오늘에서야 할 수 있게 되었다.

"네? 아, 아닙니다. 제 차가 아니고 아버지 차예요. 지금 저희 부모님께서 해외에 나가 계셔서 돌아오기 전까지 쓰라고 저한테 빌려 주셨거든요."

"어…… 그래?"

"네. 절대 오해하지 마세요."

연수에게 자신이 개념 없는 청년으로 비칠까 변명하듯 말하는 건하의 목소리는 다급했다. 그리고 본의 아니게 그를 몰아붙인 꼴이 된 연수는 민망해지고 말았다.

그렇게 얼뜨기 커플처럼 서로의 눈치만 보며 걸어가다 보니 어느새 교문 앞에 다다른 상태였다.

"저기 있는 거 맞지?"

건하의 고개가 끄덕여 지는 것을 확인한 연수가 오늘도 번쩍번쩍 빛이 나는 차를 향해 걸어가려고 하는 순간이었다.

"건하 선배!"

낯선 목소리에서 나온 낯익은 이름에 연수도, 건하도 소리가 나는 쪽으로 시선을 옮겼다. 그곳엔 만면에 미소를 띤 채 손을 흔들며 건하 쪽으로 다가오는 젊은 여자가 있었다. 차분하게 늘어뜨린 긴 생머리에 세련된 검정 정장은 여자의 쭉 뻗은 다리와 보기 좋게 마른 몸을 더욱 부각시켜 주는 것 같았다. 특히나 패션의 완성은 얼굴이라는 말을 증명이나 하듯 청순한 미인형의 얼굴은 남자들은 물론 여자들도 한 번씩 돌아보게 하는 힘을 지니고 있었다.

"여긴 웬일이야?"

건하를 선배라고 부른 것으로 보아 학교 후배인 듯했다. 한데 여기는 왜 왔느냐 물어보는 건하의 물음은 전에 없이 딱딱했다. 여자도 그의 물음에서 찬바람을 느꼈던지 조금은 당혹스러운 표정으로 조심스럽게 자신이 이곳에 온 용건을 말했다.

"네? 아, 제가 실습하는 학교도 이 근처거든요. 그래서 선배한테 저녁이나 얻어먹으려고······."

눈동자를 이리저리 굴리며 말하는 여자의 말은 한눈에 보아도 거짓말 같았다. 중상고 주변엔 여자가 교생실습을 할 만한 학교가 없었다. 혹시나 이 근처 학교에서 실습을 해서 겸사겸사 왔다고 해도 마찬가지였다. 건하가 학생부실에서 자신을 기다린 시간을 계산했을 때, 이곳까지 온 여자도 꽤 오랜 시간 그를 기다리고 있었다는 말이 되는 것이었다. 학교 선배를 미리 연락도 하지 않고 찾아와 오랜 시간 기다린 이유는 무엇일까. 생각할 필요도 없이 답이 나왔다.

"미안, 오늘은 약속이 있어서. 나중에 보자."

여자를 처음 보는 자신도 그 마음을 눈치챌 정도인데 건하의 대답은 굉장히 냉정했다.

"네? 아······."

"미리 연락이나 하고 오지. 연락도 없이 오면 어떡해."

굳게 마음먹고 온 건데, 이렇게 약속도 없이 멋대로 오면 어떻게 하냐는 약간의 비난이 섞인 건하의 말에 여자의 표정이 실망과 민망함으로 푹 꺼지고야 말았다. 자신이 봐도 안타깝고 마음이 약해지는 표정인데 그런 여자를 보는 건하의 표정은 전혀 흔들림이 보이지 않았다.

"저기, 후배분 오신 거 같은데 교생 선생님은 후배분이랑 저녁 드세요."

 무슨 오지랖인지 여자의 기죽은 표정에 마음이 편하지 않았던 연수가 건하에게 작은 미소를 띤 채 말했다. 그런 연수의 말에 화들짝 놀란 건하가 빠르게 고개를 저었다.

"네? 아뇨. 괜찮습니다."

"저야 나중에라도 기회 있잖아요. 시간 내서 찾아오신 분을 돌려보내는 건 아닌 것 같아요."

"저한테 할 말 있다고 하셨잖아요, 저도 드릴 말씀 있어요."

 자신과의 약속을 쉽게 포기하려는 것에 대한 건하의 원망을 느낀 연수가 시선을 돌려 그의 눈을 피했다. 나란히 서서 자신을 바라보는 건하와 후배를 보고 있자니, 분명 먼저 약속을 했음에도 자신이 꼭 예쁜 커플을 훼방 놓는 악당처럼 느껴졌다. 못난 자격지심 때문일지는 몰라도 계속 그런 생각이 드니, 차마 건하와 저녁을 먹고 싶은 생각이 들지 않았다.

"급한 이야기는…… 아니었어요. 교생 선생님 말씀도 나중에 들을게요. 미안해요."

"저기……."

 두 사람의 대화를 듣고 있던 건하의 후배가 조심스럽게 연수를 불렀다. 연수는 여전히 제 말을 받아들일 수 없는 듯 자신을 뚫어져라 쳐다보는 건하에게서 고개를 돌려 태연한 웃음을 지으며 건하의 후배에게 털털하게 말했다.

"안녕하세요. 사실 오늘 제가 교생 선생님이랑 선약이 있었던 사람이거든요. 지금 교생 선생님 가르치는 담당 교사기도 하고요."

"아, 네, 안녕하세요."

"여기까지 왔는데, 선배한테 맛있는 거 사 달라고 하세요. 그럼 먼저 가 볼게요. 아, 가방은 내가 다시 들고 갈게요."

"선생님."

"저기, 안녕히 가세요."

"식사 맛있게 해요."

건하에게서 억지로 제 가방을 다시 찾아온 연수는 미련이 없다는 듯 두 사람에게서 돌아섰다. 그런 연수의 뒷모습을 보며 건하의 인상은 더욱 진해졌고, 그의 표정을 보지 못한 후배는 고마움을 담아 꾸벅 인사를 했다.

"잘했어. 잘한 거야."

씩씩하게 가방을 어깨에 고쳐 멘 연수가 중얼거렸다. 계속 멍해지려는 정신을 챙기며 지하철역으로 향하는 연수가 부러 걸음을 당당하게 만들었다. 자신은 정말 아무렇지 않다는 듯 뒤돌아 웃어 주고 싶었는데, 그것까지는 차마 할 수 없었다. 차마, 그것까지는…….

제6장

숨길 수 없는 마음

끝내주는
제자

 이른 아침부터 출근하는 연수의 걸음은 평소보다도 느릿느릿했다. 간만에 신은 높은 굽의 구두 때문일 수도 있고, 오랜만에 입은 치마 정장 때문일 수도 있었다. 수업하기 불편하다는 이유로 학교에 출근할 때 정장보다는 단정하면서도 편안한 캐주얼 차림을 고집하는 연수지만 오늘은 왠지 아침부터 선 자리에나 입고 나가는 여성스러운 옷이 눈에 들어왔다. 길이가 무릎 위까지 올라오는 상아색의 레이스 달린 원피스. 옷은 편한 게 제일이다, 주장하는 연수의 취향은 아니었지만 오늘은 무슨 신의 계시라도 받은 것처럼 이 옷을 입고 싶었다. 그래서 연수는 학교에 무슨 행사가 있느냐 묻는 양 교장의 질문에 거짓으로 고개를 끄덕이면서도 이 차림을 고수한 채 학교에 들어서는 중이었다.

 어제 거의 뜬눈으로 밤을 지새운 탓에 화장을 곱게 했음에도 연수의 얼굴엔 숨길 수 없는 피곤이 가득했다. 확실히 앞자리 2와 3의 차이는 내가 아닌 몸이 먼저 느끼는 것인가 보다. 어제저녁 화장실 거울 앞에서 새삼 확인한 세월의 흔적이 떠오른 듯 연수의 입에선 커다란 한숨이 새어 나왔다.

"피부 관리라도 받을까."

갑자기 떠오른 생각에 연수가 조심스럽게 자신의 볼을 톡톡 두드리다 피식 웃음을 터뜨렸다. 호박에 줄 긋는다고 수박 되나, 어차피 시간은 가고 피부 노화는 막을 수 없는 것을. 어제 생각지도 못하게 마주한 어리고 예쁜 여자 때문에 괜히 실없는 생각을 다 한다고 생각하며 동네에 있는 피부 관리실을 찾으려 한 결심을 지워 버렸다. 그러다 어두워진 표정으로 제 가방 안의 휴대폰을 꺼내 들었다.

[선생님, 잘 들어가셨어요? 그렇게 가 버리시면 어떡해요. 오늘 온 애는 그냥 제 후배예요. 혹시나 오해하지 마시라고요.]

몇 통이나 걸었지만 연수가 전화를 받지 않으니 끝내 통화를 포기한 건하가 보낸 메시지였다. 거기에 자신은 뭐라고 보냈더라. 건하의 메시지 아래 무심함을 가장한 바보 같은 메시지가 보였다.

[나야 잘 들어왔지. 내가 오해할 게 뭐가 있어. 사실 오늘 피곤했었는데, 네 후배 와서 내심 잘됐다 싶었어. 오늘 푹 쉬고 내일 보자.]

잘되긴 뭐가. 사실은 당장에 전화를 걸어 그 후배와 만나서 어디에 갔는지, 무엇을 먹었는지, 무슨 이야기를 나눴는지 바가지 긁는 마누라처럼 물어 대고 싶었다. 하지만 자존심 때문인지, 아니면 태연해야 한다는 압박감 때문인지 본래 하고 싶었던 질문들은 쏟아 내지 못한 채 연수는 자신의 마음과 완전히 다른 문자를 보내고야 말았다. 씨알도 먹히지 않을 거짓말이 쓰인 문자를 보는데 어제와 같은 한심함이 밀려왔다.

 만일 어제 건하의 후배가 오지 않았다면, 자신에게 하고 싶다는 이야기를 했더라면 어떻게 되었을까. 일어나지 않은 일에 대한 생산성 없는 생각이었지만, 스스로 결론은 내 볼 수 있었다. 아마 그녀는 건하에게 먼저 하려고 했던 그 말을 하지 못했을 것이다. 좀 더 나아가면, 어쩔 수 없다는 양 가식을 떨며 건하의 말에 홀린 듯 고개를 끄덕였을 수도. 긍정적으로 생각해 보자면 어제 건하 후배의 등장은 연수를 제어해 주었다고도 볼 수 있었다.

"양연수 선생님."

 그렇게 어제 자신을 잠 못 들게 만들었던 생각들을 정리하고 있는데, 낯익은 목소리 하나가 연수의 뒤에서 들려왔다.

"네, 안녕하세요."

"안녕하십니까. 양 선생님, 오늘 일찍 오셨네요? 아침 지도 있으십니까?"

"네? 아뇨. 어쩌다 보니 일찍 왔네요. 최 샘은 원래 이 시간에 오세요?"

 여전히 좁은 보폭으로 걸어가던 연수의 뒤를 쫓듯 커다란 보폭으로 다가온 신혁이 그녀의 옆에 나란히 섰다. 아침 일찍부터 만난 연수의 모습에 오늘은 하루의 시작이 상쾌하다고 생각하며 신혁은 터져 나오려는 웃음을 힘겹게 삼켰다.

"네. 보통 이 시간 정도에 옵니다."

"부지런하시네요."

"차가 막혀서 일찍 출발하다 보니 그런 걸요."

"그래도요."

연수를 만났다는 기쁨에 인사에만 치중하던 신혁의 눈에 드디어 오늘 그녀의 차림이 보였다. 언제나 편안해 보이는 옷만을 고수하던 그녀가 오늘은 딴사람처럼 차려입고 온 것이 의아했던 신혁이 연수에게 물었다.

"양 선생님, 오늘 어디 가십니까?"

"네?"

"아니, 오늘 옷 입으신 게 평소랑 다르신 거 같아서요."

"아, 아니에요. 오랜만에 꾸며 보고 싶어서요. 이상해요?"

"절대 아닙니다! 굉장히 예쁘신데……."

손사래까지 치며 강하게 부정한 그는 예쁘다는 말을 하려다 어쩐지 쑥스러운 생각에 뒷말을 얼버무렸다. 평소 단정한 남방과 면바지를 입은 깔끔한 모습에서도 빛이 났지만, 여성스러운 원피스 정장에 높은 구두를 신은 그녀의 모습에 비할 게 아니었다. 자신을 위해서 이렇게 입은 게 아니란 것을 알면서도 괜스레 제 마음이 봄 총각처럼 설레었다.

"감사합니다."

그래도 용케 신혁의 입에서 나온 예쁘다는 말을 들었던지 연수가 밝은 미소를 지으며 감사 인사를 하자 그는 눈을 피하며 고개를 숙여 버렸다. 출근하는 선생님도, 학생들도 눈에 띄지 않는 이 조용한 분위기. 게다가 연수의 뒤를 졸졸 쫓아다니는 애송이 교생도 없는 이 순간이 신혁 자신에게는 하늘이 내린 커다란 기회처럼 느껴졌다.

"저기, 양 선생님."

"네?"

"혹시 뮤지컬 좋아하십니까?"

"뮤지컬이요? 네, 좋아해요. 자주는 못 봐도 가끔 시간 내서 보러 가기도 하고요. 왜요?"

"그럼…… 저기, 이거 받으세요."

신혁이 연수에게 급하게 하얀 봉투 하나를 건넸다. 얼떨결에 그가 건넨 봉투를 열어 본 연수의 눈이 커졌다. 봉투 안에는 요즘 한창 인기몰이 중인 뮤지컬의 티켓이 들어 있었다.

"제, 제가 아는 형님이 그 뮤지컬 관계자시거든요. 그래서 티켓을 주셨는데, 같이 가자고 할 사람도 마땅치 않고. 혹시 시간 되시면 같이 가자고요. 이번 주 일요일 공연입니다."

"아…… 아뇨. 저기, 저 말고 다른 분이랑 가시는 게……."

"표는 양 선생님께 드렸으니, 저는 양 선생님이 가시는 걸로 알겠습니다. 그럼 이만. 제가 늦어 가지고요."

그러더니 꽁무니를 빼듯 연수에게서 멀어지는 신혁이었다.

'자기 멋대로 주고, 뭘 같이 가는 걸로 알아! 그리고 늦기는 뭘 늦어? 아까까지 왜 이렇게 일찍 왔냐고 이야기하고 있었거든요?'

당황한 연수가 신혁의 뒤를 쫓으려 했지만 모터를 단 듯 빠르게 걷는 그를 구두를 신은 연수가 따라잡을 수 없었다.

"갑자기 이건 또 뭐야?"

가는 길에 체육부실에 들러야겠다고 생각한 연수가 물끄러미 신혁이 남기고 간 뮤지컬 티켓을 바라보았다. 신은 인간에게 감당할 수 있을 정도의 고통과 고민을 주신다는데, 신이 자신을 너무 과대평가하는 것은 아닌지 생각해 볼 수밖에 없었다.

"여기 이 도표에서 보면 B집단보다 A집단의 직업 만족도가 높은 걸 알 수 있지? 이것으로 봤을 때 A집단은……,"

곱게 화장을 하고, 예쁘게 차려입고 와도 별반 달라지는 것은 없었다. 오늘 선보러 나가냐며, 양골매의 맞선 파트너는 송골매일 거라는 아이들의 놀림을 받긴 했지만 그것은 연수의 일상에 커다란 타격을 주는 사건은 아니었다. 물론 아침부터 생각지도 못한 데이트 신청-연수가 올 것을 알고 도망쳤는지 체육부실에 신혁은 없었다.-과 잠깐 할 이야기가 있다는 제자의 말을 '나중에'라는 말로 미뤄 놓은 뒤의 막막함이 연수의 정신을 산란하게 만들었지만 그런 것은 애써 지워 놓은 상태였다. 역시 선생은 수업을 해야 하는지, 아이들 앞에서 수업을 하고 있는 순간만큼은 아무런 잡생각도 들지 않고 하루 중 가장 편안한 시간이었다.

"이거 오늘 배운 부분하고 관련된 문제 프린트거든. 나눠 줄 테니까 풀어 봐."

그렇게 수업을 마친 연수가 아이들에게 오늘 수업을 한 부분과 관련한 간단한 문제를 아이들에게 나눠 주었다. 아이들이 문제를 풀 동안 건하의 눈길을 피해 창밖과 교실 안을 번갈아 둘러보던 연수가 무언가를 발견한 듯 교실 뒤쪽에 앉은 학생을 향해 손짓했다.

"어이, 그거 가지고 나와."

선생님의 부름이 자신을 향한 것인지 전혀 눈치채지 못한 듯 책상 아래 무언가에 정신이 팔려 있던 아이는 옆 친구가 옆구리를 찌르며 고갯짓하자 그제야 연수의 눈길이 자신을 향해 있는 것을 발견했다. 짜증 난다는 표정으로 의자 끄는 소리를 내며 일어난 학생이 아까까지 자신이 만지고 있던 것을 가지고 연수가 있는 교탁 쪽으로 다가갔다.

"누가 수업 중에 휴대폰 만지래?"

역시나 아이가 정신이 빠져서 만지고 있던 것은 휴대폰이었다. 그것도 최신형이라 실제로 본 것은 연수도 처음이었다. 휴대폰을 빼앗기는 게 짜증스러웠던지 아이의 표정에 불만이 가득했다. 문득 그런 행동에서 묘한 기색을 발견한 연수가 아이의 얼굴을 뚫어져라 바라보았다. 이렇게 좋은 휴대폰을 빼앗기는데도 아무런 말이 없다는 게 이상했다.

요즘 아이들에게 휴대폰은 옷과 같이 필수적인 물품이었다. 굳이 최신형의 휴대폰이 아니더라도 휴대폰을 빼앗길 때의 반응은 잘못했다며, 다시는 만지지 않겠다며 압수하지 말라고 애걸복걸하는 것이 보통이었다. 그런데 산 지 얼마 되지 않은 최신형 휴대폰을 빼앗기는데도 한 번만 봐 달라 사정하지 않는 것이 연수의 촉을 자극했다.

불량스럽게 짝다리를 하고 있는 아이를 보던 연수가 슬쩍 눈을 돌려 교실을 둘러보았다. 그리고 교실의 한구석에 휴대폰을 빼앗기는 아이보다 더욱 낭패라는 듯 고개를 푹 숙이고 있는 아이를 발견하고 순식간에 가설 하나를 만들었다.

"이거 진짜 네 거 맞아?"

"네? 네."

"그래? 이게 네 거라고? 한수야, 지금 휴대폰 가지고 있으면 좀 빌려 줄래? 안 뺏을게."

휴대폰의 진짜 주인이냐는 질문에 멈칫하긴 했지만 뻔뻔하게 고개를 끄덕이는 아이를 바라보는 연수의 눈빛은 예리함 그 자체였다. 마주 선 사제지간 사이에선 알 수 없는 긴장감이 새어 나왔고, 그 긴장감은 이내 교실 곳곳 퍼져 들기 시작했다. 그리고 그런 긴장의 기운 따윈 느끼지 못한 척 연수가 맨 앞자리에 앉은 아이에게 휴대폰을 빌려 번호를 누를 준비를 한 채 말했다.

"네 휴대폰 번호 불러 봐."

"네?"

"지금 네가 뺏긴 휴대폰 번호 불러 보라고. 네 휴대폰 번호는 알 거 아니야."

역시나 연수의 예상대로 아이는 휴대폰 번호를 부르지 못한 채 우물쭈물했다. 모든 걸 저장해 주는 휴대폰 때문에 가장 친한 친구의 번호는 알지 못한다 할지라도 제 휴대폰 번호를 모른다는 것은 말이 되지 않았다.

"왜, 네 휴대폰 번호 몰라?

"……."

"이게 어디서 선생님을 속이려고."

이로써 교탁 위 최신형 휴대폰의 주인은 다른 아이이며, 본래 주인에게서 빌린 것인지, 뺏은 것인지 알 수는 없지만 본인의 것도 아닌 휴대폰을 수업 시간에 멋대로 만지다가 연수에게 걸렸고, 자신의 것이 아닌 이 휴대폰을 자신의 것인 양 건넨 거라는 연수의 가설이 증명된 셈이다.

거짓말이 들통 난 것이 분했던지, 아니면 민망했던지 연수의 꾸중에 아이의 표정이 더욱 구겨졌다.

"이거 다시 가져가고, 네 휴대폰 내놔."

"아, 왜요!"

"왜요? 휴대폰 만지다 걸렸어, 안 걸렸어? 수업 시간에 휴대폰 만지면 일주일간 압수인 거 몰라?"

"그러니까 줬잖아요."

만지고 놀던 건 자기 것이 아니니 자신의 휴대폰은 주지 못하겠다는 말이었다. 아이의 억지 논리에 연수의 표정 또한 더욱 굳어 버리고 말았다.

"네 휴대폰은 뺏기면 안 되고, 친구 휴대폰은 뺏겨도 된다는 건 무슨 논리야?"

"……."

"왜 말을 못하는데? 너 수업 끝나고 따라 내려와."

휴대폰만 조용히 내놓으면 그냥 넘어가려고 했는데, 잘못을 했음에도 뻔뻔하게 구는 아이의 모습에 마음이 바뀌었다. 자신을 속인 것은 그렇다 쳐도, 아무리 친구라도 남의 휴대폰을 제 것처럼 가지고 있는 태도는 문제가 있는 것 같았다.

"주면 되잖아요."

턱. 학생부실로 내려가기는 싫었던지, 제 교복 주머니에서 휴대폰을 꺼낸 아이가 교탁 위에 휴대폰을 던지듯 올려놓았지만 힘 조절에 실패했던지 휴대폰은 교탁 아래로 떨어졌다. 그리고 그 휴대폰 떨어지는 소리에 교실의 분위기는 더 험악해졌다.

"주워."

계속되는 아이의 예의 없는 행동에 연수가 싸늘하게 말했지만 아이는 연수의 말을 들은 척도 하지 않았다.

"좋은 말로 할 때 주워."

"씨……."

"뭐라고 그랬어? 씨, 뭐?"

낮게 읊조리듯 했지만 정확히 귀에 파고든 욕설에 연수가 들고 있던 몽둥이를 힘을 줘 쥐었다. 아무렇지 않은 척 표정을 굳혔지만 연수도 여자라는 자각이 있는 사람인데 자신보다 키도, 덩치도 훨씬 큰 남학생이 욕설을 뱉는 게 무섭지 않을 리 없었다. 하지만 여기서 무섭다고 넘어가면 아이는 잘못이 무엇인지 깨닫지 못할 것이라는 생각에 연수가 마른침을 삼키며 마음을 다잡았다.

"아, 주우면 되잖아요. 됐죠?"

기 싸움을 하듯 연수와 아이가 서로를 마주 보고 있는 순간, 교실은 그야말로 살얼음판이었다. 학생부이긴 하지만 여자 선생님이기에 겁을 줘 상황을 모면하려 했던 아이는 자신을 바라보는 연수의 눈빛에서 전혀 두려움이 보이지 않자 다시 한 번 욕을 읊조리며 떨어진 휴대폰을 주워 교탁 위에 올렸다.

"안 됐는데, 수업 끝나고 따라 내려오라고 했어."

"싫다고요!"

몇 번의 사고로 이번에도 교무실로 끌려가면 부모님이 학교로 오시게 될 것이라는 것을 알기에 아이는 격하게 학생부실을 거부했다. 한 번만 더 학교에서 연락 오면 가만두지 않을 거라고 했던 제 어머니의 목소리가 귓전을 울리는 것 같았다.

"왜? 학생부는 무서워? 친구 물건 뺏어서 쓰고, 선생님한테 뻔뻔하게 거짓말하고 욕까지 했는데 내가 왜 널 봐줘야 하는데?"

"뺏은 거 아니에요!"

"그럼 빌렸다고? 빌린 물건을 이렇게 네 것처럼 쓰진 않지. 그리고 억지로 빌린 건 빌린 게 아니야. 뺏은 거지. 넌 지금 네 덩치 믿고 친구 괴롭히는 못난 녀석인 거야."

 연수의 말에 큰 놀림이라도 받은 듯 아이의 표정이 붉으락푸르락해졌다. 덩치만 크다고 어른이 되는 것은 아닌지라, 냉정한 연수의 말에 아이는 연수가 자신을 친구들 앞에서 망신을 주려고 하는 것만 같아 원망스러운 마음이 들었다. 하지만 아이의 그런 마음을 아는지 모르는지 연수는 말을 멈추지 않았다.

"말이면 다인 줄 알아요?"

"왜? 친구들 앞에서 이런 말 들으니까 창피해? 너는 지금 나한테 들은 이 말을 창피해할 게 아니라 네 행동을 더 창피해해야 해. 너보다 약하고 힘없어 보이는 사람한테 겁주니까 네가 그 사람들 위에 있는 거 같지? 근데 아니야. 힘으로 사람 지배하려고 하는 사람은 최악밖에는 안 돼. 최악!"

"당신이 잘났으면 얼마나 잘났어? 선생이면 다야!"

 자신을 최악이라고 하는 연수의 말에 아이는 끝내 참지 못하고 눈을 부라리며 팔을 들었다. 여기서 자신이 맞는 한이 있더라도 아이에게 힘으로 문제를 해결하려 하는 것이 얼마나 부질없고 형편없는 것인지 보여 줘야 한다는 생각으로 연수가 더욱 눈에 힘을 주었다. 찰나라고 말해도 이상하지 않을 순간이었지만 연수는 자신에게 팔을 치켜드는 아이의 행동이 마치 슬로우 모션처럼 보였다. 귀에 들리는 모든 소리가 사라지고, 눈을 희번덕거리며 자신에게 다가오는 아이, 그런 친구의 행동에 놀라 자리에서 일어나는 반 아이들. 그리고······.

"아!"

"감히 선생님한테 뭐 하는 짓이야!"

맞아도 벌써 몇 대는 맞았어야 할 순간이 지났지만 연수에게 느껴지는 물리적인 고통은 없었다. 눈을 몇 번 깜박이니 고통에 찬 목소리와 함께 교실의 웅성대는 소리가 한꺼번에 연수의 귀로 흘러들었다. 그 소란에 정신을 차린 연수가 고개를 돌리자 그곳에는 언제 자신들에게 다가왔던 것인지 아이의 팔을 꺾은 채 이를 갈고 있는 건하가 보였다.

아이가 팔을 꺾인 충격에 바닥에 쓰러져 고통에 찬 신음을 내고 있음에도 건하는 표정 하나 변하지 않고 등에 올라타 아이의 팔을 부러트릴 듯 힘을 주고 있었다.

아이들 모두 자리에서 일어나 교실 앞에서 벌어진 활극을 구경하기 시작했다. 고통에 점점 더 일그러지는 아이의 표정을 본 연수도 말려야겠다고 생각하고 건하의 팔을 잡았다.

"그만해요!"

이렇게까지 흥분한 건하는 연수도 처음이었다. 자신을 때리려 했던 아이보다 아이를 제압하고 있는 건하의 표정이 더한 두려움으로 다가왔다. 몇 번이나 이어진 연수의 그만하라는 말에도 건하는 쉽사리 아이의 팔을 놓지 못하고 있었다. 이러다 정말 아이의 팔이 부러지기라도 하면 큰일이라는 생각에 연수가 주위에 아이들이 있다는 것을 더 이상 신경 쓰지 못한 채 소리치고 말았다.

"건하야, 유건하! 손 놔, 얼른!"

아무 소리도 들리지 않는 듯 아이의 팔을 잡고 있던 건하의 힘이 그제야 서서히 빠지기 시작했다. 고통으로 가득 찼던 아이의 표정도 점차 본래대로 돌아오기 시작했다. 그런 두 사람의 모습을 확인한 연수가 온 기를 소진한 듯 털썩 교실 바닥에 주저앉아 버렸다.

"이제 곧 박윤성 학생 어머니 오실 거예요. 오시면 사과드리세요."

교실에서의 난리 통은 끝내 학생부까지 이어졌다. 보건실에 들러 팔에 아무런 문제가 없다는 진단을 받은 오늘 사건의 핵, 윤성은 지금 학생부실 안에서 홍만에게 혼이 나고 있었다. 학생부실 안에 있는 조그만 회의실에 들어온 연수는 건하와 마주 섰다. 아직도 분이 풀리지 않은 건하는 사과하라는 그녀의 말에도 시선을 피했다.

"대답 안 해요?"

"싫습니다. 전 잘못한 거 없습니다."

"유건하."

절대 연수의 말을 듣지 않겠다는 듯 대답을 하는 건하의 표정은 단호했다. 질풍노도의 시기라 불리는 학창 시절에도 하지 않았던 반항을 20대 중반이 돼서야 하고 있는 건하는 차가운 연수의 부름에도 아랑곳하지 않고, 그녀의 말을 온몸으로 거부하고 있었다.

"사과는 저쪽에서 해야 하는 거 아닙니까?"

윤성이 먼저 연수에게 손을 들지 않았다면 절대 일어나지 않았을 일이었다. 분명 잘못은 윤성에게 있었고, 그의 팔을 꺾은 것에 대해서 건하는 한 치의 후회도 없었다. 자신은 만지기도 아까워 보기만 하는 사람인데, 그런 그녀에게 폭력을 휘두르려 한 윤성을 절대 용서할 수 없었다.

"그래, 네가 나 도와준 건 고마워. 근데 그건 명백한 과잉 진압이야. 팔이 부러질 뻔했다잖아. 너만 사과하라는 거 아니야. 나도 사과 받을 거야."

"네, 선생님은 사과 받으셔야 한다고 생각합니다. 근데 전 제가 뭘 잘못했는지 몰라서 사과 못하겠습니다."

사과는 분명 잘못한 사람이 하는 것이었다. 그리고 건하는 자신이 윤성에게 사과해야 할 만큼의 잘못을 했다고 생각하지 않았다.

"상황이 어쩔 수 없다고 치더라도 감정이 담긴 건 폭행이야. 넌 지금 학생을 상대로 폭력을 휘두른 거밖에 안 돼!"

자신이 폭력을 쓴 거라 말하는 연수의 말에 멈칫했던 건하지만 이내 그런 기색을 지우며 더욱 단호하고 냉정한 어조로 입을 열었다.

"폭력을 휘두른 건 저 녀석이 먼저예요. 그것도 선생님한테! 폭력이라도 상관없어요. 전 지금 저 녀석 팔 못 부러뜨린 걸 후회하는 중입니다."

건하에게서 나왔다고 믿을 수 없는 섬뜩한 말에 연수의 눈이 커졌지만 방금 전 그의 말은 진심이었다. 자신에게 향한 것이라면 어딜 때리든 참을 수 있었다. 하지만 연수를 다치게 하는 것은 그게 학생이든 뭐든 참을 수 없었다.

"교생이라고 해도 넌 지금 여기 선생으로 온 거야. 학생 앞에서 감정을 앞세우는 건 선생으로서 실격이고. 지금 너 이렇게 고집 부리는 거 어린애 같은 행동으로밖에 볼 수 없어."

"제 행동이 그저 어린애 같은 행동으로만 보이십니까?"

자신을 똑바로 응시하며 묻는 남자 건하의 질문에 연수는 말문이 막히고야 말았다. 자신을 어린애 같다고 한 연수의 말에 상처를 받은 듯 똑바로 바라보는 건하의 눈빛은 원망이 가득했다. 선생님과 여자 사이, 연수는 또다시 그 기로에 서 있었다. 고민한다는 것 자체가 언제나 '선생님'이 앞섰던 연수의 마음속에서 '여자 양연수'의 마음이 힘을 키웠다는 이야기였지만, 건하는 그것으로 부족했던지 어느새 간절해진 눈으로 물었다.
"언제까지 모른 척하실 건데요?"
역시나 이번에도 한계에 다다랐다. 최대한 기다리자고, 조바심 갖지 말자고 스스로를 다독이고, 또 다독였다. 서로가 마주 봐야 하는 마음이기에 자신이 윽박지르듯 몰아붙여 돌아보게 만들고 싶지 않았다. 그녀 스스로가 마음을 깨닫고 돌아봐야지 자신들의 관계가 온전해지는 것이라, 그래야지 어떤 시련이 와도 서로의 마음을 보듬으며 함께 이겨 낼 수 있을 것이라 생각했는데, 쉬운 일이 아니었다. 자신에게 흔들리는 것이 보이는데, 돌아볼 시도조차 하지 않고 멀어지려고 하는 그녀를 보는 것이 점점 힘들어지고 있었다.
"나는……."
똑똑.
연수가 말을 끝맺기도 전에 두 사람의 대화를 방해하는 소리가 들렸다. 연수의 마음을 잡는 것도 힘든데 마치 작당들이라도 한 듯 자신들을 방해하는 방해꾼에 건하는 속이 더욱 까맣게 타들어 가는 것 같았다.
"지금 윤성 어머니 학교에 도착하셨다는데, 어떻게 할까?"
회의실 밖으로 새어 나가는 두 사람의 대화 소리에 사태가 심각하다고 느꼈던지, 회의실 문을 연 홍만의 표정은 전에 없이 조심스러웠다. 하지 못한 말을 숨기며 다시 선생님으로 돌아온 연수가 건하를 바라보았다.

"일단 윤성이 어머니 만나 뵙고…… 건하야!"

하지만 연수의 말이 끝나기도 전에 울컥하는 마음이 된 건하는 그대로 회의실을 나가 버렸다. 연수가 불렀지만 건하는 뒤도 돌아보지 않았다. 머리가 아픈 듯 관자놀이를 누르며 한숨을 쉬는 연수를 향해 홍만이 말했다.

"뭘 그렇게 무섭게 몰아붙여? 잘못은 윤성이 쪽이 먼저인데."

"혹시나 문제 삼으실까 봐요."

분명 잘못은 아이 쪽이 먼저지만 혹시나 팔이 부러질 뻔했다는 것을 핑계로 윤성 어머니가 건하를 붙들고 넘어질까 걱정이 되어 사과를 하라고 우기듯이 주장했던 연수였다. 뭐, 건하가 회의실을 박차고 나간 건 다른 이유가 더 큰 것 같았지만 그 이유는 감춰 놓고 싶었다.

"내가 윤성이 어머니 조금 아는데, 그럴 분은 아니야. 걱정하지 마. 건하 녀석이야, 속 좀 다스리고 오겠지. 저도 사람인데 화 안 나겠어?"

"……네."

홍만의 말에 고개를 끄덕인 연수가 무거운 마음으로 회의실을 나서자 막 학생부실에 도착했는지 불안한 기색의 중년 여성이 홍만과 연수를 바라보고 있었다. 예전 정민이 사건도 있고, 학생부에 있으면서 올림머리를 한 어머니들에게 이런저런 일을 당했던지라 연수는 올림머리 공포증이 있었다. 그 탓에 중년 여성의 풍

성한 올림머리를 보고 살짝 어깨가 굳어졌지만 도망갈 수는 없었기에 홍만을 방패로 삼아 그의 뒤를 졸졸 쫓았다.

"오셨습니까?"

"네, 안녕하셨어요, 선생님."

"연락 받고 놀라셨죠?"

"예? 아닙니다. 저희 애가 또 폐를 끼쳤네요. 정말 죄송합니다. 그런데 저희 애는 어디 있죠?"

자신이 큰 죄라도 지은 듯 연신 안절부절못하는 윤성 어머니의 모습에 의외라는 듯이 연수의 눈썹이 치켜 올라갔다. 다들 그러신 것은 아니지만 개중에 본인의 자식이 아주 큰 잘못을 해서 학교에 불려 오더라도 애가 크면서 그럴 수도 있는 것 아니냐며 제 아이는 절대 잘못이 없다 우기는 학부모도 있었다. 혹시 이번에도 그런 타입이 아니실까 걱정했던 것이 무색하게 윤성 어머니는 완벽하게 저자세를 취하고 있었다.

"저쪽에…… 어, 이 녀석이 어디 갔어?"

학생부실 구석 자리에 무릎을 꿇고 앉아 있던 윤성의 모습이 보이지 않자 홍만이 당황하여 방금까지 윤성이 있던 쪽으로 걸어갔다. 잠시 윤성을 찾듯 주위를 둘러보던 홍만이 황당한 듯 웃어 버리고 말았다.

"이 녀석아, 너 거기서 뭐 해?"

혼나러 온 녀석이 석고대죄를 하듯 무릎 꿇고 앉아 있어도 모자랄 판에, 숨바꼭질을 하자는 것인지 근처 책상 아래 몸을 숨기고 있으니 황당할 수밖에 없었다. 홍만이 나오지 않으려고 발버둥을 치는 윤성을 책상 아래에서 데리고 나왔다. 무슨 이유에서인지 고개를 폭 숙인 윤성의 얼굴에선 두려워하는 표정이 역력해 보였다.

"너 이 자식!"

아까까지만 해도 기고만장했던 윤성을 두려움에 빠지게 한 게 뭔지는 금방 알아차릴 수 있었다. 방금 전까지 죄인 모드로 연신 선생님들에게 사과를 하던 윤성의 어머니가 먹잇감을 찾은 매처럼 날래게 아이 쪽으로 달려가더니 가차 없이 윤성을 향한 매타작을 시작했기 때문이었다. 들고 있던 가방으로 윤성의 머리부터 다리까지 무섭게 내리치기 시작하는데, 그에 윤성이 그 큰 덩치를 잔뜩 움츠린 채 날아오는 매질을 안쓰러울 정도로 견뎌 내고 있었다.

"너, 내가 한 번만 사고 더 치면 어떻게 한다고 했어? 가만 안 둔다고 했지? 진짜 퇴학당하고 싶어? 감히 주먹질할 사람이 없어서 선생님한테 손을 들어? 아주 집안 망신 다 시키지?"

"아, 아파! 선생님 안 때렸어!"

"이게 어디서 큰소리야? 오늘 너 죽고 나 죽자!"

"저, 저기, 어머니! 잠시만요! 일단 말로 하세요."

윤성이 괘씸하긴 했지만 제 어머니에게 정말 무자비하다 싶을 정도로 맞는 모습에 연수도 홍만도 놀라 말로는 그만하시라고 막아도 차마 윤성의 어머니를 향해 몸을 움직일 생각을 할 수 없었다. 어지간히 화가 나셨는지, 지금 이곳이 교무실이라는 것도 잊어버리신 것 같았다.

"선생님, 우리 애한테 맞으셨다는 선생님이 어떤 분이세요?"

그렇게 한참을 씩씩대며 윤성을 때리던 윤성의 어머니가 또다시 표정을 바꾸며 홍만에게 물었다. 완벽하게 다른 두 얼굴에 새롭게 무섬증이 생기려 하는데, 어느새 다가온 윤성 어머니가 연수의 손을 꼭 붙들었다.

"어떻게, 몸은 괜찮으세요? 선생님, 제가 다 자식을 잘못 키운 탓입니다. 생활이 바빠서 남의 손에 애를 키우다 보니까 오냐오냐해서 철도 없고, 자기 싫은 말도 잘 못 들어요. 이게 다 자식을 잘 돌보지 못한 제 탓입니다."

"아, 아뇨, 맞지는 않고······"

맞을 뻔했다는 이야기가 윤성의 어머니 귀에는 맞은 것으로 들어갔던지 맞지 않았다고 말하려는 연수의 말에도 윤성의 어머니는 눈물까지 글썽이며 연수에게 사정하기 시작했다.

"정말 죄송합니다. 우리 아들 이번에도 징계 받으면 정말 퇴학당할지도 몰라요. 염치없는 건 알지만 어떻게 선처 안 될까요? 학교는 졸업해야죠. 선생님, 제발 부탁드려요. 네?"

"어머니, 일단 진정하시고······ 어머니, 왜 그러세요?"

연수의 손을 붙든 채 무릎을 꿇으려 하는 윤성 어머니의 움직임에 연수도 놀라 같이 무릎을 꿇고 말았다. 연신 몸이 오그라들 정도로 사과를 하는 윤성 어머니의 행동에 연수는 어찌할 바를 모르고 홍만에게 구원 요청의 눈빛을 발사했다. 하지만 홍만도 방법이 없다는 듯 일단 듣고 있으라는 뜻으로 고개를 설레설레 저었다. 건하에게 말한 대로 사과받을 생각을 하고는 있었지만, 자신의 몸까지 숙여질 정도로 결한 사과에 연수는 온몸에 식은땀이 흐르는 경험을 하는 중이었다. 이건 윤성에게 맞기 직전보다 더 무서웠다.

❋ ❋ ❋

"교생 선생님, 잠깐 저 좀 보시죠."

차가운 바람을 내며 연수가 학생부실을 나가자 못지않게 싸늘한 표정의 건하가 연수의 뒤를 따랐다. 그렇게 두 사람이 학생부실을 나서자 학생부실 선생님들은 안도한 듯 한숨을 내쉬었다. 아침부터 두 사람에게서 퍼져 나오는 검은 오라에 자리에 앉아 있으면서도 영 불편했던 것이었다. 나간 두 사람이 부디 오랫동안 이야기하기 바라며 학생부실의 선생님들은 그제야 마음 편히 대화를 하기 시작했다.

"어제 그렇게 학교에서 나간 건 명백한 근무지 이탈인 건 알고 있죠?"

장소를 옮긴다고 해도 두 사람의 검은 기운은 사그라지지 않았다. 윤성 어머니의 불꽃 사과로 말미암아 반성문을 쓰는 것으로 일을 마무리 지은 후에도 연수는 상담실을 나간 건하를 기다렸다. 고민 끝에 용기를 내어 전화도 해 보았지만 휴대폰은 꺼져 있었고, 건하는 다시 학교로 복귀하지 않았다. 오늘도 안 오면 어쩌나 걱정하다 아침에 건하의 모습을 보고 안심했더랬다. 하지만 애써 그런 마음을 숨기며 딱딱하게 묻는 연수의 말에도 건하는 아무런 답도 하지 않았다. 어제 여러 의미로 건하의 마음을 심란하게 만든 장본인으로서 뭐라고 핑계라도 대면 정상참작이라도 해 줄 텐데, 굳게 닫힌 그의 입술은 열릴 생각도 하지 않았다. 속으로 크게 한숨을 내쉰 연수가 계속 말을 이었다.

"어제 윤성이 일은 윤성이 어머니께서도 없던 일로 해 달라고 하셨기 때문에 크게 문제 삼지 않고 넘어갈 생각입니다. 대신, 허락 없이 근무지를 이탈한 것과 담당 교사인 제 지시를 듣지 않은 일에 대해서는 책임을 물을 겁니다."

근무지 이탈에 대해서는 이견이 없었지만 어제 윤성과 윤성의 어머니에게 사과하라는 연수의 말을 거부한 것에 대해서도 책임을 묻는다고 하니 건하의 미간이 좁아졌다.

"이번 주 동안 교생 선생님은 근신입니다. 이번 주는 제 수업에 들어오지 마시고 학생부실에 계세요."

"선생님."

이것이 건하의 교생실습에 지장을 주지 않는 선에서 연수가 내릴 수 있는 징계였다. 이번 주라고 해 봐야 주말을 제외하고 이틀 정도의 시간이었지만 연수를 부르는 건하의 목소리엔 억울함이 가득했다.

"전 수업이 있어서 먼저 가 보겠습니다."

그의 원망스러운 눈길을 피해 학생부실을 나오기 전 미리 챙겼던 교과서와 몽둥이를 쥔 연수가 그를 스쳐 지나려 했다.

"제 얘기 듣고 가세요."

이번에야말로 곱게 보내 줄 생각이 없었던지 건하가 연수의 손목을 잡았다. 지금은 비록 지나가는 사람이 없다 하더라도 언제 어디서 사람이 나타날지 몰랐기에 연수가 잡힌 손목에 힘을 주며 빼내려 했지만 어림도 없었다.

"아뇨. 이제 제가 유 선생님께 들을 이야기는 없습니다. 학교에서 이런 식의 행동은 삼가 주세요. 그리고…… 앞으로는 유건하 선생님을 지도하는 담당 선생으로서의 선을 지킬 생각입니다. 유 선생님도 지금 제 말, 유의해 주시기 바랍니다."

그간 피하고 도망가며 질질 끌어온 말이었다. 이제야 자신의 고민을 끝낼 수 있었지만, 연수는 전혀 홀가분한 기분이 들지 않았다. 오히려 자신을 향하는 건하의 눈길에 갇힌 듯 갑갑해져만 갔다.

"그게, 선생님 대답입니까?"

"……네."

더욱 선명해진 선과 명백한 거절. 그녀의 말에 건하가 자신도 모르게 턱이 아플 정도로 이를 사리물었다. 안 그러면 도대체 뭐가 문제냐며 연수에게 소리를 지를 것 같았다. 어느 정도 속에서 치미는 분을 힘겹게 가라앉힌 건하가 다시 입을 열었다. 최대한 태연하게 말하려 해도 목소리에는 아직 가라앉지 않은 분이 묻어나왔다.

"그런 말을 하려면 제 눈 보고 똑바로 하세요. 설마 제가 그 정도 각오도 없이……."

"그러지 마세요. 부탁이에요."

어느새 그렁그렁 눈물이 맺힌 눈으로 연수가 건하를 바라보고 있었다. 제발 그만하라는 듯, 자신을 더 이상 흔들지 말라는 간절함이 묻은 눈빛에 건하가 하려던 말이 흩어져 버렸다. 도대체 뭐가 문제인 것일까. 이제 더 이상 자신은 교복 입은 학생이 아니고, 연수도 이제 더 이상 학생에게 끌려다니는 초보 교사가 아니었다. 자신이 연수의 제자였다는 과거가 어째서 마음을 숨겨야 할 이유가 되는 것인지 건하는 이해가 되지 않았다. 연수의 말대로 자신이 아직 어려서 그런 것인지, 아님 연수가 세상 선생님의 사명감을 모조리 진 듯 심각한 것인지 알 수 없었다.

떨어지려는 눈물을 감추듯 다시 고개를 숙인 연수가 천천히 몸을 돌려 건하에게서 멀어지기 시작했다. 이제 더 이상 연수의 뒷모습을 보지 않으려 했는데, 생각지도 못한 눈물이라는 신무기에 건하는 연수의 뒷모습을 바라볼 뿐이었다.

'저 선생님 부탁 들어 드린다는 말 안 했어요. 그래도 아주 조금만 더 참아 볼게요. 얼마나 참을 수 있을지 모르겠지만요.'

삭막한 복도에 울려 퍼졌던 작은 발걸음 소리가 사라졌음에도 건하는 한동안 붙박인 듯 복도를 떠나지 못하고 있었다. 연수의 눈물에 싸해진 마음이 따스한 봄 햇살로도 어쩔 수 없을 정도로 얼어붙어 왔다.

연수에게 크게 혼났던지 수업에 들어간 그녀를 따라가지 않은 건하에게서는 여전히 불편한 냉기가 흐르고 있었다. 교생 눈치를 보는 것이 말도 되지 않는 것 같았지만 어제 순한 사람의 무서움을 봐서일까, 계속 시선이 교생 쪽으로 향하는 것은 막을 수 없었다.

"유 선생, 잠깐 나 좀 보지."

그런 선생님들의 기분을 눈치챈 것인지 홍만이 멍하니 앉아 있는 건하를 불러냈다. 다시 한 번 안도의 한숨을 쉬는 선생님들을 뒤로하고 건하가 회의실 안으로 들어가자 언제 준비했는지 홍만이 그에게 커피를 내밀었다.

"감사합니다."

"독 안 넣었어. 마셔 봐."

"네."

분위기를 풀려는 듯 건하에게 커피를 마시라고 채근한 홍만이 어디서부터 이야기를 시작해야 할지 모르겠다는 표정으로 생각에 잠겼다가 건하에게 물었다.

"어제 양 선생한테 많이 서운했지?"

그의 행동에 살짝 도가 지나친 감은 있었지만, 홍만도 건하에게 큰 잘못은 없고, 스스로도 자신이 사과해야 하는 이유를 모르고 있으리라 생각했다.

"양 선생은 너 생각해서 그런 거야. 교생으로 온 너한테 이런 말 하는 거 부끄럽긴 한데, 가끔이지만 제 자식이 잘못해도 오히려 큰소리치는 학부모가 있거든. 애들이 크다 보면 그럴 수도 있는 거 아니냐고 고래고래 큰소리치면서 교무실에서 소란을 피우기도 하고. 특히 우리는 학생부라서 그런 경우를 많이 보는 게 사실이야. 친구를 때리거나 담배를 피우다 걸려서 잡혀 와도 지들 부모가 그렇게 말하니 애들은 지들이 뭘 잘못했냐고 고개 빳빳이 들고. 세상이 어떻게 돌아가는 건지……."

홍만이 마지막으로 읊조린 말은 건하에게 하는 말이라기보다는 탄식이 섞인 혼잣말에 가까웠다.

"어쨌든 그러니 양 선생은 네가 윤성이 팔을 다치게 한 것 때문에 너한테 문제가 생길까 봐 걱정했을 거야. 제 자식 잘못은 생각 안 하고 제 자식이 맞았다고 하면 교육청 방침이 어쩌고 하면서 문제를 크게 만들 부모들이 많거든. 그렇게 트집 잡아서 은근슬쩍 제 자식 잘못은 넘어가려는 꼼수를 부릴 수도 있고. 그리고 그렇게 되면 너 실습하는 데 지장 생기는 거야 당연한 거고. 솔직히 말하자면 젊은 사람치고 양 선생은 꽤 꽉 막힌 구석이 있어서 학생들이 예의 없이 행동하거나 하는 건 목에 칼이 들어와도 못 보는 사람인데, 일단 윤성이 어머니가 사과를 하기도 했지만 너한테 문제 생길까 봐 일 크게 안 만들고 넘어간 것도 상당 부분 될 거야. 그러니까 너무 서운하게만 생각하지 마."

자신이 봐도 비정상적인 사람들을 상대하며 연수는 강한 척 큰소리를 쳤지만, 실상은 더욱더 겁쟁이가 되어 갔을지도 몰랐다. 매년 가르치는 제자가 늘어갈수록, 교사로서 이런저런 일을 겪으면서 학생에 대한 책임감이 커지고 선생으로서의 의무감이 늘어날수록 선생이라는 딱딱한 껍질에 갇힌 채 그 껍질 안에서 나오면 큰일이라도 나는 것처럼 스스로를 가두고 있는 것이다. 그리고 연수가 이 학교라는 공간 안에 있는 한은 그 껍질을 깨는 것이 쉽지 않을 것이라는 생각에 가슴이 더욱 답답해졌다.

"역시, 제가 너무 쉽게 생각했나 봐요."

작은 탄식과 함께 건하가 나지막하게 중얼거렸다. 교생이 되어 학교로 다시 돌아간다고 생각했을 때만 해도 꽤 재미있을 것이라는 생각에 별다른 거부감은 없었다. 쏟아지는 주변의 관심에 처음 실습을 시작한 며칠간은 피곤하기도 했지만 그것도 어느 정도 적응이 되자 학교에 오는 것이 기다려지고, 즐거워지고 있었다. 하지만 어제오늘 선생이라는 사명감 때문에 무서워도 참아야 하고, 마음이 움직이면서도 거부해야 하는 연수를 보며 이 일이 절대 가벼운 일이 아님을 깨닫고 있었다.

"세상에 쉬운 일이 어디 있겠어? 그래도 힘든 만큼의 즐거움도 분명히 있어. 그게 우리가 분필을 놓지 못하는 이유고."

홍만의 말에 아무런 말을 하지 않은 건하는 식어 버린 커피를 바라보았다. 홍만이 말한 그 즐거움을 하루하루 알아 가던 자신이지만 지금 이 순간은 그의 말에 고개를 끄덕일 수 없었다. 즐거움과 비례해서 생겨나는 책임감을 깨달은 건하는 추를 단 듯 무거워지는 마음을 느끼고 있을 뿐이었다.

※　※　※

공연장은 공연이 끝난 뒤의 소란스러움으로 가득했다. 공연에 대한 이런저런 이야기와 공연에 대한 평가를 하는 사람들 사이로 학교 밖에서는 처음 마주한 신혁과 연수가 있었다.
"최 샘 덕분에 뮤지컬 재미있게 봤어요."
"네. 제가 멋대로 약속 잡은 거라 불쾌하셨죠?"
"아니요. 오기 싫었으면 어떻게 해서라도 표 돌려 드렸겠죠."
사실 진작에 표를 돌려줘야겠다고 생각하고 있었지만 며칠간 온 신경이 다른 쪽을 향하고 있었다. 그 탓에 신혁이 건넨 표의 존재에 대해서는 완벽하게 잊어버리고 있다가 어제 연락을 받고 아차 싶었던 연수였다. 당장 내일이 공연일인데 안 된다고 할 수도 없고, 오랜만에 즐거운 공연을 보면서 기분 전환이라도 하자 싶어 만날 약속을 했던 것이었다. 다행히도 공연은 재미있었고, 어느 정도 기분 전환에 성공했다는 생각에 연수의 목소리가 조금 가벼워졌다.
"혹시 최 샘 뭐 드시고 싶으신 거 있으세요? 멋진 공연 보여 주셨으니까 맛있는 저녁 대접 할게요. 여기 근처에 괜찮은 식당 많아 보이더라고요."

"아뇨. 저녁도 제가 대접하겠습니다."

"네? 최 샘이 왜요?"

이거 어디서 많이 보던 장면인데. 며칠 전의 기시감이 떠올라 아까까지 좋았던 연수의 기분이 살짝 가라앉았다.

"사실 저녁 먹으면서 양 선생님한테 드릴 말씀이 있거든요."

점점 며칠 전과 맞아떨어지는 상황에 연수의 눈이 흔들리기 시작했다. 그렇다면 여기서 우연히 신혁의 후배를 보지 않을까, 그의 주변인을 알지도 못하면서 공연장의 수많은 사람들 중 누군가가 그에게 알은척 해 주기를 바랐지만, 신혁에게 손을 흔들며 다가오는 사람은 없었다.

"저녁까지 최 샘한테 얻어먹으면 제가 너무 죄송할 거 같은데요."

"전혀 그럴 필요 없으십니다. 가시죠."

한 사람은 긴장으로, 또 한 사람은 부담으로 무거운 발걸음을 옮기기 시작했다. 하루하루 더워지는 봄날, 원하든, 원하지 않든 애정이 만발하는 시기임에는 틀림없었다.

"분위기가 굉장히 좋네요."

"네, 그러네요."

신혁도 이런 곳은 처음이었는지 기세 좋게 예약까지 했다고 한 사람치고는 굉장히 경직된 표정이었다.

"최 샘도 여기 처음이세요?"

"네? 네, 사실은 저도 처음 와 봅니다. 강정호 선생님께서 좋은 곳이라고 추천해 주셨거든요."

"강 선생님이요?"

무드라고는 전혀 모를 것 같은 정호가 알려 주었다는 식당이 너무 무드가 넘쳐서 연수는 놀란 표정이 되고 말았다. 그런 연수를 보며 신혁이 피식 웃는데 직원이 자리를 안내해 주겠다고 두 사람에게 말을 걸어왔다. 직원의 안내를 받아 예약한 자리에 앉아 주문까지 마치자 무슨 말을 꺼내야 할지 모를 침묵이 흘렀다.

"윤성이하고는 괜찮으십니까?"

역시나 선생님들에게 가장 좋은 주제는 학교와 학생의 이야기였다. 신혁의 질문에 연수가 고개를 끄덕였다. 연수가 윤성에게 욕을 듣고 맞을 뻔했다는 이야기, 그리고 그런 연수를 건하가 구해 주었다는 이야기는 전 학년과 전 교무실로 퍼져서 학교의 모든 사람들에게 충격을 안겨 주었다. 윤성과 윤성의 어머니가 사과를 하기도 했고, 연수도 일을 크게 만들지 않았으면 좋겠다는 뜻을 비쳐 일은 커지지 않고 마무리되었지만 그 후에도 폭풍은 며칠간 이어졌었다.

"네, 괜찮아요. 윤성이도 죄송하다고 사과하기도 했고, 다음 날 보는 애들마다 선생님 괜찮으시냐고, 어떻게 그런 나쁜 놈이 있냐고 제 편 들어주는 거 있죠? 사실 좀 감동했었어요."

학생들끼리도 선생님을 때리려 했다는 윤성의 행동에 대해서 폭풍 질타가 오갔던 듯했다. 특히나 윤성은 또래보다 큰 덩치에 힘도 좋고, 성미가 변덕스러운 데다 욱하는 기질이 있어서 친구들 사이에서도 이런저런 말이 많았던 모양이었다. 아이들은 교무실까지 쫓아와 연수보다 더욱 흥분하며 연수를 위로해 주었다. 학생들이 하는 사소한 행동 - 물론 윤성의 행동은 사소하지 않았지만 -

에 쉽게 상처받지만 또 학생들이 보여 주는 사소한 행동에 감동을 받는 것이 선생님이었다.

"다행입니다. 걱정을 많이 했었거든요."

"걱정 끼쳐서 죄송해요. 이제 다 해결됐어요."

사실 연수가 걱정되는 마음에 따로 연락하거나 찾아가 볼까도 싶었지만 학교엔 워낙 보는 눈들이 많았다. 게다가 혹여 괜히 연락을 했다가 연수가 떠맡기듯 건네준 표를 돌려준다고 할까 봐 신혁은 전전긍긍하면서도 걱정되는 마음을 삭였다. 계속 우울해하면 어쩌나 걱정했던 것이 무색하게 연수는 윤성의 일을 다 털어낸 듯 보였다. 다행이다 생각하면서 가장 궁금했던 것을 물어볼까 말까, 고민하던 신혁이 조심스럽게 입을 열었다.

"저기, 교생 선생님은 계속 수업 못 들어가시는 겁니까?"

아이들에게는 다른 업무를 하느라 교생인 건하가 연수와 함께 수업을 못하게 됐다고 말했지만 선생님들 사이에서는 연수가 건하에게 징계를 내린 것이 공공연하게 퍼진 이야기였다. 그리고 학생부실에 혼자 남겨진 건하가 내뿜던 우울한 기운에 학생부 내에 있던 선생님들이 모두 가시방석에 앉아 있었다는 뒷이야기 또한 은밀하게 퍼져 있기도 했다.

"아뇨, 그럴 수야 없죠. 이제 직접 수업 실습도 해야 하는데요. 이번 주까지만 그런 거였어요."

신혁의 질문에 잠시 미소가 사그라졌지만 이내 다시 약한 미소를 지으며 대답을 하는 연수였다. 근신 기간인 이틀 동안 연수는 건하와 제대로 된 대화를 나눠 본 적이 없었다. 말은 안 해도 건하가 윤성의 일로 많이 놀랐을 것이고, 애들 보기도 힘들지 않을까 해서 내린 처분이었는데, 그는 연수가 내린 그 징계 자체를 힘들어 하는 것 같았다.

"네, 그렇죠. 양 선생님도, 교생 선생님도 잘못한 건 없으시니 너무 힘들어하지 마십시오. 교생 선생님도 양 선생님 마음 알 겁니다."

마음에 들지 않는 건하였지만 같은 사람을 마음에 담고 있는 사람으로서 연수를 지켜 준 그의 행동에 신혁도 고마움을 느끼고 있었다.

"네, 그럴 거예요."

건하라면요.

분명 안심하라고 꺼낸 말이었지만 제 말에 한 치의 망설임 없이 건하에 대한 무한 신뢰를 보이는 연수의 말에 신혁이 나이프를 쥔 손에 힘을 주었다. 방금 전 보인 교생에 대한 신뢰를 제외하고서라도 두 사람 사이의 연대는 사제(師弟)를 뛰어넘은 무언가가 있는 것처럼 보였다. 그렇기 때문에 자신이 두 사람을 떠올리는 것만으로도 이렇게 조바심이 나는 것인지도 몰랐다. 건하를 생각하는지 엷은 미소를 짓고 있는 연수의 표정에 조바심이 극에 달한 신혁이 애달픈 표정을 힘겹게 숨기며 그녀를 불렀다.

"양 선생님."

"네?"

"혹시, 만나는 분 있으십니까?"

드디어 올 것이 온 건가. 내심 아닐 거다, 계속 대화를 해서 그 말을 할 기회를 차단하자 생각했는데, 의외로 신혁은 빠르게 치고 들어왔다. 분명 신혁은 멋있고 좋은 사람이었지만 한 번도 동료 교사 이상으로는 생각해 본 적이 없었다.

"만나는 분이 안 계시면 저하고 만나 보는 건 어떠십니까?"

연수가 어떻게 대답을 해야 하나 고민하는 순간, 신혁이 제대로 된 돌직구를 날렸다. 운동선수 출신의 피가 아직 끓고 있는지, 추진력이 엄청났다.

"저, 죄송…… 해요. 제가 아직 누구를 만날 마음의 여유가 없어서요."

사람이 괜찮으니 한 번 만나 볼까 했던 건 과거 한 번으로 충분했다. 다른 사람에게로 가는 마음을 없애기 위해 또 다른 사람을 이용하고 싶지 않았다.

"……따로 마음에 두신 분이 있으신 겁니까?"

무언가 알고 있다는 듯 묻는 신혁의 말에 연수의 눈빛이 흔들렸다.

'아니요, 그런 건 아니에요.'

몇 자 되지 않는 그 대답이 연수의 입에서 나오지 않았다. 굳이 신혁에게 말할 필요도 없는 말이요, 아무에게도, 심지어 그 감정의 수혜자에게조차 하지 않으려 다짐한 말이었지만 순간 연수의 머릿속에는 많은 생각들이 두둥실 떠올랐다. 누구인지만 말하지 않는다면 한 번 정도는 입 밖에 내도 되지 않을까. 딱 한 번만. 제 사랑이 동경이나 존경으로 치부되면 억울할 것 같다고 한 아영처럼, 힘들게 피어난 감정을 당사자에게 말도 못하고 숨겨야 하는 자신의 처지가 억울해서 연수가 울컥대는 마음을 억누른 채 신혁의 눈을 바라보며 답했다.

"……네."

설마하니 연수가 긍정의 답을 할 줄은 몰랐던지 눈에 띄게 당황한 표정의 신혁이 그 사람에 대해 물으려고 할 때였다.
"혹시 그 사람이 교……."
"여기서 뭐 하시는 겁니까?"
거친 숨소리와 함께 약간의 화기가 담긴 목소리가 두 사람의 대화를 방해했다. 그 목소리에 놀란 연수가 고개를 돌리자 그곳엔 바람에 날려 머리가 헝클어진 채 얼마나 뛰어왔는지 연신 가쁜 숨을 내쉬는 건하가 있었다.
"네가 어떻게……."
너무 갑작스러운 건하의 등장에 그에게 선을 긋기로 한 것도 잊어버린 연수다. 그녀가 놀라거나 말거나 건하가 거칠게 연수의 몸을 일으켜 세웠다. 연수가 엄하게 뭐 하는 거냐고 물어도 건하는 말이 없었고, 차마 그의 힘을 뿌리치지 못한 연수가 급하게 미안하다는 사과를 하며 정말 바람처럼 신혁의 앞에서 사라졌다.
사람이 너무 당혹스러운 일을 겪으면 웃음이 나듯 덩그러니 테이블에 남은 신혁이 황당한 웃음을 지었다. 애송이 교생이 이곳을 찾아온 순간 연수의 눈에 돋아났던 이채. 그것으로 신혁은 단호한 거절과 함께 그 이유까지 모두 알 수 있었다.
들고 있던 포크와 나이프를 내려놓으며 신혁이 자리에서 일어났다. 아직 음식이 남아 있었지만 지금 자신에게 필요한 건 이 비싼 음식들이 아니라 독한 술이었다.

제7장

피할 수 없는 도박

끝내주는
제자

 책상에 앉아 컴퓨터 모니터를 보는 건하의 표정은 공허했다. 모니터에 떠오른 글씨는 해독이 불가능한 외계어 같았고, 오피스텔에 퍼지는 시계 소리는 더없는 소음처럼 느껴졌다.
 며칠간 이어졌던 연수와의 냉전은 건하의 마음을 조금씩 좀먹어 들었고, 현재 건하의 마음은 볼썽사납게 해져서 재기 불능의 상태였다. 한 사람만 마음을 돌려 주면 이 해진 마음은 다시 씻은 듯이 재생될 텐데, 그 사람은 그것을 전혀 모르는지 여전히 자신에게 등을 돌린 채였다.
 멍하니 책상에 앉아 있던 건하가 집게손가락으로 나무 책상을 톡톡 두드렸다. 정말 이러다 아무것도 얻지 못한 채 끝이 날 것만 같았다. 그런 불안함에 가만있지 못하겠다 싶으면서도 또다시 떠오르는 연수의 눈물은 건하를 옴짝달싹 못하게 만들었다.

물론 자신도 처음부터 연수에 대한 제 마음을 고민 없이 받아들인 것은 아니었다. 하지만 그런 고민을 했었기에 건하는 연수를 향한 제 마음이 쉽게 없어지는 것이 아니라는 걸 알고 있었다.

어느새 건하의 눈은 지금의 연수와 마찬가지로 혼란스러웠던 과거로 돌아가고 있었다.

"드디어 졸업이구나. 축하해."

모든 졸업식이 끝나고 교실을 나가는 아이들에게 일일이 인사를 한 연수와 오늘 마지막으로 교복을 입은 건하가 마주 섰다. 제자들의 졸업에 연수는 시원섭섭한 웃음을 짓는 중이었고, 건하는 무슨 말을 해야 할지 몰라 그녀의 축하 인사에 그저 고개만 끄덕였다.

"이제 공부에서 벗어났으니까 한 일 년 정도는 예쁜 여자 친구도 만나고 술도 마시면서 즐겁게 보내."

졸업을 했다고 연수와의 연이 끊어지는 것은 아닌데 왜 이리 불안한 마음이 드는지 모르겠다. 마치 오늘이 지나면 다시 보지 못할 것 같은 두려움에 연신 웃는 얼굴로 자신에게 덕담을 해 주는 연수를 보며 마주 웃을 수 없었다.

"너도 졸업하는 게 아쉽기는 한가 보네."

"네?"

"나 때문에 애써 그럴 필요 없어. 웃어도 돼."

연수는 자신이 너무 좋아하는 티를 내면 그녀가 서운해할까 봐 좋은 티를 못 내는 것이라 생각하는 것 같았다. 내일부터 연수를 보지 못한다고 생각하자 졸업했다는 기쁨이 느껴지지 않았다. 왜 이러지. 초등학교, 중학교 두 번의 졸업식 때는 느껴 본 적 없는 감정에 건하는 말은 못해도 당황스러운 상태였다.

"나중에 시간 나면 꼭 찾아와. 언제든 기다리고 있을게."

"네."

졸업 축하한다, 대학 가서 실컷 놀아라 하는 말은 그대로 귀를 통과하더니 연수의 언제든 기다린다는 말은 마치 족집게 과외라도 들은 것처럼 건하의 귀에 꽂혔다.

"그래, 나중에 꼭 보자."

"꼭 찾아올게요. 기다리셔야 해요?"

"응, 언제든지 찾아와."

자신 있게 고개를 끄덕이는 연수의 모습에 그제야 건하의 입가에 커다란 미소가 걸쳐졌다. 꼭 찾아온다는 말에 숨겨진 속뜻은 연수도, 심지어 말을 꺼낸 건하 본인조차도 몰랐지만 말이다.

＊　　＊　　＊

"야, 유건하. 우리 오늘 무용과랑 과팅하기로 했어. 너도 가는 거다?"

"관심 없어."

건하와 함께 다니는 동기인 민준의 말에 건하를 고개를 살랑살랑 저으며 거절의 뜻을 비쳤다. 다른 동기들은 대학에 들어왔으니 연애를 하겠다며 소개팅이나 미팅으로 바쁜 나날을 보내고 있었지만 건하는 그런 것에는 전혀 관심이 없었다.

"왜? 가자. 이번에 들어온 무용과 진짜 물 죽이거든? 진다환이랑 너랑 오는 조건으로 다른 과들 다 물리치고 따낸 자리란 말이야."

"진다환 데리고 가면 되겠네."

"진다환이 퍽이나 가겠다. 네가 가야 진다환한테도 다 오는 거라고 하지. 우리 과 F2가 이렇게 우리를 배신하면 쓰냐?"

"됐다니까."

"이건 우리의 우정이 달린 일이라고!"

허락도 없이 함부로 제 이름을 팔아 놓고 우정을 걸다니. 냉정하게 놓고 보자면 민준이 자신에게 따지는 것이 아니라 자신이 그에게 따져야 할 판이었다.

"너 애인 있는 것도 아니잖아."

"뭐?"

"놀라기는. 네가 학교, 도서관, 집 이렇게만 다니는 거 나뿐만 아니라 우리 과 여학우들도 다 알고 있거든?"

애인이라는 말에 반사적으로 떠오른 사람이 너무 말도 안 되는 사람이라 당황한 건하의 기분을 눈치채지 못한 민준이 아예 팔에 매달려 그를 설득하려 하고 있었다.

"우리 가서 재미나게 놀자. 응? 유건하야, 친구야!"

"……그래."

"뭐? 지금 간다고 한 거야?"

"왜? 싫어?"

"절대 아니지. 그럼 너 온다고 한다!"

무슨 말을 하든 쉽게 설득할 수 없을 것이라 생각했던 건하가 의외로 간단히 고개를 끄덕이자 신 난 민준이 날아갈 듯 건물 밖을 뛰어가기 시작했다.

그런 민준의 뒷모습을 보며 피식 웃던 건하의 입가에 점차 미소가 사라지기 시작했다. 애인이라는 말에 어떻게 양연수 선생님 얼굴이. 미친 거다. 민준이 애인이라는 말을 해서가 아니라 그냥 우연히 떠오른 거겠지 생각하며 건하가 고개를 저었다. 잘 지내시나. 연수가 떠올라서인지 자신도 모르게 그녀의 안부가 궁금해진 건하의 눈에 강한 그리움이 자리 잡았다.

"안녕하세요."

드디어 민준이 그렇게도 노래를 부르던 과팅 자리였다. 둘러보니 잔뜩 멋을 부린 과 남자아이들과 잔뜩 멋을 부린 다른 과 여자아이들이 가득했다. 그리고 자신과 마찬가지로 이름이 팔렸던 다환은 역시나 보이지 않았다.

"이렇게 만난 것도 인연인데, 오늘 즐거운 시간 보내요~"

느끼한 미소와 함께 민준이 분위기를 이끌어 가기 시작했다. 이래저래 소란스러워진 자리였지만 건하는 대충 호응만 하며 눈앞의 술을 홀짝거릴 따름이었다. 그 덕에 무용과 여학생들 몇몇이 자신을 향해 눈을 반짝이는 것을 전혀 알지 못했다.

"저……."

"네."

그렇게 서로 눈치만 보느라 아무도 건하에게 다가가지 못하고 있는 새, 먼저 용기를 낸 여학생 하나가 건하에게 술을 내밀었다.

"제가 따라 드려도 되죠?"

건하에게 말을 건 학생은 무용 과에서도 미모 톱이라고 일컬어지는 여학생이었다. 그런 동기의 모습에 건하에게 먼저 말을 걸지 못한 다른 여학생들의 눈이 세모꼴로 변해 버렸다.

"네. 감사합니다."

"혹시 저 모르세요?"

"글쎄요."

정말 모르겠다는 듯 고개를 갸웃거리는 건하의 모습에 여학생이 당황한 표정을 숨기지 못했다. 괜히 관심 없는 척 제 관심을 유도하려고 하는 모양이라 생각했는데, 자신을 바라보는 건하의 표정엔 그 어떤 검은 속내도 없어 보였다.

"같은 수업 듣는데. 교양이요, 문화 인류학의 이해."

"아, 그 수업이요?"

제 과도 아닌 다른 과 사람까지 살펴볼 만큼 건하는 오지랖이 발달된 사람은 아니었다. 그저 교양 신청 전 제 담임이었던 양연수 선생님이 전에 지나가는 말로 그 수업을 재밌게 들었다고 했던 것이 떠올라 수강 신청 버튼을 눌렀을 뿐이었다.

"저는 건하 씨 알았는데."

건하 씨는 저 모르셨어요? 아양을 부리듯 묻는 여학생의 질문에 건하의 동기들은 부러움에 눈이 튀어나왔고, 여학생의 동기는 얄미움에 눈이 튀어나왔다.

"죄송합니다. 나중에 수업에서 만나면 인사나 하죠."

그러면서 관심 없다는 듯 건하는 술잔을 들이켰다. 그런 가운데 자신이 사람들 사이에서 얼마나 콧대 높은 남자가 되고 있는지 전혀 알지 못한 건하가 마침 술집에 들어오는 여자의 차림에 시선을 빼앗겼다. 딱히 음흉한 생각을 해서가 아니라 아무리 봄이라 해도 저렇게 짧은 치마를 입는 것은 춥지 않을까 하는 생각 때문이었다.

워낙 추위를 많이 타는 연수는 단 한 번도 치마를 입고 학교에 온 적이 없었다. 물론 학교라는 장소의 속성 탓에 어쩔 수 없기도 했겠지만, 건하가 연수의 치마 차림을 봤던 것은 학부모 공개수업이 있던 단 하루뿐이었다. 언제나 편안한 스타일만 추구하던 연수의 정장 차림은 평소와 다른 분위기였지만 꽤 예뻤던 걸로 기억하고 있었다. 사람이 달라 보일 만큼.

그러다가 문득 자신이 필요 이상으로 연수를 떠올린다는 것을 인지하고 모든 생각을 지워 버리듯 고개를 저었다. 건하도 바보가 아니니 제게 술을 따라 준 여학생이 자신에게 호감이 있다는 것은 모르지 않았고, 객관적으로 보아도 여학생은 굉장히 예쁜 외모의 소유자였다. 이렇게 모든 남자를 홀릴 만한 여자를 두고 다른 여자를 생각하고 있다니…….

잠깐, 다른 여자? 설마 자신이 선생님을 여자로 인식하고 있다는 건가.

갑작스러운 깨달음으로 뒤통수라도 세게 맞은 듯 멍해지고 말았다. 제 생각이 말도 안 되고, 낯설기까지 하다. 그런데…… 어색하지가 않았다. 도대체 어째서? 이런 무의식적인 생각이 마치 으레 있었던 일인 것 같았다.

미친 거지, 유건하.

그런 생각을 하면서도 건하는 연수에 대한 생각을 멈출 수 없었다.

＊　　＊　　＊

중상고 근처 문구점 유리에 제 모습을 비춰 보던 건하가 마음에 들지 않는다는 듯 옷매무새를 다시 다듬었다. 무슨 일이 있는 것도 아니고 스승의 날도 아님에도 건하는 제 모교인 중상고를 찾았다.

나름 고르고 골라 좋은 슈트를 입고 왔는데도, 교복을 입은 것 같았다. 1년 가까이 교복을 입고 만난 사람인데도 연수의 눈에 제 모습이 교복 입은 학생처럼 보일까 걱정이었다.

휴대폰으로 시간을 확인한 건하가 멀리 보이는 교문 안쪽의 본관 입구를 살펴보았다. 다른 선생님께는 죄송하지만 오늘은 연수를 보기 위해 온 것이므로 다른 선생님께 드려야 할 인사는 다음으로 미뤘다.

그녀를 만나자마자 뭐라고 해야 할까. 한 번 자각된 마음은 하루하루 그 힘을 키워 갔다. 아니, 어쩌면 이미 커져 있던 마음이 그 실체를 드러내고 있는 것일지도 몰랐다. 선생님을 마음에 담다니, 미친놈이라고 스스로에게 욕을 퍼부어도 제 마음은 전혀 달라지지 않았다. 그에 이렇게 된 거 제대로 마음이라도 확인이라도 해 보자 싶어 연수를 찾아오기에 이른 것이었다.

이제 곧 연수를 만날 생각에 마음이 설레어 왔다. 보충이 끝났음을 알리는 종이 쳤으니 곧 연수가 모습을 드러낼 터였다.

그렇게 연수가 나올 시간을 이제나저제나 기다리고 있을 무렵, 커다란 SUV 한 대가 건하를 스쳐 지났다. 이번에 새로 나온 모델로, 아직 면허가 없음에도 만일 자신이 면허를 딴다면 갖고 싶다고 생각했던 그 자동차였다.

건하의 부러움을 알고 약이라도 올리듯 차는 학교 앞에 멈춰 섰다. 그리고 얼마 지나지 않아 휴대폰을 귀에 댄 남자가 자동차에서 내렸다. 말쑥한 정장 차림에 눈에 띄게 잘생겼다고는 할 수 없지만 남자가 봐도 꽤 호감을 주는 외모였다. 멋진 차에 괜찮은 외모. 자신이 저런 모습으로 연수 앞에 나타났다면 얼마나 좋을까. 어쩐지 연수 앞에 나서기도 전에 애먼 남자 때문에 기가 빠졌다.

"연수 씨!"

그렇게 건하가 때 아닌 자격지심으로 입안의 쓴맛을 느끼고 있는데, 차에서 내린 남자의 입에서 나온 이름에 건하의 눈이 커지고 말았다.

"제가 약속 장소로 가면 될 텐데요. 무리해서 오신 거 아니에요?"

그 남자 입에서 나온 이름과 자신이 오늘 찾아온 사람이 동일인임을 확인한 건하는 연수가 자신을 보지 못하도록 교문 옆으로 비켜섰다. 건하가 있는 곳은 두 사람에게서 꽤 멀리 떨어진 곳이었는데도 두 사람의 대화 소리가 그대로 건하의 귀에 흘러들어 왔다.

"아닙니다. 급한 일은 대충 마무리하고 온 겁니다. 일단 타시죠. 제가 편안히 모시겠습니다."

남자의 친절에 어색하게 웃은 연수가 주위에 아이들이 없는 것을 확인하고 차에 올라탔다.

연수를 차에 태운 그는 마지막 소개팅남이자, 그녀가 가진 연애 마일리지의 점수에 마이너스 1을 할 수 있게 해 준 남자였다.

그 사실을 한눈에 파악한 건하의 눈에 실망감이 차올랐다. 연수가 혼자이길 바라는 바람 하나로 여기까지 찾아온 제 행동에 어이없는 웃음이 흘러나왔다. 그리고 눈앞에서 연수를 뺏어 가는데 아무런 말도, 심지어 아는 척조차 하지 못한 제 자신이 너무 한심해 온몸의 힘이 쭉 빠지는 기분이었다.

연수의 옆에 자신이 아닌 다른 남자가 있는 걸 본 순간 건하는 온전히 인정하지 않았던 그 마음을 깨달을 수 있었다. 동시에 자신이 넋 놓고 있는 사이에 연수는 얼마든지 다른 사람의 옆에 설 수 있다는 것도 깨달았다. 당연한 사실이었는데, 그 사실이 오늘 연수를 보고 마음 깊숙이 박혀 들어왔다. 하지만……

"선생님, 저랑 내기 하실래요?"

이미 차를 타고 시야에서 사라진 연수지만, 마치 제 앞에 연수가 있는 것처럼 건하가 중얼거렸다. 아무리 조바심이 든다고 해도 지금 연수 앞에 남자로 나서는 건 너무 무모했다. 분했지만 자신과 연수의 차이는 당장 어떻게 할 수 없는 문제라는 걸 인정할 수밖에 없었다.

"선생님도 반할 수 있는 남자가 돼서 다시 올게요. 그럼 그땐 저한테도 기회를 주시는 거예요."

살다 보면 어쩔 수 없이 운명과 내기를 해야 하는 순간이 온다. 건하는 지금 자신이 그 순간을 맞이했다는 것을 느끼고 있었다. 어쩌면 연수 옆에 다른 사람이 생겨 제대로 시작하기도 전에 내기가 끝나 버릴 수도 있지만, 낮은 확률의 도박일수록 후에 얻은 기쁨과 소중함은 다른 것에 비할 수 없을 것이다. 그리고 언제나 자신을 끌어 주던 작지만 강한 여자 덕분에 건하는 왠지 자신이 이 내기에서 이길 것 같은 생각이 들었다.

"저 기다리신다고 하셨으니까, 그 말 꼭 지키세요."

여전히 연수에게 닿지 않을 말을 끝낸 건하가 천천히 걸음을 옮기기 시작했다. 처음으로 하는 인생의 도박. 꼭 이기리라 다짐하는 건하의 발걸음은 묵직한 듯 가벼워 보였다.

※　※　※

〈교생실습 신청서〉

졸업을 앞둔 4학년의 봄 학기. 건하는 뚫어져라 그 글자를 바라보고 있었다. 그런 건하의 뒤로 친구인 민준이 다가왔다.

"뭐해? 아, 실습 신청서? 상큼한 여고생들 잔뜩 보겠네. 교직 이수한다고 힘들게 공부하더니 드디어 그 노력이 빛을 보겠다? 근데 그냥 적으면 되지, 뭘 그렇게 멍 때리고 있어?"

"고민 중이거든."

"뭘? 학교 어디 갈까? 네 오피스텔 근처에 학교 있잖아."

각 대학마다 학생들이 교생실습을 할 고등학교들을 연계해 두고 있었고, 실습을 나갈 학생들은 집과의 거리를 생각하여 실습 학교를 신청을 하면 끝이었다. 하지만 민준의 말에도 건하는 여전히 골몰한 표정으로 말했다.

"보고 싶은데 보러 갈까, 또 참을까. 그런 고민이야."

딱히 선생님이 되려고 교직 학점을 이수한 것은 아니었다. 그저 학과에서 교직 이수자 신청을 받을 때 연수의 얼굴이 떠올랐고, 정신 차리고 보니 자신은 어느새 교직 이수를 신청하고 있었다. 그렇게 별생각 없이 하게 된 교직 이수였는데, 자신에게 생각 외의 기회를 만들어 주자 이렇게 고민하고 있는 것이었다.

"그게 뭐야? 보고 싶으면 보러 가면 되지. 뭘 또 참아?"

"아직은 좀 이르거든. 만나러 가기가."

틈틈이 정민을 통해 연수의 소식을 들으며 버티고 있었으나 역시나 부족한 느낌이었다.

처음 결심은 졸업하고 취직을 한 후에 연수를 만나러 간다는 것이었지만 정민의 말로 연수가 요즘 부쩍 선을 보러 다니는 것 같다고 하니 초조한 마음도 생기기 시작했다. 역시나 인생은 생각대로 굴러가지 않았다.

"이르다고 기다리다 늦어지면?"

건하와 민준의 대화를 아무 말 없이 듣고 있던 다환이 물었다. 십드렁한 표정으로도 잘도 허를 찌르는 다환의 말에 건하는 작은 미소를 지었다.

"그러네. 슬슬 한계였는데 말이야. 그럼 이른 게 아니겠지?"

이미 답을 내놓고 물어보는 건하의 말에 다환은 아무 답이 없었다. 가만히 신청서를 바라보던 건하가 이윽고 펜을 들더니 신청 학교란에 본래 실습 학교 후보가 아닌 다른 학교의 이름을 적었다.

〈중상고〉

언제나 활기차던 모교를 떠올리며 건하가 미소를 지었다. 몇 년 전, 운명과 했던 그 내기. 어쩌면 생각보다 그 끝이 빨리 올지도 모르겠다는 예감이 들었다.

건하가 나무 책상 위를 손가락으로 두드리자 작은 톡톡 소리가 방 안에 흩어졌다. 앞이 보이지 않는, 무슨 일이 벌어질지 모를 힘든 코스를 뚫고 결승선 코앞까지 왔는데 벽에 가로막힌 기분이었다. 그 벽 하나만 넘으면 길었던 내기도 끝을 낼 수 있는데, 함부로 부술 수 없는 벽에 건하는 망연히 서 있을 수밖에 없었다.

그렇게 마주한 벽에 멍해진 주인이 정신 차리길 바란다는 듯 휴대폰이 몸을 떨었다. 휴대폰 액정 화면을 확인한 건하가 급하게 통화 버튼을 눌렀다.

"네, 선생님."

-어, 그래, 지금 뭐 하고 있어?

"그냥 집에 있습니다."

-이렇게 날이 좋은데 데이트도 없어?

"뭐, 그렇게 됐네요."

건하에게 전화를 건 사람은 언제나 활기가 넘치는 홍만이었다.

주말임에도 집 안에만 틀어박혀 있는 제자를 밉지 않게 타박한 그가 건하에게 물었다.

-그럼 오늘 특별한 약속은 없는 거야?

"네, 특별한 약속은 없습니다."

-그래? 뭐, 잘됐네. 오늘 강 선생이랑 여름 오기 전에 몸보신이나 할까 했는데, 너도 나오너라. 이 선생님이 몸보신 시켜 주마. 아직 저녁 전이지?

"예? 아니요, 괜찮습니다."

-어른이 맛있는 거 사 준다고 하면, '네, 감사합니다.' 하고 나오는 거야. 여기가 어디냐면……

그렇게 홍만은 괜찮다는 건하의 거절은 들리지 않는 듯 멋대로 약속을 잡더니 얼른 나오라는 말과 함께 전화를 뚝 끊어 버렸다. 며칠째 풀이 죽은 자신의 모습을 연수의 징계로 인한 것이라 생각하고 챙겨 주려 하시는 것 같았다. 선생님들을 신경 쓰게 해 드리는 것 같아 죄송한 마음에 멋쩍은 표정을 짓다가 스승들과의 약속에 늦으면 안 된다는 생각에 건하가 나갈 준비를 서두르기 시작했다. 혼자 속 끓이며 고민을 하는 것보다 맛있는 음식도 먹고 스승들의 유쾌한 기운을 받으면 기분이 나아질 것 같기도 했다.

삼계탕 뚝배기를 앞에 둔 홍만이 땀을 뻘뻘 흘리며 음식을 먹다가 어느 정도 바닥이 보이자 물로 뜨거워진 속을 달랜 뒤 입을 열었다.

"내일부터는 좀 한가해지겠구먼."

"그러게. 우리 내일 윤 선생 쫓아서 배드민턴이나 치러 갈까? 내일 시험 끝나고 배드민턴회 회원들끼리 친목 겸해서 배드민턴 치러 간다더라고."

내일이 바로 중상고의 시험이 시작되는 날이었다. 시험 기간이 되면 수업이 없기 때문에 학교 선생님들도 유동적으로 시간을 활용할 수 있었고, 마침 이때를 기회로 삼아 건강관리 겸 친목 활동을 위해 운동을 하러 간다는 선생님들을 따라갈 생각을 하는 홍만과 정호의 눈이 반짝였다.

"그럴까? 오랜만에 나들이 겸해서 말이야."

정호의 말에 고개를 끄덕이며 격한 찬성의 빛을 보인 홍만이 문득 떠오른 궁금증에 이야기 주제를 바꿨다.

"그나저나 최 선생은 잘하고 있으려나? 전화라도 해서 물어보고 싶구먼."

"그 친구가 알아서 하겠지. 아직 공연 보고 있을 텐데, 전화해서 뭐하려고."

"왜? 자네도 궁금하잖아. 본인이 더 나서서 식당 예약까지 해 줘 놓고는 점잖은 척이야?"

"누가 점잖은 척을 했다고? 그리고 예약을 내가 했나? 내 아들이 했지."

"자네가 시켜서 한 거잖아. 그럼 자네가 한 거지."

홍만의 말에 할 말이 없어진 정호는 민망한 표정으로 헛기침을 했다. 사실 이 나이 먹고서 큐피드 노릇을 했던 것이 뿌듯하기 보다는 열없게 느껴졌다.

"그게 무슨 말씀이십니까? 최 선생님이면 최신혁 선생님 말씀 하시는 겁니까?"

선생님들의 대화를 들으며 음식을 먹는 데 열중하던 건하가 어쩐지 수상스런 내용에 궁금증을 참지 못하며 물었다. 최 선생, 공연, 그리고 식당 예약. 흘려들으려고 해도 두 선생님의 대화에는 그냥 흘려들을 수 없는 비밀이 있는 것 같았다.

건하가 보는 앞에서 뻔히 대화를 나눠 놓고는 그의 질문을 예상하지는 못했던지 두 사람은 잠시 서로의 얼굴을 보며 난감한 표정을 지었다. 그래도 그중 먼저 말을 꺼낸 것은 역시나 홍만이었다.

"그래, 뭐, 어차피 두 사람이 잘되면 자연스럽게 알게 될 테니 말해도 괜찮겠지."

"두 사람이요?"

홍만이 말을 꺼내면 꺼낼수록 생겨나는 불안감에 건하의 표정엔 긴장까지 서렸다. 하지만 이야기를 꺼내기도 전에 괜히 본인이 더 쑥스러운 생각이 든 홍만은 상황과 맞지 않게 심각해진 건하의 표정을 발견하지 못하고 큰 비밀을 이야기하듯 목소리를 낮추며 건하에게 말했다.

"사실은 있지, 체육부의 최신혁 선생이 우리 양 선생한테 관심이 있거든."

"……네."

마음에 들진 않았지만 거기까지는 자신도 알고 있는 이야기였기에 새삼 놀랄 것은 없었다. 하지만 이어진 홍만의 말은 건하의 눈을 그대로 튀어나오게 할 만한 말이었다.

"그런데 마음에 들면 표현을 해야지, 젊은 친구가 뭘 걱정이 그리 많은지 옆에서 빙빙 맴돌기만 하고 있었단 말이지. 그런데 며칠 전에 최 선생이 양 선생한테 데이트 신청을 했다지 뭐야. 데이트 아니라고 하긴 했는데, 젊은 남녀가 주말에 만나서 공연 보는 게 데이트지 뭐야? 어쨌든 기왕지사 용기 냈으니 내가 이번 참에 양 선생이랑 제대로 이야기해 보라고 최 선생을 막 부추겼거든. 여기 강 선생은 아예 분위기 잡으라고 젊은 사람들이 잘 간다는 식당을 예약까지 해 주고. 멋대가리 없는 사람이라 평소 최 선생 같으면 괜찮다고 거절했을 텐데, 내심 양 선생한테 고백할 마음이 있었는지 우리한테 고맙다고 인사까지 하는 거야. 아마도 조만간 중상고에 선생님 커플이 하나 탄생할 것 같아."

건하 입장에서 하나도 웃기지 않은 말을 덧붙이며 홍만이 아까의 조심스러움을 던져 버리고 호탕하게 웃어 대기 시작했다. 그리고 그런 선생님의 호탕한 웃음소리가 비극의 전주곡처럼 들렸던 건하는 참지 못하고 앉아 있던 자리에서 일어났다.

"왜 그래?"

"그 식당이 어딥니까?"

"뭐?"

"강 선생님께서 예약하셨다는 식당이요."

긴 몸을 일으켜 세운 건하를 홍만과 정호가 어리둥절한 표정으로 쳐다보고 있었다. 두 선생님이 그러든가 말든가 건하는 자신에게 하나도 도움이 되지 않은 큐피드들에게 재차 물었다. 공연이 얼마큼 남았는지 몰라도 여기서 두 사람을 찾아가야 한다면 지금 두 사람이 있는 곳이 아니라 조만간 있을 곳으로 가야 할 것 같았다. 건하가 왜 그러는지 이유를 모르는 두 스승의 표정은 그저 영문을 모르겠다는 표정이었다.

"정말 급해서 그럽니다. 그 식당이 어딥니까?"

당장이라도 식당에 도착한 신혁이 연수에게 고백을 하고, 연수가 그 고백을 받아 주기라도 할 것 같은 조바심에 질문을 하는 건하의 목소리에도 초조함이 담겼다. 연수는 신혁에게 별다른 감정이 없어 보였지만, 혹시나 자신을 떼어 낼 생각으로 그녀가 신혁의 고백에 고개를 끄덕이기라도 하면 큰일이었다. 그런 일이 생긴다고 자신이 포기하지는 않겠지만 막을 수 있는 기회가 있다면 어떻게 해서라도 막아야 했다.

"00동에 있는 '미엘'이라는 식당이야. 그런데 왜?"

"혹시 한국대 근처에 있는 그 '미엘'요?"

"어, 너도 알아? 아, 그러고 보니 네가 한국대 다니지."

알다마다. 얼마 전에 어렵사리 예약까지 해 놓고, 갑작스러운 후배의 등장으로 건하가 눈물을 머금으며 예약을 펑크 낸 곳이기도 했다. '미엘'이라는 식당은 아기자기하면서도 고급스러운 인테리어로, 대학가에 있는 식당임에도 연인들의 데이트 장소, 혹은 연인이 되기 전의 남녀가 고백을 하기 위해 이용하는 장소로 정평이 나 있는 곳이었다. 정말 신혁이 제대로 마음을 먹었다고밖에는 볼 수 없는 상황이었다.

"네. 저기, 제가 갑자기 급한 일이 생겨서 먼저 일어나 보겠습니다. 계산은 제가 하고 갈 테니 천천히 드시고, 내일 뵙겠습니다."

"계산을 왜 네가 해? 유건하!"

공연을 본 두 사람이 갈 곳을 알게 되자 건하의 마음이 더욱 급해지기 시작했다. 뒤에서 홍만이 자신을 부르는 소리가 들렸지만 지금은 선생님들의 부름에 답할 시간이 없었다. 빠르게 식당을 빠져나가는 건하의 뒷모습을 선생님들은 그저 망연히 바라보고만 있었다.

※ ※ ※

 신혁을 버려둔 채 식당에서 연수를 데리고 나온 건하의 걸음은 연수가 따라가기 버거울 정도로 빨랐다. 숨이 찬 가슴을 진정시키며 연수가 아무리 어디를 가는 거냐고, 손을 놓고 가라고 소리쳐도 건하는 아무것도 들리지 않는 사람처럼 거리를 걸을 뿐이었다.
 "건하야, 나 손 아파."
 건하의 갑작스러운 행동에 계속 윽박만 지르던 연수가 드디어 작전을 바꿔 약한 소리를 하자, 그제야 건하가 연수를 잡고 있던 손의 힘을 풀었다. 힘이 느슨해진 것을 확인한 연수가 건하의 속에 결박돼 있는 제 손을 빼 보려고 했지만 역시나 그것까지는 역부족이었다.
 "나 어디 안 가. 그러니까 손부터 좀 놔."
 "안 됩니다. 선생님 데리고 이상한 데 안 가니까 일단 따라오기나 하세요."
 자신 있게 이상한 데 가지 않는다고 했지만 목적지도 없이 남자에게 끌려가는 것이 내심 불안하기만 했던 연수가 애써 자신의 불안함을 숨기며 물었다.
 "그럼 어디 가는지나 알려 줘."
 "선생님이 도망가지 못할 곳이요."
 그 말에 '거기가 어딘데?' 하고 물었지만 이번에 돌아오는 답은 없었다. 그 묵묵부답에 아예 거리에 드러누워야 하나 고민하던 연수가 이내 건하와 마찬가지로 침묵을 유지한 채로 그를 따르기 시작했다. 피가 통하지 않을 정도로 아릿했던 힘이 사라지고 어느새 제 손을 끄는 움직임에서 조심스러움이 느껴지자, 건하가 자신에게 해코지할 리 없다는 연수 내부의 목소리가 몸을 키운 탓이었다. 선생을 개 끌듯 데리고 나왔던 건하의 잘못은 자신이 도망가지 못할 곳에 가서 처리하자고 연수가 다짐을 하는 그 순간에도 두 사람의 손은 마치 하나인 것처럼 연결돼 있었다.

"거긴 어떻게 알고 온 거야?"

도망가지 못할 곳이라고 하기에 무시무시한 데에 가지 않을까 걱정했던 것이 무색하게 건하가 연수를 데려온 곳은 번화가에서 멀지 않은 장소에 위치한 한적한 공원 안, 어느 벤치 앞이었다. 사뿐히 불어오는 봄바람. 봄이 온 것을 알려 주듯 나무에 매달린 작은 꽃들이 하얀 빛을 내뿜는 한가롭고 낭만적이기까지 한 공원의 풍경과는 다르게 마주 선 남녀의 분위기는 딱딱하기만 했다.

"선생님이 먼저 말씀해 보세요. 최신혁 선생님이랑 뭐 하고 계셨던 겁니까?"

"하긴 뭘 해? 그냥 최 선생님이 좋은 공연 보러 가자고 하시기에 같이 공연 보고 저녁 먹고 있었던 것뿐이야."

"정말 그게 다입니까?"

"……그래."

무언가 알고 있는 듯한 건하의 물음에 태연한 척 고개를 끄덕이긴 했지만, 연수는 본래 거짓말에 소질이 없는 사람이었다. 연수가 고개를 끄덕이기 전 약간의 공백에서 두 사람 사이의 무언가를 짐작한 건하의 표정이 어두워졌다.

"너, 너는 거기 어떻게 알고 온 거야? 여긴 또 왜 온 거고……."

건하의 눈치를 보느라 물으면 물을수록 묻는 목소리가 줄어들어 끝에 가서는 거의 들리지 않을 정도의 크기로 변해 버렸다. 건하의 눈치를 보는 자신의 모습이 낯설었던 연수가 작은 헛기침을 하는데, 어느새 평상시 표정으로 돌아온 건하가 연수를 불렀다.

"선생님."

"왜?"

"아니, 연수 씨."

"뭐? 지금 뭐라고 했어?"

"제가 왜 연수 씨를 여기까지 데려온 것 같습니까?"

"너, 호칭 똑바로 안 해?"

이 상황에서 그걸 걸고넘어지고 싶니, 하는 제 마음 속의 말이 들리기도 했지만 이미 뱉어 버린 말이었다. 분위기 파악을 못한다며 스스로를 자책하는 자신을 비웃듯 건하의 대답은 간결했다.

"싫습니다."

"너 진짜……."

"고백하려고 하는 여자한테 선생님이라고 부르는 남자가 어디 있습니까? 거슬려도 참으세요."

꿈에서도 연수를 이렇게 불러 본 적이 없었다. 연수 씨. 고작 이름일 뿐이었다. 오늘 처음 알게 된 것도 아니고, 그간 잊어버리고 있었던 것도 아닌데 마치 오늘 처음으로 좋아하는 사람의 이름을 알게 된 사춘기 소년처럼 건하의 마음은 벅찬 감동으로 일렁였다. 언제부터인지 모르게 자신에게 선생님 이상의 존재가 된 연수지만, 입에서 나온 이름에 연수는 다시 한 번 마음 깊숙한 곳에 새겨졌다.

"나중에 좋아하는 사람이 생기면 제가 알고 있는 가장 예쁜 장소에서 고백을 하고 싶었습니다. 선수를 뺏기긴 했지만 여기도 괜찮네요."

그의 당돌한 말에 다음 말을 찾지 못한 듯 어버버 하는 사이에 하얀 봄눈이 내리는 공원의 풍경을 둘러보며 만족스러운 표정을 짓던 건하가 다시 고개를 내려 연수의 눈을 똑바로 마주 보았다. 온몸이 심장으로 변한 듯 머리부터 발끝까지 긴장으로 쿵쿵 울려대고 있었지만 애써 담담한 척 입술을 열었다. 본인에게 말하기도 전에 포기하려고 했던 그 말, 기다리고 기다려 우려질 대로 우려진 그 말, 몇 번이나 목울대를 치고 나오려다 거부당해 내쳐졌던 그 말을 오늘에서야 할 수 있게 되었다.

"저, 연수 씨 좋아합니다. 선생님 양연수가 아니고 여자 양연수를요."

사아악-

건하가 고백을 하는 그 순간에 맞춰 살랑이는 바람이 두 사람을 스쳐 지나갔다. 바람이 만들어 낸 사라락 나뭇가지들이 나부끼는 기분 좋은 소리에 맞춰 하늘에선 더욱 많은 봄눈이 내렸고, 바람에 몸을 실은 은은한 향기는 봄밤의 운치를 더해 주고 있었다.

"그러니까……"

"아니야. 아니야, 건하야."

마치 하늘도 도와주는 듯한 이 분위기를 망치는 사람은 역시나 연수였다. 이제 도망가지 말라고 말하려는 건하의 말을 힘겹게 끊은 연수가 천천히 뒷걸음질을 치기 시작했다. 오늘이 무슨 고백

데이도 아닌데, 동료 교사에 제자까지 자신에게 마음을 표현하고 있었다. 양연수 인생의 봄날이라고 불려도 이상하지 않은 일이었지만 연수는 기뻐하기는커녕 혼란스러운 표정이었다. 건하가 신혁과 있는 자신을 데리고 나왔을 때부터 예상하고 있었다. 그의 마음을 몰랐던 것도 아니었고, 그랬기에 이 고백이 갑작스럽게 들이닥친 일인 것도 아니었다. 오히려 처음부터 예상하고 있었기에 아프지만 신혁이 고백했을 때처럼 거절도 쉽게 나올 것이라 생각했다. 그런데 건하의 입에서 나온 좋아한다는 말을 듣는 순간 아까까지만 해도 자연스럽게 나올 것 같았던 말들이 하나도 떠오르지 않았다.

"너는 그냥, 어린 시절에 나 보면서 좋았던 감정을 착각하는 거야."

대신 연수가 할 수 있는 거라곤 용기 내어 한 건하의 고백을 부정하는 것뿐이었다. 바보 같은 말에 건하의 표정이 싸늘하게 굳어졌지만 연수는 제 말을 거둬들일 생각을 하지 못한 채 아까보다 속도를 높여 뒷걸음질 치기 시작했다.

"착각이라면서 왜 도망가십니까? 그리고 제가 언제 학교 다닐 때부터 선생님 좋아했다고 한 적 있습니까?"

하지만 그렇게 도망가려던 연수의 시도는 오래가지 못했다. 이제 기다리기를 포기한 사람답게 잠시 무너졌던 제 마음을 수습하고는 건하가 연수를 단숨에 잡아 제 쪽으로 끌어당기며 물었다.

"뭐? 그럼 언제부터······."

건하가 당연히 학교 다니던 시절부터 자신을 좋아했을 것이라 생각했던 연수는 그의 되물음에 얼굴이 화끈 달아올랐다.

"저도 모릅니다. 그런데 연수 씨가 그렇게 말씀하시니 저도 확인해 보고 싶네요."

'뭘 확인해?' 하고 물으려 고개를 들었던 연수가 자신의 곁에 바짝 다가온 건하를 발견하고는 눈을 크게 떴다. 마주한 건하의 얼굴에 놀라 연수가 몸을 움츠리며 고개를 숙였지만 그렇게 한다고 품속에서 빠져나갈 수 있는 것은 아니었다.

"제 마음이 연수 씨 말대로 착각인지, 아니면 제 말대로 사랑인지 말이에요."

하지도 못한 자신의 물음에 착실하게 대답한 그의 저의를 알 수 없어 연수가 고개를 드는 순간, 마치 먹이를 기다리던 매처럼 야릇한 미소를 지은 건하가 그녀의 얼굴을 잡고 그대로 제 입술을 부딪쳤다. 느닷없이 들이닥친 뜨거운 입술에 연수의 눈이 커졌다. 그녀가 정신이 없는 틈을 타 건하는 재빠르게 제 혀를 연수의 입 안으로 밀어 넣었다.

갑작스럽게 입안에 들어온 따뜻함에 연수가 움찔하며 몸을 굳혔다. 입안을 헤집는 부드러움에 자신도 모르게 천천히 감기던 연수의 눈에 번쩍 불이 들어왔다. 선생이라는 사람이 지금 제자와 무엇을 하고 있는 건가 하는 이성의 외침에 찬물이라도 맞은 듯 정신이 돌아왔다. 그리고 힘껏 건하를 밀쳐 낸 연수가 건하를 향해 팔을 들었다. 뺨이라도 올려붙이려고 했는데, 자신을 바라보는 건하의 눈빛에 연수의 팔은 허공을 맴돌았다.

"오늘 들었던 말은 못 들은 걸로 할게."

차마 건하를 때리지 못하고 팔을 내린 연수가 뒤돌아섰다.

자신에게서 또 뒤돌아 가는 연수의 뒷모습에 더 이상 참기를 포기한 건하가 뒤에서부터 그녀의 어깨를 안아 버렸다.
"놔!"
안 그래도 혼란스러운 와중에 건하가 자신을 뒤에서 안기까지 하니 더욱 정신을 차릴 수 없어진 연수가 발작적으로 건하의 품에서 벗어나려 온몸에 힘을 주었다.
"못 놔요."
"건하야, 제발······."
그렇게 완강히 버티던 연수가 끝내 애원의 말을 하고 말았다. 이제 버틸 힘이 남지 않은 자신을 알아주기를, 더 이상 상처를 주고 싶지 않으니 그가 제 마음을 알아주어 먼저 물러서 주길 바랐다. 하지만 건하는 전혀 그럴 생각이 없다는 듯 연수를 안은 팔에 힘을 주었다.
"너, 이제 나 안 보려고 그래? 너 계속 이러면 나 너 못 봐."
끝까지 하고 싶지 않았던 그 말을 건하에게 뱉고야 말았다.
"예전으로 돌아갈 수 있을 거라고 생각하셨어요?"
태연히 되묻는 말에 연수가 어깨를 움찔했다. 다시 만나러 올 순간을 기다린 그 몇 년 동안 몇백 번, 몇천 번이고 생각했던 것이 연수가 제 마음을 받아 주지 않은 후의 상황이었다. 아마 자신이 연수보다 그에 대한 고민을 더 오랜 시간 했다고 자신 있게 말할 수 있었다. 하지만 그런 고민을 한다고 해도 달라지는 건 없었다.
"선택은 두 가지예요. 절 얻으시거나, 아니면 절 잃으시거나."
"너······."
쉽사리 말을 잇지 못하는 연수의 눈동자가 빠르게 흔들렸다. 설마 건하가 먼저 제 얼굴을 보지 않을 거라 말하리라고는 생각지 못했다.

이제 건하는 자신을 걸어 연수의 선택을 강요하고 있었다. 다시 한 번 시작된 건하의 도박. 그것은 건하 본인은 물론이고, 연수에게까지 그 마수를 뻗치고 있었다.

"말씀드렸죠. 제가 그 정도 각오도 없이 왔을 것 같냐고요."

건하는 몰라도 연수는 각오는커녕 생각조차 해 본 적이 없는 일이었다. 인정하기 싫어도 두 사람은 선생과 제자가 아닌 남자와 여자로 서로를 마주하고 있었다.

"너 정말 나 안 봐도 돼?"

졸업 후 찾아오지 않아도 문득문득, 아니 꽤 주기적으로 생각나던 제자가 건하였다. 그런데 건하를 잃을지도 모른다니, 자신은 정말 생각하고 싶지 않은 상황인데 그는 너무도 태연해 보여 서운한 마음이 생겨날 지경이었다.

"아니요."

"그런데 왜……"

연수가 왜 그러냐는 질문을 끝맺기도 전에 건하가 먼저 말을 이었다.

"연수 씨만 마음 돌리면 우리가 안 볼 일은 없어요."

말을 마친 건하가 천천히 안고 있던 팔의 힘을 풀고 연수의 몸을 돌려 자신과 마주 보게 만들었다. 기다란 손가락으로 연수의 눈가를 만지자 하얀 물방울이 그의 손가락 위에서 흩어졌다. 조심스럽게 연수의 작은 몸을 안은 건하가 속삭이듯 말했다.

"아무도 우리 욕 못해요. 제가 그렇게 안 만들어요. 그러니까 이제 저 좀 봐 주세요."

제발.

그 한마디에 간절한 애원을 담았다. 끝까지 연수가 제 마음에 고개를 저을까 두려웠다. 이 두려움은 그간 아무리 많이 상상하고, 각오를 했다 할지라도 사라지는 것이 아니었다. 아니, 오히려 오래 품어 온 마음이기에 그 두려움은 더했다. 연수 앞에 설 날을 기다리며 보낸 시간이 아까워서가 아니었다. 연수를 바라며 보낸 그 시간 동안 제 마음이 자신도 어찌할 수 없을 정도로 그 크기를 키운 탓이었다. 마음이 한 사람만을 바라고 또 바란다. 그런데 그 마음을 가장 알아주었으면 하는 사람이 야속하게도 그 마음을 외면하려 하고 있었다.

"……이러지 마."

흔들리는 제 마음을 느끼면서도 연수가 힘겹게 건하의 품을 벗어나려 했지만 그보다 더 강한 힘이 움직이지 못하게 만들었다. 벗어나야 한다. 건하만 믿고, 제 마음만 보고 건하를 선택하기에 자신은 너무 나약하고 겁이 많은 사람이었다. 그를 받아 준 후 겪게 될 그 모든 걸 감당할 자신이 없었다.

"연수 씨는 저만 믿으면 돼요. 다른 건 저한테 맡기세요."

"어떻게 그래? 다시 한 번 잘 생각……."

자신들을 바라볼 사람들의 시선, 자신들에게 쏟아질 날카로운 말들. 무섭다고 그의 뒤에 숨어 모든 걸 맡길 수는 없었다. 안타깝고 애틋한 마음으로 하는 연수의 말을 건하가 단칼에 잘랐다.

"생각은 지겹도록 많이 했어요. 제가 다 감당한다고요! 연수 씨는 저만 보면 돼요."

"그렇게 쉽게 말할 문제가 아니야!"

끝내 건하의 품에서 빠져나온 연수가 소리치듯 말했다. 언제나 자신에게 믿음을 주던 건하지만 지금 그의 말은 세상 경험이 부족한 어린 남자의 억지 정도로밖에 보이지 않았다.

"맞아요, 그럴지도 몰라요. 근데 우리 인생이잖아요. 왜 우리 인생을 사는데 다른 사람 시선을 신경 쓰고, 다른 사람 말을 무서워해야 하는 건데요?"

답답한 듯한 건하의 말에 허를 찔린 연수의 눈빛이 흔들렸다. 언제나 자신이 제자들에게 해 주던 말이었다. 누가 뭐라 해도 인생을 사는 건 남이 아닌 나 자신이다. 그러니 남 따위는 신경 쓰지 말고, 네가 가고 싶은 길을 가라. 어린 제자들에게 듣기 좋으라고 하는 말이 아니라 정말 아이들이 그랬으면 했고, 그 말을 하는 자신 또한 그런 인생을 살아가려 노력하고 있다고 생각했다. 하지만 지금은 이게 뭔가. 얼굴이 붉어질 정도로 언행 불일치인 모습이었다.

"하나만 물을게요. '유건하는 어리다.', '유건하는 제자였다.' 그 두 가지 제외하고도 전 아닌 겁니까? 연수 씨한테 전 그냥 제자로 남아야 하는 사람이냐고 묻는 겁니다."

진지한 건하의 물음에 뭐라 답을 해야 할지 몰라 입을 뻐끔거렸다. 솔직히 말하자면 건하가 학교 다니던 시절부터 한 번도 어리다고 여긴 적은 없었다. 역시나 걸리는 건 건하가 제자라는 것이지만 연수의 마음 깊은 곳에서 한 가지 물음이 떠올랐다.

'정말 건하가 너한테 제자야?'

갑작스러운 의문에 연수는 할 말을 잃고야 말았다. 생각도 할 필요 없이 나와야 할 '당연하지.'라는 대답이 나오지 않았다. 대신 건하 때문에 심장이 뛰고 설레던 순간의 기억이 주마등처럼 스쳤다.

"그렇다고 하시면 제가…… 포기할게요. 연수 씨 곤란하게 하고 싶진 않으니까."

무슨 일이 생겨도 포기하지 않겠다고 했지만 궁극적으로 바라는 건 자신도, 연수도 행복해지는 것이었다. 그리고 자신의 행복보다 먼저 바라는 것이 연수의 행복이었다. 연수가 아무리 자신에게 흔들리는 것이 보여도, 자신과 있는 게 행복하지 않다고 한다면 제 마음이 무너지더라도 물러서는 게 맞았다.

포기하겠다는 제 말을 실천이라도 하듯 건하의 발이 연수에게서 한 발자국 멀어졌다. 연수와 건하 사이에 아까와 다른 찬바람이 지나갔다. 고작 단 한 발자국 멀어진 것뿐인데, 정말 그가 어디론가 멀리 떠나 버릴 것 같았다. 아까까지 간절하게 애원하던 것이 언제인가 싶게 그는 초연한 얼굴이었다. 하염없이 꽃비가 내리는 밤, 연수는 여전히 벽 하나를 두고 망설이고 있었다.

분명 자신이 원했던 장면, 아니 원한다고 우겼던 장면. 그 장면이 막상 눈앞에 펼쳐지자 연수는 길을 잃은 아이처럼 망연해지고 말았다. 한 발자국, 또 한 발자국 자신에게서 멀어지는 그를 보며 입만 달싹댈 뿐, 그 어떤 말도 나오지 않았다.

멀어지는 자신을 보면서도 용기를 낼 생각을 하지 않는 연수를 보며 힘없는 미소를 지은 건하가 드디어 그녀에게서 완전히 돌아섰다. 자신이 미련을 보이면 그녀가 더 힘들까 봐 망설이는 기색을 보일 수는 없었다.

밀어낸 건 자신인데, 그가 자신을 두고 닿을 수 없는 곳으로 가 버리는 것처럼 마음이 애달아졌다. 어느새 작은 점이 돼 버린 그를 향해 다급한 마음을 숨기지 못한 연수가 팔을 뻗었다. 부르면 안 돼, 부르면 안 돼. 머릿속에서 연신 경고음을 내고 있었다. 하지만 그가 자신을 위해 미어지는 가슴을 붙들고 떠나는 지금에서야 사람들의 신랄한 말이나 매서운 시선보다 견디기 힘든 건 그가 곁에서 사라진 자신이라는 사실을 인정하고야 말았다. 더 이상 멀어지는 그를 볼 자신이 없었다.

"가, 가지 마!"

그리고 그 늦은 인정이 끝내 숨어 있던 솔직한 연수를 불러냈다. 이성이 정신을 차릴 틈도 없이 제 외침에 우뚝 멈춰선 그를 향해 연수가 달려갔다. 그가 어디에도 가지 못하도록 뒤에서부터 꽉 껴안은 연수가 다시 한 번 제 바람을 내뱉고 말았다.

"가지 마."

드디어 보게 된 그녀의 솔직한 마음. 혹시 자신이 미쳐서 꿈이라도 꾸는 건 아닐까 걱정스러워진 건하가 확인하듯 물었다.

"연수 씨가 절 선택하신 거예요. 맞죠?"

제 등 뒤에 딱 붙어 있는 그녀가 고개를 끄덕이는 것이 느껴졌다. 하루에 몇 번의 천국과 지옥을 오간 걸까. 이 작은 여자가 자신의 모든 걸 지배하는 기분이었다. 조심스럽게 허리에 감겨진 연수의 팔을 풀어낸 건하가 연수 쪽으로 몸을 틀었다. 커다란 손으로 연수의 얼굴을 감싸 쥐며 자신을 향해 고정시키고, 아롱아롱 눈물이 맺힌 연수의 눈과 눈을 마주쳤다.

"유건하 얻으신 거 축하드려요. 절대 후회 안 하실 거예요. 제가 보증하거든요."

"뭐야."

쑥스러움에 작은 타박과 함께 마주친 그의 눈동자를 피하면서도, 연수는 방금 본인이 건하를 얻었다는 것을 부정하지 않았다.

부푼 마음을 누르며 건하가 조심스럽게 연수를 향해 고개를 내렸다. 점점 다가오는 그의 모습에 이리저리 눈동자를 굴리던 연수의 동그란 눈이 천천히 감겼다. 부딪친 입술을 통해 들어오는 따스함과 떨림. 마치 꿈결인 듯 나른하고 몽롱해지는 기분에 건하는 이대로 시간이 멈추길, 만일 지금 이 순간이 꿈이라면 영원히 꿈속에 갇히길 바라고 바랐다.

제8장

좋은 걸 어떡해

끝내주는
제자

"양 선생, 답안지 확인하는 거야?"
"네. 지금 나가시는 거예요?"
"응? 응."
하필 시험 첫날부터 자신이 가르치는 과목이 포함된 터라 연수는 각 선생님들께서 걷어 오신 답안지를 확인하는 중이었다. 무언가 찜찜한 표정으로 나란히 앉은 건하와 연수를 바라보던 홍만이 이번엔 건하에게 물었다.
"건하 너는?"
"저는 실습 시간 마저 채우고 갈 생각입니다."
아무리 할 일이 없다고 해도 담당 선생님인 연수가 먼저 가라고 허락하지 않는 한 실습생인 건하가 다른 선생님들처럼 일찍 퇴근을 할 수는 없는 노릇이었다.

"그래?"

"교생 샘은 상황 봐서 일찍 퇴근시키려고요. 왜요?"

홍만에게서 어쩐지 평소와 다른 분위기를 느낀 연수가 의아한 표정을 지으며 물었다. 그에 홍만은 별거 아니라며 고개를 저었지만 사실 어제부터 묘한 꺼림칙함을 느끼고 있던 차였다.

어제 다급하게 식당을 나갔던 건하. 자신이 애늙은이라고 부를 만큼 모든 일에 느긋한 건하이기에 그렇게 안절부절못하는 모습은 처음이었다. 물론 아침에 오자마자 신혁에게 어제 일을 물으며 슬쩍 건하에 대한 이야기도 꺼냈지만 신혁은 아무도 오지 않았다며 고개를 저었다. 사람의 말을 덮어놓고 의심하는 건 예의가 아니었지만, 아무리 생각해도 자신들에게 신혁과 연수가 있는 장소를 물은 건하가 갈 데라곤 한 곳밖에 없었기에 그의 말이 곧이곧대로 들리지는 않았다. 하지만 어제 연수와 잘되지 않아 풀이 죽은 신혁을 다그칠 수는 없었고, 대놓고 건하에게 물어볼까도 했지만 그 또한 명쾌한 답은 나오지 않을 것 같았다. 일단 표면상으로 보기에 연수와 건하 사이에 이상한 기류 같은 건 포착되지 않았다.

"방 선생님, 안 오세요?"

"어? 가야지. 내일 보자고. 수고들 해."

"네. 너무 무리하지 마세요."

"내일 뵙겠습니다."

무언가 물을 듯 묻지 않을 듯 연수와 건하 사이에서 고민하던 홍만이 다른 선생님들의 채근에 아직 풀리지 않은 미스터리를 두고 교무실을 나서야만 했다.

"왜?"

그렇게 선생님들이 하나둘 떠나고 학생부실에 남은 것은 연수와 건하뿐이었다. 학생부실에 둘만 있다는 것을 확인하자마자 건하가 연수를 향해 애정 광선을 마구 쏘아 댔다. 자신을 예뻐 죽겠다는 듯 바라보는 눈길은 고마웠지만 장소도 장소였고, 부끄러운 생각에 부러 표정을 굳히며 건하를 나무랐다.

"학교에서 그러지 말랬지?"

"제가 뭘요?"

"눈빛이 불순하잖아."

"진짜 불순한 눈빛을 못 보신 모양이네요. 불순하게 쳐다봐 드려요?"

"됐거든? 어쨌든 학교에서만큼은 넌 교생, 난 담당 교사야. 다른 건 전혀 없어. 알았지?"

한 달만 있으면 떠나야 하는 자신과 달리 연수는 계속 학교를 다녀야 했으므로 그녀가 무엇을 걱정하는지는 알았다. 하지만 보고만 있어도 좋고 웃음이 나는 걸 어쩌라고. 연수가 제 마음을 받아 주기 전 걸어 놓았던 제어장치가 사라지는 바람에 건하도 건하 나름대로 절대 숨길 수 없다는 3대 증상을 숨기려 신경을 쓰는 중이었다. 하지만 지금 그런 이야기를 해 봤자 도움이 안 될 거란 걸 알았기에 순순히 고개를 끄덕였다.

"네."

건하의 끄덕임에 안심한 표정이 되었던 연수가 무언가 걸리는 것이 있는지 잠시 고민하다 어렵게 입을 열었다.

"그리고…… 네 실습 점수도 정말 냉정하게 평가해서 줄 거니까 혹시나 나중에 서운해하지 마."

"그거야 당연한 거죠. 설마하니 제가 선생님이 준 점수에 불만 가질까 봐 걱정하셨어요?"

그런 걸 왜 입 아프게 말하나, 하는 건하의 반응에 되레 머쓱해진 연수였다. 본래 교생실습이라는 것이 한 달 동안 무사히 실습을 마치기만 하면 일정 이상의 점수를 받을 수 있는 수업이지만, 공이 앞서야 하는 시점에 괜히 사가 끼어들어 자신과 건하 사이에 감정의 골이 생길까 걱정이 되었다. 스스럼없이 장난을 치고, 자신을 편하게 대하던 아이라도 점수를 주는 사람과 점수를 받는 입장이 되면 처음의 친밀함이 사라지는 경우가 종종 생기곤 했다. 몇 년간의 교직 생활을 통해 겪어 온 바가 있기에 굳이 하지 않아도 될 걱정임을 알아도 어쩔 수 없이 그런 걱정이 생겨났다.

"점수 주는 건 공평해야 하는 거니까, 네가 이 부분이 부족하다 싶으면 나는 그렇게 점수를 줘야 하는 거고."

특히나 그것이 사제지간의 마음이 아니라 연인에 대한 마음이 되자, 전자보다 더 예민한 걱정거리로 다가왔다. 건하와 새로운 관계를 시작하게 되자마자 이런저런 걱정에 잠을 못 이뤘던 자신과 달리 제 말을 들은 그는 자신감 있는 어조로 연수를 안심시켰다.

"선생님 그런 걱정 안 하시게 제가 일등 교생이 되면 되겠네요."
"뭐?"
"다른 사람이 봐도 A+ 받을 만한 교생이 되면 선생님 걱정도 사라지잖아요."

다른 문제도 그렇게 편하게 해결되면 좋을 텐데. 차마 하지 못한 말을 가슴에 묻으며 연수도 건하와 마찬가지로 장난스러운 어조로 말했다.

"지금 중상고 교생이 너 하나인데, 당연히 네가 일등 교생이지."
"아, 그렇게 되나요?"

새로운 깨달음이라는 듯 익살스러운 표정을 짓는 건하의 모습에 연수가 푸핫 하고 웃음을 터트리고 말았다. 사람들이 하는 걱정의 대부분은 일어나지 않을 일에 대한 걱정이라 했다. 그렇기 때문에 아직 일어나지 않은 일에 대한 괜한 걱정으로 건하까지 고민하게 만들고 싶지 않았다. 다른 건 나중에 생각하고, 일단 현재의 자신과 건하만 보자고, 그렇게 마음을 다잡는 연수였다.

답안지 확인 작업으로 바쁜 연수를 대신해 간단히 식사거리를 사서 돌아온 건하가 학생부실 문을 조심스럽게 열자 도란도란 말소리가 새어 나왔다.

"오늘 약속 있어서 조금 늦게 들어갈 거 같아."

어머님이신가? 딱히 엿들으려는 의도는 없었는데, 연수가 자신이 온 걸 눈치채지 못하는 바람에 자신이 학생부실 밖에서 통화를 엿듣는 형세가 되어 버렸다.

"응. 응? 아직도 그 이야기야?"

시끄럽게만 하지 않으면 되는 거니 슬쩍 들어가려고 건하가 문고리를 잡는데 짜증이 묻어난 연수의 말소리에 움직임이 멈췄다.

"안 한다니까. 맞선 생각 없어, 엄마."

그리고 이어진 맞선이라는 단어에 건하의 표정 또한 급격히 굳었다.

"요즘 일도 너무 많고, 그런 자리까지 신경 쓰기 싫어."

싫다는데도 전화 속 경화는 계속 밀어붙이고 있는지 연수가 답답하다는 듯 한숨을 내쉬었다.
"좋은 사람 만날 때 되면 만나겠지. 뭐? 아냐, 만나는 사람은 무슨, 그런 사람…… 없어."
그리고 이어진 연수의 말에 문고리를 쥐고 있던 건하의 손이 탁 떨어졌다.
"어쨌든 이제 그런 약속 잡지 마요. 집에 가서 얘기해."
그렇게 한 번에 두 사람의 마음을 쓰리게 만든 통화가 끝났다. 몰아치는 경화의 말에 제대로 답하지 못한 죄책감과 건하에 대한 미안함에 연수는 자신도 모르게 깊은 한숨이 나왔다.
"선생님."
"엄마야!"
갑작스러운 목소리에 놀란 연수가 쿵쾅대는 마음을 가라앉히며 이제 막 학생부실에 들어선 건하를 바라보았다. 혹시 통화 내용을 들은 건가 싶어 건하를 살폈지만 샌드위치를 책상에 꺼내는 그에게서는 그 어떤 이상 기류도 포착되지 않았다.
"누구 전화예요?"
"엄마."
무슨 이야기를 했나 물어보면 어쩌나 했는데 건하는 별말 없이 고개를 끄덕였다.
"따뜻한 아메리카노랑 샌드위치 괜찮으시죠?"
"응, 맛있겠다."
평소와 다른 없는 대화를 나누는데도 두 사람은 느낄 수 있었다. 서로의 마음속에 커다란 추가 몸을 키우며 제 몸을 흔들어 대는 것을. 모른 척하기에는 너무도 무겁고 아프게 말이다.

❅ ❅ ❅

삑!

날카로운 호루라기 소리가 농구 코트 위를 갈랐다. 귀가 따가울 정도의 소리라 공을 들고 경기를 하던 선수들도, 그 경기를 지켜보던 사람들도 모두 호루라기 소리가 난 곳으로 고개를 돌렸다. 그곳에 모자를 쓴 채 엄격한 표정으로 호루라기를 들고 있는 신혁이 있었다.

"교생 선생님, 파울입니다."

"최 선생, 경기하는데 이 정도 몸싸움은 당연한 거지."

별말 없이 상대편에게 공을 넘기는 건하를 보며 답답함을 느낀 한 선생님이 신혁에게 불만을 표했다.

오늘이 바로 중상고 선생님들만의 체육대회 날이었다. 오랜만에 학생 때로 돌아간 듯 체육복까지 입고 운동에 열중하려 하는데 계속 편파적인 잣대로 자기 팀을, 특히나 교생에게 공만 가면 눈이 뒤집혀 삑삑 호루라기를 불어 대는 신혁의 행동에 참으려 해도 참을 수가 없었다. 기껏 경기를 하려고 신청했는데, 머릿수가 안 맞는다는 이유로 심판을 맡긴 것에 대한 억하심정 때문인지 신혁은 어딘가 굉장히 까칠해 보였다.

"아무리 그래도 중간에 그렇게 채 가는 건 안 됩니다."

농구 경기를 하는데 공을 중간에 채 가야지, 그럼 언제 채 가야 하나. 공을 든 상대방을 무서워해서 피해야 한단 말인가. 농구 선수였다는 사람이 말 같지도 않은 억지를 부리니 다시 한 번 격한 항의를 하려던 선생님을 건하가 막아섰다.

"선생님, 괜찮습니다. 제가 강 선생님 어깨랑 세게 부딪치긴 했습니다."

진정하라는 듯 말리는 건하의 모습에 그 선생님도 하는 수 없이 경기장으로 돌아가야 했다. 파울이라고 선언당한 사람이 자신이 파울을 했다며 나서니 그 이상 할 이야기가 없었다. 젊은 교생과 한 팀이 되어 쉽게 이길 수 있겠거니 생각했는데, 학교 무대건 세계무대건 심판을 잘 만나야 한다는 교훈만 남기는 경기가 될 것 같았다.

"그럼."

분한 마음을 억누른 채 돌아서는 선생님을 난감한 표정으로 지켜보던 건하가 잘 부탁드린다는 의미로 신혁 쪽으로 고개를 숙였다. 건하가 그러거나 말거나 신혁은 팽 토라진 여고생처럼 다른 쪽으로 시선을 주며 그의 인사를 그대로 무시해 버렸다. 충분히 기분이 나쁠 만한 행동이었지만 건하는 그 어떤 원망의 표시 없이 다시 농구 경기장 안으로 들어갔다. 아니, 지금 기분으로는 신혁이 자신에게 몇 개의 파울을 준다 할지라도 기꺼이 용인할 마음도 있었다. 그런 뜻으로 한 말은 아니겠지만 어찌 됐든 그렇게 중간에 채 가는 건 확실히 치사했다고 생각하고 있었기 때문이다.

'어제 일은 죄송합니다. 제가 연수 씨 몫까지 사과드리겠습니다.'

'됐습니다. 이야기 잘되셨나 봅니다.'

'예, 최 선생님 덕분에요. 아, 그리고 선생님들께 저희 이야기 비밀로 해 주신 것도 감사드립니다.'

'감사 인사 들으려고 한 거 아닙니다. 그저 양 선생님이 곤란해지실까 봐 그런 거니 교생 선생님한테 감사 인사 받을 이유도 없고요.'

248 _ 끝내주는 제자

'네, 그래서 더 감사하게 생각합니다. 최 선생님 덕분에 연수 씨가 곤란해질 일은 피한 거니까요.'

'그거 알면 실습 끝날 때까지 조심하세요. 그리고 교생 선생이랑 양 선생님 잘된 거 아니까 그 연수 씨라는 호칭 좀 그만 쓰시죠? 여기 학교거든요?'

고마운 건 고마운 거고, 은근하게 연수와 자신의 사이를 알리려 했던 제 속셈을 눈치챈 신혁의 퉁명스러운 목소리가 다시금 들려오는 것 같았다.

연수에게 혼날까 말하지 않았지만 두 사람이 만나고 있다는 사실을 알려 준 사람이 홍만과 정호였다. 그 소리를 듣고 뭐 마려운 강아지처럼 자리를 박차고 나갔으니 두 스승이 그런 자신을 이상하게 생각했을 것은 자명한 일이었다. 그리고 그 생각이 들어맞은 듯 홍만은 자신과 연수를 의심에 가득 찬 눈으로 봤지만 어쩐 일인지 다른 질문은 하지 않았다. 아마 그렇게 된 데에는 모든 것을 알고 있는 신혁의 힘이 클 것이라는 예상이 됐고, 신혁과의 대화를 통해 그게 사실이라는 것도 알았다. 그러니 감사한 마음은 들지언정 원망이 생길 리 없었다. 이렇게라도 자신에 대한 노여움을 푼다고 하면 얼마든지 당해 줄 마음도 있었다.

삑!

건하가 공을 건네받아 골대 밑에서 던지려 한 순간, 또다시 경기장에는 신혁의 호루라기 소리가 울려 퍼졌다. 본의 아니게 신혁의 은총을 받고 있는 건하 상대편 팀 선생님들을 제외하고 모든 사람들의 눈살이 찌푸려졌고, 공을 쥐고 있는 건하의 표정은 난감함으로 물들었다. 신혁의 어린아이 같은 복수를 웃으며 넘길 수는 있었지만 어쩐지 자신과 한 팀이 된 선생님들께 죄송한 마음은 어쩔 수 없을 것 같았다.

"최 선생님 오늘 왜 저러세요?"

아까부터 계속 건하가 속한 팀에 불리한 심판을 하는 신혁의 행동에 같이 농구 구경을 하고 있던 연수의 후배 교사 소정이 투덜거렸다. 연수의 마음도 소정과 다를 바가 없었지만 후배 교사와 앞다투어 다른 선생님을 욕할 수는 없었기에 그저 애매한 미소만 지어 보일 뿐이었다.

절대 두 사람만 있는 꼴은 못 본다며 자신이 대신 신혁에게 사과를 했으니 이제 신혁 쪽으론 눈길도 주지 말라는 건하의 말에 제대로 된 사과의 말도 전하지 못했다. 그 탓에 대놓고 건하를 괴롭히는 신혁을 노려보지도 못하고 흘끔흘끔 불만 어린 눈길을 보낼 수밖에 없었다.

"진짜 너무하시네. 또 파울 주셨어요."

근데 얘는 왜 이렇게 흥분이야? 자신 대신 신혁의 행동에 흥분해 주는 것은 고마웠지만 노골적으로 건하의 편을 들며 안타까워하는 소정의 모습에 연수는 또 아무도 눈치채지 못하게 그녀를 노려보았다. 소정은 특유의 쾌활한 성격에 귀염상인 얼굴로 중상고 남자 선생님들과 남학생들의 지지를 받고, 자신도 평소에 예뻐하던 후배 교사였다. 한데 건하에게 관심을 보내고, 그와 나이 차이도 얼마 되지 않는다는 이유로 소정이 마음에 들지 않기 시작했다.

아무도 눈치채지 못하게 소정을 위아래로 훑어본 연수가 다시금 경기를 하고 있는 건하를 바라보았다. 심판의 편파적인 행동에도 공을 들고 이리저리 뛰어다니는 모습은 굳이 눈에 콩깍지가 끼어 있지 않아도 멋졌다. 아까까지만 해도 그 멋진 모습을 침이라도 흘릴 듯 구경하고 있었지만 외간 여자까지 그 모습에 빠진 모습을 보고 있자니 속에서 열불이 나기 시작했다.

"민 샘, 우리 이제 피구 하러 가야 할 것 같은데?"

"예? 아직 저희 안 부르셨잖아요."

"저기서 준비하고 계시잖아. 우리가 가서 도와야지. 가자."

가기 싫다는 의사를 확실히 표현하는 소정에게 아랑곳 않고 연수는 그녀의 팔을 잡아끌기 시작했다. 다른 여자가 건하에게 반하는 것만큼은 막겠다는 연수 나름의 여우 퇴치법이었다.

"우리 보건 선생님, 그렇게 체육대회 참여 안 한다고 하시더니 날아다니시네."

"저기서 우승하면 쌀 준다고 했잖아요. 그 쌀 받으신다고 열심이세요."

쌀 한 포대를 타기 위해 열심히 뜀박질 중인 보건 선생님을 보며 웃음을 삼킨 소정과 연수가 운동장 한가운데로 가자 이제 곧 피구 경기를 할 것이니 선수들은 운동장으로 모이라는 마이크 소리가 들렸다.

"거봐, 우리가 딱 맞춰 왔지?"

"그래도 농구 경기 더 볼 수 있었는데……."

너 그거 안 보게 하려고 내가 우리 건하 경기 포기한 거야, 라는 말은 하지 못한 채 아쉬워하는 소정을 향해 연수가 작은 미소를 지었다.

"어? 설마 이정화 선생님도 피구 경기 하시나?"

피구 경기장을 향해 오시는 선생님들을 살펴보던 소정이 갑자기 불안한 눈빛을 한 채 중얼거렸다.

"왜? 경기하시니까 여기로 오시겠지."

"저희 큰일 났어요. 이정화 선생님 배구하신 분이잖아요. 왜 체육 선생님들도 체육대회 참여하시는 거래요? 그냥 심판이나 봐 주시지."

"배구? 아니, 배구 한 사람이 왜 피구를 해. 누구 죽이려고."

확실히 체육부의 이정화 선생은 다른 남자 선생님에 비해서도 월등히 큰 신장과 커다란 손을 자랑하는 사람이었다. 빼빼 말라서 무슨 운동을 했을까 궁금했었는데, 배구라니. 어떻게 해서든 정화와 같은 편이 되는 것이 살길이라며 연수와 소정은 두 손을 맞잡았다.

퍽!

"아!"

마치 주먹으로 맞은 것처럼 커다란 신음을 남긴 채 수비 선으로 가는 소정의 뒷모습을 보며 연수의 눈빛이 불안하게 흔들렸다. 이건 그냥 피구가 아니라 죽음의 피구였다. 역시나 배구 선수 출신답게 정화는 살짝 바람이 빠져 있던 피구 공에도 엄청난 힘을 실어 주었다. 운도 지지리도 없지, 꼭 같은 편이 되고 싶다 염원했던 것과 달리 자신은 정화와 마주 본 채 그녀의 공에 맞을까 두려움에 떨어야 했다.

"김 선생님, 선생님도 체육 선생님이잖아요. 이 선생님 좀 막아 주세요."

"제가 이 선생님을 어떻게 막아요. 저는 기계체조 했어요."

공정성을 위해 체육 선생님들을 중심으로 편을 갈랐지만, 피구 경기를 하는 데 기계체조 선수들이 보여 주는 유연함은 하등 도움이 되지 않았다. 그저 다른 선생님과 함께 두려움에 떨며 정화가 아닌 다른 선생님이 던진 공에 맞기를 바랄 뿐이었다.

"양 선생, 받아."

"네."

일방적으로 경화네 팀에 유리하게 흘러가던 경기 중 흔치 않게 연수네 팀에 공격권이 생겼다. 일찌감치 떨어져 수비 선에 있던 선생님이 아직 생존해 있는 연수에게 공을 넘겼다. 어차피 연수의 목표는 이기는 것이 아니라 무사히 탈락하는 것이었다. 공을 넘겨받은 연수가 다시 수비 선에 있는 선생님들에게 공을 던졌다.

"아!"

허걱, 그런데 연수가 공을 던진 자리에 정화가 있었던 것은 뭔지, 배구의 여왕에서 피구의 여왕이 될 뻔한 정화는 연수가 던진 힘이 하나도 들어가 있지 않은 공에 어이없이 탈락을 하고 말았다.

정화가 공에 맞아 탈락하는 순간 연수의 팀원들은 기뻐했지만 정작 정화를 탈락시킨 연수는 그대로 몸이 굳어지고 말았다. 공에 맞아 수비 선으로 향하는 정화의 마지막 눈길에서 '너는 내 손으로 탈락시켜 주지.'라는 메시지를 정확히 전달받은 탓이었다. 운동과는 전혀 연관 없이 살아온 인생이었지만 연수는 지금 생존을 위해 몸을 이리저리 날려야만 했다.

"이야, 양 선생 공 잘 피하네."

자신의 옆에서 울먹이던 기계체조 선수 출신 김 선생도 탈락하고, 이제 남은 선수는 연수가 마지막이었다. 상대편의 선수들은 연수를 향해 총공격을 하고 있었지만 이미 생존본능이 살아난 연수를 탈락시키는 것은 쉽지 않았다. 하지만 이리저리 공을 피하는 연수의 마음은 영웅 심리와는 100억 만 년은 떨어진 상태였다. 은근슬쩍 선을 밟고 탈락할까, 다른 선생님이 던지는 공에 일부러 맞을까, 꾀를 짜다 보니 남은 선수는 혼자뿐. 모두들 자신을 응원하고 있는데 허망하게 탈락할 수도 없는지라 그저 자신이 정화의 공에 탈락만 하지 않기를 바랄 뿐이었다.

"이 선생님!"

같은 편 선생님으로부터 공을 넘겨받은 정화와 연수가 서로 마주 보게 되었다. 이리저리 재게 자신의 공을 피하는 연수의 모습에 승부욕이 불타오르는 정화였다. 이 한 방으로 아까 자신을 탈락시킨 것까지 갚아 줘야겠다고 다짐하니 절로 공을 쥔 손에 힘이 들어갔다. 긴장으로 물든 연수의 몸이 저 공만은 피하겠다는 듯 들썩거렸다. 그리고 그런 연수의 움직임을 캐치해 낸 정화가 지금 자신은 일반인을 상대로 경기를 하고 있다는 것도 잊어버리고 그야말로 불꽃 슛을 날리고야 말았다.

빡!

"양 선생!"

도대체 얼마나 힘을 줘야 저런 소리가 나는 것인지. 어느 쪽으로 피할지 정확히 예상한 정화의 공은 그대로 연수의 얼굴을 강타했고, 연수는 그 충격으로 쓰러지고 말았다. 그것은 아프다는 말로는 표현하지 못할 고통이었다. 쓰러지는 연수의 모습에 달려온 선생님들의 목소리가 들려왔지만 얼굴을 잡고 몸을 동그랗게 웅크리고 있는 연수는 도저히 일어날 생각이 없어 보였다. 코피가 난 건지, 입술이 터진 건지 비릿한 피 맛도 느껴지고 자신의 상태가 어떤지 알 수 없어 도저히 고개를 들 수가 없었다. 이대로 기절한 척할까, 아무렇지 않은 척 일어날까, 그 찰나에도 끊임없는 고민을 하는 연수의 귓가에 지금 이 순간 들리지 않았으면 하는 목소리까지 들렸다.

"선생님, 괜찮으세요?"

건하였다. 자신을 둘러싼 선생님들을 헤치고 와서 자신의 어깨에 손을 올린 사람은 분명 건하였다. 내가 지금 얼굴을 들면 아주 흉한 꼴을 보게 될 거야. 그러니 너만은 이 자리에서 돌아가 줘. 고집스럽게 몸을 웅크리고 앉아 건하에게 텔레파시를 보내는데 자신의 텔레파시는 전혀 듣지 못한 건하의 나직한 목소리가 연수의 귀에 꽂혔다.

"기절한 척하세요."

뭐라고? 되묻기도 전에 자신의 몸이 붕 떠오르는 느낌에 놀라 떠지려는 눈을 꾹 감았다.

"뭐야? 양 샘 기절했어요?"

축 늘어진 척 눈을 감고 건하의 어깨에 머리를 기댄 연수를 보며 같이 경기를 하고 있던 아영이 놀라 물었다. 다행히 건하가 연수에게 기절한 척하라고 한 말을 듣지 못했는지 선생님들은 하나같이 놀란 눈을 하고 있었다. 하지만 눈을 감은 연수는 신혼부부 포즈로 자신을 안아 올린 건하의 행동에 놀란 마음을 진정시키느라 자신이 선생님들을 속이고 있다는 생각을 하지 못하는 상태였다.

"일단 제가 보건실로 모실게요."

급한 걸음으로 연수를 안고 보건실로 향하는 건하를 멍하니 바라보던 한 선생님이 보건 선생님을 찾기 시작했다. 여전히 쌀이 걸린 운동 경기에 빠진 보건 선생님은 경기 중 누군가가 다친 사실을 전혀 알지 못하고 있었다.

"보건 선생님 모셔 올게요."

"됐어. 교생 선생이랑 갔으니 괜찮겠지."

급하게 보건 선생님이 있는 곳으로 뛰어가려는 선생님을 막은 것은 연수가 공에 맞아 쓰러지는 장면부터 건하가 그녀를 데려가는 장면까지 모두 지켜본 정호였다. 물증은 없지만 심증만은 확실한 상태에서 연수를 안은 채 뛰어가는 건하를 보는 정호의 눈빛은 무언가 복잡해 보였다. 최 선생이 아니고 건하 녀석 쪽이었나. 홍만과도 일단 상황을 지켜보자는 식으로 결론을 내놓은 상황이었지만 더 이상 젊은 사람들 일에 끼어드는 건 그만하자 싶었다. 살다 보면 직접 움직이는 것보다 지켜보는 쪽이 도움을 주는 경우도 있었으니 말이다.

"아직 경기 안 끝났어. 이 선생, 적당히 좀 하지. 뭐, 이쪽 팀은 양 선생 빠졌으니 이 팀은 이 선생이 빠지는 걸로 하자고. 자자, 다음 경기 준비합시다."

"네, 죄송합니다."

설마 제 공에 기절까지 할 줄 몰랐던 정화였기에 죄인의 심정으로 다른 선생님에게도 사과를 건넸다. 그리고 상황을 정리하는 정호의 말에 선생님들은 다시 일사불란하게 움직여 피구 경기를 준비하기 시작했다. 다시 운동장에 활기가 돌기 시작했다.

제9장

내가 당신인 이유

끝내주는
제자

"얼른 안 내려놔!"

보건 선생님이 체육대회에 급하게 나오시느라 잊어버리신 건지 다행히도 보건실 문은 열려 있었다. 보건실 안으로 들어오기 전부터 연수는 자신을 안고 있는 건하의 어깨를 치며 내려놓으라고 으름장을 놓았다. 하지만 건하는 보건실 안으로 들어와 연수가 침대 위에 앉을 때까지 그녀를 내려놓지 않았다.

"상처 좀 봐요."

"지금 그게 중요해?"

"네, 지금은 선생님 상처가 더 중요해요."

급하게 말을 한 건하가 손을 뻗자, 반사적으로 연수가 고개를 물리며 그의 손을 저지했다.

"안 돼."

"안 되긴 뭐가 안 돼요? 상처 보자는 건데."

상처를 보여 주려면 입술을 뒤집어야 한다는 말인데, 그 모습이 얼마나 흉물스러울까 하는 걱정이 드니 차마 건하에게 다친 상처를 보여 줄 수 없었다.

"선생님."

고집스럽게 입을 가리고 앉아 있는 연수를 보며 한숨을 내쉰 건하가 자리에서 일어섰다. 화가 나서 운동장으로 가 버리는 건가 생각했지만 건하는 보건 선생님 자리 위를 둘러보며 무언가를 찾고 있었다. 이내 원하는 것을 찾았던지 무언가를 손에 쥔 채 다시 연수가 있는 곳으로 돌아왔다.

"약 발라요."

"줘, 내가 바를……."

"양연수."

"뭐?"

건하의 손에 들린 약을 뺏으려 손을 드는데 나직한 목소리로 자신을 부르는 그의 모습에 연수가 눈을 동그랗게 뜨며 되물었다. 연수의 당황스러움을 그대로 보여 주는 되물음에도 일부러 숨을 고른 건하가 그제야 이미 늦은 말을 덧붙였다.

"선생님, 제가 하게 해 주세요."

멍해 있는 연수의 손을 치워 낸 건하가 그녀의 입술에 살며시 손을 댔다. 다가온 손길에 놀라 연수가 몸을 뒤로 물리려 했지만 이미 건하 수중으로 넘어간 입술이었다. 움찔하는 연수의 어깨에 한 손을 올리고 다른 한 손으로 상처 부위를 확인한 건하의 표정이 다시 한 번 굳어졌다.

"찢어진 거 같은데, 병원 가요."

공에 맞은 충격에 입안의 약한 살이 이에 찍혀 난 상처는 많이 부어올라 있었다. 이 상태를 두고 괜찮다고 하다니. 속상해진 건하가 다시 한 번 병원에 가자 채근을 하려는데 이번엔 연수가 건하를 불렀다.

"유건하."

충격을 받은 연수와는 달리 전혀 데미지를 입지 않은 건하가 여전히 심각한 표정으로 연수를 바라보았다. 그 표정에서 자신에 대한 걱정이, 그리고 대신 다쳐 주지 못한 죄책감까지 읽히자 안타까운 마음에 연수가 손을 들어 이번엔 건하의 양 얼굴을 잡았다. 요 근래 학교에서 스치기만 해도 펄쩍 뛰는 연수답지 않은 행동에 건하의 눈에 놀라움이 들어찼다.

"이제 피도 안 나고 살짝 부은 것뿐이야. 금방 나을 거고. 내가 잘못해서 공 맞은 건데, 왜 네가 그런 표정을 지어."

"제가 다치는 것보다 선생님이 다치는 게 더 아파서요."

하긴 전에 아이들과 축구하다 넘어져-넘어뜨린 건 신혁이었지만-다리가 부어서도 웃어 댔던 건하다. 걷기 힘들 정도로 다리를 다쳤을 때보다 자신의 작은 상처에 더 아파하는 건하를 보며 연수가 못 말린다는 듯 웃고 말았다. 농구 시합으로 인해 땀을 흘려서인지 제 손 끝에 닿는 건하의 매끈한 얼굴은 차가웠다. 마치 건하의 얼굴을 손에 새기기라도 할 것처럼 연수가 찌푸려진 미간부터 짙은 눈썹, 양 볼을 천천히 쓸었다. 보송보송한 이불 위에 얼굴을 파묻은 듯 나른하면서도 기분 좋아지는 손길에 건하의 눈이 천천히 감겼다. 연수의 손길은 앞으로도 괜찮을 테니 걱정하지 말라고 자신을 안심시켜 주는 구급약 같았다.

"네가 대신 아파서 내가 별로 안 아픈가 보다. 약 발라 준다며. 얼른 상처 낫게 약 발라 봐."

무조건 약은 자신이 바르겠다고 다짐했지만 자신이 다친 게 본인이 다친 것보다 아프다는 남자의 말을 차마 그냥 지나칠 수 없었다. 그의 고집대로 병원에 가지 않을 거라면 상처라도 치료할 수 있게 해 줘야 할 것 같았다. 당신이 아프니 나도 너무 아파요. 다른 사람이 그런 말을 하는 것을 들었더라면 닭살이라면서 온몸을 부르르 떨었을 테지만, 자신이 그 대사를 듣는 사람이 되니 마음이 몽실몽실해지는 게 배시시 웃음이 나올 것만 같았다.

"근데 왜 상처 안 보여 주려고 고집 부리신 거예요?"

새털로 간질이는 것처럼 조심스럽게 상처 치료를 마친 건하가 타박하듯 물었다. 본인 스스로 상처를 보여 준 건 다행인 일이었지만 조금 전 목에 칼이 들어와도 상처를 보여 줄 수 없다고 하는 듯한 행동에 내심 섭섭했던 건하였다.

"난 아픈 것보다 네 눈에 내가 못나 보이는 게 더 싫거든."

못나 보이다니, 제 눈에 연수가 못나 보이는 날이 올까 궁금하기까지 한 건하다. 그렇게 여자의 섬세한 마음을 이해하지 못하고 묘한 표정을 짓던 그가 진지해진 표정으로 연수에게 물었다.

"그럼, 선생님 눈에 전 어떻습니까?"

"응? 어떻긴, 멋있지."

지금 상황과도 동떨어지고, 의미도 알 수 없는 물음이었다. 연수의 대답이 마음에 들지 않았던지 생각에 빠져 있던 건하가 큰 결심을 한 듯 말했다.

"전, 선생님 눈에 부족하지 않은 사람이 되고 싶습니다."
"네가 뭐가……."
"선생님 안고 여기까지 온 거, 사실은 일부러 그랬습니다."
 연수가 네가 뭐가 부족하다고 그러느냐고 묻는 말을 마치기도 전에 건하가 먼저 입을 열었다. 그에 할 말을 잃은 듯 연수의 눈동자가 흔들렸다. 괴로워 보이는 건하의 표정에 왜 그런 짓을 했느냐 따지고 들 수도 없었다. 방금 전 건하의 말과 표정에 연수는 이제껏 숨겨 왔던 그의 고민을 알아차렸다. 자신보다 훨씬 신중하고 예민한 건하가 설마하니 태평하게 자신을 만나고 있을 거라 믿었다니, 생각해 보니 그것만큼 말도 안 되는 착각이 없었다.
"선생님들이 우리 둘을 눈치채 주셨으면 했거든요."
 혹시나 이 일로 선생님들이 자신들 사이를 눈치채고, 그래서 인정받는다면 연수의 불안과 자신의 초조함이 사라질지도 모른다는 어린 생각이었다. 하지만 그것은 자신의 어리석은 마음일 뿐이었다. 자신의 이기적인 생각 때문에 혹여나 연수가 곤란해지는 건 아닌지, 일을 벌인 후에야 후회가 됐다. 연수에게만은 어른스럽고 남자다운 모습만 보여 주고 싶었는데, 미운 자격지심으로 자신이 이제껏 다짐해 왔던 게 퇴색된 것만 같았다.
"느긋하게 마음먹으려고 하는데, 솔직히 쉽지가 않아서요. 최신혁 선생님이랑 달리 이제 실습 끝나면 전 원래 생활로 돌아가야 하는데, 제가 아직 선생님께 어떤 확신을 주지 못한 거 같고. 선생님을 못 믿어서가 아니라 그냥 생각하면 할수록 초조해져서……."
"혹시 무슨 일 있었어?"
 두 사람이 마음을 확인한 시간도 얼마 되지 않는 데다 교생실습이 끝나기 전까지는 공적인 관계를 더욱 우선시하기로 말을 맞춰 놓은 상태였기에 그가 이렇게 억지를 부릴 만큼 초조함이 극에 달해 있는 것이 선뜻 이해가 가지 않았다.

"사실은……"

정말 무슨 일이 있긴 했던 것인지 먼저 말문을 뗀 건하지만 그는 시원하게 말을 잇지 못하고 있었다.

"괜찮아, 말해 봐."

"얼마 전에 선생님하고 어머님 통화를 우연히 들었습니다."

"뭐?"

통화라니. 설마 엄마가 자신에게 선을 보라고 했던, 혹시 애인이 있는 게 아니냐는 추궁에 그건 아니라며 건하를 부정했던 그 통화를 말하는 건가. 아니길 바랐지만 기가 꺾인 건하의 표정에서 모든 상황을 파악한 연수가 낭패라는 듯 상처가 나지 않은 아랫입술을 깨물었다. 제 입을 통해 자신을 부정하는 말을 들은 건하의 참담함이 상상조차 되지 않았다. 얼마나 비참하고 자존심이 상했을까. 그러면서도 자신에겐 그 어떤 서운함도 표현하지 않고, 대신 새까매질 정도로 속을 태웠을 건하의 생각에 얼굴을 들 수도 없었다.

"그건, 그게 그러니까……"

"화가 났던 건 아닙니다. 선생님이 걱정하는 게 뭔지 저도 알고 있습니다."

학교도 졸업하지 않은 5살이나 어린 남자. 거기다 제자였던 자신이다. 연수 입장에서 확신을 갖기엔 무리한 상황이라는 것을 머리로는 완벽히 이해하고 있었다. 하지만 실제로 맞닥뜨린 연수의 서걱거리는 마음을 어찌할 수가 없어 못난 모습까지 보이고 말았다는 사실이 속상할 뿐이었다.

"너 하나도 안 부족해. 그때 그렇게 말했던 건……."

변명이라도 하려고 입을 열었던 연수가 끝내 할 말을 찾지 못한 채 입을 다물었다. 제 속을 모두 내보인 그 앞에서 그를 기만하는 말을 할 수가 없었다. 그의 불안대로 자신은 건하에 대한 제 마음과 앞으로의 미래를 재 보고 있었던 게 맞았다. 속물처럼 보이겠지만 이제 자신은 누군가를 만날 때 마음을 우선시해서 만날 수 있는 나이가 아니었다. 자신에 비해 절대 건하가 떨어진다고 생각한 것은 아니지만, 결혼이라는 미래를 그려 봐야 하는 입장에서는 좀 더 자리가 잡힌 사람을 만나야 하는 게 아닐까 하는 현실적인 고민을 할 수밖에 없었다. 이미 마음까지 확인한 사이에 그런 고민을 해 봐야 무슨 소용이겠나 싶으면서도 건하와의 미래에 대한 여러 상황들을 떠올리며 혼자 좋아하다, 한숨 쉬다, 멋대로 복잡해졌다가 그랬었다.

그리고 자신과 어디까지 생각하는지 알 수 없는 건하에게 자신의 이런 마음이 부담으로 작용할까 무서웠다. 아직 앞길이 창창한 건하에게 결혼이라는 이름의 이른 족쇄를 채우는 것 같아 망설여지고 초조해졌었다. 그런 이유 때문에 용기를 내기로 했으면서도 버릇처럼 몸을 사렸고, 맞선을 보라고 성화인 경화에게 당당하게 건하의 이야기를 할 수 없었다.

"……미안."

백번 생각해도 자신이 건하에게 할 수 있는 말은 미안하다는 말이 전부였다.

"그런 말 들으려고 말한 게 아닙니다. 그저 제가 절대 가벼운 마음으로 연수 씨를 만나는 게 아니라는 걸 알아주시면 됩니다. 사실 저도 연수 씨에 대한 제 마음이 말도 안 된다고 생각해서 접으려고 한 적도 있습니다. 그런데 정신 차려 보면 결론은 언제나 연수 씨로 나 있더라고요. 이제 연수 씨가 아닌 다른 사람이 제 옆에 있는 건 상상도 안 됩니다. 그래서 이젠 아예 연수 씨 옆에 서기에 부족하지 않은 사람이 될 생각만 하고 있습니다. 다른 고민을 하는 건 시간 낭비라서요."

건하의 솔직한 말에 연수가 이불을 쥔 손이 하얘지도록 힘을 줬다. 이렇게라도 하지 않으면 어쩐지 눈물이 날 것처럼 코끝이 찡해서 가만히 있을 수가 없었다. 너도 나처럼 수백 번, 수천 번 고민하고 고민해서 나한테 다가온 거구나. 그렇게 힘겹게 용기 내서 다가온 건데 밀어내기만 하는 날 보고 넌 얼마나 아팠을까. 혹시나 내가 역시 너와 나는 안 되겠어, 하고 결론 내릴까 봐 얼마나 불안했을까. 교생으로 다시 만난 뒤로 거칠 것 없이 자신에게 다가왔던 건하였기에 그런 부분을 배려하지 못했다. 양연수, 너는 나이 헛먹었어. 물리적 나이는 몰라도, 정신적인 나이만큼은 건하와 동급일 터였다.

그렇게 자책하는 연수의 손 위로 건하의 커다란 손이 올라왔다.
"이제 선생님 상상 속에도 저만 나오도록 만들 겁니다. 다른 남자는 생각할 수도 없게."
"완전 계획적이야. 보건실 안고 들어올 때부터 그런 말로 나 넘어가게 하려고 작전 세운 거지? 나 완전 나쁜 사람 만들고."
진심이라는 것이 한가득 느껴지는 말에 주책없이 눈물이 나올 것 같아 일부러 장난스럽게 건하의 말을 받아쳤다. 어쩌면 이미 그럴지도 모르겠다, 하는 말을 하지 않은 건 여자의 세 번째쯤 되는 자존심이었다. 이제 건하 앞에서 여자를 앞세우는 게 어색하지 않았다.

"제 계획, 성공한 겁니까?"

"그래, 대성공이시네. 내가 아니라 네가 후회할 수도 있어. 내가 왜 그때 도망 못 쳤나 하면서. 이제는 네가 못 도망가."

"그거 참 큰일이네요."

조금쯤 마음이 누그러졌는지, 아까의 불안한 표정을 벗어던진 건하가 연수의 말을 능청스럽게 받아쳤다. 그 말에 얄밉다는 듯 건하를 노려보던 연수가 이내 쑥스러움을 감추지 못한 채로 말했다.

"나도…… 네가 후회 안 하도록 노력할게. 연애는 둘이서 하는 건데 한 사람만 노력하는 거 웃기잖아. 같이해야지."

"네, 같이해요."

연수의 말에 벅차오른 표정을 숨기지 못한 건하가 바싹 다가와 앉으며 두 손으로 그녀의 얼굴을 들고 눈을 맞춰 왔다. 수줍은 듯하면서도 눈을 피하지 않는 연수를 보며 더욱 만족스러운 표정이 된 건하가 상처 난 부위를 아프지 않게 쓸며 아쉬운 어조로 입을 열었다.

"왜 이럴 때 입술을 다치셔서."

"몰라."

쪽.

내가 다치고 싶어서 다쳤나, 그 죽음의 피구를 경험하지 않았다면 말을 하지 마시라. 아직도 공을 든 정화의 포스에 긴장했던 기억이 선명한 연수가 다친 입술을 삐죽이는데, 이마에 가볍게 건하의 입술이 내려앉았다. 갑작스러운 접촉에 놀라 연수가 눈을 크게 뜨는데도 건하는 양 볼과 코끝, 다치지 않은 입술 쪽으로도 비스듬히 입을 맞췄다.

"아쉽지만 오늘은 이걸로 넘어가요."

패션쇼의 피날레 장면처럼 건하가 제 이마를 연수의 이마에 바싹 붙이며 눈을 맞췄다.

"누구 들어오면 어떡해?"

그러면서 아프지 않게 건하의 이마에 연수가 제 이마를 부딪쳤다.

"다들 운동하느라 바쁘실걸요?"

그런 연수에게 복수하듯 건하도 아프지 않게 연수의 이마에 제 이마를 부딪치며 말했다. 드디어 두 사람 마음속에 걸려 있던 추 하나가 툭 떨어졌다. 그 홀가분함에 절로 웃음이 나왔다.

* * *

"선생님."

교육청에 보낼 공문을 작성하느라 컴퓨터에 온 집중을 쏟고 있는 연수의 귀에 듣기 좋은 나직한 목소리가 들렸다.

"응? 아니, 네?"

버릇처럼 반말을 하려다 화들짝 놀라 말을 바꾸며 고개를 돌리자 역시나 건하가 눈에 가득 미소를 지은 채 자신을 바라보고 있었다.

"저기 잠시만."

무슨 용건이냐는 연수의 눈빛에 건하가 눈짓으로 방금 전까지 자신이 있었던 학생부실 내의 상담실을 가리켰다.

"왜요? 무슨 문제 있어요?"

"그런 건 아니고, 뭘 좀 봐 주셨으면 해서요."

건하의 부탁에 연수의 얼굴엔 의아함이 떠올랐다. 오늘 드디어 건하가 학생들 앞에서 수업을 하는 날이었다. 바로 다음 시간에 수업을 해야 하는데 무슨 문제가 생긴 양 건하가 자신을 부르자 연수는 괜히 불안해지는 기분이었다.

"뭘요?"

"와 보시면 알아요."

자신의 걱정과 달리 큰 문제는 아닌 것인지 얼굴 가득 미소를 담은 건하를 믿어 보기로 한 연수가 애써 불안한 마음을 진정시키며 자리에서 일어섰다.

"도대체 무슨……."

일이냐는 말을 마치기도 전에 강한 힘에 끌어당겨진 연수가 정신을 차려 보니 자신은 상담실 문 뒤쪽의 구석 자리에 서 있는 상태였다. 놀라 고개를 드니, 품에 안듯 자신을 가둔 건하의 모습이 보였다.

"뭐, 뭐 하는 거야? 누구라도 들어오면 어쩌려고?"

"선생님들 수업 들어가셨잖아요."

"아예 없으신 거 아니거든요? 여기가 학교라는 거 잊으시면 안 됩니다, 유건하 교생 선생님."

상담실 밖 몇몇 선생님들이 신경 쓰여 눈치를 보며 하는 연수의 말에도 건하의 몸은 전혀 움직이지 않고 있었다. 이제 아주 막가자는 거지요. 사랑에 빠진 이 남자는 나사가 하나 빠진 게 틀림없었다. 아니면, 겁을 상실했든지.
"알아요."
"알면 비……"
"제가 뭘 좀 봐 달라고 했잖아요."
"뭐?"
건하의 돌발 행동에 잊고 있었는데, 자신을 이 상담실로 유인해 낸 핑계는 뭘 좀 봐 달라는 거였다. 그 '뭐'라는 게 설마…….
"저 좀 봐 달라고요."
역시나. 한 치의 예상도 벗어나지 않는 건하의 말에 연수의 눈이 가늘어졌다.
"수업하려니까 긴장돼서요. 선생님 얼굴 보면 괜찮을 거 같은데, 선생님은 계속 컴퓨터만 들여다보고 계셨잖아요."
컴퓨터까지 질투하는 경지에 오른 그의 모습이 어이가 없어 황당한 웃음을 터트린 연수가 말도 안 된다는 듯 받아쳤다.
"너 전에 서른 명이 아니라 천 명 가까이 되는 애들 앞에서도 말 잘했던 애거든?"
떡하니 학생회장까지 했던 주제에 달랑 30명 앞에 서는 게 떨린다고 하다니. 차라리 교장 선생님의 '짧게 연설을 끝내겠다.'는 말을 믿는 게 빠르겠다 싶었다.
"그거랑 수업은 다르죠."
"내가 해 본 사람으로서 말하자면 하나도 안 달라. 준비 많이 했잖아. 준비한 대로만 해."

"이렇게 남자 마음을 몰라주셔서야."

자신도 딱히 연수에게 무얼 바란 건 아니었다. 정말 말 그대로 연수가 제 얼굴을 바라봐 주기를 바랐을 뿐이었다. 연수는 연수 나름대로, 자신은 자신 나름대로 아침부터 정신이 없어 오늘 이렇게 제대로 얼굴을 마주 보는 건 처음이었다.

"지금은 남자가 아니라 교생이시거든요."

"교생이 제삼의 성(性)이 되는 줄 몰랐네요."

"애들 앞에 수업하는 사람으로 서면 그땐 여자도 남자도 아닌 거야. 아이들한테 도움이 되는 사. 람. 이 돼야 하는 거라고."

선생님으로서의 자부심이 잔뜩 묻어 나오는 말에 건하가 졌다는 듯 고개를 끄덕였다. 하긴 자신이 연수에게 반한 것도 저런 모습 때문이었다.

"네, 명심하겠습니다."

"그럼 됐습니다."

그러더니 수업을 한다고 신경 써서 입은 건하의 슈트 깃을 정리해 주었다. 거기에 그치지 않고 상담실 문 밖을 흘끔 바라본 연수가 건하의 얼굴을 잡아 자신 쪽으로 내리더니 쪽 하고 뽀뽀를 해 주었다.

"입술 다 나은 기념으로 나한테는 남자인 교생 선생님한테 주는 선물. 수업 잘하세요."

멍해진 건하를 향해 작게 손을 흔든 연수가 상담실 문을 벌컥 열었다.

"선생님, 준비 많이 하셨네요. 애들이 나보다 수업 잘한다고 비교할 거 같아요."

 상담실 밖 선생님들이 들으시도록 큰 소리로 말한 연수가 나가고도 건하는 멍하니 서 있기만 했다. 뭔가 뒤통수를 맞은 것처럼 멍한데 전혀 아프지 않았다. 오히려 웃음이 나서 참을 수 없을 지경이었다. 나한테는 남자인……. 자꾸 듣고 싶을 만큼 기분이 좋은 말이었다. 연수 얼굴만 보면 수업을 잘할 수 있을 것 같아 연수를 몰래 불러낸 것이었는데, 이래서야 수업을 제대로 할 수 있을지 걱정될 만큼 감당하지 못할 웃음이 새어 나왔다.

"문화는 총 다섯 가지의 속성을 가지는데……."

 예상했던 대로 수업은 순조로웠다. 수업 전의 긴장되니, 어쩌니 하던 것이 우스워질 정도로 건하는 날아다니는 것처럼 수업을 이끌어 가고 있었다. 적당히 아이들 눈을 맞춰 가며 말의 속도를 조절했고, 목소리 크기도 적당했다. 게다가 혹시나 수업 내용을 이해하지 못하는 아이가 있나, 없나 살피는 여유까지. 마치 정규 수업을 하는 선생님처럼 건하의 수업은 물 흐르듯 자연스러웠다.

 수업을 하는 건하 스스로도 수업의 참맛을 조금이나마 느끼고 있던지, 아이들만큼이나 눈을 반짝이고 있었다. 듣지 않아도 느껴지는 건하의 벅차오름에 괜히 뿌듯한 기분이 되어 연수의 입가에도 기분 좋은 미소가 맺혔.

 간단히 수업 내용을 설명한 건하가 더 자세한 내용을 설명하기 위해 빔 프로젝터로 자료를 띄우고 수업을 진행해 가기 시작했다.

 수업을 하는 남자가 원래 저렇게 매력적이었던 것인가. 타이밍에 맞춘 농담으로 아이들의 몰입을 도와주는 건하의 모습은 마치 드라마 속 외국 바이어들 앞에서 열정적으로 프레젠테이션을 하는 워커홀릭의 남자 같았다. 뭐, 그 외국 바이어들이 모두 까까머리의 고딩 아이들이라는 것이 흠이라면 흠이었지만 말이다.

"풋."

아이들과 달리 수업에 집중하지 못하고 혼자 웃음이 터진 연수를 뒷자리에 앉아 있던 남학생이 이상하다는 눈길로 바라보았다. 그 눈길에 민망해진 연수가 다시 표정을 굳히며 아이에게 앞을 보라는 메시지를 전하기 위해 고갯짓을 하며 시선을 올리다 교단에서 수업 중인 건하와 눈이 마주쳤다. 의아한 눈초리로 자신을 바라보는 건하의 눈길에 민망해졌지만 이내 격려의 미소를 지으며 엄지손가락을 들어 올렸다. 그리고 그 들어 올려진 손가락에서 연수의 응원과 칭찬을 읽어 낸 건하가 애써 웃음을 삼키며 이야기를 진행하기 시작했다.

그렇게 한 시간이 순식간에 흘러갔다. 종이 치기 전 수업을 마친 건하가 땡동땡동 울리는 종소리에 안도의 한숨을 내쉬었다. 교실에서 나오자마자 연수가 건하에게 물었다.

"첫 수업 소감이 어때?"

"아직 얼떨떨해요."

"겸손은. 엄청 잘하던데?"

"뭐, 일등 교생이잖아요."

답지 않게 뻐기는 폼이 꽤나 즐거워 보였다. 긴장도 많이 하고 부담도 많이 됐던 시간이지만, 자신을 향해 눈을 반짝이는 아이를 보고 있자니 그런 감정들은 묵은 감정이 되고, 자신도 모르게 힘이 솟고 흥분되는 기분이었다. 연수 말대로 몇 년 전 전교생 앞에 섰던 경험도 있는 자신이지만 그때와는 비교도 되지 않는 벅차오름이었다.

"앞으로 수업도 그렇게만 하면 돼. 진짜 애들이 내 수업이랑 비교할까 봐 겁난다."

"비행기 그만 띄우세요."

"왜? 어지러워서?"

"네, 울렁거려요."

"뭐야?"

그렇게 이런저런 이야기를 나누다 보니 벌써 학생부실 앞이었다. 여전히 흥분을 감추지 못한 채 다음 반 수업을 준비하는 건하를 보며 흐뭇한 미소를 짓던 연수가 해야 할 일이 떠올라 무심코 책상 서랍을 열었다가 어, 하는 탄성을 지르고 말았다.

"왜요?"

"휴대폰. 윤성이 거거든. 아직 안 찾아가서."

중상고에서 수업 시간에 휴대폰을 만지다 걸리면 보통 일주일 정도 압수를 당하는 벌을 주곤 했다. 운이 없게 휴대폰을 빼앗긴 아이들은 일주일째가 되는 날이면 아침부터 찾아와 제 물건을 받아 갔지만, 윤성의 경우 이 휴대폰으로 말미암아 생긴 사건으로 인해서 염치가 없는 것인지 이 작은 물건을 압수당한 지 일주일이 지난 시점에서도 여전히 되찾아 가지 않은 상태였다. 이걸 자신이 가져다줘야 하나 고민하는 연수를 보던 건하가 휴대폰 쪽으로 손을 뻗으며 나섰다.

"그거 제가 가져다줄게요."

"네가?"

"네. 휴대폰 주면서 할 말도 있고."

윤성에게 무슨 말을 하려 하느냐 묻는 대신 연수는 흔쾌히 건하에게 휴대폰을 건넸다. 교생실습이 끝나기 전 건하가 마무리해야 할 일이 남아 있는 듯했다.

갑작스러운 교생의 호출에 멍해졌던 윤성이 건하가 내민 휴대폰을 낯선 눈으로 바라보았다.

"받아."

"아, 네."

차마 휴대폰을 달라 연수에게 갈 수는 없었던 터라 답답하던 참이었다. 이렇게 배달까지 온 휴대폰을 도로 보낼 수 없어 윤성이 여전히 멍한 표정으로 그것을 받았다. 전원을 켜려 버튼을 눌렀지만 그간 방전이 되었던지 휴대폰 전원은 켜지지 않았다. 그런 윤성을 바라보던 건하가 어색한 헛기침을 하며 윤성에게 물었다.

"팔은 괜찮아?"

"네?"

"그때 꺾인 팔 말이야."

"네, 뭐……."

늦어도 한참은 늦은 질문이었지만 윤성은 괜찮다는 뜻으로 고개를 끄덕였다. 윤성의 끄덕임에 안심하듯 같이 고개를 끄덕이며 건하가 다음 말을 어떻게 건네야 하나 고민했다. 사과가 먼저일지, 훈계가 먼저일지 윤성에게 할 말을 정리하고 있는데, 이번엔 윤성이 먼저 입을 열었다.

"저기, 그때는 감사했습니다."

"응? 뭐가?"

사과를 받으려 당돌하게 굴면 모를까 자신에게 고맙다는 인사를 하는 윤성의 모습에 이번엔 건하가 멍해지고 말았다.

"저, 막아 주신 거요."

감사 인사를 하면서도 쑥스러운지 뒷목을 긁적이며 윤성이 말을 이었다.

"제가 그때 사회 샘 때렸으면 저는 여자나 때리는 한심한 놈 되는 거잖아요. 그건 저희 부모님 욕 먹이는 짓이고."

모범적으로 학교를 다니지는 않지만 제 행동 때문에 부모님을 욕 먹이는 아들이 되고 싶진 않았다. 아직도 자신이 너를 그렇게 키웠느냐 울부짖는 엄마의 목소리가 선했다. 친구들, 선생님 보기도 민망하고 자신 때문에 죄인이 되어 고개를 숙이는 모습을 보는 것이 절대 마음 편하지는 않았다.

"그땐 너무 화가 나서 저도 모르게 손이 올라갔어요. 정말 죄송합니다."

자신이 먼저 윤성에게 사과를 하려 했는데, 생각지도 못하게 받은 사과에 난감해진 건하였다. 당시엔 연수에게 제 잘못을 모르겠다며 버텼지만, 시간이 지나니 연수를 지키기 위해서였더라도 감정을 앞세워 윤성을 막은 것이 무조건 잘한 행동이라는 생각은 들지 않았다. 연수의 말처럼 폭력이라는 이름의 행동이었지만 학생에게 먼저 고개를 숙이고 사과하는 것이 조금은 자존심 상하는 일이라 여겼던 것이 부끄러워졌다. 살다 보면 분명 자신의 잘못을 알면서도 사과를 하는 것이 얼마나 힘든 일인가를 깨닫는 때가 오는데, 지금이 바로 그때인 것만 같았다. 그리고 잘못을 솔직하게 인정하고 사과하는 윤성의 모습에 자신이 아이들을 가르치는 것이 아니라 아이들에게 귀중한 걸 배운 기분이었다.

"그래. 앞으로는 행동을 하기 전에 네 기분만 생각하지 말고 네 주변 분들도 생각해."

"네."

"그리고 그때 나도 미안했다."

"뭐, 네. 근데, 선생님이 팔 꺾을 때 진짜 아팠어요."

"잘못해 놓고 아프다, 안 아프다를 논해?"

건하를 보자 팔 꺾일 때의 고통과 공포가 살아나는지 윤성은 괜히 멀쩡한 팔을 주물렀다. 그 모습이 귀여웠던 건하가 자신보다도 키가 큰 윤성의 머리를 헝클어 버렸다.

"아, 머리 망가져요."

그에 질색을 하며 머리를 피하는 윤성의 행동에 장난기가 솟은 듯 건하가 더 강하게 그의 머리를 헝클었다. 역시나 윤성을 싫다는 표현을 숨기지 않으며 손길을 피하려 했지만 쉽사리 피할 수는 없었다.

그렇게 건하의 교생실습도 끝나 가고 있었다.

　　　　＊　　＊　　＊

"그동안 감사드립니다."

무사히 수업 실습까지 마치고 드디어 오늘이 건하의 실습 마지막 날이었다. 교장 선생님을 비롯한 선생님들께 인사를 드리고, 마지막으로 학생부 소속 선생님들과 인사를 나누고 있었다.

"그동안 수고했어요."

"한 달 동안 정말 많이 배웠습니다."

"이제 못 본다고 생각하니까 서운하네. 애들도 많이 서운해하더라고요."

강 선생의 말에 그렇게도 무서워하던 학생부실임에도 우르르 몰려와-주로 여자아이들-눈물 섞인 인사와 선물을 건넸던 아이들의 모습이 떠올랐다. 해 준 것도 없는데 너무도 안타까워하던 아이들의 모습에서 굉장한 짠함을 느꼈던 건하의 표정도 살짝 어두워졌다. 하지만 이내 표정을 수습한 건하가 싹싹한 목소리로 말했다.

"나중에 꼭 찾아뵙겠습니다."

든 자리는 몰라도 난 자리는 안다고, 한 달간 정이 많이 들었던지 인사를 나누는 선생님들의 눈에도 어쩔 수 없는 아쉬움이 가득했다. 그리고 그 선생님들 중 단연 아쉽다는 얼굴의 홍만이 건하에게 물었다.

"오늘 시간 괜찮아? 시간 괜찮으면 간단히 저녁이라도 먹고 가지."

그런 홍만의 물음에 건하가 난감한 듯 말을 끌었다.

"저기, 그……."

"왜, 오늘 약속 있어?"

"데이트라도 있는 거야?"

죄송하다 말하는 건하에게 물으면서도 슬쩍 연수의 눈치를 살피는 홍만이었다. 하지만 건하의 약속은 연수도 모르는 것이라 그녀의 얼굴에도 궁금증이 떠올랐다. 도대체 무슨 약속이 있는 거지?

"그래, 그럼 할 수 없고."

대답 없이 웃는 건하의 모습에서 긍정의 뜻을 발견하기라도 했던지 평소의 홍만답지 않게 금세 마음을 접고 그의 어깨를 두드리며 조만간 연락하라는 당부의 말을 건넸다.

"양 선생, 오늘 보충 없지? 담당 교사라 마지막으로 할 말 많을 텐데 같이 퇴근해. 약속 있다니 배웅 정도가 전부겠구먼."

"네."

홍만의 말에 자연스럽게 건하와 나갈 수 있는 기회가 생긴 연수가 반가운 마음을 누르며 가방을 챙겼다. 두 사람이 교무실을 빠져나갈 때까지 남아 있는 선생님들의 서운한 시선은 사라지지 않고 있었다.

"무슨 약속이 있다는 거야?"

학교 건물을 빠져 나오자마자 연수가 건하에게 물었다. 오늘 같은 날, 도대체 누구랑 약속을 잡은 것인지 취조를 해서라도 밝혀 낼 필요가 있었다.

"데이트요."

"누구랑?"

"제 애인 님이랑요."

"도대체 누구야? 유건하 애인 님이?"

눈을 가늘게 뜨며 묻는 연수의 말에 장난스럽게 웃던 그가 놀랄 새도 없이 그녀의 손을 잡아 들어 올렸다.

"여기 있네요? 유건하 애인 님."

자신의 눈을 똑바로 보며 하는 건하의 말에 연수도 그와 함께 웃음을 터뜨렸다.

"가요, 저쪽에 차 세워 놨어요."
"그래."
얼른 가자, 양연수 애인 님.

눈으로 외친 연수의 말에 건하의 미소가 더욱 깊어졌다. 오랜 시간을 지나 자신의 새로운 임이 된 사람과 걸어가는 길. 앞으로 걸어가게 될 길도 지금처럼 힘들지 않기를 바랐다. 아니, 앞으로 힘들어져도 좋으니, 제 옆의 사람이 이 손을 놓지 않기를 바랐고, 또 따뜻하게 맞잡은 이 손을 절대 놓지 않으리라 다짐했다.

제10장

낯선 나를 만나다

끝내주는
제자

 시간은 부지런히 흘러갔다. 어디로 흘러갔는지 모르게 흐른 시간은 벌써 여름을 지나 가을에 한층 가까이 다가서 있었고, 학교의 시간은 여름방학을 지나 보충수업이 끝날 무렵이었다.
 "교무실이랑 바깥 온도가 너무 차이 난다. 이제 가을이라는데 왜 이렇게 더운 거야?"
 볼일이 있어 밖에 나갔다 온 강 선생이 손부채질을 하며 볼멘소리를 했다. 절기상으로도 가을이 왔다고 하는 시점인데도 날은 좀체 시원해질 생각을 하지 않고 있었다. 햇빛이 강렬히 비추는 바깥에 비하면 에어컨이 나오는 교무실은 천국 같았다.
 "요즘 가을이 가을인가요? 가을인가 싶으면 금방 겨울이고 눈 오잖아요."
 "하긴 그것도 그러네."

선생님들의 대화 소리를 들으며 고개를 끄덕이던 연수가 슬쩍 제 눈앞의 휴대폰을 확인했다. 매일같이 만나도 뭘 하고 있느냐, 밥은 먹었느냐 틈틈이 안부 전화, 혹은 안부 문자를 보내던 건하가 요 며칠 연락은커녕 자신이 연락을 해도 바로 받지 않는 경우가 많았다. 졸업을 앞둔 4학년이기에 취업 준비를 하느라 그런 것은 알고 있지만 매일 만나고 연락하던 사람을 전만큼 보지 못하니 생겨나는 그리움과 섭섭함은 어쩔 수 없었다.

그래도 늦은 시간이라도 꼭 연락을 주는 건하이기에 연수가 점심은 먹었느냐는 메시지를 날리려고 할 때였다. 지이이잉 울리는 휴대폰 진동에 놀란 연수가 발신 번호를 확인하고 교무실을 나와 통화 버튼을 눌렀다.

-선생님!

"응, 웬일이야?"

-오늘 바쁘세요?

연수에게 전화를 건 사람은 연수의 옛 제자이자, 건하의 친구인 정민이었다. 갑작스럽긴 했지만 반가운 제자의 목소리에 연수의 목소리에도 반가움이 담겼다.

"왜?"

-오늘 간만에 저희 반창회 겸 해서 뭉치기로 했거든요. 혹시 선생님도 오실 수 있나 해서요.

"반창회?"

갑작스러운 정민의 이야기에 연수가 고민 되는 듯 눈동자를 굴렸다. 정민의 이야기를 듣는 순간 자신의 옛 제자 출신 애인 님 건하도 그곳에 참석하는지가 궁금했지만 건하만 콕 집어 물어보기가 애매했다. 반창회가 처음도 아니고 자신도 제자들의 연락에 반창회에 참여한 적도 있었지만 뭐가 그리 바쁜지 건하는 졸업 후 한 번도 반창회 자리에 나온 적이 없었다. 그래서 다시 재회하기 전에는 자신에게 코빼기도 비치지 않았던 건하에게 서운한 감정을 가지고 있었다. 하지만 몇 개월 사이 달라진 관계의 변화 때문인지 막상 건하가 반창회에 나온다면 어떤 얼굴로 그를 대해야 할지가 막막해졌다.

"누구누구 나오는데?"

나중에 따로 건하에게 연락해 물어도 되겠지만 요즘 바쁜 그와 연락이 바로바로 되지 않으니 은근 떠보듯 돌려 질문을 하는 연수였다.

-맨날 나오는 애들이죠. 아, 건하 녀석은 또 뭐가 바쁜지 못 오는 거 같더라고요.

"아, 그래?"

제 마음을 읽은 것처럼 대답하는 정민의 말에 연수는 모호하게 웃어 버리고 말았다. 건하가 오지 못한다는 말에 섭섭하다는 생각이 들었지만 한편으로 커다란 안도를 느끼는 제 자신이 마음에 들지 않아 연수가 이맛살을 찌푸렸다.

-나오실 수 있으세요? 일단 일곱 시 '마레'에서 보기로 했어요.

"그래, 시간 괜찮을 거 같아. 수업 끝나고 갈게."

오늘 건하와 만나는 것도 튼 것 같으니 오랜만에 제자들과 즐거운 시간이나 보내야겠다 싶었던 연수는 정민의 제안에 고개를 끄덕이는 것으로 전화 통화를 마칠 수 있었다.

"선생님은 어쩜 그렇게 하나도 안 변하셨어요? 선생님이랑 다녀도 연상으로 안 보겠어요."

"네가 많이 삭은 거지."

장난인지 진심인지 그것도 아니면 아부인지 오랜만에 만난 선생에게 버릇없이 들이대는 선호의 말을 연수가 장난스럽게 받아쳤다. 졸업 후 만나기만 하면 선생님이 자신의 첫사랑이니, 졸업도 한 마당에 누가 자신들을 욕하겠냐느니 하며 연수를 향해 추파를 던지곤 하는 선호였다. 물론 그의 추파는 건하의 것과 달리 연수에게 전혀 데미지를 주지 못하고 있었기에 선호의 말을 받아치는 연수의 반응은 여유로웠다.

"어쨌든 보기에 전혀 이상하지 않다는 이야기잖아요."

"어쭈? 내 의견은 없는 거야? 난 삭은 남자 별로야."

"군대 다녀오고 사 학년 졸업생 되면 다 이렇게 변하는 거예요. 여기서 저만 삭은 건 아니잖아요."

억울하다는 듯 대꾸하는 선호를 보며 연수가 고개를 살랑살랑 젓는데, 그들의 대화를 듣던 정민이 한심하다는 눈길로 선호를 바라보며 말했다.

"저 자식은 만날 선생님 보기만 하면 신소리는. 너 얼마 전에 파릇파릇한 영계랑 소개팅했다고 나한테 자랑한 거 잊었냐?"

"야, 그걸 여기서 말하면 어떡해?"

정민의 촌철살인에 선호가 당황스런 목소리로 대꾸했고, 음식이 가득한 테이블 위는 웃음소리로 가득 채워졌다. 개인 사정으로 오지 못한 몇몇을 제외하고는 꽤나 출석률이 높은 반창회였다. 자주는 아니더라도 정기적으로 만남을 이어 가고 있기 때문인지 삼삼오오 모여 이야기를 나누는 아이들 사이에 어색함은 없어 보였다.

그리고 그런 아이들의 모습을 연수가 감상에 빠진 얼굴이 되어 지켜보았다. 어엿한 사회인의 모습으로 자신과 함께 술도 마시고, 이런저런 고민을 털어놓는 모습은 언제 봐도 미묘한 기분을 불러일으키곤 했다. 학교가 아닌 새로운 곳에서 열심히 살아가는 아이들을 보는 것은 말로 표현하기 힘들 정도로 벅차오르면서도 먹먹한 느낌이었다. 앞으로도 아이들이 사회에 나가는 모습을 볼 때마다 이런 기분이 들 것 같은데, 아직 교직 생활을 오래 하지 못했기 때문인지 이 눈을 시리게 만드는 묘한 감정을 어떻게 다스려야 하는지 알 수 없었다.

"우리 건배 한번 해야지. 선생님 잔이 비었네."

연수의 우울함을 눈치채기라도 한 듯 아까의 민망함을 벗어 던진 채 능글맞은 얼굴로 싹싹하게 연수의 술잔을 챙기며 분위기를 주도한 선호가 술잔을 머리 위로 들자 다른 아이들도 기분 좋은 얼굴로 술잔을 머리 위로 올렸다. 탁 트인 건배 소리와 함께 아이들 모두가 잔 안에 든 술을 마시며 개운한 표정을 지었다. '그래, 이 맛이야.'를 외치는 듯한 표정들이 학생 시절의 명랑했던 모습을 떠올리게 하는 것도 같았다. 물론 그 시절엔 절대 금지했을 술잔을 든 채인 것이 아이러니했지만 아무렴 어떠랴 싶었다. 많이 변해 버린 제자들 사이에서 낯선 감정을 느끼고 있던 연수기에 아이들의 그런 모습은 크나큰 위안이었다. 아무리 시간을 따라 변했다고 저 아이들이 자신의 제자인 사실은 변하지 않았고, 제 기억 속에는 영원히 어리고 사회에 물들지 않은 아이들이 있을 것이다.

"샘, 저랑 러브샷이나 한잔할까요?"

역시 물들지 않은 모습은 제 기억 속에만 있어야 할 것 같았다. 느끼한 표정으로 잔을 드는 선호의 모습에 연수가 황당한 표정을 지었다. 어쩌다 이렇게 뻔뻔해진 건지. 자신이 너무 봐준 건가 싶어 한마디 하려는데, 이번에도 정민이 나서서 선호에게 한마디를 던졌다. 술은 뒷전이고 계속 휴대폰만 만지고 있어 무슨 일이 생겼나 했는데, 자신들의 대화를 모두 듣고는 있었던 것 같았다.

"적당히 해라, 강선호."

"왜? 넌 아까부터 왜 이렇게 선생님과 내 사이를 방해하는 건데?"

"그게 어떻게 방해야? 도와주는 거지. 이거 먹고 정신 차리세요."

"샘!"

정민이 한마디 하기도 했고, 자신이 여기서 정색을 하면 괜히 분위기를 망칠 거 같아 냉수 먹고 속 차리라는 의미로 연수가 선호에게 물 컵을 건네자 그는 서운한 표정으로 연수를 불렀다.

"그래, 내가 네 샘이지. 그거 잊지 마셔요, 강선호 씨."

아주 먹여 줄 것처럼 제 입가에 물 컵을 갖다 대 주는 연수의 행동에 어쩔 수 없이 컵 안의 물을 마시는 선호였다. 그렇게 선호가 물을 마시는 동안에도 시끌시끌한 테이블 위로 누군가의 놀라움이 깃든 탄성이 떨어졌다.

"왜?"

"여기야, 여기!"

영문 모를 탄성에 고개를 돌리던 아이들이 가쁜 숨을 몰아쉬며 술집 안으로 들어오는 남자 쪽으로 시선을 모았다.

"건하 아니야?"

"그러게, 더 멋있어졌다."

자신을 부른 정민의 목소리를 찾아 고개를 두리번대던 건하가 이내 친구들이 앉은 테이블을 발견하고 그쪽으로 걸음을 옮기기 시작했다. 반가운 친구들을 향해 눈인사를 하며 오던 건하가 상석에서 자신을 보고 놀란 표정을 짓고 있는 연수와 눈을 마주쳤다. 자신이 오는 걸 알지 못했던지 말을 잊은 채 멍한 표정을 짓는 연수가 귀여워 웃음을 참으면서 자연스럽게 그녀가 앉아 있는 곳에 가려 했다.

"너 유건하 맞지? 진짜 오랜만이다. 저기 자리 있어. 저리로 가자."

"어? 아니, 나는……."

건하가 말이 끝내기도 전에 어디서 튀어나왔는지 모를 여자아이 하나가 연수 앞에서 건하의 팔을 끌어 자신들이 있는 테이블 끝자리로 끌고 가기 시작했다. 점점 멀어지는 서로의 모습이 칠석날 만나 헤어지기 직전의 견우와 직녀가 된 것처럼 안타까움을 불러왔다. 인사나 하게 해 주지. 홀라당 건하를 뺏어 가 버린 제자를 노려보지도 못하고 타는 마음을 감추려 눈앞의 맥주를 꼴깍꼴깍 들이켰다.

학교 다니던 시절에 인기가 많기도 했고, 졸업 후에도 자주 얼굴을 비치지 않았던 까닭에 친구들 사이에서 건하의 몸값이 많이 높아졌던지 그가 도착하자마자 반창회 자리는 더욱 들뜨고 있었다. 특히나 건하가 자리한 테이블은 다른 테이블과 비교도 안 될 만큼 활력이 넘쳐났다. 반창회에서 건하를 보면 어떻게 해야 하나 걱정했던 것이 무색하게 이야기할 새도 없이 그를 빼앗기자 기분이 나빠졌다.

"근데 선생님, 지금 만나는 분 없으세요?"

"응? 갑자기 왜?"

어떻게 하면 자연스럽게 건하가 있는 쪽으로 갈 수 있을까 고민하고 있는데, 선호 옆에서 술을 마시던 아이 하나가 연수에게 물었다. 아이의 의도를 알 수 없는 연수가 고개를 갸웃거리자 아이가 진심 가득한 표정으로 대답했다.

"제가 선생님 소개팅 해 드리려고요."

"뭐?"

자신에게 직접적으로 대시를 하지 않나, 이번엔 적극적으로 소개팅 주선 이야기까지. 제자의 말에 난감해진 연수가 눈동자를 굴리는데 저 멀리 자신을 바라보고 있는 건하와 눈이 마주치자 몸이 굳고 말았다. 꽤 멀리 떨어진 곳이었는데, 용케 연수의 소개팅 이야기를 들은 모양이었다.

"그, 괜찮아. 무슨 소개팅이야."

"사실 저희 삼촌인데요, 저희 삼촌이라서가 아니라 진짜 직업도 좋고, 성격도 좋으시거든요?"

"야! 지금 내가 선생님한테 대시하는 거 못 봤냐?"

"대시는 무슨 대시? 너하고 선생님이 어울리냐? 너는 그 나이 어린 영계나 만나."

"그냥 소개팅 한 번 한 거야. 샘! 절대 오해하지 마세요. 그냥 한 번 만나 본 거예요."

연수가 무슨 말을 하기도 전에 투닥이는 두 사람 때문에 테이블이 다시 한 번 소란스러워졌다.

내 저것들을 그냥. 꿀밤이라도 한 대씩 때려서 말리고 싶은데, 성인이 된 제자들에게 꿀밤을 때릴 수도 없으니, 연수가 참을성을 발휘해 두 사람 사이에 끼어들었다.

"잠깐만! 내가 소개팅 하기로 한 것도 아닌데, 뭐 그리 흥분을 해. 미나야, 미안한데 그 소개팅은 못할 거 같아."

"샘, 잘 생각하셨어요!"

"너 때문에 그런 거 아니야."

"혹시 만나는 분 있으신 거예요?"

"응?"

미나의 질문에 연수가 자신도 모르게 건하 쪽으로 시선을 돌렸다. 역시나 자신들의 대화를 모조리 듣고 있던 건하와 시선을 마주쳤다. 그의 표정에서 초조함을 읽어 낸 연수가 건하만이 알 수 있는 미소를 보냈다. 그 미소에서 안심하라는 메시지를 읽어 낸 건하의 초조함이 사라지는 것을 보고, 그제야 연수가 미나를 향해 고개를 끄덕였다.

"응, 사실은 만나는 사람 생겼어."

"대박!"

연수의 끄덕임에 아이들 모두가 손가락을 추켜올리며 대박이라는 말을 뱉어 냈다. 아직도 자신들의 장난에 넘어가 어리둥절한 표정을 지었던 모태 솔로 선생님의 기억이 선명한데, 그 선생님이 연애를 한다는 이야기에 크게 벌어진 입이 다물어지지 않았다. 물론 그 와중에도 만족스러운 표정을 지으며 술을 마시는 사람이 있긴 했다. 연수의 연애 인정에 어수선해진 분위기 때문에 눈치챈 사람은 아무도 없었지만 말이다.

"언제부터요? 전에 뵀을 땐 만나는 분 없다고 하셨잖아요."

"그게 언제 적인데?"

"선생님, 정말이요?"

정민까지 눈을 동그랗게 뜨며 묻자 자신의 연애한다는 말이 그렇게도 충격적인 소식인 건가 싶었던 연수가 머쓱함을 느끼며 손가락으로 머리카락을 만졌다.

"그래. 나도 연애해야 할 거 아냐."

"어떤 분인데요? 건하……."

"어?"

"전 그 연애 반대예요!"

정민이 무슨 말을 하기도 전에 치고 들어오는 선호의 말에 끝내 연수가 꿀밤을 아프지 않게 때리고 말았다.

"네가 반대한다고 내가 헤어질 거 같아?"

"진짜 샘이 제 첫사랑이란 말이에요. 졸업하고 취직하면 샘한테 프러포즈하려고 했는데."

"그 마음만 고맙게 생각할게. 자, 한 잔 받아."

무조건 장난이라고만 생각했는데, 반쯤은 진심이 있었던지 속상한 듯 중얼거리는 선호를 본 연수가 그의 어깨를 두드리며 빈 잔에 술을 가득 채워 주었다.

"한 잔 더 주세요."

연수가 준 술을 그대로 숨도 쉬지 않고 마셔 버린 선호가 다시 한 번 잔을 내밀었다. 평소 같으면 선생님한테 술을 따르라 마라

하는 것이냐, 한 소리 했을 연수지만 선호의 마음을 받아 주지 못한 미안함 때문인지 기꺼이 고개를 끄덕이곤 술병 쪽으로 손을 뻗었다. 하지만 연수의 손이 술병에 닿기도 전에 기다란 병이 공중으로 솟아올랐다.

갑자기 사라진 병의 수수께끼를 풀고자 연수가 고개를 들자 태연한 얼굴로 자신을 내려다보고 있는 건하가 있었다. 물론 연수가 집으려 한 그 술병을 든 채였다.

"내가 따라 줄게."

"어? 유건하, 오랜만이다?"

"그래, 잘 지냈지?"

선호의 잔에 술을 따른 건하가 어느새 자신의 자리를 내준 정민 덕분에 연수의 옆에 앉을 수 있었다. 눈으로 정민에게 고맙다는 인사를 건넨 건하가 연수를 바라보며 웃었다.

"선생님, 오랜만에 뵙죠?"

"어? 어, 그래."

5일 만이던가. 대화를 듣는 사람들은 두 사람이 굉장히 오랜만에 만난 것으로 알고 있었지만 실상은 약 5일 전에도 데이트를 했었다. 하지만 그렇다고 거짓말을 한 것은 아니었다. '오랜만'이라는 단어는 굉장히 주관적인 단어로, 연수나 건하에게 5일이라는 시간은 퍽 오래된 공백이 맞았기 때문이었다.

"너 졸업하고 선생님 찾아간 적 한 번도 없지?"

"그랬었나?"

의미 모를 미소를 지으며 고개를 갸웃거리는 건하에게 선호가 저것 보라는 듯 혀를 찼다. 그런 선호의 행동에 건하 대신 연수의 미간이 찌푸려졌지만 그를 눈치챈 이는 없었다.

"졸업했다고 그렇게 연락을 끊으면 쓰냐?"

"그러면 안 되지."

"그걸 아는 놈이 그랬냐?"

"그래, 미안하게 됐다. 한 잔 더해."

건하의 사과에 선호는 자신이 정의를 실현한 기사라도 된 양 연수를 바라보며 찡긋하더니 호쾌한 웃음과 함께 건하 쪽으로 술잔을 들이밀었다.

"그래, 인마! 세상은 성공이 다가 아니라고."

선호의 충고를 알아 모시겠다는 듯 고개를 끄덕이던 건하가 턱으로 연수의 잔을 가리켰다.

"선생님도 한 잔 받으세요."

"어? 어, 그래."

"연락 못 드려서 죄송해요. 놀라셨죠?"

"으, 응."

쪼르르 술을 따르며 묻는 건하의 말에 연수가 얼떨결에 고개를 끄덕였다.

"선생님 여기 계시다는 말 듣고 달려왔어요."

사실 오늘 반창회에 연수도 온다는 말을 듣고 자신이 그 자리에 가도 되나 싶어 망설였던 건하였다. 친구들 앞에서 연수와 제 사이를 숨겨야 하는 것도 싫고, 어쩔 수 없다 할지라도 오랜만에 만난 친구들을 속이는 것 같아 탐탁지 않았기 때문이었다. 그래서 후에 연수와 자신을 당당하게 밝히리라 다짐했는데, 정민에게서 선호가 연수에게 집적이고 있다는 말을 듣고 처음의 결심을 잊은 채 눈썹을 휘날리도록 뛰어온 참이었다.

"잘했어."

역시 건하의 얼굴을 보니 처음 그가 이 술집에 들어섰을 때 생겨 났던 난감함은 사라지고 웃음만 나왔다. 제자들 앞에서 혼자 실실 웃어 대는 실없는 사람이 될 수 없어 연수가 새어 나오는 웃음을 감추려 고개를 숙이는데, 테이블 아래에서 커다란 손 하나가 나오 더니 자신의 손을 그러잡았다. 놀라 시선을 올리니 심상한 얼굴로 자신을 바라보는 손의 주인이 있었다. 그 천연덕스러운 표정은 테 이블 아래 제 손이 연수의 손을 잡고 있다는 것을 전혀 알지 못한 다고 말하는 것 같았다.

그런 그가 얄미워 그만이 알 수 있게 슬쩍 노려본 연수가 잡힌 손을 떼어 내며 양손을 테이블 위로 올려 버렸다. 연수의 행동에 건하의 눈썹이 마음에 차지 않은 듯 들렸지만 그 표정에 또다시 웃음이 터져 나올 것 같았던 연수가 이번엔 눈앞의 술을 그대로 마셔 버렸다.

"선생님, 한 잔 더 하세요."

"뭐? 그래, 고마워."

그리고 연수가 술잔을 내려놓자마자 아까의 일을 복수라도 하 듯 건하가 연수에게 술을 권했다. 찰랑찰랑 차오르는 술이 얼른 자신을 마셔 달라 외쳐 대는 것 같았다. 술자리는 좋아하지만 술 은 그다지 세지 않은 연수다. 건하가 오기 전에도 꽤 많은 양의 술 을 마셨기에 자꾸 채워지는 술잔이 부담이긴 했지만 괜히 즐거운 분위기를 흐릴까 말도 못하고 또다시 술잔을 비우고야 말았다.

"우리 더 자주자주 만나자. 건배!"

"건배!"

시간이 갈수록 술자리는 무르익고 있었다. 확실히 어리기는 어린 것인지 술 몇 잔에 알딸딸해진 자신과 달리 아이들은 펄펄해 보였다. 아니, 시간이 갈수록 마실 수 있는 주량이 더 늘어났던지 연신 술을 주문하는 소리와 안주를 주문하는 소리가 가게에 울려 퍼졌다. 즐겁게 술자리를 보내는 아이들을 보고 있는데, 스르르 눈이 감겨 왔다. 무거워진 눈꺼풀에 어찌할 바를 모르다 감겨지는 눈꺼풀을 따라 연수의 고개도 같이 테이블 쪽으로 돌진했다. 테이블과 박치기를 하기 직전 간신히 정신을 차린 연수가 급하게 고개를 들었다.

"선생님, 괜찮으세요?"

"어? 응."

술 때문에 정신 줄을 놓을 뻔한 연수의 모습을 지켜본 아이들이 어느새 걱정스럽게 바라보고 있었다.

"나 신경 쓰지 말고 술들 마셔."

"선생님, 일어서실 수 있으세요?"

"응?"

아이들을 안심시키려 괜찮다는 표시로 손을 들어 올리던 연수가 마치 자신이 술에 취하기 기다렸다는 양 일어서서 자신을 부축하려는 건하를 보며 눈을 동그랗게 떴다.

"괜찮아."

"괜찮긴요, 내가 선생님 모셔다 드릴게."

"어? 그럴래?"

연수가 걱정이던 차에 잘됐다는 듯 대답하는 친구들을 향해 고개를 끄덕인 건하가 그녀의 어깨를 붙잡고 연수의 몸을 일으켰다. 아이들이 다 쳐다보는데 민망하게 됐다고 손을 뿌리칠 수도 없고. 연수가 난감함을 느끼며 눈동자를 돌리는 와중에도 건하는 부지런히 그녀의 짐을 챙겼다.

"선생님은 내가 부축할게."

짐을 챙기느라 손이 부족해 보이는 건하를 대신해 선호가 연수를 부축하려는 순간 그의 손을 막는 커다란 손이 있었다.

"아냐, 내가 할 수 있어."

갑자기 튀어나온 손에 선호가 흠칫 몸을 떠는 사이에 연수는 건하의 품에 안기다시피 하여 술자리를 떠나고 있었다.

"왜 그래?"

"응? 아니."

선호는 멍해 있는 자신을 보며 묻는 정민을 향해 어색한 웃음을 지으며 고개를 저었다. 건하가 자신의 손을 막으려는 순간 쎄한 냉기가 느껴졌다. 건하가 딱히 어떤 말을 한 것도 아니고, 자신의 손을 막은 것 말고는 다른 행동도 한 것이 없는데 왜 그런 기분이 들었는지 알 수 없었다. 하긴 유건하가 어떤 녀석인데 소름이 돋을 만큼 자신에게 가시를 세우겠는가. 예나 지금이나 사람 미워할 줄 모르고, 어른스러운 녀석이 바로 자신이 알고 있는 유건하였다.

고개를 살랑살랑 저으며 선호가 컵 안의 남은 술을 꿀꺽꿀꺽 마셔 댔다. '캬~' 하는 소리가 절로 나는 술맛에 선호는 아까의 그 소름에 대해 혼자 결론 내렸다. 그저 차가운 술을 마셔서 몸의 체온이 떨어진 거라고 말이다. 길게 생각하는 것은 딱 질색인 선호다운 결론이었다.

"사람들 앞에서 멋대로 데려오는 거에 맛 들렸지, 아주?"
"이번에도 긴급 상황이었잖아요."
"긴급 상황은. 그냥 술 마셔서 존 건데."
"그러니까 긴급 상황이죠. 선생님 조는 게 얼마나 예쁘신데요. 그걸 다른 녀석들한테 보여 줄 수 없죠."
건하의 말에 연수는 닭살 돋는다며 고개를 저었지만 그의 말은 순도 높은 진심이었다. 고등학교 시절부터 얼마 전 교생실습까지 연수가 조는 모습에 정신을 차리지 못했던 자신이 아니던가. 그러니 아무리 친구라 해도 연수의 그런 모습을 보여 줄 수는 없었다. 거기다 그 자리엔 연수가 첫사랑이라며 집적이던 녀석도 있었으니 당연한 말이었다.

"나 여기서 택시타고 갈 테니까 너는 그만 들어가 봐. 애들 오랜만에 봤잖아."
건하가 자신을 데리고 나온다고 나서자마자 놀란 탓인지 졸리던 눈이 완전히 제정신을 찾았다. 그러니 건하를 다시 친구들이 있는 곳으로 보내 주려는데 그가 고개를 절레절레 저었다.

"집까지 모셔다 드리고 갈게요. 택시에서 잠이라도 드시면 어떡해요?"
"그렇게까지 정신없진 않아."
"제가 불안해서 안 돼요. 저기 택시 온다."
"어, 잠깐만."
갑자기 제 손목을 붙들고 달려가는 건하 때문에 놀란 연수가 소리쳤지만 그는 멈추지 않았다. 다리 길이 차이는 전혀 고려하지 않고 택시를 향해 달려간 건하 덕분에 두 사람은 무사히 택시를 타고 연수의 집으로 향할 수 있었다.

"조용하다."

그냥 가도 된다는 연수의 말을 듣지 않는 건하 덕분에 골목길에 울려 퍼지는 발걸음 소리는 두 개였다. 계속 말을 안 듣는다고 한 소리 하긴 했지만 내심 여동창들이 있는 반창회 자리에 가지 않고 자신을 따라온 건하의 행동은 무척이나 마음에 들었다. 이래서 여자의 마음은 알 수 없는 거라 하는 모양이다.

"안 추우세요?"

여름과 가을의 경계. 낮에는 기세를 여름에게 빼앗겼지만 밤이 되면 힘을 발휘하는 가을 덕분에 날은 꽤 쌀쌀했다.

"괜찮아."

괜찮다는 말에도 추위를 많이 타는 연수가 걱정되었던지 건하가 입고 있던 재킷을 벗으려 했다. 결국 연수가 그의 팔을 잡으며 만류했다.

"아직 여름이야. 여름 민망하게 하지 마."

"이제 가을이죠. 방금 전에 그 발언은 가을을 무시하는 발언이셨어요."

어차피 계절들은 신경도 안 쓸 텐데 가을과 여름을 두둔하다 자신들의 대화가 우스웠던지 동시에 웃음이 터지고 말았다.

"얼른 가기나 하자."

"네."

또각또각 발걸음 소리, 어느 집에서 들리는 소곤소곤 대화 소리,

텔레비전 소리. 끊임없이 들리는 소리 가운데에서도 어쩐지 건하와 연수의 대화 소리만 들리지 않았다. 만나기만 하면 조곤조곤 끊임없이 대화를 나누는 두 사람이기에 이런 침묵은 이례적인 것이었다. 하지만 두 사람은 그 사실을 깨닫지 못하고 각자 생각에 빠진 모습이었다.

"선생님."
"응?"
"오늘 괜찮으셨어요?"
"뭐가?"

길지 않은 침묵 뒤에 이어진 질문은 연수로서는 한 번에 이해가 되지 않는 물음이었다.

"오늘 애들 만난 거요."
"……."

하지만 이어진 건하의 대답이 마치 제 속을 꿰뚫어 본 듯해서 연수는 아무런 대답도 하지 않은 채 걸음을 옮길 뿐이었다. 사실 건하 자신도 오늘 친구들을 만나고 생각이 많아진 상태였다. 몇 해 전까지만 해도 친구들과 비슷한 의미를 지니고 있던 연수가 단 몇 년 만에 친구들과는 다른 의미를 지닌 사람이 되어 버렸다. 친구들이 어떤 반응을 보이든 달라지는 건 없겠지만, 나중에 자신들을 알게 된 그들의 반응을 떠올리는 것은 심판대 위에 선 사람처럼 초조함을 느끼도록 만들었다. 자신의 마음도 이럴진대 연수의 마음은 어떨까. 말은 하지 않아도 굉장히 복잡한 기분이라는 것을 짐작할 수 있었다.

"사실은 있지, 애들 볼 때마다 기분 되게 이상해."

건하에게 어떻게 말을 해야 할지 정리를 끝냈는지 연수가 천천히 입을 열었다.

"어린아이들 보면, 한 달 만에 만나도 몰라볼 정도로 훌쩍 커 있잖아. 꼭 그런 기분 같아. 몇 개월 만에 봐도 훌쩍 커 있고, 점점 어른스러워지는 것 같아, 마치 다른 사람처럼. 아, 변죽도 늘어서 나랑 맞먹으려고 하고."

웃음기 섞인 연수의 말에 가만히 고개를 끄덕이는 건하였다. 자신이 원한 답은 아니었지만 굳이 연수의 말을 끊고 들어가진 않았다.

"그리고 오늘은 신기했어."

"신기하셨다고요?"

"응. 내가 이러니저러니 해도 그 아이들이 내 제자라는 건 변함이 없잖아. 몇 년이 지나도, 내가 나중에 선생님을 그만둔다고 해도 말이야. 근데……."

드디어 자신이 듣고 싶은 대답이 나올 것 같은데, 자신의 숨을 넘어가게 할 요량인지 갑자기 말을 멈춘 연수가 그다음 말을 잇지 못하고 있었다. 이어질 말이 너무 궁금했지만 혼신의 참을성을 다해 채근하고픈 마음을 버텨 내자 그 노력이 통한 것인지 연수가 다시 입을 열었다.

"평생이 가도 내 제자일 아이들 중에 네가 없었어. 네가 내 제자라는 걸 잊은 건 아닌데, 이상하게 낯선 거야, 제자 유건하가. 너는 내 제자라서 절대 안 된다고 우겼던 게 민망해질 정도로 제자 유건하가 와 닿지 않는 게 신기했어, 정말로."

사람의 마음이라는 게 그토록 간사한 거였나. 건하에게 나는 네 선생님이고, 너는 내 평생 제자라고 말했던 것이 완전히 과거가 되어 제자들에게 건하를 지금 만나는 사람으로 칭하면서도 그 어떤 죄책감도 느껴지지 않았다. 아직 건하와 자신의 사이를 밝히지 못하는 바람에 아이들을 속이고 있는 것 같은 미안함이 들었지만 함께 모여 있다고 해도 건하와 자신의 제자들은 자신에게 완벽히 다른 범주의 사람이라는 것을 오늘의 만남으로 깨달을 수 있었다.

그리고 사실 오늘 선호의 대시 아닌 대시를 받으며 어쩌면 자신은 건하를 다시 만나기 전부터 그에게 마음을 열 준비를 했었던 것이 아닌가 하는 생각을 하기도 했다. 오늘 쉬지 않고 자신을 두드려 대는 선호에겐 움직이지 않던 심장이 학교에서 다시 만난 건하의 말 하나, 눈빛 하나에는 마치 기다린 것처럼 미친 듯이 반응했었으니 말이다.

지금에서야 말이지만 건하가 학교 다니던 시절에도 가끔씩 건하 때문에 주책없이 뛰어 대는 심장을 가라앉히려 노력했던 적이 있긴 했었다. 당시에는 아무것도 아닌 감정이라 무시하고 넘어가려 했지만 말이다. 제 심장이 아무 남자나 꼬인다고 넘어가지 않는 지조 있는 심장이라고 칭찬을 해 줘야 할지, 주인 몰래 앙큼한 감정을 품었던 것을 혼내 줘야 하는지 만큼은 알 수 없었지만, 뭐가 됐든 이런 깨달음은 절대 건하에게 알리지 말자는 것으로 결론 내렸다.

"혹시 서운해?"

스스로 낸 결론에 만족하며 걷던 연수가 그래도 선생이었다는 사람이 자신을 제자로 안 보고 있다는 말이 건하 입장에서 서운하지 않을까 걱정되어 물었지만 그의 대답은 깔끔하기 그지없었다.

"아뇨, 당연한 결과죠. 선생님은 절 얻으시고, 저는 선생님을 얻고. 저는 절대 손해 보는 장사 안 하거든요."

"뭐야, 그게."

천연덕스러운 말에 어이없다는 듯 웃다가 그 웃음을 지우며 건하에게 말했다.

"애들 나중에 많이 놀라겠지."

"그러겠죠. 그래도 나중엔 축하해 줄 겁니다."

"그럴까?"

"네. 누구 제자들인데요."

"하긴 그것도 그러네."

어느덧 연수의 집이 눈에 보이기 시작했다. 연수를 데려다 주고 가야 할 생각에 아쉬움이 들었던지 건하의 타박타박 발걸음 소리가 점점 줄어들기 시작했다. 그러다 뚝 걸음을 멈춰 선 다리가 앞으로 향하는 대신 옆의 사람을 향해 움직였다.

"왜?"

고지를 눈앞에 두고 걸음을 멈춘 건하가 의아한 듯 연수가 눈을 동그랗게 뜨며 물었다. 그녀의 물음에 답하지 않은 그는 천천히 팔을 들어 올려 양손으로 연수의 얼굴을 감싸 쥐었다. 놀라고 당황스러운 감정을 감추지 못한 눈동자가 귀엽게만 보였다. 가로등 불빛을 받고 있는 오밀조밀한 입술은 어떻고. 정말 연수의 집에서라도 들고 싶은 심정이었다.

"여기 우리 집 앞이야."

제 입술을 향한 건하의 시선이 위험하다고 여겼던지 연수가 소리가 나도록 제 얼굴을 붙들고 있는 건하의 손을 내리쳤다. 하지만 그렇다고 해서 쉬이 연수를 놓아줄 건하가 아니었다.

"전 아무 짓도 안 했어요."

"지금 이게 하고 있는 거지!"

제 잘못을 깨닫지 못한 건하가 태연한 얼굴로 말하자 연수가 곧장 그의 잘못을 지적했다. 그런 연수의 말에 잠시 고민하던 표정을 짓던 그가 제 손에 붙들린 작은 머리통을 자신 쪽으로 끌어당겼다. 이로써 서로의 숨을 섞일 만큼 가까운 거리에서 서로를 바라보았다.

"이게 어떤 짓인 거죠?"

"너……."

무슨 말이라도 해야 하는데, 너무 가까이 다가온 건하의 얼굴에 무슨 말을 해야 할지 홀랑 잊어버렸다. 비키라고 해야 하나, 그냥 눈을 감을까. 연수의 머릿속에 혼란이 찾아드는데, 철컥 하고 대문이 열리는 소리가 들렸다.

"얘가 왜 전화도 안 받고……."

낯익은 목소리와 함께 연수의 머리를 괴롭혔던 모든 혼란은 소멸했다. 대신 연수는 아무런 생각도 하지 못하는 백치처럼 멍해지고 말았다.

"연수?"

대문이 열리는 소리에 놀라 가까이 붙어 있던 몸을 떼어 내긴 했지만 자신 옆의 남자는 숨길 수가 없었다. 고개를 돌려 바라본 곳에는 역시나 자신의 모친인 경화가 있었다.

연락도 되지 않고 늦는 딸이 걱정되어 나왔다가 정말 생각지도 못한 광경을 보고야 말았다. 멍청한 얼굴로 자신을 바라보는 딸에게서 시선을 돌려 딸 옆에 서 있는 남자를 쳐다보았다. 분명 예사 사람은 아닌 것 같다는 엄마의 촉이 발동하기 시작했다.

두리번두리번 연수의 집 내부를 둘러보는 건하의 눈에 이채가 돋았다. 이곳이 바로 연수가 나고 자란 공간이었다. 새로 지은 집처럼 세련된 맛은 없었지만 어쩐지 푸근하고 마음을 편안하게 만드는 공간이었다.
"큼큼!"
새로운 집에 이사 온 아이처럼 신기한 눈으로 집을 둘러보고 있는 건하의 주의를 끌려 양 교장이 커다랗게 헛기침을 했다. 그리고 그 헛기침에 놀란 건하가 어깨를 움찔하며 혼자만의 세상에서 빠져나왔다. 예상치도 못하게 연수의 공간에 들어온 설렘에 아직까지 이곳이 자신에게 편안한 공간이 아니라는 것을 망각해 버렸다.
"안녕하십니까."
건하가 넙죽 양 교장 부부를 향해 큰절을 올렸다. 그리고 그런 건하의 모습을 연수는 걱정되는 표정으로, 양 교장 부부는 탐색하는 표정으로 살펴보고 있었다. 연애는커녕 남자 손목 한번 못 잡아 본 건 아닌가 걱정했던 딸이 겉으로 보기엔 멀쩡한 녀석을 데려왔으니 아무리 점잖은 척하려고 해도 쉽지 않았다. 그래서 늦은 시간에 실례인 것을 알면서도 남자를 집 안으로 들이고야 말았다.
"유건하라고 합니다."
"밤늦게 미안해요."
"아닙니다. 제가 먼저 인사를 드렸어야 했는데, 그러질 못했습니다."

 경화의 사과에 건하가 마치 자로 잰 듯 적절한 겸손과 예의를 곁들인 대답을 했다. 그런 건하의 모습에 경화는 속으로 만족스러운 웃음을 지었다. 인사밖에 나누지 못했지만 겉모습도 그렇고 예의도 바른 것이 일단은 합격점이었다.

 경화가 속으로 그런 생각을 하는 걸 아는지 모르는지 건하의 인사를 받은 양 교장은 무언가 생각에 빠진 모습이었다. 유건하라…… 분명 어디선가 들은 듯 낯익은 이름이었다.

 "근데, 나이가 어떻게 돼요? 좀 어려 보이는 거 같아서."

 일단 무엇으로 호구 조사를 시작해야 하나 고민하던 경화가 일단 첫 번째로는 나이를 주제로 잡고 물었다. 연수에게 건하에 대해서는 일언반구도 듣지 못한 탓에 처음부터 제대로 조사를 해야만 했다. 그리고 멋들어지게 양복을 입긴 했지만 아직 어린 태가 난다고 해야 하나. 연수도 어디 가서 나이 들어 보인다는 평은 안 들었지만 확실히 눈앞의 사윗감은 연수보다 어린 느낌이었다. 하긴 요즘은 연상연하가 대세이니 한두 살 정도 차이는 흔쾌히 받아들일 수 있었다.

 "그게, 스물다섯입니다."

 "아……."

 생각보다 어린 나이에 경화가 순간 당황하여 말을 잇지 못했다. 연수가 얼른 표정을 풀라는 무언의 압박을 보낸 덕분에 경화가 정신을 차리며 물었다.

 "그럼 아직 학생?"

 "네. 지금 마지막 학기 다니는 중이고 내년에 졸업할 예정입니다."

결혼 적령기인 연수가 학생을 만나고 있을 거라고는 생각하지 못한 탓에 경화가 곤란함을 느끼며 건하 옆의 연수를 찌릿 노려보았다. 아직 학교도 졸업하지 못한 남자를 만나려고 그 좋은 선 자리들을 다 내친 건가 싶었다.

초반에 좋았던 분위기가 학생이라는 말 한 마디에 얼어붙었다. 서로 무슨 말을 해야 하는 것인지 모른 채 눈동자만 굴리고 있는데, 한참을 말없이 대화만 듣던 양 교장이 드디어 입을 열었다.

"자네."

"네."

"예전에 우리 연수 제자였던 학생이랑 이름이 같은데, 혹시……."

기억을 떠올려 보니 연수가 가끔 칭찬하던 제자의 이름이 눈앞의 청년과 같았다. 그리고 얼마 전에 연수 밑에서 교생실습을 했다고 했던가. 설마하니 제 딸이 본인의 제자를 애인이라고 소개할 것이라고 생각하진 않았지만, 저 청년의 나이도 그렇고 이름도 그렇고 그냥 아니겠거니 하며 넘어갈 수는 없는 문제였다. 예리하게 치고 들어온 양 교장의 질문에 건하도 연수도 긴장하여 침을 꼴깍 삼켰다. 오늘 분위기가 자신에게 호의적이지 않게 되었으니 그 사실은 나중에 차차 밝히려 했는데, 일이 생각대로 풀리지 않은 것 같았다.

"네. 제가 선생님, 아니 연수 씨 제자였던 유건하 맞습니다."

"허~"

건하의 말에 양 교장은 저도 모르게 어이없는 헛웃음이 터져 나왔다. '제자였던'이라니. 선생과 제자 사이가 시간이 지난다고 사라지는 관계이던가. 게다가 연수 씨? 건하를 향해 호통이라도 치고 싶었는데 황당함 때문인지 그 어떤 말도 생각나지 않았다. 건하야 그렇다 치더라도 그를 애인이라고 자신들에게 소개한 연수에 대한 실망감도 엄청났다.

"나는 더 이상 할 말도, 들을 말도 없으니 먼저 일어나 보겠네."

더 이상 들을 말도 없다는 듯 양 교장이 자리에서 일어서더니 방으로 들어가 버렸다. 그렇게 세 사람이 남겨진 거실엔 까마귀가 날아다닐 것 같은 침묵이 맴돌았다.

"미안해요. 저이가 당황해서 그런 거 같아요."

아무리 그래도 손님으로 집에 온 것이었는데 너무도 매몰찬 반응에 본인이 더 민망해진 경화가 건하에게 사과를 했다.

"아닙니다. 당연한 반응이십니다."

연수에게 실습 전에 미리 들은 말이 있었기에 놀라진 않았다. 다만 실제로 닥친 상황에 쓰린 마음만은 어쩔 수 없었다.

"일단 오늘은 돌아가고 나중에 제대로 인사해요."

"꼭 인사드리겠습니다."

이대로 물러서지 않겠다는 건하의 눈빛에 경화도 곤란한 듯 어색한 미소를 지었다.

"그럼 유 군, 아니 그…… 조심해서 돌아가고, 연수 네가 잘 배웅해 줘."

도대체 어떤 호칭을 써야 할지 혼란스러웠던 경화가 끝내 얼버무린 채로 건하를 연수에게 맡겨 버렸다. 딸의 애인을 만나 설레야 했던 밤이 한숨으로 얼룩지고 있었다.

"미안."

삐그덕, 대문 열리는 소리와 함께 모든 기를 쇠진한 것처럼 보이는 건하와 연수가 나왔다. 제 집에서 민망했을 건하를 향해 해 줄 말은 사과뿐이 없었다.

"괜찮아요. 선생님이 미안하실 거 전혀 없으세요."

"내가 미리 말씀드렸어야 했는데."

자신이 먼저 건하에 대해 부모님께 말씀드렸다면 오늘처럼 갑작스러운 만남을 가질 필요도 없었을 것이고, 이처럼 문전박대를 당할 일도 없었을 것이었다. 일단 건하가 졸업을 하고, 취직할 때까지만 기다렸다가 말씀드리려고 욕심을 부리다 오늘 같은 사태가 발생하고 말았다.

"아뇨. 선생님이 먼저 저에 대해 말한다고 하셨더라고 해도 제가 말렸을 거예요."

건하도 연수와 마찬가지로 좀 더 자리를 잡은 후에 인사를 드리려 했었다. 아니, 그런 욕심은 연수보다도 자신이 더 클 것이었다.

"선생님이 계속 그렇게 미안해하시면 저도 선생님한테 미안해야 하잖아요."

"네가 미안할 게 뭐가 있어?"

"많죠. 제가 선생님 제자였던 것부터 아직 졸업도 못하고 있는 거."

자신이 최소한 직장에라도 다니고 있었더라면, 하는 생각이 드는 건 어쩔 수 없었다. 서운하다기보다는 너무 갑작스럽게 닥친 일에 당황스럽고 아쉽다는 표현이 지금 제 마음에 어울릴 것 같았다.

"그게 뭐 미안할 거야? 시간 가면 다 해결되는 건데. 그리고 말했지? 이제 너 나한테 제자 아니라고."

"그러니까요. 아버님도 조금만 있으면 허락하실 테니까, 선생님이 저한테 미안할 건 없는 거죠."

"말은. 진짜 선생은 내가 아니라 네가 해야겠다."

"제가 이래 봬도 A+ 받은 일등 교생이잖아요."

지금 상황과는 전혀 맞지 않은 긍정적인 말에 연수가 웃음을 터트리고 말았다. 서로에게 미안해한다고 해결되는 건 아무것도 없었다. 이럴 때일수록 힘을 합쳐 견고한 양 교장의 벽을 뛰어넘어야 했고, 건하만 있다면 넘을 자신도 있었다.

"저 정말 괜찮아요. 그러니까 괜히 집에 들어가셔서 아버님께 대들거나 하지 마세요. 부모님한테 대드는 건 교복 입은 아이들이나 하는 겁니다."

평소 연수가 제 아버지를 얼마나 존경하는지 알고 있었다. 지금의 연수를 만들어 주신 분이기에 건하 또한 양 교장을 존경하고 있었다. 그렇기 때문에 두 사람 사이가 자신 때문에 멀어지는 것은 원하지 않았다.

"내가 알아서 할게. 어른스럽게."

"네. 들어가세요."

그렇게 말하며 멀어지는 건하를 멈춰 세운 연수가 그의 입술에 쪽 하고 키스를 해 주었다.

"앞으로 내 손 놓지 말라는 뇌물."

"이런 뇌물이면 천 번도 넘게 받겠는데요?"

"힘들면 말해. 이렇게 본드 발라 놔야지."

그러면서 또다시 까치발을 들어 건하의 입술에 도장을 찍었다.

이곳이 연수의 집 앞만 아니라면 이렇게 감칠맛을 느끼는 게 아니라 그대로 삼켜 버리고 싶었다.

"집에 도착하면 연락할게요."

하지만 오늘의 일도 연수의 집 앞에서 애정 행각을 벌이다 일어난 바, 같은 실수를 반복하는 바보가 될 수는 없었다.

"잘 가."

"네. 얼른 들어가세요."

들어가라는 말에도 연수는 고개만 끄덕이는 척하며 건하의 가는 뒷모습을 바라보았다. 연수가 들어가길 기다리듯 뒤로 걷던 건하가 자신이 얼른 가지 않으면 연수가 계속 서 있을 것이라 판단했던지 몸을 돌려 빠르게 걸음을 옮기기 시작했다. 언제나 건하가 자신을 집으로 데려다 줬기에 이렇게 오랫동안 건하의 뒷모습을 보는 건 처음이었다. 점점 사라지는 뒷모습에 이상하게 눈물이 나올 것 같았다. 코끝이 찡해지는 감정을 느끼며 연수는 절대 건하에게 뒷모습을 보여 주지 않으리라 다짐했다.

제11장

반대에 대처하는 우리들의 자세

 건하를 보내고 무거운 마음으로 집으로 들어온 연수가 곧장 양 교장이 있는 안방으로 향하려 했다. 교복 입은 아이들처럼 굴지 말라는 건하의 말대로 이성적으로 아버지에게 제 마음을 말씀드리고 설득할 생각이었다. 그런 마음과 달리 오늘 일로 속상해서일까 연수의 발걸음은 평소와 달리 격앙된 상태였다.

 연수네 집에 다시 한 번 매서운 바람이 불기 직전 그녀를 막은 건 안절부절못하는 얼굴로 거실에 서 있던 경화였다. 안방으로 쳐들어가려고 하는 딸을 잡아당겨 방에 밀어 넣은 경화가 문을 닫았다.

 "지금 아버지한테 무슨 말을 하려고? 너 진짜 머리 깎여서 쫓겨나고 싶어?"

 "아버지한테 드릴 말씀 있어."

"도대체 무슨 말을 하려고? 그 청년이 네 제자였다는 거 하나만으로도 네 아버지가 절대 네 말 안 들어 주실 거라는 거 알잖아."

해가 동쪽에서 뜨고 서쪽으로 지는 것만큼 연수의 집에선 진리와도 같은 사실이었다. 그걸 모를 리 없는 연수가 그 사실에 반기를 들려고 하자 집안에 분란이 커질까 경화가 불안한 표정으로 말했다.

"그게 도대체 왜? 법적으로 금지된 사이는 아니잖아. 그리고 이제 나한테 건하, 제자 아니야."

"얘가 뭐라고 하는 거야. 너 양연수 맞아?"

도저히 연수의 입에서 나온 것이라고 믿기지 않는 말이었다. 행동부터 성격, 생각까지 제 아버지를 쏙 빼닮은 연수였다. 선생으로서의 사명감을 양 교장에게서 그대로 수혈받은 연수는 '리틀 양 교장'이라 불릴 만큼 교직에 대한 생각이나 학생을 대하는 태도가 양 교장과 같았다. 그런 연수가 아무리 졸업을 했다고 해도 자신의 제자였던 사람을 다른 시선으로 보게 되었다는 것은 엄마인 경화에게도 크나큰 충격이었다. 그리고 그건 양 교장도 마찬가지일 것이었다. 그러니 평소대로라면 그 청년이 있는 자리에서 혈압이 올라갈 정도로 호통을 쳤을 양 교장이 그 어떤 말도 하지 못하고 방 안으로 들어가 버린 것이리라.

"그래. 뭐, 제자였다는 건 이해하고 넘어간다고 쳐. 근데 그 청년 아직 학생인 데다 너보다 다섯 살이나 어려."

제자라는 건 과거 일이라 넘어간다 치더라도 연수가 본인보다 5살이나 어리고 아직 취직도 하지 않은 학생을 만나는 것이 영 마뜩찮았다. 아무리 남자 만나는 데 관심이 없어도 연수 본인도 제

나이가 가볍게 사람을 만날 수 있는 나이가 아니란 걸 알 것이었다. 그런데 사회 초년생도 되지 못한 남자가 좋다고 고집을 부리니 속이 타들어 갈 수밖에 없었다.

"평생 학생인 거 아니잖아. 나이 차이는 생각도 안 날 만큼 어른스러워. 엄마도 나이답지 않게 어른스럽다고 했잖아."

"그거야……."

물론 예전에 자신이 그런 말을 한 적이 있긴 있었다. 하지만 그때는 연수의 제자로서 건하에 대해 말한 것이지, 연수의 남자로서 건하를 말한 것은 아니었다. 애초부터 전제가 다른데 저렇게 우긴다고 될 일은 아니었다.

"엄마, 그러니까 내 딸 제자였다, 어리다, 아직 학생이다, 이런 생각하지 말고 건하 한 번만 만나 줘. 미리 말씀 못 드린 건 정말 죄송해요."

"도대체 넌 그 청년이랑 어디까지 생각하고 있는 건데?"

애원 섞인 연수의 말에 한숨을 내쉰 경화가 진지한 표정으로 물었다. 당장에라도 헤어져라, 하는 소리가 나올 것 같았지만 언제나 자신들을 실망시키지 않은 딸이기에 믿어 주고 싶은 마음이 조금이지만 있긴 했다.

"아직 이야기해 본 건 아닌데, 가벼운 마음으로 만나는 건 확실히 아니야."

"그게 바로 제일 큰 문제인 거라고!"

역시나, 마음에 드는 답이 아니었다. 눈이 세모꼴로 변해서 자신을 노려보는 경화의 모습에 연수가 살짝 풀이 죽어 말했다.

"아직 졸업도 안 했는데, 결혼이니 뭐니 이야기 꺼내면 부담스러울까 봐……."

 분명 서로를 신중하게 만나고 있는 것은 맞았지만 아직까지 구체적으로 그에 대해서 이야기 나눠 본 적은 없었다. 건하를 믿지 못하는 것도 아니고, 괜히 조바심을 내서 건하의 마음을 무겁게 하고 싶지 않다는 생각 때문이었다. 하지만 그런 제 생각이 마음에 들지 않는지 경화는 인상을 찌푸렸다.
 "으이구, 이 답답아! 지금이야 서로 좋다고 해도 이제 사회 나가면 너보다 어리고 예쁜 여자 만날지도 모르고."
 "건하 그런 애 아니야."
 "네가 그걸 어떻게 알아!"
 짝!
 끝내 경화에게 등짝을 얻어맞고야 마는 연수였다. 불이 난 듯 뜨거워진 등을 만지면서도 연수는 뜻을 굽히지 않았다.
 "엄마, 그러지 말고 딱 한 번만 건하 만나 줘."
 "됐어. 네 아버지 알면 어쩌려고? 경을 치실 거다."
 앵돌아진 듯 등을 돌리긴 했지만 건하를 만나 확실히 할 건 해야겠다는 생각은 있었다. 남편인 양 교장과 달리 자신은 건하가 연수의 제자였기 때문에 안 된다는 강경파는 아니었다. 일단 졸업도 한 데다 연수 말대로 법적으로 금지된 사이도 아니었으니 말이다. 자신이 걸리는 문제는 아직 학생이라는 것 정도인데, 그것도 시간이 지나면 해결될 문제고 예전부터 들어왔던 건하의 이미지가 꽤 좋은 탓인지 덮어 두고 반대하기에는 망설여지는 부분도 있었다.
 "아버지 몰래 만나면 되지. 건하랑 약속, 잡을게?"
 무언가를 재어 보는 듯 말이 없는 경화의 눈치를 보던 연수가 조심스럽게 물었다. 묻는 말은 조심스러웠지만 경화를 바라보는 연수의 눈동자에는 조바심이 한가득이었다. 경화에게까지 내침을 당하면 앞으로의 일이 너무 힘들어질 것이었다. 그리고 무엇보다 제일 소중한 사람들이 자신을 포함한 서로로 인해 괴롭고 힘든 건 보고 싶지 않았다.

"그래, 일단 잡아 봐. 근데 너는 아직도 건하, 건하. 너한테 제자 아니라면서. 그 청년도 너한테 계속 선생님이라고 하던데."

"어? 버릇이 돼서."

물론 자신들도 교제를 시작하고 얼마 되지 않아 호칭을 어떻게 할 것인가 하는 문제로 대화를 나눈 적이 있었다. 하지만 오랜 버릇 때문인지 호칭을 바꾸는 것이 쉬이 되지 않았다. 자신과 달리 '연수 씨'라는 새로운 호칭을 개척한 건하도 사실 본인도 선생님이라는 호칭이 편하다고 고백을 해 온 바, 호칭 문제는 천천히 정리하기로 결정했던 것이었다.

"말에도 힘이 있는 거야. 이제 선생 제자 아니라면서 너희들이 그러고 있잖아."

"그럼 엄마, 우리 인정해 주는 거야?"

"그게 그 뜻이야?"

한 번 더 연수의 등짝을 때릴 듯 손을 올리는 경화의 행동에 연수가 몸을 납작 숙이며 미워하고 싶은 미소를 지었다. 저걸 어째야 해. 눈이 맞아도 하필이면 왜 제자랑 눈이 맞아. 착잡한 마음에 경화의 입에서는 절로 한숨이 새어 나왔다. 그래도 어쩌랴, 자식 이기는 부모는 없다는데. 한 번도 제 속을 썩인 적이 없는 연수였기에 자신이 그 말을 쓰게 될 줄은 정말 몰랐다.

❋ ❋ ❋

"오셨습니까."

연수가 안내한 한식당의 방으로 들어가니 잔뜩 긴장한 표정의 건하가 경화를 보고 꾸벅 인사를 했다.

"그래요. 잘 지냈죠?"

"네. 오시는 데 불편하진 않으셨습니까?"

"괜찮았어요. 앉아요. 키도 큰데 서 있으니 어지럽네."

"네."

경화의 말에 건하가 자리에 앉자, 연수가 쪼르르 건하의 옆에 앉았다. 그런 딸을 마음에 안 든다는 눈빛으로 보던 경화도 자리에 앉았다. 주문을 마칠 때까지 세 사람 사이에 오가는 대화가 없었다. 세 사람 모두 어떤 식으로 말을 꺼내야 하나 고민만 하다, 먼저 고민을 마친 경화가 먼저 입을 열었다.

"저번 일, 다시 한 번 사과할게요. 늦은 시간에 사람 불러서 너무 민망하게 만든 거 같아서."

"아닙니다. 놀라신 마음 충분히 이해합니다."

가식이 아니라 진짜 같은 말에 마음이 짠해진 경화였다. 건하 방문 이후로 집안 분위기가 시베리아 벌판보다 살벌해져서 그간 건하를 원망해 온 것과는 다른 문제였다. 이야기를 하자고 나서는 연수와 반대로 양 교장은 딸의 말을 들으려 하지도 않았다. 성격이 비슷한 두 사람이라 더욱 첨예하게 대립했고, 그로 인해 중간에서 죽어나는 건 경화 자신이었다. 게다가 연수가 조금만 늦게 들어올라 치면 난리를 치는 통에 사실 오늘 둘이서 나온 것도 꽤 힘든 여정의 시작이었던 것이다.

"그렇게 말해 주니까 고마워요. 우리 연수 아빠가 워낙 옹고집이에요. 게다가 이제껏 학교하고 제자들밖에 모르던 사람이라 더 그런 거 같아."

"네, 저도 아주 잠시지만 현직에 계신 선생님들을 보고 배운 적이 있습니다. 완벽하게 이해하진 못해도 조금은 알 것 같습니다."

비록 한 달이라는 짧은 시간이었지만 연수를 통해서도 마찬가지고, 다른 선생님들을 통해 제자들에 대한 애정과 책임감을 눈앞에서 보았다. 몇 개월이 지난 지금도 실습 때 보았던 아이들을 떠올리면 기분이 좋아지는데, 하물며 진짜 선생님들은 어떠랴. 연수가 말하는 '한 번 제자는 영원한 제자'라는 말의 뜻을 알 것도 같았다.

그런 것을 보면 연수가 자신을 남자로 봐 준 것은 정말 기적에 가까운 일이라 할 수도 있었다. 그랬기에 눈앞의 기적을 작은 장애물로 놓쳐 버릴 수는 없었다.

"그래요."

콩깍지 때문에 연수가 헛소리를 지껄인 건 아니었는지, 자신이 봐도 제 앞의 청년은 드러나지 않게 예의를 차릴 줄도 알고, 말과 행동에서 겸손이 묻어나는 것이 요즘 애들 말로 딱 자신의 타입이었다.

"학교는 재미있어요? 하긴 졸업 앞두고 정신없겠어요."

"네. 아무래도 취직을 준비하는 시기라 다들 정신이 없긴 합니다."

"요즘 취직하기가 하늘의 별 따기라는데. 그……."

"편히 부르십시오."

"음, 건하 군은 진로를 어느 쪽으로 생각하고 있어요?"

잠시 고민하던 경화가 건하의 호칭을 정하고 묻고 싶었던 질문을 했다. 어느새 핑퐁 대결처럼 두 사람은 왔다갔다 둘만의 대화를 나누고 있었다. 대화를 보며 연수는 적당히 끼어들어 분위기를 유하게 만들 생각이었는데, 생각만큼 타이밍이 만들어지지 않았다.

"그냥 제 적성에 맞는 회사에 취직하고 싶습니다."

"음, 지금 어디 이력서 넣어 놓은 데 있어요?"

"아…… 사실은 화영그룹에 이력서를 넣어 둔 상태입니다. 현재는 이차까지 합격한 상태고요."

"뭐, 정말?"

대화에 끼어들 타이밍은 갑작스럽게 찾아왔다. 건하의 말에 자신도 모르게 되물었던 연수가 민망한 듯 경화를 향해 어색한 웃음을 지었다. 아직 최종 합격도 아니고 괜히 허세 부리는 것 같아 연수에게도 말을 하지 않았으니 놀라는 것도 무리도 아니었다. 사실 최종 합격 할 때까지는 말을 아끼고 싶었지만 경화에게 조금이라도 잘 보이고 싶은 마음에 아직 정해지지 않은 일을 발설해 버리고 말았다.

"왜 얘기 안 했어?"

"최종 합격도 아닌데 떠벌리는 건 경솔한 것 같아서요. 혹시나 안 되면 실망하실 거고."

"그래도……."

서운한 듯 입을 삐죽이는 연수에게 미안하다는 미소를 보낸 건하가 경화 쪽으로 고개를 돌렸다. 건하의 말에 수긍한 표정으로 고개를 작게 끄덕이던 경화가 응원의 말을 해 주었다.

"잘됐으면 좋겠네요."

"네, 감사합니다.

"그럼 가족 관계는 어떻게 돼요?"

"부모님과 형님 한 분이 계십니다. 현재 세 분 모두 외국에서 생활하고 있으십니다."

역시 괜히 이야기한 걸까. 조금이나마 잘 보이려 드린 말씀인데, 어른이 보시기에 경솔해 보일 수도 있겠다 싶어진 건하가 등에서 흐르는 식은땀을 느끼며 힘겹게 대답을 마쳤다.

"혹시 이민 가신 건가?"

"아뇨. 저희 아버지께서 대학 교수로 있으신데 이번에 연구년이시라 진행 중이던 연구 마무리 겸 휴식을 위해서 어머니와 함께 나가게 되셨습니다. 형님께서도 현재 해외에서 박사 과정을 밟으시느라 나가 계시고요."

"한국에서 외롭겠네."

"시간 나는 대로 전화도 드리고, 부모님이나 형님께서도 자주 연락 주십니다."

건하의 말을 들은 경화가 인자한 미소를 지으며 금방이라도 터질 것 같은 경박스러운 웃음을 감췄다. 자식은 부모의 거울이라고, 건하의 모습을 보아하니 직접 뵙지 않아도 어른들의 인품은 안 봐도 비디오였고, 같은 교육자 집안이니 통하는 것도 많을 거다. 게다가 둘째 아들에 화영 그룹이라니. 화영그룹이라면 대한민국에서도 손가락 안에 드는 대기업이 아닌가. 아직 최종 발표는 나지 않았다 해도 면접관들의 눈이 발에 달리지 않은 한은 최종 발표까지 거침없이 나아갈 것이 분명했다.

이런 것, 저런 것, 그런 것까지 열심히 재 보던 경화가 스스로의 생각에 놀라 고개를 절레절레 저었다.

"엄마, 왜 그래?"

"어디 안 좋으십니까?"

"응? 아니에요, 아니야. 그냥 좀……."

갑작스럽게 몰리는 시선에 창피함을 느끼는데 다행히 방문이 열리더니 음식이 들어오기 시작했다. 그에 자신에게 꽂히던 시선이 사라지자 경화가 두 사람 몰래 안도의 한숨을 내쉬었다.

"음식이 정갈하고, 깔끔하니 잘 나오네."

"응. 여기가 그렇게 유명한 데래. 엄마랑 온다고 건하…… 씨가 삼 일 밤낮으로 검색한 거야. 엄마한테 맛있는 거 대접하고 싶다고. 얼마나 세심한지 몰라."

건하 씨? 귀에 꽂히는 생소한 호칭에 건하가 눈을 동그랗게 뜨며 바라보자 연수가 자신을 쳐다보지 말라는 듯 고개를 작게 저었다. 말을 하며 경화의 눈치를 보는 걸로 보아 호칭 때문에 한 마디 들었다는 것을 쉽게 예상할 수 있었다. 확실히 사제도 아닌 연인 사이에 선생님이라는 단어는 어울리지 않는 듯했다. 이미 버릇이 배인 선생님이라는 소리가 나오지 않도록 단단히 혀를 단속하는 건하였다.

"고마워요."

팔불출처럼 건하 자랑을 하는 연수를 찌릿하고 노려보았지만 대놓고 티를 낼 수는 없으니 하고 싶은 말을 꾹 참은 채 경화가 건하에게 고맙다는 인사를 했다.

"아닙니다. 입맛에 맞으실지 모르겠습니다."

"맛있겠는데, 뭐. 건하 군도 많이 들어요."

"네."

커다란 쟁반에 담겨서 들어온 음식들이 하나둘 상 위에 올려지자, 정말 상다리가 부러질 정도로 많은 음식들이 눈앞에 펼쳐졌다. 도대체 어디서부터 젓가락을 대야 할지 몰라 눈을 굴리는데, 그것을 기다렸다는 양 건하가 싹싹하게 음식을 권했다.

"어머니, 이거 좀 드셔 보세요."

"아, 고마워요. 잘 먹을게요."

깔끔하게 하얀 그릇에 올려진 고기 산적을 보니 저절로 침이 꼴깍 넘어갔다. 확실히 오래 알아보고 온 곳이라 그런지 모양새부터 미각을 자극하고 있었다.

"연수 씨는 이거 드셔 보세요."

"나 이거 싫은데?"

"요즘 가끔씩 눈 떨리신다면서요. 그게 채소를 안 먹어서 그런 거래요."

그리고 으레 있었던 일인 양 연수의 음식을 챙기는 건하의 모습을 유심히 지켜보았다. 나물을 싫다고 거부하는 연수를 보다 못한 건하가 아예 연수의 밥 위에 나물을 올려 주었다. 도대체 누가 전(前) 선생이고, 누가 전(前) 제자인지 모르겠다. 자신들의 앞에서는 언제나 어른스러운 척하는 딸이 어리광을 부리는 모습은 마치 처음 보는 것처럼 낯설었다.

"너는 창피한 것도 모르고 음식 투정이야? 건하 군, 저건 신경 쓰지 말고 먹어요."
 자신이 아는 것과는 다른 모습의 딸을 보다 못한 경화가 끝내 한소리를 하고 말았다. 신기한 건 신기한 거고, 자신도 있는데 어른스럽지 못한 연수를 그냥 두고 볼 수가 없었다.
"알겠어. 건하…… 씨도 얼른 먹어."
"네, 저도 먹고 있습니다."
 그렇게 식사를 하던 와중 어디선가 띠리링 하는 경쾌한 소리가 들렸다.
"응, 문 샘."
 그 경쾌한 소리가 제 휴대폰에서 나온 소리라는 것을 확인한 연수가 반가운 목소리로 전화를 받았다. 식사 중이라 곧장 전화를 끊으려던 연수가 전화기 건너편의 아영의 말에 눈을 반짝거리더니 아예 경화와 건하에게 양해를 구하고 전화를 받기 위해 문을 열고 나가 버렸다. 갑작스럽게 찾아온 두 사람만의 시간에 공중에는 어색함이 떠다녔다. 그런 어색함을 타파하고자 경화가 먼저 입을 열었다.
"건하 군 앞이라 그런가, 우리 애가 평소랑 좀 다른 거 같아요."
"아, 그런가요?"
"너무 어린아이 같아. 내가 건하 군한테 민망할 정도예요."
"전혀 그렇지 않습니다. 아직도 제가 연수 씨에게 배우는 게 많습니다. 아, 그건 저희가 선생과 제자 사이라서 그런 게 아니라 그러니까……."
 배우니 어쩌니 하는 말은 안 그래도 사제지간이었던 자신들을 강조하는 말 같아 이야기를 뱉고 후회하고 말았다. 평소에 청산유

수까지는 아니더라도 상대가 어떤 사람이든 필요하다고 생각되는 제 뜻을 가감 없이 잘 전달해 왔다고 자부했지만, 긴장 때문인지 오늘만큼은 그 능력이 발휘되지 않았다.
"당황하게 하려고 한 말이 아니었는데, 미안해요."
"아닙니다."
마른 목에 물을 들이켜는 건하를 지켜보던 경화가 차분히 이야기를 시작했다.
"교제 시작한 지 육 개월 정도 됐다고 들었어요."
"네."
경화가 자신에게 무슨 이야기를 할지 몰라 건하는 가만히 고개를 끄덕였다. 무슨 이야기를 하시든 흔들리지 말자 다짐하는 건하와 달리 경화는 착잡한 마음으로 연수의 말을 떠올렸다.

'엄마, 나도 쉽게 받아들인 거 아냐. 밀어내려고 진짜 노력 했어. 근데 내 마음이 내 마음대로 안 됐어. 내가 미쳤다 싶은데도 내 마음이 말을 안 듣고 그 사람한테 가는 걸 어떡해. 나 때문에 그 사람 많이 힘들었어. 그리고 이제 내가 아파서 그 사람 아프게 못하겠어. 그러니까 엄마, 엄마라도 우리 이해해 주면 안 돼?'

교제를 시작한 시점이 실습 즈음-어쩌면 실습 기간일지도 모른다.-이라는 이야기를 듣고 연수에게 한바탕 퍼부었더니 울먹이는 목소리로 했던 말이었다. 자신이 연수를 키운 세월이 얼마인데, 연수가 쉽게 건하에게 마음을 열었을 거라 생각하지 않았다. 그건 아마 건하도 마찬가지리라. 분명 안타까운 마음도 있었지만, 완벽하게 받아들여지지 않는 것은 부모의 못난 마음이었다.

"사실은 오늘 만나서 두 사람이 헤어졌으면 좋겠다고 말하려고 했어요."

물론 건하가 마음에 들지 않는 것은 아니었다. 어디 흠잡을 데 없는 외모, 적당한 겸손에 어디서든 본인 능력을 충분히 발휘할 실력을 갖춘 사람을 마다할 부모가 어디 있겠는가. 거기다 연수를 바라보는 시선이나 살뜰히 챙기는 것만 봐도 평소에 얼마나 다정하게 대할지도 눈에 보이는 것 같았다. 하지만……

"아직 건하 군이 우리 연수 짝으로 어떨지 확신이 안 선다고 해야 하나. 건하 군이 부족하다는 게 아니라 부모 된 욕심으로는 우리 연수가 얼른 건실한 사람 만나서 가정을 꾸렸으면 하거든요. 그래서 말인데, 솔직하게 말해 줄래요? 우리 연수랑 어디까지 생각하고 있어요?"

누구나 그렇겠지만 절대 가벼운 의미의 질문이 아니었다. 특히나 아직 세상 경험이 부족한 건하에게는 연수의 말대로 부담 그 자체인 질문이기도 할 것이다. 하지만 이 문제를 확실히 짚고 넘어가야 아직까지 중도를 지키고 있는 자신이 연수 편에 설지, 남편 편에 설지 정할 수 있었다.

"이런 대답이 어떻게 들리실지 모르겠지만……"

실의 양쪽을 커다란 힘으로 단단히 당기는 것처럼 팽팽한 긴장감이었다. 어느새 굳은 표정의 건하가 경화의 얼굴을 마주 쳐다보았다. 말을 끊고 숨을 크게 내쉰 건하가 입을 열었다.

"전 연수 씨와 아주 먼 미래까지 생각하고 있습니다. 절대 어린 녀석의 치기나 오기는 아닙니다. 백 번, 아니 천 번 넘게 고민해 봐도 제 옆에 있어 줬으면 하는 사람은, 제 옆에 있을 사람은 연수 씨밖에 없습니다."

"그래요?"

면접 때도 안 할 오그라드는 포부를 밝혔음에도 경화는 애매한 미소를 지을 뿐이었다. 제 대답에 대한 만족인지 곤란함인지 그 의미가 선뜻 잡히지 않았다.

"먼 미래라고 하면 결혼을 말하는 거죠?"

"네. 연수 씨가 부담스러울까 봐 아직 말은 못했지만요."

"누구랑 똑같네."

"네?"

"아니에요. 솔직하게 말해 줘서 고마워요."

사실 건하까지 연수와 같은 생각을 가지고 있을 거라 예상하지 못했는데, 의외였다. 하긴 편하게 만나는 사이였다면 자신 앞에서 이렇게 안절부절못하진 않았을 거란 생각도 들었다. 결론은 서로 눈치를 보느라 깊은 이야기는 하지 못하고 있다는 거였다. 두 사람의 마음을 확실히 알게 되어 다행이다 싶으면서도 두 사람을 떼어 놓기가 쉽지 않겠다는 생각에 곤란함이 느껴지기도 했다.

두 사람 모두 여러 생각으로 복잡한 심경을 겪고 있는데, 스르르 방문이 열리며 연수가 민망한 웃음을 지으며 나타났다.

"죄송해요. 저 없이 대화 좀 나누셨어요?"

"너는 밥 먹다가 뭐 하는 거야?"

"수업 관련해서 문 샘이랑 급하게 해야 할 이야기라서."

수업 때문에 그런다는데 더 이상 잔소리를 할 수 없으니 경화는 얼른 앉아서 밥을 먹으라고 채근했다.

다시 시작된 식사. 가만히 건하를 바라보던 경화가 제 앞의 반찬 그릇을 건하 쪽으로 밀어 주었다.

"유 서방, 이것 좀 먹어 보게나."

"네?"

"엄마!"

유 서방? 급작스러운 호칭 변화에 건하의 표정이 멍해졌다. '건하 군'이라는 호칭만으로도 감지덕지였는데, 유 서방이라니. 서방이라는 단어가 이렇게 감격적인 단어인 줄은 꿈에도 몰랐다. 그건 옆에선 연수도 마찬가지였는지 메인 목을 가라앉히려 헛기침을 하고 있었다.

"왜? 싫어요?"

"아닙니다. 정말 좋습니다! 잘 먹겠습니다!"

그럴 리가 있겠냐는 듯 고개를 저은 건하가 경화가 준 반찬을 집어 한입에 넣었다. 예고도 없이 들어온 음식에 놀란 목구멍이 구멍을 제때에 열어 주지 않아 사레가 걸린 건하가 콜록콜록 기침을 하기 시작했다. 얼굴까지 시뻘개져서 기침을 하는 건하의 모습에 경화와 연수가 걱정스러운 듯 그를 바라보았다. 이내 음식을 꿀꺽 삼킨 건하는 민망한 표정으로 두 사람을 쳐다보았다. 서로 번갈아 가며 눈을 마주치다 끝내 세 사람 모두 한꺼번에 웃음이 터졌다. 한결 편안해진 분위기에 세 사람의 웃음은 쉬이 멈출 생각을 하지 않았다.

※ ※ ※

수업이 없는 시간 건하에게서 온 전화를 받는 연수의 얼굴에 그리움과 반가움이 가득했다.
"오늘 나 데리러 온다고?"
-네. 못 본 지 꽤 됐잖아요. 오랜만에 얼굴도 보고.
"아예 만나서 저녁 먹고 영화도 보자."
-집에 일찍 들어가셔야 하잖아요.
"그럼 진짜 나 집에 데려다 주고만 가려고? 그러려면 여기까지 뭐하러 와?"
　되레 황당해 되묻는 말에 건하는 웃음기 묻어나는 목소리로 대답했다.
-괜찮아요.
　괜찮긴, 내가 안 괜찮다고. 건하와 경화가 무슨 대화를 했었는지 아무리 물어도 대답해 주지 않아 여전히 미스터리로 남아 있었지만, 어쨌든 그의 활약으로 경화의 허락을 받아 낸 지금도 상황이 바뀐 건 없었다. 다수결로도 어떻게 하지 못할 만큼 양 교장의 고집은 태산 같았다.

'오늘부터 학교 끝나면 어디 가지 말고 집으로 바로 오너라.'
'아버지, 그러신다고 제 마음 안 변해요.'
'시끄럽다. 잔말 말고 내가 하라는 대로 해.'

　제 말은 들으려고 하지도 않으시고 건하를 못 만나게 할 요량으로 학생 때 이후 사라졌던 통금까지 부활시키셨다. 그 후론 출근하는 것을 제외하고는 집에서 나가는 것, 전화 한 통 하는 것도 양 교장의 통제에 따라야 했다. 연수와 경화가 아무리 말을 해 봐도 양 교장은 전혀 움직일 생각도 하지 않았다. 그런 이유로 경화와 함께 만난 이후로 두 사람은 얼굴은커녕 학교에서 잠깐씩 통화하는 것도 큰 이벤트 같았다. 그나마 다행인 건 자신과의 만남이 어려워져 건하가 면접 준비에 열을 올릴 수 있게 된 것이랄까. 뭐가 됐든 불만은 차곡차곡 알뜰히도 쌓이고 있었다.

물론 제 나이가 몇인데 아버지 말 한 마디에 이리저리 휘둘려 정신을 차리지 못하고 있겠는가. 그럼에도 자신이 답답함을 참아 가며 아버지의 뜻을 따르는 것은 누구보다 제 부모님께 자신과 건하의 사이를 인정받고 싶었고, 아버지인 양 교장을 누구보다 믿고 있었기 때문이다. 지금은 자신이 제자였던 건하를 만난다는 사실에 충격을 받으셔서 크나큰 실망감으로 그러시겠지만 시간이 지나면 자신들을 온전히 봐 주실 거라, 사람 보는 눈이 남다른 분이시니 나중이 되면 분명 건하를 마음에 들어 하실 거라 자신하고 있었다. 생각보다 그 과정이 힘들긴 했지만 버틸 수 있었다. 다만······.

-또 저한테 미안하다고 하려고 했죠? 사실은 요즘 너무 바빠서 선생님 얼굴 볼 수 있다고 해도 제가 시간이 안 나요. 오히려 저는 아버님 덕분에 좋은 핑계 생긴 거라고요.

미안하다는 생각을 하지 않으려 해도 비 온 뒤 죽순처럼 건하만 대하면 미안하다는 감정이 솟아올랐다. 그리고 그런 제 마음을 귀신 같이 읽어 낸 건하의 장난스러운 말에 연수가 피식 웃음을 흘리고 말았다.

"그렇게 바쁘면 안 오셔도 되는데요."

―바쁘긴 한데, 선생님 너무 안 보니까 눈에 가시 생길 거 같아서요.

"그래? 눈에 가시 생기면 안 되지. 오늘 수업 얼른 끝내고 나갈게. 차라도 한 잔 마시자."

―그렇다고 수업 대충 하시면 안 됩니다.

"날 뭐로 보고?"

―하긴, 그것도 그러네요. 그럼 학교 도착하면 연락할게요.

"응, 조심히 와."

더 하고 싶은 말이 있었지만 장소도 장소고, 얼굴을 보고 하려고 말을 꾹 집어넣는 연수였다. 요 근래 늦게 흐르기만 하던 시간이 오늘만큼은 빨리 가기를 바랐다.

"응, 나 지금 학교 건물 나왔어. 조금만 기다려."

―천천히 나오셔도 돼요.

그렇게 빨리 가길 바랐지만 오늘은 평소보다도 한 10배 정도는 늦게 가는 것 같은 시간을 견디고 얻어 낸 기분 좋은 순간이었다. 수업이 끝나자마자 선생님들께 인사도 하는 둥 마는 둥 하며 교무실을 나온 연수가 재게 발을 놀려 건하가 기다리고 있다는 곳을 향해 달려가듯 발을 움직였다. 1초라도 더 빨리 그의 얼굴을 보고 싶었다. 사랑의 힘은 놀라운 것인지 느린 걸음의 선도자 연수가 건물을 나온 지 단 몇 분 만에 교문에 당도했다. 교문에 도착해 건하의 차를 찾던 연수는 휴대폰 진동을 느꼈다. 당연히 건하겠거니 싶었던 연수가 발신 번호도 확인하지 않고 전화를 받았다.

"여보세요. 지금 어디……."

-연수야.

"아버지."

 전화 건너편에서 들리는 목소리는 건하의 것이 아닌 제 아버지의 것이었다. 너무도 갑작스러운 전화에 어안이 벙벙해 있는데 어디선가 빵빵 하는 클랙슨 소리가 들렸다. 소리에 놀라 고개를 돌리자 그곳엔 연수는 처음 보는 차의 뒷좌석에 앉아 계신 아버지가 있었다.

"아버지, 여긴 어쩐 일로······."

 갑작스러운 아버지의 출현에 놀랐기도 하고, 반갑기도 하고. 여러 감정이 섞인 기분에 말을 잇지 못하는데 어느새 차에 내린 양 교장이 연수에게 물었다.

"학교 수업은 끝난 거지?"

"네? 네, 근데 이 차는······."

 탁.

 이번에도 차 문이 열리고 닫히는 소리에 연수는 말을 끝맺지 못했다. 양 교장에게서 시선을 떼고 바라본 곳에는 말쑥한 슈트 차림에 어쩐지 잔뜩 긴장한 표정의 젊은 남자가 서 있었다. 차의 운전석에서 내리는 것으로 보아 이 차의 주인인 듯싶었지만, 연수는 처음 보는 남자였다.

"여기는 우리 학교 수학 선생, 신한욱 선생."

"처음 뵙겠습니다. 신한욱입니다."

"아, 안녕하세요. 양연수예요."

 가까이 다가온 한욱이 손을 내밀자 연수가 얼떨결에 그의 손을 잡고 악수를 했다. 도대체 어떻게 된 일이냐 눈으로 묻는 의미를 알아들은 양 교장이 간단히 이 상황을 설명해 주었다.

"오늘 갑자기 차가 고장이 나서 신 선생한테 신세를 졌거든."

"그러셨어요? 감사합니다."

"아닙니다. 신세는요, 당연한 거죠."

한욱의 말을 들으며 연수가 쓴웃음을 삼켰다. 한눈에 보아도 차가 고장 났다는 것은 핑계고 한욱을 연수에게 소개시키려고 하는 양 교장의 뻔한 수가 보였다. 설사 진짜 양 교장의 차가 정말 고장 나서 한욱의 차를 얻어 탄 거라고 하더라도 양 교장은 미안하다며 바로 집으로 갈 성격이지, 구태여 딸까지 태워 가겠다며 연수가 일하는 곳까지 올 사람이 아니었다.

일단 상황 판단을 마친 연수가 빠르게 눈을 돌렸다. 저 멀리 건하가 타고 온 것으로 보이는 검은색 자동차가 보였다. 지금 이 상황을 건도도 보고 있을 거라는 생각에 식은땀이 났다.

"일단 타거라. 내가 이 친구한테 저녁을 사 주기로 했거든. 너도 같이 가면 좋을 거 같아서 여기까지 와 달라고 부탁했다. 신 선생도 얼른 타게나."

"네."

"아뇨, 아버지. 저 오늘······."

양 교장에게 약속 있다는 말을 하고 이 자리를 피하려 하는데, 연수의 가방 안의 휴대폰이 몸이 떠는 것이 느껴졌다.

"잠시만요. 여보세요?"

-대답하지 마시고, 제 말만 들으세요. 저 괜찮으니까 그냥 아버님 따라가세요. 같이 가자고 하시는 거 맞죠?

"그래도······."

-저보다 아버님이 먼저죠. 집에 도착하면 전화 주세요. 끊을게요.

연수가 더 말할 새도 없이 전화는 끊겼다. 괜찮다는 말이 이렇게 미운 말인지 몰랐다. 예전에 그토록 고마웠던 괜찮다는 말에 이제 노이로제에 걸릴 판이었다. 하지만 더 화가 나는 건 누군가의 속마음을 감춰 주는 그 말에 자신은 아무것도 해 줄 수 없다는 것이었다.

"누구 전화야?"

"건하 씨요."

"뭣이?"

"오늘 만나기로 했었거든요."

연수의 말에 발끈해서 소리를 치려던 양 교장이 다행히도 이미 차에 탄 한욱을 떠올렸던지 침착함을 찾으려 숨을 깊게 쉬었다. 연수가 수업이 끝나는 시간을 계산해 연수의 퇴근 시간을 관리하고 있었는데도 자신의 눈을 피해 두 사람이 만나고 있었던 것인가 의심이 고개를 들 무렵 연수가 그 고개를 눌러 버렸다.

"정말 오랜만에 얼굴 보려고 했던 거였어요. 아무것도 안 하고 그냥 절 집까지 데려다 준다고 여기까지 온 거고요. 그런데 자기 때문에 아버지 곤란해지실까 봐 그냥 간다네요. 다 봤을 텐데."

이야기를 마치며 연수가 차 안의 한욱을 바라보자 열없는 생각이 들었던 양 교장이 헛기침을 했다. 연수의 마음과 상관없이 멋대로 사람을 소개시키려는 제 행동이 어른답지 못했다는 것과 말에서 느껴지는 연수의 은근한 원망에 슬그머니 창피함이 몰려왔다. 하지만 짐짓 아무렇지 않은 척 표정을 굳히며 연수에게 차에 타라고 말했다. 내심 싫다며 가 버리면 어쩌나 걱정했지만 연수는 별말 없이 차에 올라탔다. 연수의 그런 행동이 자신을 위하는 것이라기보단 그 건하라는 녀석의 넘치는 배려를 위해서라는 것을 알았지만 애써 생각하고 싶지는 않았다.

하필 와도 왜 이곳인 걸까. 낯익은 한식당의 간판이 보일 때부터 느낌이 좋지 않았다. 음식이 나오길 기다리면서도 계속 속으로 한숨을 삼켜야 했다. 한욱이 잘 아는 곳이 있다고 양 교장과 연수를 데려온 곳은 얼마 전에 건하와 경화와 왔었던 그 한식당이었다. 건하의 말대로 유명하기는 한 곳인지 참 자주 온다 싶었다.
"한식 좋아하십니까?"
"네? 네."
연수의 단답형 대답에 민망해진 한욱이 뒷목을 긁적였다. 안 좋은 일이 있는 것인지 차에 탈 때부터 기분이 안 좋아 보이는 상사 딸의 모습에 잘못한 것도 없이 사고를 치고 혼나기 직전의 학생처럼 마음이 무거웠다.
"젊은 사람들끼리 이야기들 좀 하고 친하게 지내 봐. 같은 선생이니 통하는 것도 많지 않겠나."
"네, 그렇죠. 하하."
보다 못한 양 교장이 거들었지만 달라지는 건 없었다. 말을 시키지 않으면 조가비처럼 다물린 입술을 절대 열지 않는 연수 때문에 분위기는 점점 산으로 가고 있었다. 평소대로라면 양 교장이 나서지 않아도 연수가 나서서 편안한 분위기를 만들려 했겠지만 지금 그녀에게 그런 여유가 없을 리 없었다. 연수가 양 교장을 위해 할 수 있는 일은 애써 아무렇지 않은 척하려 했던 건하의 목소리를 떠올리면서도 눈물을 참는 것뿐이었다.
"잘 먹겠습니다."
"그래, 많이 먹게나."
 그나마 냉랭했던 분위기는 음식이 하나둘 나오기 시작하자 조금 완화되기 시작했다. 아니, 정확히는 대화 없이 멀뚱히 앉아만 있다가 음식이 들어오면서부터 대화를 하지 않아도 먹는 소일거리가 생기니 마음이 한결 편안해진 것이었다.
"음식이 입에 맞으십니까?"
"네, 전에 와 본 적 있어요."
 이 식당 들어와서 처음으로 듣는 다섯 음절 이상의 말이었다. 묵언 수행을 끝낸 스님에게 말 거는 것처럼 반가운 마음으로 입을 열었다.
"아, 그러시군요."
"네, 전에 제 애인이랑 왔었어요. 애인이 한식을 좋아하거든요."
"아…… 네."
"흠흠."
 이번에 말을 잃은 쪽은 한욱이었다. 자신도 모르게 양 교장 쪽을 바라보니 연수의 대답에 잔뜩 심기가 어지러워진 양 교장이 불쾌한 듯 헛기침을 하고 있었다. 도대체 이게 뭔지. 한껏 굳어진 맞은편 부녀의 표정을 보며 오늘 고심 끝에 풀어냈던 이차함수 문제가 자신을 더욱 반겨 줄지도 모른다는 자괴감에 한욱은 입안이 까끌해짐을 느꼈다.

"도대체 뭐하자는 거야?"

 현관문을 열고 거실에 들어오자마자 참았던 화를 터트리고야 마는 양 교장이었다. 분명 기분이 상했을 텐데도 상사인 양 교장의 얼굴을 봐서였는지 한욱은 두 사람을 집 앞까지 무사히 모셔다 주고 제 집으로 돌아갔.

 들어오자마자 노발대발하는 양 교장의 모습에 방에서 나오던 경화가 그 자리에 멈춰 섰다. 이제껏 한 번도 본 적 없는 부녀지간의 의견 대립이었다.

"아버지야말로 어떻게 그러실 수 있으세요? 아버지 멋대로!"

 양 교장은 연수에게 실망을 했는지 모르지만 오늘 연수도 나름대로 양 교장에게 큰 실망을 한 상태였다. 아무리 자신과 건하 사이를 반대하더라도 제 마음이 그에게 가 있는 걸 아시는 분이 어떻게 다른 사람을 소개할 생각을 하실 수 있는지. 이제까지 조금만 시간이 지나면 아버지가 자신들을 이해해 줄 것이라 믿었던 게 다 허사였다. 그 믿음 하나로 버텼는데 그것마저 사라지니 절로 감정이 북받쳤다. 그리고 오늘 일로 건하가 받았을 상처가 떠올라 태어나서 처음으로 아버지가 원망스러웠다.

"내 멋대로? 너 아직도 정신을 못 차렸어?"

"아버지는 아버지 보고 싶은 것만 보세요? 제 마음 좀 봐 주세요."

"네 마음? 네 마음이 고작 네 제자였던 녀석 만나는 게야? 다른 사람도 아니고 네가?"

 눈에 넣어도 아프지 않을 딸이, 언제나 자신에게 자랑스럽기만 하던 딸이 하는 말에 양 교장은 숨이 턱 막힐 지경이었다. 가끔씩 텔레비전이나 신문을 보다 보면 등장하곤 하는 사제지간의 사랑 이야기는 양 교장에겐 절대 이해하지 못할 그 무언가였다. 제자를 올바른 길로 인도하는 것이 얼마나 힘든데, 그런 일을 해야 하는 선생이 제자를 마음에 담다니. 제자야 어리니까 치기 어린 마음으로 그런다 치지만 어른이 돼서 제자에게 몹쓸 마음을 품는 선생은 같은 선생으로도 여기고 싶지 않았다. 칼날같이 선생의 자격을 논하며 다시는 다른 제자들 앞에 세워서는 안 된다고 생각했는데, 지금 제 딸이 선생의 자격을 논해야 하는 대상이 돼 버린 것이다. 양 교장의 입장에서는 결코 유하게 받아들여지지 않았다.

"이제 건하 씨 제 제자 아니에요! 그걸 왜 모르세요!"

"호칭 똑바로 못해! 선생이 돼서 그게 할 말이야?"

"네, 못해요. 아니, 이제 못하겠어요. 아버지, 아버지가 저한테 실망하신 거 알아요. 저도 처음엔 저한테 실망 많이 했으니까요. 그런데 아무리 정신 차려라, 너는 선생이다 외쳐도 이 마음이 사라지질 않아요. 아버지 제자분들 마음 헤아려 주시는 것처럼 제 마음도 조금만 헤아려 주시면 안 돼요?"

"어디서 말 같지도 않은 소리를! 그게 헤아린다고 될 문제야?"

연수의 마음을 헤아려서 될 문제였다면 자신이 오늘 같은 행동을 할 필요도 없었다. 지금 연수는 그저 제 잘못을 알지 못하고 고집 부리며 반항하는 학생 같았다. 그 답답함에 양 교장이 한 번 더 일갈하려는데, 연수의 말이 더 빨랐다.

"아버지가 항상 그러셨잖아요. 너한테 좋은 사람 만나라고. 저한테 좋은 사람, 건하 씨밖에 없어요. 전 아버지 딸이잖아요!"

선생님이기 이전에 아버지이지 않느냐는 말이었다. 생각지도 못한 연수의 말에 양 교장이 흠칫 어깨를 떨었다.

"아버지가 집 나간 제자 찾는다고 정신 없으셔서 제 생일 잊어 버리고 그냥 넘어가도 괜찮았고요, 아버지 학교 일 때문에 제 운동회나 졸업식 못 오셔도 한 번도 서운하다거나 섭섭한 적 없었어요. 아버지는 선생님이시니까, 오히려 당연한 거라고 생각했어요. 그런데 지금은 아니어야 하는 거잖아요. 딸이 사랑하는 사람을 데려와도 아버지는 아버지보다 선생님이 먼저예요? 아버지, 전 아버지 제자가 아니라 딸이에요."

제가 그 사람이랑 있어야 행복해요. 아버지는 딸의 행복이 먼저여야 하는 거잖아요.

눈물을 뚝뚝 흘리며 이어지는 연수의 말에 양 교장의 눈빛이 강하게 흔들렸다. 언제나 가족보다는 제자들이 먼저였고, 아버지보다는 선생님이 우선이었다. 한 번도 그것이 잘못된 것이라 여겨 본 적이 없었고, 연수 또한 그런 제 모습을 존경한다고 말해 주었다.

하지만 지금은 그런 제 생각이 연수를 울리고 있었다. 그것도 보는 아버지가 작아질 만큼 너무 서럽게. 울고 있는 연수에게 아버지로서 해 줄 말을 떠올리려 하는데, 생각나는 말은 하나같이 선생님으로서의 말이었다. 지금의 연수에게 그 말들을 할 수 없었던 양 교장은 할 말을 잃은 사람처럼 울고 있는 딸을 바라보고 있을 뿐이었다.

울지 말라고 토닥이는 경화의 품에서 한참을 울다 정신을 차리니 어느새 양 교장은 방 안에 들어간 상태였다. 감정이 복받쳐 우는 연수를 양 교장은 방 안에 들어가기 전까지 아무 말 없이 바라만 보고 있었다. 처음 집에 들어와 연수에게 윽박을 질렀던 그 기세는 완전히 사라져 흔적조차 찾기 힘들었다.

두 사람의 말을 들으며 두 사람의 마음을 모두 알 것 같았던 경화가 안타까운 표정으로 양 교장에게 방 안에 들어가라 눈짓했고, 양 교장은 별다른 말을 하지 않고 방으로 향했다.

"목 다 나갔겠다. 내일 수업이나 할 수 있겠어?"

눈물범벅인 연수의 얼굴을 닦아 주며 묻자 연수가 작게 고개를 저었다.

"얼른 들어가서 쉬어."

"죄송해요."

"됐어. 자기 전에 유 서방한테 전화라도 한 통 해 주고."

그러고 보니 건하도 학교 앞에서 그런 이야기를 했다는 것이 기억났다. 힘없는 미소를 지으며 고개를 끄덕인 연수가 힘겹게 몸을 일으켰다. 그 모습이 안타까웠던지 경화가 연수의 몸을 부축해 방 안까지 들어왔다.

"연수야."

털썩 침대에 앉은 연수를 보던 경화가 제 딸의 이름을 불렀다. 그 부름에 대답하듯 연수가 쳐다보자 착잡한 표정의 경화가 물었다.

"아버지가 너 많이 생각하는 거 알지?"

끄덕끄덕.

별말 없이 고개를 위아래로 흔드는 연수를 보며 경화는 안도의 한숨을 내쉬었다. 하고 싶은 말이 많았지만 오늘은 그날이 아닌 것 같았다.

"그래, 그거 알면 됐어. 나중에 얘기하자."

"네."

그렇게 경화는 연수의 방을 나갔다.

경화가 방을 나서자마자 연수는 가방 안의 휴대폰을 꺼냈다. 언제 그렇게 전화를 한 것인지 꽤 많은 부재중 통화가 액정 화면에 떠 있었다. 당장이라도 전화를 해 주고 싶은데 건하의 목소리를 듣자마자 또다시 눈물이 쏟아질 것 같아 쉽사리 통화 버튼을 누를 수 없었다.

그렇게 연수가 통화 버튼을 눈앞에 두고 고민하는데 띠링 하고 메시지가 오는 소리가 들렸다.

[무슨 일 있으신 건 아니죠? 시간 나면 언제든지 전화하세요. 그리고 제가 생각해 봤는데요, 역시 그냥 가만히 기다리는 건 제 성격에 안 맞는 거 같아요. 내일부터 아버님 마음 돌리는 데에 온 힘을 다할 생각이니까 아버님께 각오하시라고 전해 주세요.]

안절부절못하며 제 전화를 기다리다 끝내 문자를 보낸 모양이었다. 말은 하지 않아도 오늘 일로 건하도 여러 생각을 했던지 꽤 강한 각오가 적힌 문자였다.

서글프게 울었던 것이 언제였냐는 듯 작은 미소를 지으며 연수가 그대로 제 몸을 침대 위에 던지듯 눕혔다. 누운 그대로 연수는 한참이나 건하가 보낸 메시지에서 시선을 떼지 못하고 있었다. 그렇게 한참이나 말이다.

제12장

마음 낚기

끝내주는
제자

 출근 준비를 마치고 식탁에 앉으려던 양 교장이 비어 있는 연수의 자리를 보고 몸을 멈칫했다. 그런 남편의 움직임을 용케 읽어 낸 경화가 연수의 행적을 알려 주었다.
"연수는 오늘 일찍 출근한다고 나갔어요."
"누가 물어봤어?"
"궁금한 거 아니었어요?"
"궁금하기는."
 마뜩찮은 척 말하긴 했지만 한 사람이 빠진 식탁이 신경 쓰이는지 숟가락을 드는 양 교장의 표정은 좋지 않았다. 아침마다 자분자분 이야기하며 아침 식사 자리를 이끌어 가던 딸이 없으니 밥을 먹는 것도 영 심심했다.
 아침의 소소한 재미를 잃고 말없이 밥만 먹던 양 교장이 경화를 보며 잠시 망설이는 표정을 짓다 지나가는 투로 슬쩍 물었다.
"연수한테 그 녀석 얘기 들은 거 있어?"

자신이라고 딸의 울부짖는 소리를 듣고 마음 편히 잘 수 있었을까. 연수의 말대로 딸이 처음으로 마음에 둔 남자라고 데려온 것이었는데, 사람 됨됨이를 알아보기도 전에 제자라는 이유로 보려고조차 하지 않았다. 하루아침 새에 사제지간의 연분을 이해하게 된 것은 아니었으나 처음부터 벽을 치고 기회조차 주지 않으려 한 것은 연수나 그 청년의 입장에서 억울한 처사일 것이라는 생각이 들긴 했다.

"그 녀석? 아, 우리 유 서…… 건하 군이요?"

자신이 그 청년에 대해 묻자마자 눈이 반짝이며 말하다 멈칫하는 경화의 모습에 양 교장의 눈이 가늘어졌다.

"우리 유 서, 그다음 말이 뭐야? 설마 방은 아니지?"

"왜 아니유? 우리 유 서방, 얼마나 정감 있어?"

어차피 걸린 거 당당해지자 마음먹었던지 경화가 부러 고개까지 쳐들며 하는 말에 양 교장이 어이없는 헛웃음을 짓고 말았다. 그 녀석이 제 딸도 모자라 제 아내까지 구워삶은 모양이었다.

"딸 제자한테 서방이라고 하고 싶어?"

"누가 제자예요? 연수 말 못 들었어요? 이제 제자 아니라잖아요. 그리고 우리 연수가 그 정도 남자 만나는 게 쉬운 줄 알아요? 얼굴 잘생겨, 성격 좋아, 집안 괜찮아. 물어보니 이번에 화영그룹에 이차 시험까지 떡하니 붙은 걸로 봐서 능력까지 있더만. 이제 면접만 보면 될 텐데, 당신이 봐도 면접장에 우리 유 서방 딱 나타나면 빛이 번쩍번쩍 나지 않겠어요? 그냥 합격이지. 솔직히 요즘 나이 어린 게 문제가 되는 줄 알아요? 일부러 연하 찾는 여자들도 있다는데."

"엄마라는 사람이 그런 말을 하고 싶어? 우리 연수가 어때서! 그리고 나 몰래 언제 만난 거야?"

딸인 연수를 두고 건하에게 부족하니 어쩌니 지껄여 대는 경화의 말에 불뚝 화가 솟은 양 교장이 먹던 숟가락을 놓으며 소리치고 말았다. 전에도 몇 번인가 그 녀석의 편을 들기에 말도 못 꺼내게 해 놓았는데, 오늘 자신에게 하는 꼴을 보니 그 녀석에게 넘어가다 못해 엎드릴 판이었다. 어린놈이 얼마나 영악한 건지 제대로 만나 보기도 전에 점수가 깎였다.

"저번에요. 연수가 하도 간곡하게 말해서. 딸이 눈물 뚝뚝 흘리면서 말하는데 별수 있어요?"

하긴 어제 자신도 연수의 눈물에 맥을 못 추고 후퇴하지 않았던가. 대놓고 표현하진 못해도 연수 바보인 자신은 아무리 마음에 들지 않더라도 연수가 좋다고 물고 넘어지면 그 녀석의 상대도 안 될 터였다.

"연수 아빠, 연수가 우리한테 뭐 해 달라 부탁한 적이나 있어요? 우리 말이면 싫은 소리 한번 하지 않던 애가 처음으로 바라는 일이잖아요. 당장에 결혼하겠다고 나서는 것도 아니고. 일단 그냥 두고 봅시다."

"그냥 지켜보기만 하라고? 선생이 얼마나 남의 입에 오르내리는 직업인지 알고 하는 말이야?"

아버지인 자신조차도 연수가 제자인 건하를 만난다는 말에 거부감이 드는데 남 말 하기 좋아하는 다른 사람들은 어떠랴. 연수가 얼마나 선생 일을 많이 아끼고 사랑하는 줄 알기에 혹시나 딸이 선생 일을 하는 데 치명적인 구설에 오를까 전전긍긍하는 마음도 있었다.

"알죠. 남편이 선생이고, 딸이 선생이에요. 근데 그만한 각오도 없이 연수가 마음먹었겠어요? 그렇게 겁 많은 애가? 그리고 졸업도 했는데, 당장 문제 될 게 뭐가 있어요?"

"당신은 정말 괜찮아?"

아내의 이야기를 듣다 보니 자신만 앞뒤가 꽉 막힌 사람이 된 것만 같았다. 정말 조건이 좋아서 그러는 건지, 다른 이유가 있는 건지.

"난 우리 딸 믿어요. 그런 딸이 선택한 사람이니까 믿는 거예요. 당신도 연수 믿잖아요. 그리고 막말로 연수가 능력 없는 애도 아니고 당장이라도 나가서 지들끼리 산다고 하면 어쩌려고? 어제 연수 말하는 거 보니 오늘 짐 안 싼 게 다행이구먼."

"뭣이?"

"연수 고집이 얼마나 센 줄 알아요? 딸 잃기 싫으면 적당히 굽혀요. 그리고 나도 눈 국으로 달리지 않았어요. 아주 연수를 금이야 옥이야, 불면 날아갈까, 쥐면 아플까 얼마나 지극정성으로 대하는지. 그런 남자 만나는 건 연수한테 복이지, 절대 독 아니에요."

"사내놈들 결혼하기 전에 다 그러는 거지."

"당신이나 그랬지. 못 믿겠으면 한번 만나나 보시든가."

"됐어."

경화의 말에 기분이 나빠진 양 교장이 인상을 쓰며 다시 숟가락을 들었다. 엄마가 봤으니 얼마나 꼼꼼하게 봤을까 싶으면서도 완전히 객관성을 잃고 자신에게 건하의 칭찬을 하는 경화의 모습은 양 교장에게 전혀 신뢰감을 주지 못하고 있었다. 언제 날 잡아서 불러내든가 해야지.

"아, 이번 주말에 낚시 약속은 어떻게 됐어요? 가는 거예요?"

구시렁구시렁 불만을 중얼거리는데 경화가 갑작스럽게 대화 주제를 바꾸며 물었다.

"비만 안 오면 가려고. 왜?"

"아니, 가나 싶어서. 준비해야 할 것도 있고."

"준비?"

양 교장의 되물음에 움찔한 경화가 양 교장이 의심할까 빠르게 둘러댔다.

"당신이 가기 전에 챙겨야 할 게 좀 많아요?"

"그거 얼마나 된다고?"

"그럼 당신이 챙기시든가."

"알았어. 수고 좀 해 줘."

조삼모사 개그라도 찍는 듯한 만담을 뒤로하고 경화가 양 교장의 눈치를 보며 반찬을 집어 입안으로 넣었다. 여전히 탐탁지 않은 듯 인상을 쓰고 있는 양 교장은 모를 야릇한 미소를 짓는 경화였다.

아버지의 얼굴을 어떻게 봐야 할지 몰라 연수는 아침부터 일찍 출근했다. 아무도 없는 교무실에 멍하니 앉아 있던 그녀가 큰 결심을 한 듯 굳은 표정으로 건하에게 전화를 걸었다.

-선생님.

"어젠 미안. 기다렸지?"

이른 아침이라 자는 걸 깨우는 건 아닌가 걱정했던 것이 무색하게 몇 번의 신호음이 지나가기도 전에 건하가 전화를 받았다. 밤새 걱정을 많이 했던지 전화를 받는 목소리에 초조함이 가득했다.
-아뇨, 별일 없으시죠?
"응."
-정말요?
무언가 알고 있다는 듯 되묻는 건하의 말에 잠시 머뭇대던 연수가 고개를 끄덕이며 건하의 의아함에 시인하듯 말했다.
"아니, 사실은 있었어. 어제 아버지한테 막 대들었다."
-잘하셨어요.
"뭐?"
그러면 어떡하냐고 혼이 날 줄 알았는데, 전화 건너편에 들려오는 건 의외의 칭찬이었다. 연수는 잘못 들은 건가 싶어 눈이 동그래져서 되물었다.
-제가 아버님한테 대들 수는 없잖아요.
안 그래도 미운 털 박혔는데. 건하가 귀엽게 덧붙인 말에 연수가 푸흡 하고 웃음을 터트렸다.
-걱정 마세요. 제가 아버님 위로해 드릴게요. 딸자식 키워 봤자 다 소용 없어요, 하면서.
"치, 너 때문에 그런 거거든?"
지금 자신이 누구 때문에 어릴 때도 안 한 반항을 하고 있는데, 그가 너무 쉽게 말하는 듯하자 연수의 입술이 삐죽 나왔다.
-그러니까요. 딸한테 다친 마음을 아들한테 위로받으셔야죠.
이번에도 아무렇지 않게 말했지만 그 뜻은 분명히 연수에게 전해졌다. 어쩐지 코끝이 찡해서 말을 잇지 못하는데, 전화 건너편에서 불퉁한 목소리가 들렸다.

-그런데 그 남자 분은 어떠셨어요?

지질해 보일까 쿨하게 넘어가고 싶었지만 연수와 관련된 일은 아무래도 '쿨하게'가 되질 않았다. 애타는 건하 마음을 모른 척 연수가 곰곰이 생각에 빠진 것처럼 말을 끌었다.

"음…… 어땠더라? 기억 안 나."

-그게 다예요?

"그럼?"

-연락처를 물어봤다거나 그런 거 없었고요?

"그럴 시간도 없었어."

어제 한욱이 무슨 말을 하든 단답을 선보이며 절대 틈을 보이지 않았고, 나중에 애인 있다는 말로 제대로 철벽 방어까지 치지 않았던가. 그런데 언제 자신에게 연락처를 물어볼 시간이나 정신이 있었겠는가. 나쁜 사람 같지는 않았지만 늦어도 한참 늦은 인연이었다.

-그래요?

"그래. 날 뭐로 보고."

-선생님은 믿어도 다른 남자는 못 믿으니까요. 요즘 최신혁 선생님은 어떠세요?

"최 샘이야 뭐, 잘 지내시겠지. 하루에 한 번 얼굴 보기도 힘들어."

-마음에 드네요.

"아이고, 그것참 다행이네요."

짬짬이 왕년 라이벌의 동태까지 살핀 그의 목소리가 다시 안정을 찾았다. 방금 전까지 하해와 같은 마음을 가진 남자처럼 느껴졌는데, 질투하는 마음을 숨기지 못한 채 불퉁대는 말을 하는 것을 보면 자신보다 어리다는 것이 느껴지기도 했다. 그리고 무엇보다 이 귀여운 남자가 보고 싶었던 연수가 물었다.

"이번 주말에 시간 돼?"

-주말이요?

"무조건 봐야겠어. 어차피 아버지한테 반항하는 김에."

사춘기 소녀라도 강림했던지 눈에 불을 켜는 연수의 기를 꺾은 건 난감한 목소리의 건하였다.

-아…….

"무슨 일 있어?"

-……주말에 좀 중요한 일이 있어서요.

"아, 그래?"

건하의 거절에 실망한 연수가 눈썹을 늘어뜨렸다.

"무슨 일인데? 면접 때문에?"

-그것보다 훨씬 중요한 일이요.

"뭔 일인데?"

-나중에요.

"됐어. 말하기 싫음 말하지 마."

연수가 입을 삐죽이며 삐친 목소리로 말하자 건하가 어린아이에게 우쭈쭈라도 하는 양 장난스럽게 물었다.

-우리 연수, 삐쳤어요?

"까불지."

우리 연수래. 엄하게 말은 했어도 건하에게서 나온 '우리 연수'라는 말에 티는 내지 못해도 바보처럼 웃음이 나왔다.

"이제 슬슬 선생님들 오실 시간이다. 끊어야겠어. 시간 나면 또 연락할게."

-네, 저도 시간 나면 할게요.

"응."

그렇게 강한 아쉬움을 남긴 채 통화는 끝났다.

'나 만나는 것보다 중요한 게 뭐야.'

언제나 자신이 먼저인 건하였는데, 어쩐지 서운했다. 지금 내가 누구보고 아이 같다, 어쩐다 할 때가 아니구나. 연애하면 원래 정신 연령이 어려지는 건가. 어쩐지 민망해진 연수가 혀를 살짝 빼며 열없이 웃어 버리고 말았다.

※ ※ ※

[선생님한테 제가 멋진 선물 드릴게요.]

학교도 쉬는 토요일 오전. 건하와 약속도 없어 느지감치 일어난 연수가 의미를 알 수 없는 건하의 메시지에 고개를 갸우뚱거렸다. 자신을 만나는 것보다 중요한 일이 자신의 선물을 사러 가는 일이었나. 선물을 준다는 말은 고마웠지만 이런 식으로 스포일러를 날리는 바람에 자신이 받을 감동이 줄어드는 것 같자 그것이 마음에 들지 않았던 연수가 입을 삐죽였다. 하여튼 연애 초보 같으니라고. 눈치 빵점의 연애 초보인 본인 생각은 안 하고 건하에 대한 타박을 중얼거린 연수가 다시 애써 일어난 침대 위로 몸을 뉘였다.

"근데 뭘까."

혹시 반지…… 인가. 쉬는 토요일인데도 쉬지도 못하고 선물을 구하러 간 거면 골룸이 사랑하던 절대 반지 정도는 되는 건가 싶었다. 정체를 알 수 없는 선물을 이리저리 유추해 보면서 연수가 기쁨을 주체하지 못하고 침대 위의 발을 동동 굴렸다. 선물의 감동이 줄었다고 실망한 것과 달리 건하가 어떤 선물을 주더라도 눈물을 흘릴 것처럼 연수의 눈엔 기대감이 가득했다. 어쩌면 건하가 주려고 했던 것이 그 행복이 아닐까 싶을 정도로 말이다.

"아버지는 언제 오시는 거야?"
"왜? 궁금은 해?"
"그럼 안 궁금해?"

토요일 아침부터 낚시를 하러 가신 아버지는 일요일 오후가 돼서도 돌아오지 않았다. 건하도 어제 그 문자 이후로 연락 두절 상태고. 어쩐지 심난해지는 속을 숨기며 경화에게 양 교장의 안부를 묻자 돌아오는 건 빈정대는 물음이었다. 그날 양 교장 앞에서 연수가 한바탕 운 뒤로 연수나 양 교장이나 서로 얼굴 보기가 많이 민망했던지 같은 집에 있어도 모른 척, 알아도 모른 척, 꼭 다른 공간에 사는 사람들처럼 지내고 있었다.

"그래, 그것도 얼마 안 남았을 거다."
"응?"
"아니야. 그냥 텔레비전이나 봐."

알 수 없는 혼잣말을 중얼거린 엄마를 이상하다는 듯 바라보았지만, 이미 텔레비전에 빠져 웃으시는 엄마에게 말을 걸었다가는 혼날 것이 분명했다.

연수는 어제부터 한시도 떼지 않고 가지고 있던 휴대폰을 바라보았다. 자신이 아무리 메시지를 보내도 상대방에게서는 아무런 답장도 오지 않고 있었다. 이렇게 오랫동안-고작 하루였지만 연수에겐 10년보다도 긴 시간 같았다.-건하와 연락이 되지 않은 건 처음이라 쓸데없는 걱정에 별의별 생각까지 들고 있었다.

도대체 선물을 아프리카 오지나 정글에서 구해 오는 걸까. 이젠 선물 따위 필요 없으니 얼른 연락이나 해 주길 바랐다.

땡동땡동.

"네 아버지 오셨나?"

그렇게 멍하니 휴대폰만 바라보고 있는데, 초인종 소리가 들렸다. 그 반가운 소리에 경화가 냅다 일어나더니 하루 만에 만나는 남편을 맞이할 준비를 하고 있었다. 연수도 어정쩡한 포즈로 경화 옆에 서서 양 교장이 들어오기를 기다렸다.

"왔어요?"

"……오셨어요?"

언제나 낚시하러 가실 때마다 입고 가시는 간편한 복장에 모자를 눌러쓴 양 교장이 들어오자 경화와 함께 연수도 어색하게 고개를 숙여 인사를 했다. 살면서 아버지와 이렇게 숨 막힐 정도로 어색한 순간이 있었나 싶었다.

"들어오게."

연수와 눈이 마주치고 멋쩍은 듯 고개를 돌린 양 교장이 누군가를 데려왔던지 현관 밖에 있을 누군가를 향해 집 안으로 들어오라 손짓했다. 같이 낚시에 가셨던 아버지 친구분들인가 싶어 긴장을 하는데 불쑥 집 안으로 들어오는 사람의 모습에 연수의 눈이 커졌다.

"안녕하셨습니까."

"아이고, 왔어?"

"네."

"어서 들어와."

자신 말고는 갑자기 등장한 인물에 놀란 사람이 없던지 엄마인 경화는 당연하다는 듯 그를 반겨 주었다. 짐을 풀어야겠다는 이유로 부모님이 방으로 들어가시고 자신과 그만 남았다.

"어떻게……."

"제 선물 어떠세요?"

아직도 얼떨떨한 연수를 두고 건하가 물었다. 이 순간 연수의 머릿속에 여러 생각이 떠올랐다 사라졌다. 건하가 말한 그 선물이라는 것이 건하 자신인지, 아버지의 허락인지 알 수 없었다. 하지만 그것이 어느 쪽이든 연수에게 최고의 선물이라는 것은 변함없었다.

＊　＊　＊

등에는 낚시 장비, 손에는 경화가 싸 준 짐들을 가득 든 양 교장은 차를 가지고 올 자신들의 낚시 동료들을 기다리고 있었다. 자신과 마찬가지로 낚시라면 껌벅 죽는 친구들과 낚시를 다닌 지도 벌써 몇 해나 되었다. 언제나 학교의 쳇바퀴 안에 있는 자신에게 낚시는 스트레스를 푸는 돌파구였다. 게다가 며칠 전 연수와 한바탕 난리를 치른 뒤 양 교장의 속은 꽤나 시끄러운 상태였기에 오늘 이 낚시 여행은 자신에게 꼭 필요했다.

"형님."

"어, 자네."

낚시 여행을 갈 때마다 차를 가지고 왔고, 오늘도 그럴 예정이었던 낚시 여행의 막내이자 양 교장의 후배 김대홍 선생이 예상과 달리 차는커녕 짐만 덜렁덜렁 든 채 자신에게 다가오자 당황한 양 교장의 눈이 커졌다.

"차는?"

"네? 아니……."

"양 교장!"

김 선생이 대답을 하기도 전에 오늘 여행의 마지막 일행인 윤민호 교장이 양 교장을 부르며 다가왔다.

"왔나?"

양 교장이 반겨 주는 시늉을 하자마자 윤 교장이 불쑥 양 교장에게 축하 인사를 건넸다.

"자네, 축하할 일 있더구먼."

"뭘?"

"모른 척하시기는, 형수님께 말씀 다 들었습니다."

"무슨 말?"

두 사람의 이야기를 들어 보아 분명 자신에게 좋은 일이 생긴 것 같은데, 요 며칠 좋은 일은 고사하고 제 감정을 상하게 하는 일만 일어나고 있었기에 영문을 알 수 없었던 양 교장이 어리둥절한 표정을 지었다. 그런 양 교장의 반응에 다른 두 사람 또한 당황한 듯 서로를 바라보았다.

"아니, 오늘 형님 사윗감이……."

빵빵.

자신에게 일어난 일은 전혀 모르는 듯 보이는 양 교장에게 되레 상황 설명을 해 주려던 김 선생의 말이 또다시 외부의 소리에 의해 막혀 버리고 말았다. 차 클랙슨 소리에 말을 멈춘 세 사람의 시선이 자연스럽게 옆으로 돌아갔다.

"안녕하십니까."

차에서 내린 젊은 남자는 한 사람은 알고, 두 사람은 모르는 이였다.

그리고 그 젊은 남자의 등장에 그 남자를 알고 있는 한 사람의 표정이 더없이 굳어졌다.

"오늘 세 분을 모시기로 한 유건하라고 합니다."

"아, 이 청년이 제수씨가 말한 양 교장 사윗감이구먼. 훤칠하니 잘생겼네."

"뭣이?"

윤 교장의 말에 발끈한 양 교장이 반박하려 했으나, 차마 그럴 수 없었다. 사윗감이 아니라 딸의 제자라고 말하면 분명 두 사람은 왜 딸의 제자가 운전기사를 하게 된 거냐고 물을 것이다. 그럼 거기에 무어라 대답해야 하는가. 딸이 제자를 만나고 있다고? 목에 칼이 들어와도 할 수 없는 말이었다.

"아버지 마음은 똑같다고, 연수 두고 양 교장이 자네한테 질투하나 보구먼."

양 교장의 마음에 들지 않았던 건 '사윗감'이라는 말이었지만, 두 사람은 양 교장의 이런 반응이 건하를 두고 훤칠하다고 했던 말에 기인한 것이라 생각한 것 같았다.

"갑작스럽게 연락드려서 죄송합니다. 아버님이 낚시에 가신다는 말을 나중에 들어서요. 저도 언제 한번 아버님 따라서 낚시하러 가고 싶었는데, 오늘이 바로 그날이라고 생각해서 미리 양해도 못 구하고 따라오게 됐습니다."

탐탁지 않은 심기를 그대로 드러내며 인상을 찌푸리고 있는 양 교장의 눈치를 보면서도 건하는 싹싹하게 이야기를 마쳤다. 그에 양 교장을 대신해 흡족함을 느낀 김 선생과 윤 교장이 그의 어깨를 두드리며 만족스러운 표정을 지었다.

"아니야, 그럴 수도 있지. 나야 그 덕분에 운전 안 하게 됐으니 더 좋지 뭘 그러나."

"맞아. 젊은 집꾼까지 생기고 말이야."

"짐은 제가 확실하게 책임지겠습니다."

누가 보면 김 선생과 윤 교장이 건하의 장인어른 자리인 것처럼 화기애애한 분위기였다. 연수의 말에 마음이 흔들리긴 했어도 이렇게 몰리듯이 저 녀석을 만날 생각은 추호도 없었다. 하지만 어느새 제 머리 꼭대기에 올라와 있는 아내가 제대로 일을 벌인 듯싶었다.

"일단 차에 타십시오. 짐은 제가 트렁크 안에 넣겠습니다."

"그래, 고맙네."

"신세 좀 지겠네."

"아닙니다."

건하에게 짐을 맡긴 두 사람이 건하의 차에 몸을 실었고, 남은 건 건하를 노려보듯 바라보고 있는 양 교장이었다.

"아버님도 일단 타십시오."

"이게 뭐 하는 짓인가?"

"멋대로 행동한 점, 정말 죄송합니다. 하지만 제가 이렇게 하지 않으면 아버님께서 저를 만나 주려고도 하지 않으실 것 같아서 어머님께 무리한 부탁을 드렸습니다."

무리한 부탁은. 아마 아내가 이 녀석에게 먼저 제안했을 것이었다. 이 녀석은 잘 알지 못해도 30년 넘게 살아온 아내는 잘 알았다.

이미 벌어진 일인데 표정만 굳히고 있다고 달라지는 건 없을 것이었다. 그럴 바에는 대홍이나 민호의 말대로 집꾼 혹은 운전기사가 생겼다고 생각하는 편이 마음이 편할지도 몰랐다. 하지만 그러기 전에 이 녀석이 알아야 할 것이 있었다.

"자네가 이런다고 내 마음이 바뀌진 않을 걸세."

"네, 알고 있습니다. 그런데 제 마음도 아버님이 반대하신다고 해서 바뀌는 일은 없을 겁니다."

"뭐?"

예의를 차리며 잔뜩 자세를 낮추던 건하에게서 나온 당돌한 발언에 한 방 맞은 듯 양 교장이 할 말을 잃고 입을 뻐끔댔다.

"말 그대로입니다. 쉽게 변할 마음이면 처음부터 연수 씨를 찾아가지도 않았을 겁니다. 차 밀리기 전에 출발하겠습니다. 짐은 저한테 주십시오."

끝까지 제 뜻을 고수할 것을 밝힌 건하가 얼른 차에 타라고 말하며 양 교장이 들고 있는 짐을 뺏어 트렁크로 향했다. 예상은 했지만 예삿놈은 아니라는 생각을 하며 양 교장이 건하를 바라보았다.

양 교장의 마음에 차든 차지 않든 건하의 수려한 운전 실력 덕에 낚시를 하기로 한 저수지까지 편안하게 도착한 세 사람이었다. 저수지에 도착해서도 살뜰하게 짐을 챙겨 앞서 걷는 건하를 보며 부러운 듯 윤 교장이 말했다.

"자네, 사위 제대로 봤구먼."

"사위는 무슨. 결혼은 인륜지대사야. 그렇게 쉽게 할 수 있는 줄 알아?"

"왜요, 형님? 요즘 젊은 사람답지 않게 예의 바르고 싹싹한 게 진국인데요. 연수가 보는 눈이 있어요."

"한 번 보고 어떻게 알아?"

"아무리 한 길 사람 속 모른다고 해도 행동 하나, 말 하나에 그 사람 인격은 충분히 보이기 마련이네. 자네가 그걸 몰라?"

'이거 선수끼리 왜 이래?' 하는 윤 교장의 눈초리에 양 교장이 아무런 말도 하지 못한 채 헛기침을 했다. 딸의 애인을 보고 질투하는 감정인지는 모르겠지만 윤 교장의 말에 건하를 보는 제 눈이 편견으로 가득 차서 잔뜩 흐려진 상태라는 걸 인정할 수밖에 없었다.

분하지만 두 사람 말대로 편견이 걷힌 눈으로 본다면 딸이 데려온 저 청년은 누구든지 탐을 낼 만큼 괜찮은 청년이었다. 보기만 해도 감탄하게 되는 허우대에 계산이라도 된 듯 단정한 언행이었지만 그에게서는 어떤 가식도 느껴지지 않았다. 자신의 제자였다면 정말 입에 침이 마를 정도로 칭찬했을 만한 청년이었고, 제 딸이 교제하는 사람임을 알기 전부터 연수에게 들어 왔던 대로 선생님들의 워너비 제자, 그 자체였다.

그래, 문제는 바로 그 제자였다는 것. 연수에게 딸이 만나는 남자로 건하를 봐 달라는 부탁을 들었음에도 몇 년 동안이나 쌓아 온 고집들이 딸의 부탁을 들어주지 못하도록 방해하고 있었다.

"요즘 애들 말마따나 튕기는 거 그만하고, 적당히 맞춰 주게. 그러다 진짜 튕겨 나가면 연수 얼굴 어떻게 보려고?"

"자네는 모르면 가만히나 있게."

자세한 사정도 모르면서 건하의 편만을 드는 윤 교장에게 끝내 짜증을 내고만 양 교장이었다. 자신에게 그 어떤 반대가 닥쳐도 포기하지 않겠다고 한 녀석이지만, 자신 때문에 저 녀석이 연수에게 헤어지자고 하면 딸을 어떻게 보려고 하냐는 윤 교장의 말에 저도 모르게 움찔한 감정이 들고 말았다. 그리고 그 감정에 스스로 민망해진 양 교장의 마음이 짜증으로 표출되었던 것이다.

헤어지면 좋은 거지. 세상에 괜찮은 놈은 널리고 널렸는데.

속으로 중얼거리면서도 연수의 우는 모습이 떠오르니 그런 생각도 이

내 수그러들었다.

"자네 고집을 누가 말리나. 알았네. 나는 가만히 있을 테니 예비 사위랑 잘해 보라고. 우리는 빠져 줄 테니까. 대홍아, 우리는 저쪽에 자리 잡자."

"네. 즐거운 시간 보내세요, 형님."

커플 맺어 주기도 아니고 알아서 빠져 준다는 말과 함께 김 선생과 윤 교장은 건하가 미리 가져다 놓은 짐을 들고 두 사람에게서 떨어진 곳에 자리를 잡았다. 이로써 건하와 양 교장 둘만 남았다.

"낚시는 할 줄 아나?"

"네, 조금."

사실 오늘을 위해 친구 정민을 데리고 이리저리 낚시를 다녔다. 교생실습으로 연수와 만날 당시부터 이렇게 되지 않을까 생각했고, 그 생각은 곧 실제가 되었다. 투덜거리는 해도 어린 시절부터 아버지와 낚시를 다녔던 정민은 자신에게 이런저런 낚시 상식이나 낚시를 하는 법에 대해 알려 주었다. 물론 낚시를 배우는 내내 연수와 있었던 일을 이야기해 주며 의뭉스러운 놈, 무서운 놈 등등의 말을 듣기는 했지만 말이다.

"아버님이 낚시를 좋아하시나?"

"아...... 그런 건 아니고 제 친구 녀석 중에 하나가 낚시를 좋아해서요."

취미 생활이 독서이신 아버지를 두고 차마 거짓말을 할 수 없어 건하는 애꿎은 정민의 핑계를 댔다. 제 말을 믿으시는 건지 아닌 건지 양 교장은 그저 고개만 끄덕일 뿐이었다.

"날이 금방 어두워지네요."

자신들이 왔을 때부터 저수지는 지는 태양으로 인해 황금 물결이었지만 낚싯대를 펼친 지 얼마 되지도 않았는데도 저수지는 이미 어둑해지고 있었다.

"해가 많이 짧아지긴 했지."

"네."

무슨 말이라도 꺼내야 할 것 같은데 넘실대는 물결과 낚싯대에 온 정신을 팔고 있는 양 교장의 모습에 괜히 자신이 방해가 될까 먼저 말을 거는 것도 부담이었다. 오늘 어느 정도 마음을 열어야 다음에도 또 낚시에 따라올 수 있을 텐데.

그렇게 초조함을 느끼고 있는데, 다행히도 자신의 옆에 건하가 있다는 것을 잊지 않은 양 교장이 여전히 시선을 낚싯대로 보내며 그를 불렀다.

"자네."

"네."

"도대체 연수를 언제부터 마음에 담았던 건가?"

자신과 연수 사이를 절대 인정하지 않던 양 교장이 던진 첫 질문이었다. 신중하게 머리를 굴리던 건하가 이내 머리에서 필터링 된 답이 아닌, 그 어떤 말보다 솔직한 답을 꺼내 들었다.

"사실 처음부터 연수 씨를 마음에 담았던 것은 아니었습니다. 처음엔 그저 새로 오신 선생님이 저희를 꽤 열성적으로 돌봐 주려고 하시는구나, 생각하면서 제자로서 연수 씨의 그 열정에 감사했었습니다. 그러다 깨닫게 됐습니다. 저는 연수 씨의 열정을 존경하는 게 아니라 연수 씨한테 반했다는 사실을요. 어떻게 반하게 됐냐고 물으신다면 딱히 이런 일이 있노라고 말씀드릴 수는 없습니다. 그저 연수 씨를 보는 매시간, 매 순간 저는 연수 씨에게 반하고 있었습니다."

양 교장에게 말한 대로 자신이 연수에게 반한 순간을 집어낼 수 없었다. 정말 스며들듯이 연수에 대한 마음이 제 안에 자리 잡았고, 정신 차렸을 때 마음은 이미 너무도 무거워져 쉽게 버릴 수도 없었다. 무표정한 얼굴로 잠시 생각에 잠겼던 양 교장이 건하에게 다른 질문을 건넸다.

"그 마음을 한 번도 선생님에 대한 동경이라고 생각한 적은 없나?"

분명 자신의 마음을 안 연수도 염려했던 부분이었다. 하지만 단순한 동경이라면 이렇게 오랫동안 간직할 수 있었을까. 아니, 그 전에 연수를 생각하는 것만으로도 가슴 뛰고, 설레고, 달아오르는데 그것을 과연 동경이라는 말로 표현할 수 있을까. 처음엔 본인이 정한 길을 좋은 길로 만드는 사람에 대한 존경 혹은 동경이었을지 모르겠지만, 이제 그 감정의 성질은 완전히 바뀌어 있었다. 사랑이라는 이름으로 말이다.

"저도 몇 번이나 스스로에게 물었지만 절대 그런 마음은 아닙니다."

"확신할 수 있나? 자네 나이 대의 예쁜 처자도 많을 거고, 자네 정도면 그런 처자들이 줄을 이을 텐데."

건하를 칭찬하는 경화의 말에는 매섭게 일갈하긴 했지만 생긴 것만 보아도 여자들이 줄줄 따르게 생길 녀석이 성격도 좋고, 능력까지 있었다. 지금이야 연수를 좋아한다고 자신을 쫓아다녀도, 허락을 받고 연수와 만남을 이어 가다 보면 마음은 언제든 바뀔 수도 있었다. 그게 바로 사람의 마음이었다.

"졸업하고 오 년입니다."

"뭐?"

"제가 연수 씨에게 남자로 다가갈 거라고 다짐하면서 연수 씨를 만날 날을 기다린 시간이 말입니다. 저도 그 오 년 동안 고민을 하지 않은 건 아닙니다. 선생과 제자, 아버님 말씀대로 졸업한다고 끝나는 관계는 아니니까요."

"그런데?"

"아무리 다른 쪽으로 시선을 돌리려고 해 봐도 결국은 연수 씨였습니다."

사실 그 5년의 시간은 건하에게도 고민의 시간이었다. 연수 앞에 당당하게 설 날을 기다리면서도 이따금씩 스스로에게 물었다. 정말 그게 맞는 것이냐고. 공연히 자신뿐만 아니라 연수에게까지 상처를 남기는 일이 될지도 모른다고. 제 마음만 정리하면 자신과 연수는 편안한 사제로 남을 수 있는데, 왜 이런 힘든 도박을 하려 하는 것이냐고 스스로에게 수도 없이 묻고 물었다. 하지만 고민할 때마다 결론은 연수였고, 그런 고민들은 아이러니하게도 제 마음을 더욱 단단하고 견고하게 만들었다. 그 결과, 자신은 누가 제 마음에 의문을 품어도 확신을 가지고 말할 수 있는 사람이 되었다.

"제가 연수 씨의 제자라서, 그리고 어리고 부족해서 마음에 차지 않으신 거 압니다."

마치 주입식 교육이라도 하려는 듯 끊임없이 연수에 대한 마음을 설명한 건하가 양 교장을 똑바로 바라보았다.

"하지만 과거에도 그랬듯이 제 미래엔 연수 씨밖에 없습니다. 밀어내려고 노력해 본 적 있어서 압니다. 연수 씨가 아닌 사람이 제 옆에 있는 건 상상조차 할 수 없습니다. 그렇다고 제가 아버님께 무조건 허락해 달라고 떼를 쓰고 있는 건 아닙니다. 일단 저희 두 사람 지켜봐 주십시오. 제가 꼭 아버님 마음에 차는 사람이 되겠습니다."

흔들림 없이 자신을 직시하는 눈. 그 눈 안에는 무슨 수를 쓰더라도 제 마음에 들고 싶어 하는 녀석의 의지가 보였다. 그리고 양 교장은 저런 목표를 가지고 빛나는 눈빛을 가진 사람을 가장 믿음직스럽게 여기고 있었다. 또 딸을 두고 저런 눈빛을 내는 사내를 사위로 삼고 싶다는 소박한 꿈도 가지고 있었다. 그런데 설마하니 이 녀석에게서 그 눈빛을 보게 될 줄이야.

건하의 긴장한 마음을 모르지 않을 텐데 양 교장은 아무런 말도 하지 않고 낚시를 바라보았다. 역시 안 되는 건가. 실망스러운 마음으로 고개를 떨어트리는데 양 교장이 불쑥 물었다.

"자넨 꿈이 뭔가?"

"예?"

"꿈 말이야, 하고 싶은 거."

순식간에 바뀐 이야기 주제에 잠시 멈칫하던 건하가 평소처럼 대답했다.

"회사에 다니고 싶습니다."

"어떤 회사?"

"그냥……."

"그냥 자네 뽑아 주는 회사?"

맞았지만 섣불리 그렇다고 대답할 수 없었다. 하지만 건하의 머뭇거림에서 긍정을 읽은 양 교장이 작게 혀를 찼다. 연수 이야기를 할 땐 그렇게 눈을 반짝이더니, 저 모습은 영 탐탁지 않았다.

"회사에서 일하면서 성장하는 것도 중요하지만 사람이 살면 얼마나 산다고, 진짜 하고 싶은 일을 해야 하지 않겠나?"

허를 찔린 듯 할 말을 잃은 건하에게 양 교장이 다시 말을 이었다.

"난 예전부터 선생이 되고 싶었어. 꿈을 이뤄서 삼십 년 넘게 교직 생활을 하면서 난 나름대로의 원칙을 가지고 선생 일을 했지. 그중에 하나가 한 번 제자는 평생 제자라는 거였네. 그런 내 밑에서 자라 선생이 됐으니 아마 연수도 그랬을 거야. 그런데 그 연수가 떡하니 제 제자였던 놈을 애인이라고 데려왔으니 화가 나지 않았겠나? 사실 말도 못하게 배신감도 들었네."

"……네."

"그런데 연수가 그러더군. 그 사람은 이제 제자가 아니라 자기가 사랑하는 사람이라고. 선생님 눈으로 보지 말고 아버지 눈으로 그 사람을 봐 달라고 말이야."

처음으로 연수가 아버지에게 대들었다고 했던 날, 그런 이야기가 오갔던 것일까. 연수의 마음을 확인한 것과 별개로 연수도, 양 교장도 그리고 경화까지 그 일로 상처를 받았을 것 같아 마음이 무거워졌다.

"처음엔 연수 씨도 절 못 받아들였습니다. 그런데 제가 귀찮을 만큼 쫓아다녀서 마음을 얻은 겁니다."

"그건 나도 알고 있네."

이 불편한 자리도 마다 않고 오는 근성으로 보아 자신보다 마음이 약한 연수라면 쉽게 넘어가고도 남음이었다.

먹이사슬처럼 건하에게 강할 자신 있는 자신은 연수에겐 강할 자신이 없었다. 평생 딸과 이 문제로 실랑이를 벌일 수는 없고, 아직까지도 연수의 우는 모습이 가슴에 박혀 있었다. 그리고 그 모습을 얼른 제 가슴에서 지워 내고 싶었던 양 교장이 특단의 결정을 내렸다.

"내가 당장 두 사람을 허락하지 않는다고 해서 너무 서운해하지 말게. 삼십 년이나 선생 일을 해서 자네를 연수 제자에서 연수 애인으로 받아들이는 데는 시간이 필요해."

"괜찮습니다."

뜸도 들이지 않는 건하의 대답에 양 교장이 건하를 만나고 처음으로 피식 웃음을 터트리며 말했다.

"내가 자네 아닌 사위는 생각할 수도 없게 만들어 보게."

"네! 감사합니다, 아버님!"

자리에서 일어나 절이라도 할 듯 허리를 숙이며 인사하는 건하의 모습에 멋쩍어진 양 교장이 부러 불퉁한 소리를 냈다.

"조용히 하게. 고기 다 도망가."

"아, 네, 조용히 하겠습니다."

제 말에 입을 막고 목소리를 낮추는 건하의 모습에 양 교장이 이번에 큰 소리로 웃음을 터트렸다. 건하가 감사 인사를 했을 때보다 큰 소리였지만 양 교장에게 감히 조용히 하라고 할 수 없는 건하는 멀뚱히 그를 바라보기만 할 뿐이었다. 어디서 웃음이 터지신 걸까, 양 교장의 웃음 포인트를 찾으면서 말이다.

연수의 집 앞에 멈춰선 차의 시동이 꺼졌다.

"그럼 또 찾아뵙겠습니다."

김 선생과 윤 교장을 집까지 모셔다 드리고 마지막 도착지는 연수의 집 앞이었다. 살뜰하게 양 교장의 짐을 내려 준 건하가 크게 허리를 굽히며 인사를 하고 차에 올라타려 했다.

"어디 가게?"

"예? 저는 집에 가려고……."

"들어가. 밥이나 먹고 가. 운전하느라 고생했는데."

집으로 초대하는 양 교장의 말에 자신의 귀를 의심하며 서 있는데, 앞서 걸어가던 양 교장이 뒤를 돌아보며 채근하듯 물었다.

"안 오나?"

"아닙니다! 갑니다!"

양손 가득 양 교장의 짐을 챙겨 들었지만 연수의 집으로 걸어가는 건하의 표정은 밝기만 했다. 생각했던 것보다 연수에게 더 빨리 선물을 줄 수 있게 되어 마치 다리에 구름이라도 단 것처럼 걸음걸음이 가볍기만 했다.

제13장

새로운 꿈을 찾아서

끝내주는
제자

 일찍부터 연수와 데이트를 하기 위해 집 앞에 차를 세운 건하는 무슨 생각에 잠긴 것인지 멍한 상태였다. 그 상태로 얼마간의 시간이 흘렀을까, 똑똑 차 유리를 두드리는 소리에 놀라 고개를 돌리니 그곳에 밝은 얼굴로 차 문을 가리키는 연수가 있었다.
 "무슨 생각을 그렇게 해?"
 차 밖에서 몇 번이나 불렀음에도 전혀 알아차리지 못했던 건하가 이상했던 연수가 차 안 조수석에 자리를 잡자마자 무슨 생각을 했느냐 물었지만 그는 작게 고개를 저었다.
 "별거 아니에요. 근데 오늘 기분 좋은 일 있으세요?"
 차가 출발하기 전부터 연수는 잔뜩 들떠 있는 모습이었다. 건하의 물음에 어떻게 대답할까 고민하는 양 눈을 굴리던 연수가 이내 커다란 미소를 지으며 대답했다.

"별건 아니고…… 오늘 나오는데 아버지가 누구 만나러 가냐고 물어보시는 거야. 그래서 너 보러 간다고 하니까 잘 다녀오라고 하셨어."

 그게 너무 신기했어. 그러면서 해맑게 웃는 연수가 너무 귀여웠던 건하도 아까의 고민을 털어 버린 채 기쁜 듯 웃어 버렸다. 지금으로부터 일주일 전, 어떤 경로인지 모르겠지만-아마 엄마의 도움이었을 거라고 추측하고 있었다.-건하와 낚시 여행을 다녀오신 아버지는 낚시 여행에서 돌아오자마자 건하를 집에 초대하셨다. 그리고 함께 저녁을 먹으며 양 교장은 완전히 허락했다고는 할 수 없지만 일단 두 사람을 지켜보겠다고 하셨다. 딱딱한 표정으로 말씀하시긴 했지만, 허락과 진배없는 말에 느꼈던 그 감격스러움은 그 어떤 말로도 표현할 수 없었다. 끝까지 아버지가 자신과 건하 사이를 반대하신다면 짐을 쌀 각오까지 하고 있었기에 양 교장의 허락은 그 어떤 것으로도 바꿀 수 없는 소중한 선물이었다.

"아무리 생각해도 진짜 멋진 선물이야."

 엄마에 이어 그렇게도 큰 산 같았던 아버지의 허락까지, 자신의 눈에 비친 건하는 마치 마법사 같았다.

"도대체 어떻게 한 거야?"

"별거 없어요. 제 진심을 보여 드렸죠."

 기쁨과는 별개로 제 물음에 애매한 답을 하며 웃는 건하를 연수가 밉지 않게 노려보았다. 본인은 모르고 있는 것 같았지만 사실 양 교장의 마음을 움직인 데 가장 큰 공헌은 한 사람은 자신을 믿고 끝까지 양 교장에게도 뜻을 굽히지 않았던 연수였다. 누구보다 연수가 슬픈 걸 바라지 않는 어른이시니, 비록 지금은 반대하시지만 곧 연수의 행복을 위해 자신을 인정해 주실 거라는 걸 알고 있었다. 그랬기에 자신은 양 교장에게 연수를 행복하게 해 줄 사람은 자기뿐이라는 신뢰를 주려 노력했을 뿐이었다.

"그러니까 어떻게?"

"열심히요."

"전국 일등 인터뷰해? 뭘 열심히야. 그래도 전국 일등은 국영수 위주로 열심히 했다고 하니까 네 말보다 구체적이다."

"자, 출발합니다."

"진짜 얘기 안 하지?"

"별거 없었어요."

서운한 듯 입을 삐죽이는 연수의 행동에도 건하는 끝까지 입을 열지 않았다. 큰 역할을 한 그녀에게는 미안했지만 양 교장의 허락을 자신이 받아 낸 것이라 철석같이 믿으며 자신에게 신뢰와 선망의 눈빛을 보내는 연수를 더 오랫동안 보고 싶은 욕심 때문에 입을 열려고 해도 마음에서 그것을 거부하고 있었다. 어차피 연수나 자신은 일심동체이니 연수의 공이 자신의 공이고, 자신의 공이 연수의 공이라고 멋대로 단정 지어 버렸다.

"하여튼 얄미워."

하긴 이런들 어떠하리, 저런들 어떠하리. 지금 중요한 건 자신들이 아버지의 허락을 무사히 받아 냈다는 거였다. 그런 생각으로 어느새 삐죽이던 표정을 지운 채 건하의 얼굴을 빤히 쳐다보던 연수가 건하를 불렀다.

"건하야."

"네?"

"고마워."

마음고생이 많았을 텐데도 자신을 놓지 않아 줘서, 처음부터 지금까지 자신을 포기하지 않아 준 건하에게 말로 다할 수 없을 정도로 고마웠다.

"제가 하고 싶은 말인데요."

무서웠을 텐데도 자신의 손을 잡아 줘서, 처음부터 지금까지 자신을 믿어 줘서 건하도 연수에게 말할 수 없을 정도로 고마웠다. 미안하다는 말이 아닌 고맙다는 말을 전할 수 있는 이 순간이 두 사람에게는 더 없는 행복이었다. 어느새 맞잡고 있는 두 개의 손을 보며 건하가 물었다.

"진짜 가 볼까요?"

"응. 레츠 고!"

다시금 발랄해진 연수의 수다와 함께 자동차가 출발했다. 건하와 연수의 마음을 대변하기라도 하듯 천천히 골목을 빠져나가는 자동차의 뒤꽁무니도 어쩐지 즐거워 보였다.

"날이 좋아서 그런지 사람 많네."

"다니면서 사람 구경하죠, 뭐."

두 사람의 데이트 장소는 낡은 테마파크를 개조하여 사람들이 편히 쉴 수 있는 공간으로 만든 공원이었다. 햇볕 좋은 가을 날씨를 기다린 듯 넓은 공원 곳곳에는 많은 사람들이 편하게 앉아 즐거운 시간을 보내는 중이었다.

"여기 기억나?"

이리저리 건하의 손을 잡고 가던 연수가 옛 생각이 난 듯 시선을 멀리 보내며 건하에게 물었다.

"저희 졸업 사진 찍었던 곳 맞죠?"

고 3이라는 신분 때문에 소풍도 갈 수 없었던 아이들이 졸업 사진을 핑계로 학교 안을 벗어났던 장소가 바로 이곳이었다. 법적으로도 인정해 주는 성인을 앞둔 고 3 아이들도 간만에 쐬는 바깥바람에 얼마나 흥분했던지. 흩어진 아이들을 모으는 것부터 사진을 찍기 위해 대열을 정리하는데, 유치원 아이들처럼 말도 안 듣고 천방지축처럼 굴어 고생을 했던 기억이었다. 나름 힘들었던 기억인데도 공원 산책로 사이사이 심어진 나무와 돌들을 보고 있자니 졸업 사진에 예쁘게 나오겠다며 나무 주위에 둘러서서 나무들을 괴롭히고, 키가 크게 나오겠다며 돌 위에 올라서 돌들을 괴롭히던 아이들의 모습이 떠오르자 연수의 입가엔 작은 미소가 고였다.

"네가 아마 저기서 찍었던가?"

기억을 더듬다 보니 아마 이 근처에서 건하도 사진을 찍었던 것 같은 생각으로 물었는데, 이미 건하는 연수가 가리켰던 그곳을 추억에 잠긴 눈으로 바라보고 있었다. 흐음, 하는 소리를 내며 기민하게 그를 응시하던 연수가 건하 쪽으로 더욱 바짝 다가서더니 아예 팔을 안아 버렸다.

"오랜만에 오니까 옛날 생각이 막 나?"

웃음기 어린 질문에 건하도 진지한 표정을 지우며 연수를 마주 바라보았다.

"뭐, 그런 건 아니고요. 그냥…… 예전에는 학교만 졸업하면 시간 흘러가는 것에 따라서 인생도 흘러가는 거라고 생각했는데, 그게 아닌가 싶은 생각이 들어서요."

"흘러가는 대로만 살면 재미없어서 어떻게 살아?"

"그런가요."

그러고선 건하는 힘없는 웃었다. 언제나 할아버지처럼 태평했던 건하에게 어떤 심경의 변화가 생겼다는 것을 눈치챈 연수였다. 아까 차에서 봤을 때도 그렇고, 아무리 눈치가 없어도 양 교장의 허락을 받고도 요 며칠간 멍해 있는 그의 행동은 예리하게도 알아차리고 있었다.

"말해 봐."

"뭘요?"

"지금 너 고민 중인 거. 이래 봬도 선생님이잖아. 나 꽤 상담 잘해. 애들이 나한테 상담하려고 부산까지 줄을 섰어."

"중상고 전교생 일렬로 세워도 부산까지 안 갈걸요?"

허풍임이 분명한 말에 얄궂게 대꾸했지만, 자신이 연수가 눈치챌 정도로 생각에 빠져 있었나 싶어 민망한 마음이었다. 딱히 비밀로 할 이야기는 아니었지만 자신의 이 생각을 어떤 식으로 표현해야 할지가 난관이었다.

"상담까지 할 일은 아닌데……. 갑자기 생각이 많아진 것뿐이에요. 앞으로 어떻게 흘러가야 하나 하고. 가을 타나 봐요."

"내 감으로 봤을 땐 계절 탓이 아닌 거 같은데? 무슨 일 있었던 거 아니고?"

오늘 웬일로 연수의 머리가 빠르게 돌아가고 있었다. 연수의 예리한 지적에 잠시 망설이던 건하가 순순히 다 불겠다는 듯 입을 열었다.

"무슨 일까지는 아니고…… 저번에 아버님이랑 여행 갔을 때요,

아버님이 물어보시더라고요, 하고 싶은 게 뭐냐고요. 그런데……
대답을 못했어요."

 언제나처럼 괜찮은 회사에 취직하고 싶다 말했지만 양 교장이 원한 대답은 그런 것이 아니었다. 진짜 건하가 하고 싶은 일, 미래를 걸 수 있을 만큼 좋아하는 일에 대한 질문이었지만 건하는 당연하게도 그에 대한 답을 하지 못했다. 솔직히 스스로에게 한 번도 물어본 적이 없는 질문이었다.

 '회사에서 일하면서 성장하는 것도 중요하지만 사람이 살면 얼마나 산다고, 진짜 하고 싶은 일을 해야 하지 않겠나?'

 선생님이시기에 할 수 있는 이상적인 소리일 수도 있었다. 하지만 연륜이 묻어나는 양 교장의 말에 어쩐지 부끄러운 감정이 생겨났다. 제 인생임에도 깊이 성찰하지 않은 채 시간에 맡기려 했던 무심함에 대한 부끄러움이랄까. 졸업 후 생긴 자신의 목표는 언제나 연수를 만나는 것이었다. 하지만 연수를 다시 만난 지금, 이미 늦은 고민들이 그를 괴롭히고 있었다.
"생각해 보면 되지. 절대 늦은 거 아니야."
 역시 아버지셨다. 자신은 말하지 못했던 건하 내부의 문제를 아주 핵심적으로 꼬집어 내 주셨다.
 누구보다 성실하고 무슨 일이든 잘 해내는 건하지만 제 미래에 관해서만은 답지 않게 무관심하고, 한편으론 심드렁한 태도까지 보였기에 말은 못해도 내심 신경을 쓰고 있던 참이었다. 좋은 회사에 취직하는 것이 나쁘다는 건 아니지만 본인의 의지나 열정 없이 그냥 눈앞에 닥치니까 한다는 듯한 건하의 태도는 옆에서 보고 있기에 안타까운 마음이 들기도 했었다. 아직 젊은 나이, 의욕을 가지고 일을 해도 지칠 판에 심드렁한 마음으로 일을 하다 어느 순간 회의를 느끼게 되지 않을까 걱정이 되기도 하고. 하지만 어쨌든 좋은 회사의 취직 면접을 앞두고 있는 상태에서 그런 이야기를 할 수 없어 두고 보고 있었는데 양 교장이 건하에게 적절한 고민거리를 주신 것이었다.

"모르겠어요. 졸업하고 아무 회사나 취직한다. 그것 말고 다른 길은 생각해 본 적 없거든요."

고등학교 시절부터 진로란에는 언제나 별생각 없이 회사원으로 적어 냈던 자신이니, 다행이라 생각하는 연수와 달리 뭔가 고지를 앞에 두고 갑작스럽게 다른 곳으로 튀어 버린 제 고민에 난감하기까지 했다.

"길은 많고, 정답은 없어. 내가 정말 하고 싶어서 정해도 나중에 보면 후회할 때도 있고, 아무런 감흥 없이 정했는데도 나중에 보면 내 인생 최고의 선택이 되는 경우도 있고. 근데 있지, 나는 그렇게 돌발이 많으니까 고민하고, 또 고민해야 한다고 생각해. 그래야 나중에 후회해도 억울하진 않거든. 그러니까 머리 깨질 듯이 고민해서 답 한번 얻어 봐."

언제나 최선을 다한 결정이라면 후에 억울하다는 감정은 생겨나지 않는다. 다른 건 몰라도 당시에 내가 할 수 있는 최선을 선택했을 테니 말이다.

자신의 말이 혼란스러운 듯 건하의 표정이 어두워졌다. 하긴 끝내도 진작 끝냈어야 할 고민을 지금에서야 안고 있으니, 말은 안

해도 초조한 생각이 드는 건 막을 수 없을 거였다.

"금방 얻을 수 있을까요?"

"모르지. 순전히 너한테 달린 거니까. 이리저리 네가 원하는 청 사진을 그려 봐. 답답하면 며칠 여행이라도 다녀오든가. 새로운 곳에서 새로운 걸 보면 더 쉽게 그려질지도 모르잖아."

건하는 제 고민을 이해해 주며 차분하게 이야기하는 연수의 말에 가슴 깊은 곳에서 올라오는 찌르르한 감정을 느꼈다. 제 팔에 감겨 있는 연수의 팔을 떼어 내고 손을 들어 그녀의 얼굴을 감싸 쥐었다. 손바닥을 통해 전해지는 말랑함과 따뜻함이 더없이 건하를 충족시키고 있었다. 새삼스럽지만 만약 자신이 연수를 만나지 못했다면 어땠을까 하는 생각이 들었다. 아마 별다른 의욕도 없이 시간이 흘러가는 대로 제 인생을 맡기고 있었겠지. 예전도, 지금도 연수가 자신에게 미치는 영향력은 엄청났다.

어느새 진지해진 눈빛에 그를 마주 보지 못하고, 연수가 눈동자를 이리저리 움직였다.

"사람들이 보잖아."

쉴 틈 없이 눈동자를 굴리다 연수가 괜히 다른 사람들의 눈치를 보는 척 얼른 손을 내리라는 눈빛을 보냈다. 그리고 그런 연수에게 건하가 물었다.

"기다려 주실 거예요?"

"응?"

"제가 나중에 억울하지 않을 답을 찾을 때까지."

"뭐, 그 정도는 기다려 줄게."

눈을 내리 깔며 도도하게 말하는 연수의 행동에 건하는 웃음이 터지고 말았다. 본인도 웃음이 났지만 꾹 누른 채 연수가 엄한 표정으로 물었다.

"왜 웃는데?"

"좋아서요."

"그거야 당연한 거고."

말을 끝낸 연수가 여전히 얼굴에 닿아 있는 건하의 손을 떼어 내고 고갯짓을 했다.

"이제 가자."

오랜만의 데이트인데 이렇게 멀뚱히 서서 보낼 수는 없었다. 둘러보니 아까보다 사람들이 늘어난 것 같았다. 사람들 속에서 느껴지는 행복한 기운에 자신들의 행복도 더욱 커진 듯했다. 더는 커질 게 없을 것 같았는데 행복은 부지런히도 그 몸을 키우고 있었다.

＊　　＊　　＊

아이들의 기운을 북돋아 주는 점심시간. 그런 아이들을 제어하려면 선생님들도 놓치지 않고 점심을 먹어야 했다. 연수도 활기찬 점심시간에 맞춰 같은 학생부에 있는 선생님과 점심을 먹으며 수다의 꽃을 피우고 있었다.

"양 샘, 이제 수업 없다고 했나?"

"네, 오전에 수업이 몰려 있었거든요."

"좋겠다. 나는 연속 세 시간에 보충까지 있어."

연수에게 마구 부럽다는 눈빛을 발산한 선생님이 앞으로 닥친 수업이 걱정되는 듯 한숨을 내쉬었다.

"오늘 보충도 없는 날이지?"

"네, 오늘 보충도 없어요."

"양 샘, 오늘 완전 꿀 빠네."

"네? 그게 뭐예요."

선생님의 말에 연수가 웃음이 터지고 말았다. 꿀을 빤다니. 예전 선배들이 군대 얘기 할 때나 들었던 표현이다.

"애들이 그렇게 말하더라고."

"하여튼 애들 너무 재밌어요."

한참을 웃으며 아이들과 관련된 이야기를 하던 선생님이 갑자기 생각난 듯 연수에게 물었다.

"아, 양 샘, 그 이야기 들었어?"

"무슨 얘기요?"

"이한철 선생님 이번 학기까지만 수업 들어가시고, 그만두신다고 하더라고."

"어머, 왜요?"

이한철 선생님이 연수가 담당하는 일반 사회 선생님들 중에서 가장 오래 근무하셨고, 건하가 교생실습을 왔을 당시 본래 건하의 담당 선생님이시기도 했다.

"계속 건강 안 좋으셨잖아."

"더 안 좋아지셨대요?"

"그건 아닌데, 아무래도 수업하시는 데 힘이 부치셨나 봐."

매시간 서서 수업하는 건 젊은 자신들도 힘든데, 점점 나이가 드시는 선생님은 어떨까 싶긴 했다.

"아쉽네요."

처음 중상고에 왔을 때부터 옆에서 많이 도와주시고 학교에 적응할 수 있도록 신경 써 주셨던 분이기에 연수의 아쉬움은 다른 선생님들보다도 컸다. 하지만 무엇보다 건강이 우선이니 자신이 아무리 아쉬워도 어쩔 수 없는 노릇이었다. 과연 선생을 그만두는 자신의 모습은 어떠할까. 아직은 먼 미래의 일 같았지만 선배 교사의 이야기를 들으니 그 먼 미래가 조금은 두려워지는 연수였다.

"양 선생, 교육청에서 온 공문 올렸어?"
"네."
"수고했어."

교육청에서 급하게 내려온 공문을 처리했다는 연수의 말에 홍만이 만족스러운 표정으로 고개를 끄덕였다. 그런 홍만을 향해 미소를 지었던 연수가 휴대폰을 바라보며 아까와 다른 초조한 얼굴이 되었다. 오늘이 바로 건하의 면접날이었다.

건하는 아직 본인이 진정으로 원하는 답을 찾진 못했지만 일단 주어진 기회를 날려 보내지 않고 최선을 다할 생각이라고 했다. 파랑새는 가까이 있다고, 정말 건하의 길이 그곳에 있을지도 모르는 일이니 연수도 가만히 그를 응원하며 지켜보는 쪽을 택했다.

건하라면 분명 잘할 것이란 걸 알고 있는데도 자신이 면접을 앞두고 있는 것처럼 심장이 떨려 왔다. 슬쩍 문자라도 보내 볼까 휴대폰을 만지작거리는데, 띠링 하고 메시지가 도착했다.

[오늘 하늘이 너무 예쁘네요.]

발신인은 당연히 건하. 혹시나 싶어 시계를 확인해 보았지만 시간은 그가 아직까지 면접장에 앉아 대기하고 있어야 하는 시점이었다. 그런데도 이런 메시지를 보냈다는 것은 건하가 지금 자신이 만들어 두었던 틀을 깨고 나왔다는 것을 의미했다. 어떡해야 하나. 가만히 메시지를 보고 있던 연수가 결정을 내린 듯 홍만에게 말했다.
"방 선생님!"
"왜?"
"저 갑자기 집에 일이 생겨서 조퇴를 해야 할 것 같습니다."
무언가 결의에 찬 얼굴로 조퇴를 하겠다 말하는 연수의 모습에 홍만이 당황하여 물었다.
"뭐? 갑자기 무슨 소리야?"
"굉장히 중요한 일입니다."
오늘은 더 이상 수업도 없고, 급하게 해야 할 일도 없었다. 아이들과 달리 어른들의 일탈에는 여러 전제 조건이 필요했다. 그럼에도 연수는 건하의 답을 듣기 위해 일탈을 결심했다. 지금 보내 주지 않으면 그냥이라도 가방을 싸서 가겠다는 의지가 선연한 연수의 표정에 홍만은 말을 쉽게 잇지 못하고 있었다.

* * *

눈이 부실 정도로 하늘은 예뻤다. 벤치에 등을 기대 멍하니 하늘만 바라보고 있던 건하가 작은 한숨을 내쉬었다. 지금쯤이면 면접이 시작되고, 대기하고 있던 사람들도 하나둘 그 나무 문 너머의 면접장 안으로 들어가고 있을 터였다. 그리고 그 많은 사람들

중 자신만 그 답답한 면접장을 벗어나 햇살 좋은, 그러나 텅 빈 공원 안에 앉아 있었다.

처음부터 이렇게 면접장을 벗어날 생각은 없었다. 아침부터 일찍 일어나 면접 볼 준비를 서둘렀고, 차 안에서조차 면접용으로 준비한 자기소개를 중얼거렸다. 하지만 그 모든 건 면접 대기실 안에 들어가자마자 흔적도 없이 사라졌다. 인사부 직원으로 보이는 사람에게 면접에 관한 간단한 설명을 들을 때에도, 열심히 회사 정보가 담긴 종이를 읽으며 외우는 사람들을 보면서도 자신의 머리는 그저 하얘지고만 있었다. 긴장을 한 것도, 무서운 것도 아닌데, 제 머릿속은 누군가 페인트라도 뿌린 것처럼 무채색으로 변해 갔다.

간절한 얼굴로 면접을 잘 보기 위해 모여 있는 사람들 틈에서 자신만 소외당하는 기분이었다. 초조한 마음을 드러내며 연신 중얼거리는 사람들에게서 퍼져 나오는 간절함. 하지만 아무리 들여다보아도 자신의 마음속에서 저런 간절함은 찾을 수 없었다. 이런 마음으로 저 사람들을 이길 수 있을까, 저 사람들의 자리를 뺏을 수 있을까 끊임없는 물음에 질려 가며 점점 자신감이 소멸하기 시작했다. 목표를 위해 달려가는 사람들과 그저 남들이 뛰기에 달려가는 자신. 그 사이의 괴리를 면접장에 앉아 있으면서 깨달았고, 더 이상 그 초라함을 견딜 수 없어 그대로 면접장을 나와 버리고 말았다.

고개를 꺾으며 구름 한 점 없는 하늘에서 열심히 흰 구름을 찾던 건하의 시야에 흰 구름보다 반가운, 하지만 이곳에서 보아서는 안 될 사람의 얼굴이 쑥 들어왔다.

"여기서 뭐 해! 방황하는 영혼."

처음엔 너무 그 사람이 보고 싶어 환상처럼 그 얼굴이 하늘에 떠오른 것인지 알았다. 하지만 자신을 내려다보며 웃고 있는 그 사람은 절대 환상 같은 것이 아니었다.

"선⋯⋯ 생님?"

눈을 마주 보고 있으면서도 믿지 못하겠다는 듯 작게 되뇌는 건하를 보던 연수가 이번엔 직접 손을 들어 완전히 뒤로 넘어가 있는 건하의 고개를 제자리로 돌려주었다. 멍하니 자신을 올려다보는 건하의 표정이 우스워 연수가 웃음을 터트리고 말았다. 현저한 키 차이로 인해 언제나 올려다보는 입장에서는 몰랐는데 이렇게 내려다보고 있으니 건하가 왜 만날 자신만 보면 장난을 치고 싶어 하는지 그 이유를 알 것도 같았다. 올려다보는 그 눈빛이 너무 귀여워 절로 장난을 치고 싶다는 생각이 들었다.

"여긴 어떻게⋯⋯ 수업은요?"

제 눈앞의 사람이 연수라는 것을 인지하자마자 드는 건 기쁨보다는 걱정이었다. 자신이 보낸 문자에 어디냐고 묻는 답장이 왔고, 생각 없이 회사 근처의 공원이라고 했던 것이 화근이라면 화근이었다.

"네가 하늘이 예쁘다고 자랑했잖아. 그거 확인하고 싶어서 수업 다른 샘한테 맡기고 나와 버렸어."

"설마⋯⋯ 아, 오늘 오후 수업 없는 날이시죠?"

자신 때문에 나왔다고 하는 말에 믿을 수 없는 표정을 짓다, 이내 오늘은 연수가 오후 수업이 없는 날인 것을 깨닫고 안심한 표정을 지었다. 실습한다고 한 달이나 쫓아다녔는데 그 정도도 모를까 싶었다.

"뭐야, 재미없게."

흔치 않게 당황한 건하를 잔뜩 놀려 주고 싶었는데 마음먹은 대로 되지 않았다. 누구 애인인데 이렇게 기억력이 좋은가 몰라. 불만스럽게 입을 삐죽이는데 건하가 연수의 손을 끌어 자신의 옆자리에 앉혔다.

"아무리 수업 없다고 해도 이렇게 나오셔도 돼요? 방 선생님이 뭐라고 안 그러셨어요?"

"물론 그러셨지. 근데 급한 일이라고 둘러대고 나왔어."

이미 돌아가신 할머니를 한 번 더 편찮으시게 만들었지만 이 철없는 손녀의 잘못은 인자하신 할머니께서 용서해 주시리라 멋대로 생각 중이었다.

"왜?"

제 말에 아무런 대꾸 없이 자신만 응시하고 있는 건하를 보며 괜스레 찔린 연수가 물었다. 그는 무언가 잔뜩 잔소리를 하고 싶은데 꾹 참는 듯한 모습이었다.

"아니에요."

역시나 연수의 물음에 아무리 그래도 학교를 그렇게 나오면 되느냐 하며 한 소리 하려던 건하가 이내 생각을 바꿔 고개를 절레절레 저었다. 거짓말을 하고 학교를 나온 것은 잘못됐지만 솔직히 연수가 자신을 만나기 위해 조퇴까지 하고 나온 것에 꽤나 감동했다. 학교에 대한 책임감보다 자신을 먼저 생각하는 연수의 마음을 확인한 것 같아 마음이 벅차오르기도 하고. 철없는 생각일지도 모르지만 말이다.

"하늘 구경은 재미있었어? 혼자 하니까 재미없지?"

'그래서 내가 왔잖아.' 하는 표정으로 연수도 아까의 건하처럼 고개를 뒤로 젖혔다. 사실 한마디 해야 할 사람은 자신이 아니라 연수였지만, 그녀는 그 어떤 충고도, 그 어떤 물음도 없이 흘러가는 구름을 바라보기만 했다. 정말 처음부터 목적은 하늘 보기였다는 것처럼. 그리고 그녀의 그런 행동은 자신이 먼저 말하기를 기다려 주는 것임을 알았다. 어쩐지 착잡한 생각이 든 건하가 연수를 불렀다.

"선생님."

"응?"

"저 잠깐 저희 부모님 계신 곳에 다녀올게요."

"뭐?"

담담한 목소리로 툭 내뱉는 말이었지만, 그 말에 놀란 연수가 건하 쪽으로 시선을 돌렸다. 건하의 부모님이라면 분명 외국에 계신다고 했다.

"여행 겸 해서 부모님 좀 뵙고 오려고요. 사실 아직 제가 원하는 답을 못 찾았거든요."

"아……."

여행이라. 분명 자신이 먼저 생각이 정리되지 않을 때에는 여행을 다녀오라고 했었다. 현실이 복잡할 때는 잠시 마음이 편안해지는 곳에서 여행을 하는 것이…… 좋긴 뭘 좋아! 도대체 왜 자신이 그런 말을 했던 걸까. 건하의 말에 표현은 하지 못했지만 그때 여행을 다녀오라고 한 제 입을 꿰매 버리고 싶었다. 하지만 애써 아무렇지 않은 척하며 건하에게 물었다.

"그럼 학교는 어떡하려고? 아직 학기 안 끝났잖아."

"바로 가는 건 아니니까요. 이제 곧 시험 기간이라 시험공부 하면서 나갈 준비 하면 될 거 같아요. 그러면 대충 시간도 맞을 거 같고."

"가면…… 언제 오는 건데?"

괜찮은 척하려고 했는데, 자신이 들어도 퍽 조바심이 느껴지는 질문이었다. 언제든 네 마음이 편할 때 오라고 웃으며 이야기하고 싶었는데, 서로 바빠 연락만 주고받더라도 지척에 있었던 것과 달리 쉽게 만날 수 없는 거리에 그를 보내야 한다고 생각하니 애달픈 마음이 저절로 생겨났다.

"글쎄요, 오랜만에 부모님 뵙고 쉬기도 하고, 꼭 해야 할 것도 있고 하니까 좀 걸릴지도 모르겠어요."

"해야 할 거?"

"네. 다른 건 몰라도 꼭 해야 할 게 있어요."

"그러니까 그게 뭐냐고."

"비밀이요."

제 마음을 모르지 않을 텐데도 얄밉게 말하는 건하가 야속했던 연수는 끝내 손을 들고 말았다.

"아파요."

"아프라고 하는 거야."

말을 하며 건하의 볼을 꼬집고 있는 손에 힘을 더욱 주었다. 볼에서 느껴지는 아픔에 인상이 찌푸려지긴 했지만 건하는 연수의 손을 뿌리치지 않았다. 그에 지레 걱정이 된 연수가 그의 얼굴에서 손을 떼며 빨갛게 변한 볼을 살펴보았다.

"안 아파?"

"아프다니까요."

그의 말이 사실인 듯 빨개진 볼을 만지니 열이 후끈하게 나고 있었다. 힘을 주다 보면 건하가 제 손을 피할 줄 알았는데, 본인이 꼬집어 놓고 빨개진 그의 볼을 보는 것이 속상했던 연수가 볼을 살살 쓸어 주며 괜히 타박했다.

"그런데 왜 안 피해!"

"저한테 미안하시라고요. 그래야 저를 기다려 주시죠."

정말 생각지도 못한 신의 한수였다. 건하의 말에 기운이 탁 빠진 연수가 허망한 웃음을 짓고 말았다. 하여튼 유건하를 어떻게 당해 낼까 싶었다.

"내가 설마 너 안 기다리고 다른 마음 먹을까 봐?"

"그건 아니고요."

손사래까지 치는 건하의 모습에 한 번 봐줬다는 듯 연수가 코를 찡긋했다.

"이왕 가는 거니까 해야 할 거, 생각할 거 다 하고 와."

"네, 최대한 빨리 끝내고 올게요."

연수를 안심시키려는 듯 건하가 연수의 손을 꼭 잡았다. 언제나 작고 따뜻한, 언제나 자신을 안심시켜 주는 고마운 손이 제 손안에 폭 감싸였다. 다시 한 번 바라본 가을 하늘은 여전히 맑았다. 하지만 텅 비어 있던 공원은 어느새 가득 충만해져 있었다. 마치 건하의 마음속처럼 말이다.

제14장

나의 사랑하는 제자

끝내주는
제자

"유 서방한테서는 연락 자주 와?"

출근 전 아침 식사 자리. 흘끔흘끔 연수의 눈치를 보던 경화가 연수에게 은근하게 물었다. 경화의 질문에 숟가락을 멈칫했던 연수가 이내 아무렇지 않게 고개를 끄덕이며 대답했다.

"당연하지. 왜?"

"어? 아니, 그냥. 언제 온다고는 말 없었고?"

"뭐, 올 때 되면 오겠지."

"너는 애가 뭐가 그렇게 무심해? 지금 유 서방이……."

제 애인이 외국에 가서 한 달이 넘게 오지 않고 있는데도 제 딸이 너무 아무렇지 않아 보이자, 괜히 건하 대신 서운해진 경화가 무슨 이야기를 꺼내려는 찰나 양 교장이 헛기침을 하며 말을 막았다.

"흠흠, 보챈다고 될 일도 아니고, 올 때 되면 오겠지."
"오랜만에 부모님 봬서 좋은가 봐. 연락 자주 오고 곧 온다고도 했으니까 괜히 걱정 마세요."

양 교장이 경화에게 보낸 입 다물라는 눈빛을 보지 못한 연수는 부모님의 걱정을 덜어 드리려는 듯 부러 쾌활하게 웃으며 남은 밥을 입안으로 넣었다.

"잘 먹었습니다. 학기 끝날 때 되니까 처리할 일이 많아서 학교에 일찍 가려고요. 먼저 일어날게요."
"그래."

그렇게 연수가 식탁에서 일어섰다. 연수가 가방을 가지러 방 안으로 사라지는 것을 확인한 양 교장이 경화를 타박했다.

"지금 뭐 하는 거야? 아주 다 이야기하려고?"
"둘이 떨어져 있는 게 벌써 한 달이 넘었는데, 연수가 너무 아무렇지 않아 보여서……."
"괜찮다고 말한다고 정말 괜찮은 줄 알아? 요즘 연수 먹는 게 얼마나 줄었는데. 얼굴도 쏙 빠졌구먼. 엄마라는 사람이 그것도 몰라?"
"살은 좀 빠져도 돼요. 미리 빼 두면……."
"지금 그걸 말이라고 해?"
"다녀오겠습니다."

양 교장이 경화에게 뭐라 쏘아붙이기 직전 방에서 나온 연수의 인사에 두 사람 모두 어색한 웃음으로 화답했다.

"응, 다녀와."
"오늘도 수고하거라."

그렇게 대화를 멈추고 가만히 딸의 뒷모습을 보던 두 사람은 연수가 나간 것을 확인하자, 다시 편안히 대화를 하기 시작했다.

"근데 진짜 그 녀석은 언제 온다는 거야? 전화만 해 대고 말이야."

"비행기 표 이제 끊었대요. 연수 놀라게 해 준다고 말 안 했다고 하더라고요."

"그거 알면서 연수 떠본 거란 말이야?"

"진짜 모르나 싶어서 물어봤죠."

민망함에 눈을 내리깔던 경화가 말을 바꾸려는 듯 다른 주제를 꺼냈다.

"아, 사진은 잘 도착했대요."

"그래? 근데 진짜 연수가 좋아하려나."

"당연히 좋아하죠. 이렇게 여자 마음을 모른다니까. 그리고 그렇게 걱정되는 사람이 미주알고주알 필요도 없는 말까지 해요? 나중엔 아예 없는 말까지 지어내더구먼."

"내가 언제? 내가 하는 말 구구절절이 옳은 말이고, 맞는 말이었는데."

"어이구."

못 말린다는 듯 고개를 젓는 경화의 행동에 양 교장이 발끈하며 경화를 노려보았다. 오늘도 연수의 부모님은 대화를 나눈 지 10분도 되지 않아 투닥거리기 시작했다.

✤ ✤ ✤

"선생님, 안녕하세요."

"응, 그래."

멍하니 학생부실 앞에서 창문을 바라보고 있던 연수가 지나가던 아이의 인사를 받고 다시 창문 쪽으로 시선을 옮겼다.

대학 생활의 마지막 학기를 마치고 간신히 연수와 크리스마스를 보낸 건하가 떠난 지도 한 달이 지나가고 있었다. 제 옆에 건하가 없는 동안에도 새해가 오기 전 소란스러움은 바뀌지 않았고, 어느새 시간이 흘러 정말 거짓말처럼 새해도 밝았다.

새해가 오든 오지 않든 이제 곧 입시에 뛰어들어야 할 아이들이 있는 학교는 아무리 추워도, 방학이 왔다고 해도 달라지지 않았다. 굳이 달라진 것을 따지자면 수능을 보고 임시 자유의 몸이 된 고 3 아이들이 빠져 조금은 한가하다는 것 정도랄까. 아무리 그렇다고 해도 약간의 시간이 지나면 학교는 다시 시끌시끌해질 것이었다.

무슨 생각을 하는 것인지 복도에 서서 마른 나무와 텅 빈 운동장을 바라보던 연수가 닫힌 창문을 살짝 열었다. 휘잉 하는 바람 소리와 함께 마치 기다렸다는 듯 찬 겨울바람이 창문 사이로 들어왔다. 바람을 맞고 있는 건 분명 얼굴인데 바람이 드는 건 제 마음인 것 같았다.

'자고 있으려나.'

찬바람을 맞고 있으니 문득 생각나는 얼굴에 휴대폰을 꺼내 든 연수의 얼굴 위로 갈등이 스쳤다. 아침에 경화에게 말한 대로 건하와 연락은 자주 하고 있었지만 역시나 부족했다. 물론 처음엔 통화도 커다란 위안이었지만 시간이 갈수록 점점 욕심이 생겨났다. 당장이라도 전화를 해서 빨리 오라고, 빨리 안 오면 내가 찾아갈지도 모른다고 협박이라도 하고 싶었다. 하지만 자신과 마찬가지로 마음이 편치 않을 그를 불편하게 만들 수는 없었다.

그렇게 연수가 찬바람과 함께 마음속 깊은 곳에서부터 물들이는 외로움에 코끝이 시릴 무렵, 연수의 외로움을 날려 버린 작은 소리가 연수의 귓가에 흘러들어 왔다.

찰칵.

"박윤성, 너 그 휴대폰 뭐야?"

"네?"

조용한 복도에 울린 휴대폰 카메라 소리에 본인도 놀랐던지 윤성이 눈을 동그랗게 뜨고 연수를 바라보고 있었다.

"휴대폰 또 뺏겨야 정신 차리지?"

"선생님, 죄송해요!"

"너 거기 안 서?"

그러고서는 윤성이 걸음아 나 살려라 하고 복도를 뛰어가기 시작했다. 달려가는 뒷모습을 보며 저 녀석을 잡아야 하나, 말아야 하나 고민하던 연수가 이내 봐줬다는 듯 윤성을 향해 뻗고 있던 팔을 내렸다. 몇 개월 전 휴대폰으로 말미암아 일어났던 사건 이후로 크게 반성했던지 윤성은 친구들을 괴롭히지도 않고 꽤나 착실하게 학교를 다니고 있었다. 학생으로서 당연한 행동이겠지만 중상고 입학 이후로 크거나 작게 사고를 쳐 오던 윤성의 행동 변화를 내심 기특하다고 생각하고 있었기에 연수는 휴대폰을 들고 있던 그의 행동을 넘어가 주기로 결정했다. 잠깐, 근데…….

"내 사진을 찍은 건가?"

막상 그냥 넘어가자 결심하고 생각해 보니 의문점이 남았다. 윤성은 분명 자신 쪽으로 휴대폰을 들고 있었고, 사진을 찍는 소리까지 제 귀에 똑똑히 들렸다. 하지만 아무리 고민해 봐도 윤성이 자신을 찍을 이유는 없었다. 내 표정이 이상했나.

역시나 윤성을 다시 불러와야 하나 고민하던 연수가 아무렴 이상한 사진을 찍었겠나 싶어 됐다는 듯 고개를 저었다. 지금 중요한 건 사진이 아니었다.

"유건하."

너 나한테 무슨 짓을 한 거야. 나이 서른에 상사병 걸리게 생겼다. 또다시 절로 한숨이 나왔다.

※　※　※

건하가 없는 세상에서도 시간은 부지런히 흘렀고, 오늘이 바로 모든 학기가 끝나는 종업식 날이었다. 이제 지나간 학기를 정리하고 새롭게 올 아이들을 맞이할 준비를 해야 했다. 역시나 학교의 시간은 세상의 시간보다 빨랐다.

"언제 오는 거야, 유건하."

아이들은 물론이고, 선생님들도 거의 퇴근한 학교를 나가지 않은 연수는 자신과 건하의 추억의 장소인 학교 건물 뒤 벤치에 앉아 큰 한숨을 내쉬고 있었다.

역시나 제 인내심은 그리 오래가지 못했다. 전에 그가 말한 적 있는 한계가 오는 기분을 그를 보내고 달랑 한 달 반 만에 느끼고 있었다. 게다가 어제오늘은 연락조차 잘되지 않아 그리움을 넘어선 분노가 연수의 마음을 잠식했다.

"오기만 해 봐."

그렇게 연수가 매서운 표정으로 중얼거리는데 찬 겨울바람이 연수의 온몸을 휘감았다. 아직 봄이 오기 전 기세를 뻗치는 겨울의 싸늘함에 연수가 벤치 위로 제 무릎을 접어 올려 바람으로 차가워진 무릎을 안았다. 몸을 잔뜩 웅크리자 추위는 조금이나마 가시는 것 같았지만 누군가의 품이 그리워진 연수가 끝내 울적한 목소리를 내뱉고야 말았다.

"보고 싶어."

자신이 조금이라도 추워 보이면 당연한 듯이 제 옷을 건네주고, 아예 체온으로 따뜻하게 만들어 주는 그 사람이 너무 보고 싶었다. 사실은 야속하고 미운 감정보다 보고 싶은 마음이 더 커서 그를 보자마자 왈칵 눈물을 쏟아 버릴 거 같았다. 겨울바람이 연수를 센티하게 만들어 준 탓에 찡해지는 코끝을 어찌하지 못하고 무릎 위에 얼굴을 묻어 버렸다.

타박타박.

그렇게 혼자서 베일 것 같은 그리움에 괴로워하고 있는데 누군가가 다가오는 발걸음 소리가 들렸다. 이 시간까지 남아 있는 학생인 걸까, 아니면 선생님? 학교에 아무도 없을 거라 생각했는데, 누구지? 누가 됐든 지금 제 모습을 보이고 싶지 않아 연수가 무릎을 안은 팔에 힘을 주며 눈을 꼭 감았다.

"여기서 이러고 계시면 감기 걸리시는데요. 추위도 많이 타시면서."

어? 제 머리 위에서 들리는 목소리에 연수가 어깨를 움찔했다.

혹시 그리움이 병이 되어 환청을 듣는 것일까. 놀라움에 고개를 든 연수의 눈이 환상처럼 보이는 사람의 모습에 더 동그래졌다. 그리고 더 이상 커질 수 없게 커다래진 눈을 타고 내려온 눈물이 연수의 볼 위로 흘렀다.

"너······."

눈물을 닦아 주는 따뜻한 손길에 목을 타고 왈칵 넘어오는 감정을 느낀 연수의 눈가로 또다시 눈물이 맺혔다. 경화에게도 말했듯 놀래 주려고 연락하지 않고 온 것이었는데, 자신을 보자마자 눈물을 흘리는 연수의 모습에 되레 건하가 당황하고 말았다.

"왜 우시는 건데요? 제가 그렇게 보고 싶으셨어요?"

"그래, 이 나쁜 놈아!"

흘러내리는 눈물에 시야가 흐릿해진 사이에도 그의 목소리를 들은 연수가 빽 소리를 치고는 몸을 일으키더니 그대로 건하의 품 안으로 뛰어들었다. 행여 건하를 놓으면 신기루처럼 사라질까 연수는 온 힘을 다해 그를 붙잡았다.

"잠깐만요, 여기 학교······."

갑작스러운 포옹에 당황한 건하가 연수의 어깨를 잡으려다 이내 가늘게 떨리는 그녀의 몸을 가만히 안아 주었다. 차갑기만 했던 겨울바람 안에 드디어 서서히 봄바람이 들어오고 있었다.

"사람 이렇게 놀라게 하고 말이야."

눈물을 그치고 어느 정도 정신이 돌아오자 건하에 대한 괘씸함이 새삼 떠올랐는지 연수가 눈을 흘겼다.

"죽을죄를 졌어요. 그러니까 이제 눈물 뚝!"

자신을 보자마자 흘린 연수의 눈물에 제 마음도 아팠던지라 건하가 그 어떤 변명도 할 수 없다는 듯 백배사죄했다.

"알면 됐어. 그래도 나 만난다고 멋지게 차려입고 왔나 보네."

패션의 완성인 얼굴이 되는 탓에 무얼 입든 잘 소화해 내는 건하지만 역시나 멋진 건 슈트 차림이었다. 단정한 슈트 차림을 훑어보면서 하는 연수의 말에 건하가 제 턱을 매만지며 말했다.

"겸사겸사라고나 할까요."

"겸사겸사? 나 말고 누구 보고 오는 길인데?"

"글쎄요."

"뭐야? 넌 꼭 대답을 반만 하더라."

"그게 제 매력이죠."

그의 대답에 답답해진 연수가 그를 닦달하듯 물었지만 그의 입은 전혀 열릴 생각을 하지 않았다.

"도대체 뭔데 그래?"

"나중에 알게 되실 거예요."

"또 나 놀라게 하는 거기만 해 봐."

"어? 앞으로도 놀랄 일 많으실 텐데요."

양연수를 놀라게 하는 방법으로 논문이라도 쓸 요량인지 앞으로도 놀랄 일이 많다는 건하의 말에 연수는 두려움마저 들고 있었다.

"지금까지만 해도 충분하셨거든요?"

"전 아직 배고파요. 가요, 또 놀라게 해 드릴 테니까. 그래도 이번엔 예고했어요."

예고를 해도 충분할 만큼 자신을 놀라게 하는 일은 무엇일까. 이젠 상상조차 할 수 없었다. 이제 묻는 것도 포기한 연수는 그저 건하가 가자는 대로 따를 수밖에 없었다.

"나 진짜 들어가?"
"그럼 가짜로 들어오시게요? 들어오세요."
놀라게 해 주겠다 선언한 건하가 연수를 데려온 곳은 그의 집이었다. 아직 마음의 준비(?)가 안 됐다고 중얼거리는 연수를 건하가 끝내 힘으로 끌어당겼다.
"우와."
그리고 그의 집에 발을 들인 순간 처음의 어색함이 어디 갔냐는 듯 연수의 입에선 탄성이 쏟아졌다. 평소 깔끔한 그의 성격을 보여 주듯 집 안은 흐트러진 것 하나 없이 깨끗했다. 현관으로 들어가자 보이는 탁 트인 거실과 아일랜드 식탁이 놓인 부엌, 검정색의 소파와 텔레비전. 전체적으로 블랙과 화이트로 꾸며진 세련되고 멋들어진 집이었다.
"그런데 이건 뭐야?"
반짝이는 눈으로 집 안을 둘러보던 연수가 거실 한가운데 놓인, 그의 집과는 전혀 어울리지 않는 물건을 가리키며 물었다. 연수의 손가락 끝에는 학교에서나 볼 수 있는 책상과 의자가 있었다.
"앉으세요."
연수의 물음에 오묘한 미소를 지은 건하가 직접 의자를 뒤로 빼 주며 턱짓으로 의자를 가리켰다.
"편한 소파 두고 여기 앉으라고?"
"지금부터 수업할 건데, 소파에 앉아서 들으시려고요?"

"수업?"

영문을 알 수 없어 의자 옆에 멀뚱히 서 있던 연수가 조심스럽게 건하가 빼 준 의자에 자리를 잡았다. 일단 앉아야 일이 어떻게 돌아가는 건지 알 수 있을 것 같았다.

"연수 학생 책이에요."

도대체 언제 준비한 건지 검은 뿔테 안경에 단단해 보이는 기다란 나무 막대기까지 챙긴 건하가 연수에게 커다란 책 한 권을 건네주었다. 갑작스럽게 교생실습 오마주인 건가 싶었던 연수는 책의 표지를 보자마자 웃음이 터지고 말았다.

〈양연수〉

건하가 연수에게 건넨 건 실제 교과서라기보다는 가제본 형식으로 된 스크랩북이었는데, 책의 앞표지에는 직접 손으로 쓴 듯한 글씨로 연수의 이름이 대문짝만 하게 적혀 있었다. 설마하니 자신의 이름이 과목명이 될 것이라고 생각하지 못한 연수가 자꾸 새어 나오는 웃음을 참으며 건하에게 물었다.

"선생님, 양연수라는 과목도 있어요? 전 처음 들어 보는데요."

"유건하 세상에서는 그게 필수 과목이에요."

태연한 그의 말에 웃으며 책을 앞뒤로 돌려보던 연수가 집필진이라는 글자 옆에 적힌 낯익은 이름들에 눈이 커지고 말았다.

"집필진에 선생님 이름은 그렇다 치는데, 김경화, 양재봉, 박윤성은 뭐예요?"

"그분들 없었으면 이 교과서는 절대 집필 못했을 거예요."

물론 자신도 교과서-이 경우 교과서라고 불러야 하는지 애매했지만-를 만드는 작업이 혼자 하기에 힘든 일이라는 것은 알고 있었다. 하지만 뭘 하려는 것인지는 몰라도 다시 돌아온 기념 이벤트가 참 거창하다 싶은 생각은 지울 수 없었다. 그리고 제 부모님뿐만 아니라 윤성까지 참여했다니. 실습이 끝나기 전 마음을 풀고, 실습 후에도 종종 건하와 윤성이 연락을 하는 것을 알고 있었지만 윤성을 이런 식으로 만나게 될지 몰랐다. 다른 건 다 떠나서 윤성이 과연 어떤 역할을 했을까 궁금했던 연수가 본격적으로 책을 확인하려는 순간, 건하가 그녀를 제지하며 말했다.

"이제 수업 시작할 거예요. 책 펴세요."

미리 보면 김이 빠질까 봐 그러는 것일까, 단호한 그의 얼굴에 연수도 얌전히 고개를 끄덕였다.

"네, 선생님."

책 속의 다른 페이지들이 궁금했지만 선생님이 수업을 하겠다는데 다른 짓을 할 수는 없었다. 게다가 지금 이곳에 학생은 자신밖에 없지 않은가. 어쩔 수 없이 생성된 면학 분위기를 받아들이며 연수가 드디어 교과서의 첫 페이지를 넘겼다.

"이걸 다 손으로 쓴 거예요?"

표지의 글씨만 손으로 쓴 건 줄 알았는데, 책을 넘겨 보니 그 안의 글씨들은 건하가 직접 쓴 손글씨였다. 중세 수도승도 아니고, 처음 봤을 때도 느꼈지만 예사 정성이 들어간 책이 아니었다. 멀리까지 가서 이걸 준비하고 있었을까. 건하가 늦게 돌아온다고 원망했던 것이 되레 민망해지는 연수였다.

"당연하죠. 제가 굉장히 사랑하는 제자가 볼 책이니까요. 자, 이

제 진짜 수업 시작합니다. 책 얼른 펴세요."

뻔뻔하게 말을 꺼내 놓고도 스스로 민망한 건 알았던지 건하가 얼른 수업을 시작하자며 급하게 말을 돌렸다.

"책은 예전에 폈는데요?"

"참 잘했어요, 양연수 학생."

칭찬의 뜻으로 연수의 머리를 쓰다듬는 건하의 행동에 연수가 웃음이 터지고, 뒤이어 건하도 웃음을 터트렸다. 드디어 선생님 유건하의 수업이 시작되었다.

"어린 시절부터 총명했던 연수는 학교 다니던 시절에 모든 선생님들의 사랑을 독차지했고…… 이 부분 굉장히 중요합니다. 어린 시절부터 사랑을 독차지한 연수."

"계속 놀리지?"

"수업 중에 학생을 놀리는 선생이 어디 있어요?"

그렇게 말하면서도 건하는 연수를 보며 장난스럽게 웃었고, 연수는 그를 무섭게 노려보았다. 건하가 준비한 책은 연수가 태어난 일부터 학창 시절과 어린 시절의 소소한 에피소드 등 연수의 지난 일생을 큰 챕터로 구분해 설명하고, 그에 관련한 사진을 붙이는 식으로 내용을 구성한 것이라 교과서라기보다 양연수 전기 같은 느낌이었다. 그리고 확실히 사진부터 이야기 구성까지 집필진인 제 부모님이 안 계셨더라면 이 책이 태어날 수 없었을 거라는 말은 틀린 게 아니었다. 특히나 '영특하고', '총명하고', '사랑을 독차지하고' 등의 표현이 많이 들어가 있는 것으로 보아 엄마인 경화보다는 아버지인 양 교장의 이야기가 굉장히 많이 들어갔다는 것 또한 알 수 있었다. 그런 이유로 모범생의 생활 기록 같은 교과서의 내용이 참을 수 없이 부끄러워 수업하는 선생님 얼굴 보는 것이 민망할 지경이고 말이다.

"이제 다음으로 '양연수의 현재' 챕터로 넘어갈게요."

"네, 얼른 넘어가요."

그렇게 연수의 얼굴을 화끈하게 만들다 못해 오그라들어 구운 오징어로 만들 뻔한 연수의 탄생과 학창 시절 부분이 끝났다. 안도의 한숨을 내쉬는 연수를 향해 건하가 물었다.

"아, 복습해야죠?"

"안 해!"

발작처럼 나온 거절에 건하가 시원한 웃음을 터트렸다. 학생의 수업 거부가 얼마나 무서운 것인지 알려 줘야 하는 것일까 고민하는데, 다행히 그 마음을 읽은 것인지 건하가 복습을 하고픈 마음을 누르며 다음 챕터로 넘어갔다.

"다음 챕터는 연수의 현재와 관련된 부분입니다. 연수는 현재 서울 소재의 중상고에서 선생님으로 재직 중인데요."

"어? 진짜 나 수업하는 사진이네."

건하의 설명을 들으며 책을 넘겨 보던 연수가 실제로 자신이 교실에 수업하고 있는 사진을 발견하고 놀라 소리를 내고 말았다. 한눈에 보아도 최근에 찍은 사진이 분명한데, 외국에 있었던 건하가 제 모습을 찍었을 리는 없고…….

"박윤성, 이게 수업 안 듣고."

이로서 집필진에 떡하니 자리를 잡고 있던 윤성의 역할까지 샅샅이 밝혀졌다. 그때 교무실 앞에서 윤성이 찍었던 것도 분명 제 사진이었을 거라는 생각에 찾아보니 역시나 복도 창문에 서서 우울하게 창밖을 바라보는 제 모습이 그대로 찍혀있었다. 사진 아래의 설명에는 '어떻게 하면 학생들에게 재미있게 수업할 수 있을까 고민하는 모습'이라고 되어 있었다. 보이기 나름이고, 해석하기 나름이라고 하지만 건하에 대한 그리움으로 우울했던 제 모습이 학생들을 위해 고민하는 모습으로 보일 줄은 몰랐기에 바람 빠진 웃음이 나왔다.

"왜요?"

"이 교과서의 치명적인 오류를 발견했어요."

"뭔데요?"

"이 사진, 고민하는 모습이 아니라 누가 보고 싶어서 우울해하는 모습이었어요. 제대로 검수도 안 받고 교과서를 만드니까 이런 일이 생기죠."

연수의 말에 잠시 멍한 표정을 짓던 그가 어느새 책상 앞에 바짝 다가와 무릎을 꿇고 연수를 올려다보며 물었다.

"그 누구가 누구인데요?"

"있어요, 사랑하는 제자."

그의 눈빛이 더욱 애틋해지는 것으로 보아 이미 수업은 뒤로 밀려난 상태였다.

"진짜 치명적인 오류네."

"그렇죠?"

어느새 연수도 책상 위로 제 몸을 기대며 건하 쪽으로 다가와 두 사람의 거리는 손가락 하나도 들어가기 힘들 정도로 가까웠다. 금방이라도 부딪칠 듯 감질나게 연수의 입술을 바라보던 건하가 말했다.

"네. 그리고 이 책에 더 치명적인 오류가 있어요."

그냥 오류도 아니고, 치명적인 오류라니. 이해 못하겠다는 표정을 짓는 연수에게 직접 보여 주겠다는 듯 건하는 앉은 자세 그대로 책을 들어 연수 쪽으로 향하게 만들었다.

"사실 이 책 네 번째 챕터인 '양연수의 미래'에는 아무 내용도 없습니다."

그 말이 진짜라는 듯 건하가 편 페이지에는 하얀 백지만 덩그러니 있었다.

"예언가도 아니고 제가 연수 씨 미래까지는 알 수 없으니까요. 하지만 한 가지 확실한 건 연수 씨는 연수 씨가 택한 길을 잘 걸어가실 거라는 거죠. 그렇게 결론을 내고 보니까 궁금한 게 한 가지 생기더라고요."

"뭐?"

내심 미래 챕터엔 건하와 함께인 자신이 있는 게 아닐까 기대하고 있었기에 그의 말에 대꾸하는 연수의 표정에는 숨겨지지 않는 실망이 가득했다. 바보같이 뭘 바란 걸까. 톡 쏠 줄 알고 마신 콜라가 이미 김이 다 빠져 밍밍한 단맛만 남은 검은 물인 것을 깨달은 기분이었다.

"연수 씨가 갈 길을……."

하지만 긴장으로 연수의 그런 마음을 알아채지 못한 건하가 속으로 커다란 한숨을 내쉬며 들고 있던 책장을 넘겼다.

〈저하고 함께 가실래요?〉

아홉 글자의 물음과 함께 그 아래 놓인 작은 반지가 하얀 페이지 전체를 밝혀 주고 있었다. 연수가 걸어갈 미래의 길에 자신도 함께하자는 물음. 터질 것 같은 심장 소리를 들으며 연수는 건하가 펴 둔 페이지를 새길 듯이 바라보았다.

"저한텐 연수 씨가 제가 찾은 답이고, 제가 택한 미래고, 제가 걸어갈 길이거든요."

마음을 깨달은 후 한 번도 변한 적 없는, 건하에게만큼은 진리와 같은 사실이었다. 중간에 연수의 방해 아닌 방해에 처음 계획과는 살짝 빗나가긴 했지만 연수에게 하고 싶은 말과 제 마음은 모두 전했다.

이제 남은 건 연수의 답뿐이었다. 하지만 어느새 고개를 숙이고 있는 연수에게서는 그 어떤 답도 들리지 않았다. 내심 'Yes'라고 답할 확률이 더 높지 않을까 기대한 탓에 연수의 무응답은 그의 마음을 초조하게 만들었다.

"저……."

그렇게 가만히 서 있기를 몇 분째, 이제 초조하다 못해 온몸이 떨릴 지경이 된 건하가 기다리기를 포기한 채 연수를 조심스럽게 불렀다. 그리고 마치 그가 먼저 입을 열기를 기다렸다는 듯이 약간 화가 난 듯한 표정으로 고개를 든 연수가 건하를 똑바로 바라보며 물었다.

"당연한 거 아니야?"

"예?"

"너, 나 말고 다른 여자한테 반지 끼워 주려고 했어?"

자신은 예전부터 건하를 제 짝으로 점찍어 놓았는데, 그것을 모른 양 건하가 자신의 대답을 기다리며 초조해하자 연수의 기쁜 마음은 불만이 가득 찬 핀잔으로 표현되었다.

"당연히 아니죠."

당연이라는 말에 숨어 있는 허락에 드디어 편한 마음으로 웃을 수 있게 된 건하가 고개를 저었다.

"자."

드디어 연수가 반지를 끼워 달라는 듯 건하에게 손을 내밀었다. 기꺼이 연수의 작은 손을 잡은 건하가 여전히 떨리는 손으로 책에 붙어 있는 반지를 떼어 내 연수의 손에 끼워 주었다. 반지는 연수의 손에 맞춘 것처럼 꼭 맞았다.

"예쁘다. 역시 보는 눈이 있······."

손가락에 끼어진 반지를 보며 말을 하던 연수의 말은 그대로 건하의 입술에 먹혀 버리고 말았다.

눈 깜짝할 새에 연수의 입술을 가르고 들어온 그의 뜨거운 혀는 마치 물 만난 듯 연수의 입안을 헤집기 시작했다. 목마름에 허겁지겁 담뿍 베어 문 과일 같은 연수의 입술에서는 다디단 과즙이 나오는 것 같았다. 강하게 연수의 뒷목을 감싸 쥐며 그녀의 입술을 정신없이 탐하던 건하가 더 이상 참지 못하고 연수의 가녀린 몸을 일으켜 세웠다. 허리를 바짝 안아 거의 들다시피 하여 연수를 제 방으로 옮기는 건하의 걸음은 그 누가 온다고 해도 막을 수 없을 것 같았다.

털썩 하는 소리와 함께 두 개의 몸이 침대 위로 떨어졌고, 떼어진 입술 새로 연신 가쁜 숨이 새어 나왔다. 서로를 바라보는 두 사람의 시선은 한시도 서로에게서 떨어지지 못하고 있었다. 동그란 눈을 깜박이지도 않은 채 자신을 올려다보는 연수를 더없이 사랑스럽다는 눈길로 바라보던 건하가 조심스럽게 연수를 불렀다.
"연수야."
듣기만 해도 녹아 버릴 것 같은 나직한 그의 목소리에 연수의 얼굴이 더욱 발그레해졌다.
"듣기 좋다."
이불이 있다면 금방이라도 얼굴을 숨겼을 것 같은 부끄럼이 몰려왔지만, 도망가고 싶진 않았다.
"특별할 때만 이렇게 부를 거야."
다시 한 번 그의 입술이 연수의 입술에 내려앉았다. 손을 잡는 것처럼 살과 살이 닿는 아주 작은 접촉일 뿐인데도 건하와의 키스는 느낌이 달랐다. 온몸에 전기가 오른 것 같은 찌릿함에 제 몸이 제 몸이 아닌 것 같았다. 그렇게 서로의 입술을 나누고, 체온을 나누다 어느새 나신이 된 두 개의 몸이 서투르지만 솔직하게 서로를 원하는 몸짓을 이어 갔다.
"흐윽……."
연수의 입술에서 벗어나지 않은 채로 건하가 손을 들어 연수의 소담한 가슴을 감싸 쥐었다. 제 가슴을 쥐고 손가락으로 정점을 자극하는 움직임에 연수가 참을 수 없는 신음을 내뱉었다. 너무 뜨겁다. 몸 곳곳에 닿는 손길이 참을 수 없을 정도로 뜨거웠고, 자신의 아래 또한 제 의지와 상관없이 뜨거워지고 있었다.
"천천히 할…… 게."
연수의 하얀 몸 곳곳에 붉은 자국을 남기면서도 혹여 자신이 그녀에게 상처를 입힐까 걱정이 된 건하가 마른침을 삼켰다. 자신의 몸은 이미 준비가 끝났지만 연수는 아니다. 확실히 여자는 남자와 다른 것인지 연수의 몸은 생각했던 것보다 훨씬 섬세하고 여렸다.

"괜…… 찮아."

얼른 들어와.

연수가 제 걱정에 망설이는 기색이 역력한 건하를 안으며 속삭였다. 모든 것이 처음 느껴 보는 생소한 감각이라 숨이 가빠 왔지만 연수 또한 건하의 손길이 닿을 때마다 몸을 타고 내려오는 강렬함에서 벗어나고 싶지 않았다.

괜찮다는 연수의 말을 확인이라도 하듯 건하가 연수의 다리 사이에 손을 가져갔다. 다행히도 연수의 꽃잎은 잔뜩 수분을 머금고 있는 상태였다.

자신이 주는 자극에 보채듯 끙끙 앓는 신음을 내는 연수를 보고 드디어 결심을 굳힌 건하가 허리를 세우며 제대로 자리를 잡았다. 최대한 연수가 아프지 않게 움직이자 다짐한 건하가 천천히 연수의 안으로 들어갔다.

"흐흑."

"어흑."

신음은 동시에 터졌다. 서로가 하나로 맞물리는 순간 찌릿하게 올라온 황홀함은 절대 말로 설명할 수가 없었다. 연수의 반응을 살피며 조심스럽게 들어가려 했는데, 연수의 입구에 다다른 순간 자신을 반겨 주는 꽃잎의 움직임에 살짝 이성이 흐려진 건하가 힘을 줘 연수의 안을 꿰뚫어 버렸다.

"아아……."

건하의 남성이 끝까지 들어가자마자 터지는 연수의 고통에 찬 신음에 놀라 그가 몸을 빼려 하자 연수가 그를 붙들었다.

"괜찮아, 멈추지 마."

건하에게 하는 말 같았지만 사실 그 말은 연수 자신에게 건네는 주문과도 같았다. 생각했던 것보다도 아팠지만 그 고통은 건하를 품은 느낌에 비할 것이 아니다. 사랑하는 남자를 받아들인다는 것. 그 무엇과도 바꿀 수 없는 뿌듯함이었다.

"아프게 해서 미안."

연신 터지는 쾌락과 고통을 담은 신음에 안타까움이 든 건하가 고통이 가시길 바라는 기도를 담아 깊은 키스를 하며 몸을 움직였다. 넓은 방 안에는 살과 살이 맞닿는 소리와 키스로 억눌린 신음만이 부유했다.

"사랑해."

낮게 읊조리듯 한 짧은 한 마디가 천상의 음악 소리 같았다.

"나도 사랑해."

힘없이 입가를 늘어트린 연수도 건하에게 제 마음을 전했다. 자신의 모든 걸 내줘도 아깝지 않은 사람. 사랑한다는 자신의 말에 더없이 벅찬 표정으로 제 안에서 활개 치는 건하를 느끼며 연수가 가는 팔을 들어 그의 허리를 힘껏 안았다. 넘칠 만큼 제 품에 차는 남자가 너무도 사랑스러웠다.

※　※　※

"요즘 뭐가 그렇게 바빠?"

건하가 돌아온 지도 이제 일주일이 훨씬 지난 시점이었다. 무사히 졸업식도 참석하고, 좀 여유가 생기겠거니 했는데 요즘의 건하는 자신보다도 더 바빠 보였다.

"생각보다 준비할 게 많아서요."

"뭘 준비하는데?"

"말씀드렸잖아요. 준비하고 있는 서프라이즈가 있다고."

얄미운 그의 말에 눈이 가늘어졌던 연수가 이내 선전포고를 하듯 그에게 말했다.

"물어도 말 안 해 주니까 이제 나도 안 물어봐. 근데 이번엔 절대 안 놀랄 거야."

"그건 보면 알겠죠?"

"두고 보라고. 절대 안 놀라."

"내기할까요? 놀라실지, 안 놀라실지?"

"싫어."

안 놀란다곤 했지만 건하는 언제나 생각지도 못하게 치고 들어오기에 제 호언장담이 지켜질지 알 수 없었다. 그렇기에 분하긴 했지만 내기에 응할 수는 없었다.

"자신 없어서 그러시는구나?"

"아니거든."

그래도 곧 죽어도 자신 없다는 말은 하고 싶지 않아 뻗대는 연수를 놀리는 건하 때문에 실랑이를 벌이지고 있는데, 두 사람 사이에 끼어드는 목소리가 있었다.

"보기 좋습니다. 사랑싸움 중이세요?"

"엄마, 깜짝이야!"

"괜찮아요? 뭐야, 우리 선생님 놀라셨잖아."

약 올릴 때는 언제고, 갑작스러운 목소리에 연수가 심장까지 부여잡으며 놀라자 건하가 연수의 어깨를 감싸며 하는 말에 어이없다는 정민의 대꾸가 이어졌다.

"나 옆에서 한참 보고 있었거든?"

"왜 그래? 나도 모르게 놀란 거 가지고. 정민아, 안녕."

"네. 잘 지내셨죠?"

민망함에 건하를 타박한 연수가 정민에게 인사하자 그도 건하를 대할 때와는 다른 반가운 얼굴로 인사했다.

현재 두 사람은 정민의 졸업 전시회에 초대받아 정민의 학교에 와 있는 상태였다. 건하에게서 정민이 두 사람 사이를 알고 있다는 이야기를 듣긴 했지만, 선생님이 아닌 친구의 애인 자격으로 옛 제자를 만나는 것이 쑥스럽기도 하고 솔직히는 걱정되는 마음도 있었다.

"이렇게 두 사람을 보고 있으니까……."

"보고 있으니까?"

긴장한 연수를 눈치채지 못한 것인지 정민이 손가락으로 턱을 쓸며 둘을 번갈아 보면서 하는 말에 연수의 표정이 굳었다.

"선생님이 너무 아까우신데요?"

"응?"

"그걸 이제야 알았냐?"

태연한 정민의 말에 연수가 어리둥절한 사이 건하가 대신 대꾸했고, 그의 말에 정민이 닭살 돋는다는 듯 팔을 엑스 자로 만들어 엇갈린 손으로 제 팔뚝을 문질렀다.

"안 놀랐어? 우리 이야기 듣고?"

자신이 정민의 입장이라면 불편할 것 같은데, 부러 그런 마음을 숨기는 것인지 몰라도 정민은 자신과 건하를 보면서도 전혀 아무렇지 않아 보였다. 그래서 되레 연수가 괜찮은 것이냐 묻고 말았다.

"놀랐죠. 건하 녀석이 선생님을 얼마나 귀찮게 했으면 선생님이 넘어가 주신 걸까 하고요. 이미 아시겠지만, 이 녀석이 엄청 집요하잖아요. 근데 집요한 남자는 매력 없지 않아요?"

"조용히 안 해?"

연수를 이용해 자신을 놀리려 드는 정민를 막으려 건하가 경고의 눈빛을 보냈다. 하지만 정민은 전혀 개의치 않는 모양이었다.

"뭐가? 내가 틀린 말 한 줄 알아? 그렇죠, 선생님?"

"음, 난 집요해서 좋았는데?"

그런 연수의 말에 건하의 표정이 기세등등해졌고, 정민은 할 말을 잃었다는 듯 고개를 절레절레 저었다.

"우리 선생님이 이렇게 변하시다니. 너 때문이다, 인마."

그러더니 폴짝 뛰어올라 건하의 목에 헤드록을 거는 정민이었다. 급작스러운 공격에 반격하지 못한 건하와 그런 건하를 가지고 놀며 즐거워하는 정민. 어린아이 같은 두 사람의 모습에 연수는 웃음이 터졌다.

"크음!"

그렇게 세 사람이 주위 시선을 신경 쓰지 않고 소란을 만들어 내는데, 자신을 알아차려 달라는 메시지가 분명한 헛기침 소리에 세 사람의 고개가 돌아갔다. 고개를 돌린 곳에 서 있는 사람들의 모습에 세 사람의 눈이 더없이 커지고 말았다.

"아버지, 어머니……."

건하를 괴롭히던 팔을 풀고 정민이 여전히 얼떨떨한 얼굴로 제 눈앞의 부모님을 불렀다.

"안녕하셨어요."

부모님을 부르기만 하고 멍해 있는 정민을 대신해 연수가 그의 부모님을 향해 인사했다.

"네, 안녕하세요, 선생님."

"안녕하세요."

"그래, 건하구나. 오랜만이지?"

인사 후에도 여전히 어색함이 맴돌았다. 이번에 용기를 낸 건 정민이었다.

"제 애니메이션 보러 오신 거예요?"

"그럼? 보러 오라고 티켓 두고 간 거 아니야?"

얼마 전 졸업 작품전 티켓을 드리러 갔다가 문전 박대를 당했었다. 미련이 남아 티켓을 우편함에 두고 오면서 졸업 후 멋진 작품을 만들어서 찾아가면 자신을 다시 봐 주실 거라고 스스로를 위로했는데, 그때 느꼈던 우울한 마음이 부모님의 등장으로 모두 사라졌다.

"부모도 버리고 가서 만든 건데 얼마나 대단한지 확인하려고 왔다."

"여보……."

꿈을 이루기 위해서라고 해도 자신들을 등진 아들에 대한 서운함이 남아 있기 때문인지 그간 고생했다는 말보다는 미운 말이 먼저 나왔다.

"놀라실걸요? 너무 잘 만들어서."

자신감이 넘치는 정민의 말에 부모님은 아무 말도 하지 못한 채 아들을 바라보았다. 우리 아들이 이렇게 웃을 줄 아는 애였나, 우리 아들이 이렇게 자신감이 넘치는 애였나, 우리 아들이 벌써 이렇게나 큰 건가. 아들을 보지 못한 몇 년간 일어난 변화가 한꺼번에 느껴져 두 사람은 울컥대는 마음을 힘겹게 억눌렀다.

"이제 곧 상영할 것 같은데, 들어가시죠."

후회와 기쁨, 미안함과 애틋함이 흐르는 와중 건하가 조심스럽게 입을 열었다. 이야기는 애니메이션을 본 후에 해도 늦지 않았다. 이제 오랜 시간을 돌고 돌아 부모 자식 사이에 묵은 감정을 정리할 순간이 온 것이었다.

그렇게 다섯 사람이 상영관으로 걸음을 옮기려는데, 문득 정민 엄마가 연수를 불렀다.

"선생님."

"네."

"그땐 미안했어요."

정민의 인생을 망쳤다고 많이 원망했지만 제 아들을 알아봐 준 건 엄마인 자신이 아닌 연수였다. 그 사실 또한 이제야 인정할 수 있게 되었다.

"아니에요. 정민이 이해해 주셔서 너무 감사드려요."

"영화 끝나면 식사라도, 근데 왜 다른 애들은 없고, 두 사람만……."

"어머니, 늦겠어요. 얼른 가요."

말을 하다 보니 다른 친구들은 없고 건하와 연수만 이곳에 덩그러니 있는 것이 이상했던 정민 엄마가 그에 대해 물으려 했다. 그에 당사자들보다 더 놀란 정민이 아예 제 부모님의 팔을 끌고 상영관으로 들어가려 했다. 밀지 말라는 부모님의 말에도 정민은 건하와 연수에게 걱정하지 말라는 뜻으로 눈을 찡긋하더니 상영관 쪽으로 빠르게 걸음을 옮겼다.

"어쨌든 다행이다. 그치?"

정민이 자신들에 대해 부모님께 어떻게 말씀드릴지 걱정되긴 했지만 지금 중요한 건 정민도, 정민의 부모님도 서로를 이해하려고 노력하고 서로에게 한 발자국 다가갔다는 것이었다.

"우리도 갈까요?"

"응."

크기가 다른 두 개의 손이 다정하게 맞닿았다. 이제 너무 당연해진 길동무. 상영관으로 향하는 두 사람에게선 누구도 방해 못할 행복이 뿜어져 나오고 있었다.

* * *

시간이 어떻게 가는 줄 모르다 정신을 차려 보니 달력은 벌써 3월을 가리키고 있었다. 그간 어떻게 시간을 보냈더라. 2월 그 짧은 달 동안 돌아온 건하와 데이트하랴, 신학기 시작하기 전 이런저런 일정 조정과 업무 배정하랴 정신없이 바빴기에 제대로 학기를 시작하기도 전에 연수는 몸이 많이 지쳐 있는 것을 느꼈다. 이 지친 몸과 마음에 기름을 넣고자 학교에 오는 길에 건하에게 전화를 했지만 그는 받지 않았다. 자나 싶었지만 올빼미인 자신과 달리 아침형 인간인 건하이기에 의아함을 느끼며 휴대폰을 내려놓았던 연수다. 그리고 건하의 목소리를 듣지 못한 안타까움은 신학기 첫 교무 회의를 앞둔 지금까지도 이어지고 있었다.

"양 샘, 오늘 새로운 사회 선생님 온다는데, 얘기 들었어요?"

"어? 그래요? 어디요?"

가만히 앉아 휴대폰만 들여다보던 연수가 옆에 앉은 선생님의 말에 주위를 둘러보았다. 어떤 분인지 몰라도 신입 교사라면 교무 회의를 하는 이곳에 앉아 있어야 했다. 하지만 아무리 살펴봐도 뉴 페이스 선생님은 보이지 않았다.

"아직 안 오신 거 같아요."

"설마 첫날부터 지각이신가? 어떤 분이시래요?"

"모르겠어요. 오늘 오신다고만 들어서."

"젊은 분인가?"

어떤 분인지는 몰라도 첫날부터 지각을 한 것으로 보아 최소한 자신에게만은 그 신입 선생님의 점수가 깎였다. 같은 과목을 가르치게 되면 부딪칠 일이 많을 텐데 벌써부터 걱정이었다.

"교장 선생님."

"다들 앉아요. 회의 시작합시다."

회의실에 도착한 박 교장 덕분에 아직도 모습을 보이지 않는 신입에 대한 이야기는 뒤로 밀리게 되었다.

"오늘부터 학기 시작하는데 잠은 잘 주무셨습니까? 다시 한 번 일 년 동안 힘내서 아이들을 이끌어 봅시다. 각설하고, 교무부 공지를 간단하게 말씀드리겠습니다. 이번에 새로 들어온 신입생 담임선생님들께서는······."

역시나 신학기 교무 회의답게 각 부서에서 전하는 공지 사항과 여러 회의 안건으로 회의는 평소보다도 길게 이어졌다. 그래도 시간은 계속 흐르니 이 지루한 회의도 점점 끝이 보이고 있었다.

"이것으로 회의를 마치도록 하겠습니다."

회의 끝을 맞이해 모든 선생님들이 가벼운 마음으로 자리에서 일어서려는 순간, 박 교장이 그런 선생님들의 움직임을 멈추게 만들었다.

"아, 잠시만요."

모두의 시선이 자신에게로 꽂히자 헛기침을 한 번 한 박 교장이 선생님들을 둘러보았다.

"여러분도 알고 계시겠지만 이한철 선생님께서 건강 문제로 수업을 못하게 되시면서 오늘 새로운 선생님이 오셨습니다."

여전히 모습을 보이지 않는 신입 선생 이야기가 교장 선생님 입에서 나오자 선생님들은 어리둥절한 얼굴로 각자 옆에 앉은 선생님들을 마주 보며 어깨를 으쓱했다.

"이 나이에도 장난기가 돋아서 선생님들을 놀라게 해 드리고 싶어서 몇몇 선생님을 제외하고는 비밀로 했거든요."

박 교장의 말에 이미 신입 교사의 정체를 알고 있는 듯 보이는 선생님들이 피식 웃음을 지었다. 도대체 누구기에 이렇게 사설이 긴 것인지, 선생님들은 궁금증에 박 교장에게서 시선을 떼지 못한 상태였다.

"들어오세요."

회의실 문 쪽을 향해 박 교장이 말하자 천천히 회의실 문이 열렸다. 무슨 'TV는 사랑을 싣고'도 아니고. 텔레비전 예능 프로그램 같은 서프라이즈에 선생님들이 시선이 모두 문 쪽으로 향했다.

다음 순간, 문을 열고 들어오는 사람이 누군지 확인한 선생님들의 두 눈이 휘둥그레졌다. 그리고 그중에서 연수의 눈은 더할 나위 없이 커져서 안구가 금방이라도 튀어나올 것만 같았다.

"인사가 늦었습니다. 이번에 새롭게 중상고 일반 사회 과목으로 부임한 유건하라고 합니다. 잘 부탁드립니다."

건하의 인사에 모두 박수 치는 것도 잊었다. 그가 연수에게 말했던 서프라이즈. 역시나 놀라 입만 벙긋거리고 있는 연수에게 그는 '제가 이겼죠?' 하는 장난스러운 눈빛을 보냈다. 이 서프라이즈의 대가가 무엇일지, 살짝 걱정은 됐지만 그보다 더 건하를 사로잡은 건 자신이 걸어가게 될 그 길에 대한 기대감이었다. 그렇게 기대되는 나날이 시작되고 있었다.

에필로그

끝내주는 그대

끝내주는
제자

 중상고 학생부실 앞에 어찌 된 일인지 중상중 교복을 입은 여학생들이 옹기종기 모여 있었다.
 '중학생 애들이 왜 여기에?'
 수업을 마치고 학생부실 복도에 들어선 연수가 고개를 갸웃거리며 아이들이 있는 쪽으로 다가갔다.
 "야, 여기 있는 거지?"
 "응, 응! 고등학교 학생부 샘이랬어, 울 건하 샘 마누라."
 학생부실 안이 보이는 창문에 붙어 서서 누군가를 애타게 찾으며 소곤대는 말에 연수가 기가 차다는 표정으로 아이들에게 더 가까이 다가갔다.
 "여기서 뭐 하는 거니?"
 "네?"

도대체 건하 샘의 마누라는 누구일까 눈에 불을 켜고 찾다가 한눈에 보기에도 선생님일 듯한 사람이 말을 걸자 교무실 앞 아이들은 몸을 움찔하며 서로 눈치만 보았다.

"무슨 볼일 있는 거야?"

"그런 게 아니라……."

"저기 선생님!"

연수의 물음에 우물쭈물하는 친구를 보다 못한 옆의 아이가 당돌하게 연수를 불렀다.

"왜?"

"그…… 중상중에 계시는 유건하 선생님 아내 되시는 분이 이 고등학교에 있다고 하던데……."

"그런데?"

"어떤 분인가 해서요."

방금 전 대화를 듣고서도 알았지만 역시나 이 아이들의 목적은 유 선생 마누라 염탐이었다. 건하는 처음 중상고의 일반 사회 선생님으로 부임해 왔었지만 현재는 같은 중상 재단 소속이자 중상고 옆에 있는 중상중의 선생님이었다.

중상고 내에서 첩보전을 방불케 하는 비밀 연애 끝에 결혼 날짜를 잡고 두 사람이 청첩장을 돌린 날, 학교 선생님들은 그야말로 뒤집어지고 말았다. 한 번도 상상한 적 없는 조합에 얼떨떨하게 축하 인사를 받긴 했지만 당연하게 두 사람은 여러 뒷말을 듣기도 했었다. 이미 각오한 일이기에 사람들의 뒷말은 그대로 무시해 버렸지만, 사제지간에서 직장 동료, 이제 부부 사이가 될 두 사람의 러브 스토리에 학교가 시끄러워질 것을 염려한 교장 선생님은 건하에게 중학교로 갈 것을 권했고, 건하 또한 그편이 자신들에게도 좋을 것이라는 생각에 순순히 고개를 끄덕였다.

"그걸 왜 너희가 궁금해하는데? 누가 시킨 거야? 혹시 유 선생님이 그 아내 되시는 분 불러오래?"

시치미를 떼며 묻는 연수의 말에 아이들의 앳된 얼굴에 민망함이 떠올랐다. 젊다기보다는 어리다는 표현이 어울리는 아이들의 귀여운 표정에 연수가 웃음을 삼켰다.

"네? 아니, 그런 건 아니고……."

"그럼?"

"그냥……."

대충 얼버무리는 아이들의 말에 약 올리듯 연수가 손을 들어 턱을 쓰다듬었다.

"알려 줘야 하나?"

"네, 알려 주세요!"

"예쁘세요? 키는요? 우리 건하 샘이 훨씬 아깝죠?"

한 번 쓱 던진 말에 아이들이 먹이를 보고 몰려든 물고기처럼 걸려들어 눈에 빛을 냈다.

"글쎄다."

"나이도 다섯 살이나 많다던데."

가끔 아이들을 보면 CSI 저리 가라 하는 정보력을 보일 때가 있는데, 지금이 바로 그 정보력이 빛을 발하는 순간이었다. 아직 자신의 정체가 밝혀지지 않은 것이 이상할 정도였다.

"다섯 살이나 많아도 꽤 동안이시지. 키도 보통 여자 키는 되고. 그 선생님이 건하 샘보다 아까운지는 잘 모르겠는데?"

처음엔 장난스럽게 시작했는데, 완전히 자신을 아래로 보는 아이들의 말에 기분이 나빠 조금 흥분하여 말을 꺼내고 말았다.

"거짓말."

"뭐가 거짓말이라는 건데? 그리고 그런 개인적인 질문은 본인한테 해야 하는 거야, 이렇게 몰래 알아볼 게 아니라."

맞는 말이긴 했지만 아이들의 어깨가 축 늘어졌다.

"그러니까 그런 거 알아볼 생각 하지 말고 책을 한 장이라도 더 봐. 가 봐, 이제 종 치겠다."

"네."

기운이 빠져 돌아가려고 하는 아이들을 보던 연수가 문득 그 아이들을 불렀다.

"아, 그거 하나는 말해 줄까?"

"뭐요?"

가라고 할 땐 언제고 좋은 정보를 주겠다는 듯 자신들을 부른 연수를 보며 아이들이 고개를 갸웃거렸다.

"너네 건하 샘, 조금 있으면 아빠 되셔. 축하드린다고 인사드려. 분명 좋아하실 거야."

"네?"

황당해하는 아이들을 두고 연수는 그대로 교무실로 들어갔다. 아이까지 생겼다고 하면 극성맞은 여중생의 사생질이 좀 나아지지 않을까 싶었다. 결혼한 지가 언제인데 여전히 총각 선생 같아서 이렇게 신경 쓰이게 하냐 말이다. 저 녀석들이 소문을 잘 퍼트려야 할 텐데.

속으로 중얼거린 연수가 교무실 안으로 완전히 사라지자 멍해진 아이들은 서로를 바라보았다. 분명 아까까지 자신들과 이야기하던 선생님의 배가 남산처럼 볼록했다. 마치 귀신에 홀린 기분이었다.

"정말요?"
"그래, 우리 건하 샘이 더 아깝죠? 이러면서 내 속 긁더라."
점심을 먹은 후 연수는 건하와 둘만의 비밀의 장소로 와서 오늘 있었던 일을 미주알고주알 전해 주었다.
"역시 이놈의 인기란. 주체가 안 되는 걸 어떡해요."
제 제자들이 자신의 속을 긁고 갔다는데도 건하는 능청맞게 웃으며 너스레를 떨었다.
"어쭈?"
"애들한테 따끔하게 얘기할게요."
"됐어. 다섯 살이나 더 먹은 주제에 우리 건하 샘 괴롭히는 마귀할멈이 되고 싶진 않아."
건하를 만류하긴 했어도 인기 많은 남편 덕에 이런저런 소리를 들으며 어린 라이벌들이 생긴 연수의 기분이 유쾌할 리는 없었다. 걱정보다는 성가심이랄까. 그런 연수의 마음을 풀어 주려 건하가 연수의 얼굴을 잡고 짧게 입을 맞췄다.
"미쳤어?"
"뭐 어때요? 우리밖에 없는데. 그리고 여긴 누구든 절대 안 와요. 아직 수업 시간도 아니고. 먼지가 많은 게 걸리지만."
두 사람이 결혼한 부부라고 해도 학교 내에서만큼은 아무도 모르게 만나야 한다는 것엔 변함없었다. 그래서 예전이나 지금이나 건하와 연수가 찾는 곳은 체육관 뒤쪽의 체육 창고였다. 워낙 외진 데 있어 지나는 사람도 없고, 언제나 굳게 잠겨 있어 아무나 출입할 수도 없는 곳이었다.

어떻게 구한 건지 모르겠지만 처음 중상고에 부임하고 얼마 되지 않아 이 철옹성 같은 곳의 열쇠를 구해 낸 건하 덕분에 이 굳게 닫힌 체육 창고는 두 사람이 학교 내에서 비밀 연애를 했을 때부터 두 사람만의 비밀 아지트였다. 누구에게도 들키지 않을 곳임은 확실하지만 임신한 연수에게 먼지가 많은 이곳이 좋지 않은 영향을 미칠까 올 때마다 걱정이었다. 다른 장소도 물색해 보고는 있었지만 예전 생각도 나고 이곳이 딱 좋다는 연수의 말에 이러지도 저러지도 못하는 상태였다.

"우리가 계속 여기에 있는 것도 아니고 단 몇 분이야. 학교에서 제대로 얼굴도 못 보는데 여기서라도 봐야지. 그리고 우리 반짝이가 얼마나 튼튼한데."

결혼한 지 1년 만에 생긴 아이. 연수의 뱃속에서 하루하루 건강하게 자라고 있는 두 사람의 아이의 태명이 바로 '반짝이'였다. 건하가 나무에서 반짝반짝 빛이 나는 사과를 딴 태몽에서 기인한 태명이었다.

하루 종일 서 있는 선생님의 직업 특성상 아이가 생긴 것을 알고도 며칠간 걱정을 했더랬다. 그나마 다행인 건 방학을 앞둔 시점에 연수의 임신 사실을 알게 되었고, 사정 이야기를 하고 보충수업에도 들어가지 않으며 몸을 추스른 끝에 신의 축복처럼 반짝이는 건강하게 자라고 있다는 사실이다.

"반짝아, 아빠한테 말씀드려 봐. 걱정 안 하셔도 돼요, 하고."

배를 툭 내밀며 반짝이의 성대모사라고 아기 목소리를 내는 연수의 모습에 여전한 걱정을 버리지 못한 건하의 표정이 조금 풀어졌다.

"절대 무리하지 마세요."

"응."

그렇게 훈훈한 대화가 오갈 때였다. 갑자기 창고 한쪽에 있던 매트가 우르르 무너지며 큰 소리와 먼지를 일으켰고, 그에 반사적으로 건하가 연수와 반짝이를 감싸듯 안았다. 매트가 바닥에 부딪치며 점차 소리가 사라지고, 소용돌이가 일어난 듯 휘몰아치는 먼지만이 체육 창고 창문을 통해 들어온 햇빛에 그 정체를 드러냈다. 폭풍 같은 굉음 뒤에 자신들의 신변에 아무런 문제가 없다는 것을 깨달은 연수와 건하가 천천히 고개를 들었다. 여전히 흩날리는 먼지 사이로 보이는 건······.

"최신혁 선생님?"

"문 샘?"

매트가 쓰러진 곳엔 신혁과 아영이 먼지를 뒤집어쓴 채로 있었다.

"두 사람이 어떻게······."

"그, 그게······."

창피한 듯 말을 잇지 못하는 아영과 그녀를 부축한 신혁이 두 사람에게 다가왔다.

"안녕하십니까."

"양 샘, 미안. 내가 나중에 이야기해 줄게."

연수를 차마 못 보겠다는 듯 아영이 양손으로 얼굴을 가린 채 신혁을 남겨 두고 의리 없이 36계 줄행랑을 놓았다. 그 뒷모습에 신혁 또한 두 사람에게 꾸벅 인사를 하곤 아영의 뒤를 쫓기 시작했다.

"저 두 사람……?"

완전히 제 시야에서 사라진 두 사람을 확인하자마자 연수와 건하가 눈을 마주쳤다. 정말 생각지도 못한 커플 탄생에 뭐라 말을 해야 할지 알 수 없었다. 확실한 건 자신들이 몸담고 있는 이곳은 사랑의 학교가 틀림없다는 것이었다.

＊　＊　＊

늦은 시간, 연수는 집 소파에 누워 고로롱 잠이 들어 있었다. 그리고 학교 선생님들과 회식으로 평소보다 늦게 들어온 건하는 그녀의 모습을 물끄러미 바라보고 있었다. 이제 출산 예정일이 정말 코앞이었다. 불편한 것도 많고, 아픈 것도 많을 텐데도 연수는 모든 고통을 씩씩하게 이겨 내고 있었다. 그런 연수를 볼 때마다 건하는 마음이 벅차올라서 코끝까지 찡해지곤 했다. 하지만 부른 배로 불편하게 자고 있는 모습을 오래 지켜볼 수 없었던 건하가 조심스럽게 연수의 몸을 안아 올렸다. 잠결에도 제 몸이 붕 뜨는 것 같은 생각에 눈을 뜬 연수가 자신을 안고 있는 건하를 발견했다.

"응? 왔어?"

"더 자요. 침대까지 무사히 모실게요."

제 말에 피식 웃는 연수를 보며 더욱 입가를 늘려 미소를 지은 건하가 그녀의 몸을 가뿐히 방 안 침대 위에 올려놓았다.

"나 살쪄서 무거울 텐데."

"전혀요."

"살이 얼마나 쪘는데. 이거 빼려면 고생 좀 하겠어."

"딱 보기 좋아요."

"우리 신랑 눈에만 그런 겁니다."

"그럼 고마운 거고요."

다른 놈 눈엔 예뻐 보이지 않아도 된다는 말을 꺼낸 건하가 넥타이를 풀며 침대에서 몸을 일으켰다. 연수도 따라 일어서려는 걸 건하가 막았다.

"왜? 옷 받아 줄게."

"저도 손 있어요. 누워 있으세요."

"근데 왜 이렇게 일찍 왔어?"

시계를 확인하니 자정도 되지 않은 시간이었다. 내일은 토요일에 오늘 학교 전체 회식이 있는 날이라 건하가 더 늦을 거라고 생각했는데, 예상보다 그의 퇴근이 너무 빨랐다.

"얼굴 비쳤으면 됐죠. 우리 자기가 나 기다리는데, 외롭게 만들면 안 되죠."

연애를 할 때와 마찬가지로 결혼을 해서도 호칭 때문에 혼란을 겪었던 두 사람이 찾은 타협안이 바로 '자기'였다. 굳이 이름을 부르지 않아도 호칭은 많으니 가장 보편적인 단어를 선택한 것이지만, 처음 결혼하고 몇 개월간 그 호칭에 적응하는 건 꽤나 힘든 일이었다.

어쨌든 지금은 결혼 2년 차. 자기라는 호칭엔 완벽히 적응한 상태였다. 물론 특별한 때(?)에 반말을 쓰는 건하의 버릇은 결혼 전이나 후나 여전했고 말이다.

"뭐야, 그게."

 말은 그렇게 했어도 자신 때문에 일찍 왔다는 건하의 말이 흡족한 연수의 눈에 가득 웃음이 맺혔다. 이러니 선생님들 사이에서 건하가 못 말리는 애처가로 통하는 것도 무리는 아니다 싶었다.

"씻고 올게요."

"응."

 하루 종일 잠이 쏟아지듯 왔지만 움직이기 불편한 몸 때문에 제대로 잠을 자는 것도 여의치 않았다. 그렇게 지쳐 있는 상태에서도 건하를 보자마자 모든 피로가 풀리는 것 같았다. 봐도 봐도 좋은 사람. 그 사람이 바로 자신의 남편이었다.

"내일 아버지랑 낚시 간다고 했지?"

 비누 향기를 풍기며 돌아와 침대에 누운 건하의 팔을 베고 연수가 물었다. 정년까지 무사히 마치고 퇴임한 양 교장의 요즘 낙은 사위를 데리고 낚시하러 가는 것이었다. 그를 반대했던 것이 언제였나 싶게 지극정성으로 연수를 대하는 모습에 한 번, 자신을 따르듯 선생님이 된 모습에 두 번 반한 양 교장의 새로운 낙이 바로 사위인 건하의 자랑이었다. 저러다가 입이 닳을지도 모른다고 한 경화의 말처럼 처음 보는 사람이건 오래 봐 온 사람이건 가리지 않고 양 교장의 입에선 건하에 대한 자랑이 끊이질 않았다.

"네. 근데 괜찮겠죠?"

"괜찮아. 우리 반짝이가 얼마나 아빠를 좋아하는데. 아빠 없으면 절대 나오려고 안 할 거야."

 지금 출산한다고 해도 이상하지 않을 정도로 배가 부른 연수를 두고 떠나는 것이 마음에 걸렸다. 연수의 산달이 다가올수록 시간 날 때마다 연수의 옆에 붙어 있는 바람에 양 교장과 낚시 여행을 못 간 지가 벌써 몇 달째였다. 다른 친구분들과 가신다곤 하지만 건하가 가지 않아 영 기운 없다고 하시는 장모님의 말씀에 낚시 여행 이야기를 먼저 꺼낸 것은 자신이었다. 일단 출산 예정일에 다다르지 않아 약속을 하긴 했는데, 막상 연수를 두고 가려니 발이 떨어지질 않았다.
"반짝아, 절대 아빠 없을 때 나오면 안 돼. 알았지?"
"네, 아빠."
 그 부탁의 말에 반짝이로 빙의된 연수가 귀여운 목소리로 대신 대답했다. 두 사람 모두 웃음이 터지고 말았다.

"자, 자기야, 건하······."
 이른 새벽, 배에서 시작되어 온몸으로 퍼지는 것 같은 고통에 잠에서 깬 연수가 가늘어지는 목소리로 건하를 불렀다. 오늘 낮부터 살살 아파 오는 걸 가진통이겠거니 하고 넘어갔는데, 그 통증의 세기가 점점 거세지고 있었다. 자다 말고 들리는 연수의 목소리에 뒤척이던 건하가 상황 파악을 하기도 전에 번쩍 눈을 뜨며 몸을 일으켰다.
"배 아파요?"
 그의 물음에 대답할 기운도 없어 힘겹게 고개를 끄덕였다. 갑작스러운 진통에 당황하여 허둥지둥하던 건하가 정신을 차린 듯 연수의 몸을 안아 들었다. 지금은 병원에 먼저 가야 했다.

"유 서방, 가만 앉아 있게."
"그래, 건하야, 둘 다 무사히 나올 거야."
"네."
한시도 가만있지 못하고 수술실 앞을 왔다 갔다 하는 건하의 모습에 경화도, 건하의 모친인 윤선도 가만히 있으라 한마디씩 거들었다. 9시간 넘게 진통에 신음하다 수술실로 들어간 연수 생각에 알겠다고 대답은 했지만 가만히 있고 싶어도 앉을 수가 없었다. 처음 보는 건하의 불안정한 모습에 마찬가지로 연수를 기다리는 네 어른은 난감한 듯 서로를 바라보았다.

"그렇게 서 있다고 달라지는 거 없대도. 아, 우리 반짝이 이름 아직 안 지었지?"
"네?"
"나중에 아기 나오면 부를 반짝이 이름이나 생각해 둬. 고민한 거 있다고 했잖아."

아버지의 말씀에 건하가 가만히 고개를 끄덕였다. 고민하던 몇 가지 이름이 있었지만 이미 건하는 아이의 이름을 생각해 둔 상태였다. 그래, 연수를 보자마자 알려 줘야지. 우리 아이니까 아이의 이름을 처음 알아야 할 사람은 연수였다. 그런 건하의 마음을 읽기라도 한 듯 '수술 중'이라는 불이 꺼졌다. 곧이어 수술 방에서 나오는 의사 선생님을 본 온 식구들이 한걸음에 달려갔다.

"산모님과 아이 모두 무사합니다."

긴장된 건하의 표정을 보자마자 안심하라는 뜻을 담아 한 말에 힘이 풀린 그의 어깨가 축 늘어졌다.

"아이는 예쁜 공주님이에요."

"감사합니다, 정말 감사합니다!"

미소 가득한 의사 선생님의 말에 엎어져 큰절이라도 올릴 듯 건하는 몇 번이나 허리를 숙이며 폴더 인사를 했다. 그리고 그런 건하를 따라 네 어른들까지 인사를 하자 의사 선생님은 민망한 듯 웃고 말았다. 불안으로 안절부절못했던 건하의 입가에 드디어 기쁜 미소가 자리 잡았다.

"입 벌린 거 봐. 너무 귀엽다, 그치?"

정말 하루 종일 아이만 보고 있으라고 해도 볼 수 있을 정도로 연수와 건하는 침대 위에 누운 작은 아이에게 온 집중력을 쏟아내고 있었다. 연수가 출산을 한 병원에 다행히 모자동실이 있어 연수는 병실에 와서도 아이와 떨어지지 않고 같이 있을 수 있었다.

사실 임신을 하고 배가 아파 올 때까지는 자신이 엄마가 된다는 생각이 막연하기만 했다. 한데 있는 힘 없는 힘을 쥐어짜 아이를 낳고, 그 아이를 품에 안아 들어 젖까지 물리자 갑자기 그 모든 것이 현실감 있게 다가왔다. 정말 엄마가 된 거구나. 이제 이 아이가 잘 자랄 수 있도록 돌봐야 하는구나. 이런저런 생각에 문득 두려움이 밀려왔다.

교사로서 여러 아이들을 만나며 정말 다양한 부모님을 뵐 수 있었다. 그러면서 속으로 정말 본받아야겠다고 생각한 분도 있었고, 그렇지 않은 분도 계셨다. 이제 막상 자신의 아이를 안아 보니 자신은 과연 이 아이에게 어떤 부모가 될지 걱정되었다. 하지만 아이의 얼굴을 보고 있으니 그런 걱정을 뒤덮을 정도로 행복감이 밀려오기도 했다.

"네."

"너무 예쁘고."

"엄마 닮아서 커서 남자들 마음 좀 아프게 할 거 같아요."

"큰일 났네. 큰일 났어."

자신의 말을 당연하다는 양 받아치는 연수의 태도에 건하가 먼저 웃음을 터트리고, 뒤이어 연수도 웃음이 터지고 말았다.

"진짜 우리 반짝이가 예쁘게 컸으면 좋겠어, 얼굴뿐만 아니라 마음도."

"아마 그럴 거예요. 누구 딸인데?"

"그것도 그렇다."

그렇게 대화를 하며 만족스러운 표정을 짓던 연수가 건하에게 말했다.

"우리 말하는 거 다른 사람이 들으면 웃겠다. 그치?"

"웃으라고 해요. 사실인데요, 뭐."

벌써부터 딸 바보 조짐이 보이는 건하를 보며 작게 혀를 차던 연수가 갑자기 떠오른 듯 물었다.

"아, 우리 반짝이 이름은 뭐로 할 거야? 정했다며."

반짝이라는 이름도 좋지만 얼른 실제 이름으로 아이를 불러보고 싶었다.

"시아, 유시아요."

"시아? 예쁘다."

유시아. 건하와 자신의 아이, 우리의 아이. 시아를 낳기 위해 그동안 포기한 것, 그동안 아팠던 것이 모두 사라질 만큼 아이의 대한 애정과 사랑이 솟구쳤다. 몇 번이나 누워 있는 아이에게 '시아야, 내가 네 엄마야.'를 말하던 연수가 정말 큰일 났다는 듯 말했다.

"이름까지 예뻐서 어떡해!"

"그러게요. 이 정도 미모면 이름 정도는 정감 있게 지어 줘야 하는데. 다른 이름 생각해 볼까요?"

남들이 들으면 비웃을지 모를 딸 바보 부부의 대화를 지칠 줄도 모르고 이어 가던 건하가 연수의 손을 꼭 잡아 주었다.

"정말 고마워요. 역시 제대로 된 답이었어."

역시나 영원히 변하지 않을 답으로 연수를 택한 건 제 인생에서 최고의 선택이었다. 절대 잊지 않고 있음에도 연수는 그 사실을 끊임없이 깨닫게 해 주고 있었다.

"나도 너무 고마워."

자석에 이끌리듯 서로에게 다가간 두 사람의 입술이 살짝 부딪쳤다 떨어졌다. 또다시 입술이 닿을 듯 말듯 가까운 상태에서 건하가 연수의 마음속에 불어넣으려는 것처럼 속삭였다.

"연수야, 사랑해."

그 말을 끝으로 아슬아슬하게 떨어져 있던 두 사람의 입술이 다시 만났다. 이번엔 쉽게 떨어질 수 없다는 듯 맞물린 입술이 꼭 붙어 있었다. 도대체 자신의 부모가 뭘 하고 있는지 모르겠다는 양 멀뚱히 두 사람을 바라보던 시아가 시선을 돌리다 이내 눈을 감아 버렸다. 부모가 뭘 하는지는 모르겠고, 지금 자신에게 필요한 건

잠이다, 하고 말하는 듯한 행동이었다.
 지금도, 앞으로도 영원히 끝내주는 제자, 끝내주는 남자, 끝내주는 그대. 그와 함께 갈 날들도 그처럼 끝내주길…….

                                               마침

작가 후기

 언제나 학교가 배경인 소설을 쓰고 싶었던 저였지만 그 이야기가 사제지간의 사랑 이야기는 아니었어요. 워낙 안정(?)을 추구하는 성격이라 어려운 소재보다는 쉬운 소재를, 어두운 분위기보다는 밝은 분위기의 이야기를 쓰려고 하거든요.

 사제지간의 사랑. 분명 쉬운 관계는 아니죠. 주변에서 흔히 볼 수도 없고, 주변에 있다고 해도 마치 무용담처럼 사람들의 입에 오르내리니까요.

 졸업한 학생이 교생이 되어 좋아하는 선생님을 찾아온다. 이 문장 하나가 '끝내주는 제자'의 시작이었어요. 사실 처음엔 사제지간인 건하와 연수의 관계에는 크게 무게를 두지 않아서, 가벼운 마음으로 프롤로그를 작성하고 글을 올린 뒤에야 아차 싶었어요. 아직, 어쩌면 앞으로도 선생과 제자 사이의 사랑은 쉬운 이야기가 아닐 텐데 내가 너무 쉽게 덤볐구나 하는 후회를 하기도 했고요. 그래도 많은 분들의 응원과 사랑, 애정 어린 비판과 조언 덕분에 무사히 이야기를 끝낼 수 있었어요.

 제가 보여 드리고픈 이야기를 다 보여 드린 지금 저의 조그만 바람은, 이 소설을 읽은 분들이 웃는 얼굴로 마지막 장을 덮으셨으면 하는 거예요. 덤으로 나 학교 다닐 때는 그랬는데, 하시면서 옛 추억에 빠져 주신다면 더없이 감사할 것 같고요. 독자 분들께서 제 소설을 읽으시면서 옛날 학교 다닐 때가 생각난다고 말씀해 주실 때 저는 제일 행복했거든요.

 소설 곳곳에 제가 겪은 일들이 들어가 있다 보니, 여러분이 그런 말을 해 주실 때마다 여러분들과 같이 학교를 다닌 것처럼 친근함이 생기곤 했어요. 물론 실제 학교에서는 힘들 로맨스 소설 속 환상은 제외하고요. ^^;

 제가 '끝내주는 제자'를 쓰는 동안 저의 우는소리와 징징대는 소리를 모두 들어 준 우리 녹턴 식구들. 난씨 언니, 보미 언니, 알 언니, 란 언니, 필, 모다, 노나, 해조, 아디, 그리고 녹턴의 독자 여러분, 너무너무 고맙고 사랑하는 거 아시죠? 제 개인적인 사정으로 인해 늦어지는 원고를 기다려 주신 조현경 실장님과 마야마루 출판사 관계자 여러분께도 정말 감사드립니다.

 연수와 건하를 만나서, 또 이들로 인해 여러분을 뵙게 되어 정말 영광이었고, 행복했어요. 앞으로 어떤 이야기로 여러분을 뵙게 될지 모르겠지만 여러분의 일상에 언제나 로맨스처럼 행복한 웃음을 지을 수 있는 날들이 많아지길 바랄게요.